猎人笔记

Записки охотника

［俄罗斯］伊万·屠格涅夫 ◎著

曾冲明 ◎译

湖南文艺出版社
HUNAN LITERATURE AND ART PUBLISHING HOUSE

博集天卷
CS-BOOKY

译序

    《猎人笔记》里的猎人"我",当然不是以打猎为生的"猎户",更不是枪法高明的"猎手",而是以"打猎",主要是"打鸟""打兔"(因为这种"打猎"没有危险),来消遣的地主,书里写的许多地主也都是如此。从小说中就可以看出,在当时的俄罗斯农村,地主打猎是一种时尚,对中小地主来说,打猎是他们最大的乐趣。

    当然,对于作家屠格涅夫来说,"打猎"不只是为了游山玩水,享受"大自然与自由"(第二十五篇),也是为了了解农村,收集素材,进行创作。《猎人笔记》就是旨在反映或揭露俄国当时农奴制的"猎游见闻与经历录"。"我"在某些篇里是故事情节的听众和观众,在另外一些篇里则是故事情节或多或少的参与者。在其中几篇里,"我"甚至成了故事情节中的重要人物。因此,《猎人笔记》的各篇或直接或间接、或多或少反映与表达了"我"的思想、观点和情感。比如,在第一篇《"黄鼠狼"霍尔与卡里内奇》中,有"我"跟两位主人公的大量对话,不仅反映了两位主人公的身份地位和生活境况,还反映了"我"对两位主人公的观察与感受。再如第十二篇《护林神》中,"我"更是贯穿整个故事情节的重要人物。在这篇小说里,"我"对看林人"皮留克"的贫困、孤苦和不幸表示了深切的同情,对因贫穷、饥饿而偷砍树木的农民也给予了同情和帮助。所有这些凸显了"我"的善良、开明与人道。

    《猎人笔记》里有两个小女孩的命运最使人担心。一个是看林人"皮留克"的女儿,一个是侏儒卡西杨的女儿。作者对这两个形象着墨不多,但字里行间饱含对儿童的同情和关切。"我"的这种爱心在第八篇《河湾草地上的五个小孩》中也有充分的体现。

第二十二篇《世袭贵族切尔托布哈诺夫的结局》是《猎人笔记》里故事情节最动人心弦的一篇。像标题表明的那样，全篇写主人公"切尔托布哈诺夫"的结局，写他经历的三次不幸：心爱的情妇玛莎出走；挚友涅多皮尤斯金去世；比爱人和挚友更珍贵的宝马被盗。这三幕悲剧写得十分精彩，情节跌宕起伏，结局出乎读者意料，又在情理之中。剧情有声有色，人物有血有肉，深刻细致的心理描写、多处的神来之笔，无不充分展现作家高超的写作才能。切尔托布哈诺夫的悲剧结局在一定程度上预示着俄国农奴制的末日，象征着世袭贵族的下场。

作为《猎人笔记》的主人公，"我"的原型是作者屠格涅夫。《猎人笔记》里提到的"我"的家庭、身份与经历，大都与作者屠格涅夫的实际情况一致。但必须指出，《猎人笔记》的每一篇都是作家基于现实、精心构思、巧妙虚构、辛勤创作的产物，绝不能被当成真正的回忆录。

屠格涅夫1818年11月9日生于奥廖尔市，那里现在是奥廖尔州（当时是奥廖尔省）的首府，位于俄罗斯平原中部，现设有屠格涅夫纪念馆。他母亲从叔父那里继承了大笔遗产，拥有大庄园和五千农奴。1833年，屠格涅夫就读于莫斯科大学语文系，1834年转入彼得堡大学文史系学习，1837年毕业。1838年至1841年，他在德国柏林大学攻读哲学和文学，1847年至1851年陆续发表《猎人笔记》中的各篇。1852年，《猎人笔记》出版了单行本，轰动了俄国文坛。当时进步的思想家与评论家认为《猎人笔记》是射向俄国农奴制的"猛烈炮火"。屠格涅夫在1869年出版的《屠格涅夫文集》第一卷的《代序》专门谈及《猎人笔记》的创作。他明确地把农奴制视为自己的敌人。他还指出，他必须离开俄国到西欧（德国）留学，并且从远处攻击这个敌人。1883年，屠格涅夫病逝，享年六十五岁。他一生创作了多部名著：《猎人笔记》（1847年至1851年陆续发表，1852年出单行本）、《罗亭》（1856）、《贵族之家》（1859）、《前夜》（1860）、

《父与子》(1862)、《烟》(1867)、《处女地》(1877)等。

伟大的作家必然是伟大的思想家，伟大的思想和人格是作家作品之所以伟大并流传千古的主要原因。《猎人笔记》以"我"为主人公，以写真人真事、实话实说的随笔形式写就，更能直接、真实、全面地反映作家本人的思想和人格。一个正直、善良、有道德、有学问、有见识、忧国忧民的知识分子，一个同情农奴和穷人、反对农奴制、开明、进步的地主子弟，生动地展现在读者面前。

《猎人笔记》这部传世的世界文学名著，其最大的功绩就在于它比较全面、客观、真实地反映了当时俄国农奴制的黑暗与腐朽、农村的贫穷与落后，塑造出许多不同类型的农民和地主形象，集中地反映了农民的贫穷和疾苦、愚昧和落后，揭露了地主阶级的虚伪和冷酷、无聊和没落。也必须看到，书里多次写到"贫穷的地主"，这个群体的存在，在当时生产力落后的俄国农村也是无须回避的事实，更不用说赤身露体、一贫如洗的农民了。

《猎人笔记》也是一本优美的散文集。作者在描写俄罗斯的自然风光、风土人情，勾画人物形象等方面有着惊人的独到之处。虽然故事情节极为平常，但经优美流畅的语言侃侃道来，娓娓动听。除了内容真实可信，具有史料价值外，语言优美也是《猎人笔记》能流传久远的重要原因。

此版《猎人笔记》按列宁格勒国家文艺出版社1949年出版的单行本译出。

曾冲明

2011年春节再稿于长春

目录 |contents|

"黄鼠狼"霍尔与卡里内奇

　　谁要是有机会从波尔霍夫县翻山越岭到瑞兹德林县，便可以看出奥廖尔省人和卡卢加省人有极大的区别。奥廖尔省农民个子不高，背有点儿驼，脸色忧郁，低头看人，住在破旧的白杨树木板小屋里，出门给地主扛活儿，不经商，吃得很差，脚穿草鞋。卡卢加省的农民却住在松木建造的、宽敞的农舍里，个子较高，目光大方而热情。他们做黄油与焦油生意，每逢节日，便穿着靴子。奥廖尔省的村落（就该省东部而言）一般位于田地的中央，靠近山谷，于是这山谷就渐渐变为肮脏的水塘。除了少数几棵随时欢迎你到来的爆竹柳和两三株细瘦的白桦树，附近一俄里①范围内，你看不见一株小树。农舍紧邻着农舍，屋顶上胡乱地盖着腐烂的麦秸与稻草……卡卢加省正好相反，大多数村落被森林环抱。农舍显得宽敞些、规整些，屋顶盖着木板，大门关得很严实，院子的篱笆不东倒西歪或向外倾斜，不会招引过路的猪进屋串门……对猎人来说，卡卢加省比较好。四五年以后，奥廖尔省的树林与"林场"②将会绝迹，沼泽湿地也将无处可寻。卡卢加省恰好相反，丛林绵延几百俄里，沼泽湿地绵延几十俄里。高尚的鹧鸪没有迁走，善心的水鸟在此繁衍，忙碌的野鸡突然腾空飞起，弄得猎手与猎犬又惊又喜。

　　我以猎人的身份访问瑞兹德林县，在旷野里结识了卡卢加省的一位小

---

① 一俄里约等于 1.067 公里。

② 奥廖尔省把大片的灌木丛叫作"林场"。——原注

地主，名叫鲍卢台金。他是个热心的猎人，因而是个出色的人物。当然，他也有一些弱点。例如，他向省里所有的富家小姐求婚，被对方及其家人拒绝后，他一面对所有的朋友和熟人伤心地倾诉自己的痛苦，一面仍旧将很酸的毛桃和自己园里其他没有成熟的果子当作礼物送给那些小姐的父母；他爱重复说同一个笑话，尽管鲍卢台金先生自己认为它寓意很好，但这个笑话从来没能使其他人发笑；他见人便夸奖阿基莫夫·那希莫夫的文集和中篇小说《宾娜》，但说起话来结结巴巴；他叫自己的猎犬为"天文学家"；他把普通话的"然而"说成了方言；他自己在家里吃法国饭菜，这种饭菜的奥妙，按他家那个厨子的理解，就在于能把每个菜的天然滋味完全改变，在这位烹调大师的手下，肉变成了鱼味，鱼变成了蘑菇味，面粉变成了火药味，并且胡萝卜如果不切成菱形或平行四边形，就不可以放在汤里。不过鲍卢台金除了这几个小毛病外，如上面说的，他毕竟还是个出色的人物。

就在我和他相识的第一天，他邀请我到他那里过夜，他说："到我家大约有五俄里。步行就太远了。我们先到霍尔家。"（请读者允许我不将他口吃的语气传达出来。）

"霍尔是谁呢？"

"是租我田地的农民……他家离这里很近。"

我们向霍尔家走去。树林中央一片清理好的空地上，矗立着霍尔家孤独的院落，它由几个松木屋架组成，和篱笆墙相连。正屋前还搭有一个席棚，是用几根细木头支成的。我们走进席棚，一个年轻人迎接我们，他二十岁上下，高个儿，相貌俊美。

鲍卢台金先生问道："费加！霍尔在家吗？"

年轻人一边笑着，露出一排雪白的牙齿，一边答道："不在家，霍尔往城里去了。先生，吩咐套车吗？"

"是的，老弟，套车。不过先给我们些克瓦斯饮料①。"

---

① 俄国人自己家里做的一种饮料。

我们进了正屋。木头墙上干干净净，并没有贴一张通俗的画片。在一个墙角里，身着银质服饰的、沉重的圣像前面燃着一盏长明灯；一张菩提木的饭桌是新近刮洗干净的；墙上的木头缝里和窗框四周并没有勇猛如普鲁士的螳螂闯出来，也没有静若沉思的蟑螂躲进去。那个年轻人不一会儿就从里面走出来，拿着满满一大白瓷杯自家做的饮料、一大块小麦面包和一个装有十二根腌渍的黄瓜的土盘子。他将这些点心摆在桌子上，倚在门边，带着微笑，看着我们。我们还没有吃完点心就听见一辆大马车停在了门口的台阶前。我们走出来。只见一个十五岁上下的少年，头发蓬松，双颊红润，坐在驾驶座上，费力地拉紧缰绳，勒住一匹吃饱的花斑公马，周围站着六个高大的年轻人，外貌与费加都很像。鲍卢台金提示我："这全是霍尔的孩子！"费加紧跟我们来到台阶上，接过话茬说："都是小霍尔，小黄鼠狼，不过还不全呢！鲍塔勃去树林了，西道尔驾车跟父亲'老霍尔'进城了……"接着，他转身对车夫说："瓦夏，要注意，今天坐车的是老爷。要多留神，颠簸时要注意，尽量轻一点儿。大车会颠簸坏的，老爷的头会颠簸晕的！"费加的这一番怪话逗得其他的小"黄鼠狼"冷冷地笑了。鲍卢台金先生却庄严地喊道："让天文学家坐车。"费加不无兴致地把勉强含笑的猎犬高举起来，放到了车底。瓦夏拉了一下缰绳。马车开动了。鲍卢台金先生突然指着前面一所矮小的屋子对我说："这就是我的事务所，你愿意进去吗？""请！"鲍卢台金从车里下来，说道："事务所现在已经关闭了，但还是值得看一看。"事务所里面只有两间空房子。看屋子的独眼老人从后院跑出来。鲍卢台金先生给他打招呼："米纳奇，水在哪里呢？"独眼老人米纳奇转身进去，随即拿来了一瓶水和两只茶杯。鲍卢台金对我说："你尝尝，这是我极好的泉水。"我们各自喝了一杯，米纳奇倒向我们深深鞠躬。我这位新朋友说："现在，我们可以走了。我在这个事务所里卖给商人阿勒里鲁冶夫四俄亩森林，卖了个好价钱。"说着，我们上了车。过了半小时，马车进了地主宅第的院子里。

吃晚饭时，我问鲍卢台金："请问为什么霍尔和你的其他农民分开住呢？"

鲍卢台金说："这是因为霍尔聪明。大约二十五年前他的房子被火烧了。他走到我已故的父亲面前说：'尼古拉·库慈米奇，请准我迁到您的树林中的沼泽地，我愿缴纳高额的租金。'我父亲问他：'为什么你要迁到沼泽地呢？''尼古拉·库慈米奇，就是这样嘛。只请老爷不使唤我做任何别的工作，关于租金老爷您就定个价吧，什么价老爷心中有数。'我父亲说：'每年五十卢布。'他说：'照老爷的话办。'父亲说：'可不准欠租。'他说：'自然不会欠租的。'……于是他迁到了沼泽地，从此人们就叫他'黄鼠狼'。"

我问道："他现在富了吧？"

"富了。现在他给我缴纳每年一百卢布租金。我也许还要加钱哩！我不止一次对他说：'霍尔，你赎身吧！'可他呢，鬼东西，耍滑头，硬要我相信他拿不出任何东西来赎身，他说：'实在没有钱……可千万别这样啊！'"

第二天，喝完了茶，我们就立刻出门继续打猎了。经过一个乡村时，鲍卢台金先生吩咐车夫将车停在一间矮屋旁边，高声喊道："卡里内奇！"听见院里一人答道："先生，就来了，我在系草鞋呢！"我们的马车一步步地走着，一个四十来岁的人从村子后面追上来了，他瘦高个子，小脑袋微微朝后仰。这就是卡里内奇。他那张紫檀色的、善意的脸上长着几颗麻子，我第一眼就喜欢上了他。卡里内奇（后来我知道）每日都随着主人打猎，替他背口袋，有时还替他背枪，留意飞鸟降落的地方，递茶送水，采集草莓，搭建席棚，奔跑在老爷的车前马后。鲍卢台金先生没有卡里内奇便寸步难行。卡里内奇的性情非常活泼、温顺，不停地低声唱歌，无忧无虑地四处张望，说话带点儿鼻音，微笑时眯缝起淡蓝色的眼睛，常常用一只手捋自己稀疏的、楔子形的长须。他走路不快，步子迈得大，稍微借助于一根细长的手杖。这一天里，他不止一次地同我说话，侍奉我时没有奴才相，但关心老爷，如同关心孩子。中午的酷热迫使我们寻找一个"避暑"之处，卡里内奇便领我们到了密林深处他的养蜂场。我们来到一个小屋的门前，门上挂满一束束芳香扑鼻的干草。他给我们推开门，请我们坐在新鲜的干草上，他将一个像口袋一样的网罩戴在头上，拿了一把小刀、一个瓦罐、一截没有烧尽的木头，去蜂窝给我们刮蜂蜜。透明的、温热的蜂蜜伴着泉水，我们喝了个痛快，然后在蜜蜂单调的嗡嗡声和树叶唠叨的絮絮声中睡着了。一阵微风将我吹醒……我睁开眼睛，看见卡里内奇坐在半开着门的门槛上，用小刀刮匙子。我久久地欣赏着他那张像傍晚的天空一样温和而明亮的脸。鲍卢台金也醒了。我们没有立刻站起来。在走了很长的路以后，又在干草上实实地睡了一觉，一动不动地躺在干草上，心里乐滋滋的，身子懒洋洋的，脸上露出了红晕，甜蜜的倦意重又使我们合上眼睛。后来我们还是起来了，又出去闲逛，一直到晚上才回。吃晚饭时，我又谈起霍尔和卡里内奇。鲍卢台金先生对我说："卡里内奇是个热心、殷勤的农民，但是不善于种地务农。是我拖累了他。每天跟我去打猎……你想，那还种什么地呢。"我同意他的看法，然后我们躺下睡觉了。

第二天，鲍卢台金先生被迫进城跟邻居皮丘可夫打官司去了。那是因为皮丘可夫强行开垦了他的土地，还在开垦的田地里毒打了他的一个女仆。于是我一个人出外打猎。傍晚前我返回途中，马车顺便来到霍尔的家。一个老人在农舍的门口迎接我，他就是霍尔，光秃秃的脑袋，矮个儿，宽肩膀，很结实。我好奇地看着这个"黄鼠狼"。他的脸形颇像古希腊哲学家苏格拉底：高高的寿星额头，小眼睛，翘鼻子。我们一同进了屋，又是费加给我送来了牛奶和黑面包。霍尔就坐在一条矮的长椅子上，泰然自若地用手捋着他那卷曲的胡须，就这样开始了我们的谈话。看来他很有自尊感，说话与动作慢吞吞的，长胡子缝里偶尔露出笑容。

我同他谈论到播种、收获、农民的风俗……他对我所说的话，好像全都认同。只是后来我逐渐感觉不好意思，我感觉自己说得不对头……怎么会这样？真有点儿奇怪。"黄鼠狼"有时说话很机智，想必是出于谨慎……我们的谈话中有这样一个例子：

我问他："霍尔，你为什么不向自己的主人赎身呢？"

"我为什么要赎身呢？现在我了解主人，也知道自己的地租，我家的主人好。"

我说："身子总是自由的好。"

霍尔从旁边看了我一眼，说："那是明摆着的。"

我又问道："那么你为什么不赎身呢？"

霍尔摇了摇头："老爷，你叫我用什么赎身呢？"

"老头儿，你算了吧……"

霍尔好像自言自语似的轻声说道："要是我霍尔做了自由人，凡是没有胡须的人，都会做我霍尔的头儿的。"

"你自己把胡须剃掉就好了。"

"胡须算什么？胡须是草，随时可以割去。"

"本来就是嘛，那还说什么呢？"

"也就是说，霍尔要经商了，商人的生活过得好，他们也都蓄着胡须。"

我问他道："可不是？你现在不已经是在经商吗？"

"我们只是稍微做一点儿黄油和焦油买卖……老爷，你要吩咐套车吗？"

"你这人嘴也太紧了，也太有心计了。"我心想，于是说出声来："我不要车。如果你允许，我想留在你的柴草房里过夜，明天在你的房屋附近走走。"

"承蒙老爷看得起，不过老爷能安心住在柴草房里吗？我吩咐儿媳们铺床单，放枕头。"说着他站起来，喊道："喂，媳妇们，往这儿来！费加，你同她们一块儿去。她们笨。"

过了一刻来钟，费加手拿着灯，领我到了柴草房。我坐在芳香扑鼻的干草上，猎犬在我的脚边蜷曲着身子。费加向我道了晚安，将门吱的一声关上了。我久久不能入睡。一头奶牛走近门口，呼呼地喷出了两声，猎犬严肃地对着它狂吠起来。一头猪在旁边走过，沉思地哼着。一匹马在附近什么地方嚼起干草来，一面打着响鼻……我终于打起瞌睡来。

天亮时，费加就叫醒了我。我很喜欢这个活泼敏捷的小伙儿，而且我看得出，他也是老霍尔的爱子，父子俩非常亲热地彼此开几句玩笑。老霍尔出来迎接我。也许是因为我在他家中过了一夜，或者由于别的原因，反正他对待我比昨天热情得多。他微笑着对我说："茶饮已经为你烧好了，我们喝茶去。"

我们在桌子旁边坐下来，一个健康的村妇——他的儿媳，送来了一罐牛奶。他的儿子们也一个一个走进来，向我道了早安。我向他说道："看你一家人丁兴旺，儿子们多魁梧！"

老人说："是的。"他正咬下很小一块干硬的白糖，"他们对我和我的老婆子很好，没有什么可以抱怨的了。"

"他们都和你一起住吗？"

"都和我一起住。他们自己愿意，也就这样一起住了。"

"他们都结婚了吗？"

他用手指着费加说："就是那一个不结婚，再就是瓦夏，他年纪还小，他还可以等几年。"

费加仍像第一次我来的时候那样倚在门边。

"结婚干什么？我现在就很好。"费加反驳道，"我娶老婆干什么？难道要我同她像狗一样吠叫不成？"

老人继续说："你呀你……我知道你！你手上戴着几个银戒指……你的鼻子总喜欢嗅老爷家的丫头们……'够了，别不要脸啊！'"老人戏用了丫头的这句话，继续说，"我太了解你了，你这个公子哥儿！"

"别的女人有什么好处？"

"别的女人能干庄稼活儿，"霍尔郑重地说，"别的女人能侍候丈夫。"

"我要干活儿的女人做什么？"

"你是爱用别人的手捞油水。我的儿子，我们太了解你了。"

"好啦，既然是这样，就给我娶亲吧。怎么样，怎么你又不吭声了？"

"够了，够了，磨嘴皮的。我们磨得老爷不安了。我总会给你娶亲的……先生，你不要生气。孩子嘛，不懂事，还没有长大成人啊。"

费加摇了摇头……

门外传来了熟悉的声音："霍尔在家吗？"卡里内奇双手捧着一大把野地里的草莓走进来，这是他专为自己的朋友摘下来的，霍尔热情地欢迎他。我惊异地看着卡里内奇，说实话，我真没料到，乡下人也这样"殷勤"。

这天我出去打猎，比平常晚了四小时，以后的三天我是在霍尔家里度过的。我对这两个新朋友感兴趣。不知道因为什么我得到了他们的信任，他们和我谈话时的确没有拘束。我也很高兴听他们谈话和观察他们。两个朋友一点儿都不像。霍尔是个积极务实的人，有行政头脑，一个理性主义者；卡里内奇则相反，他属于理想派或者唯心主义者、浪漫主义者，充满热情，富于幻想。霍尔懂得现实，也就是说，他建房子，积攒点儿钱，跟主人和政府的各部门搞好关系；卡里内奇穿着草鞋，勉强度日。霍尔生养了一个顺从和睦的大家庭；卡里内奇曾经有过一个妻子，他惧怕老婆，他们一个小孩儿也没有。霍尔对主人鲍卢台金先生看得很透，卡里内奇则崇拜自己的主人。霍尔很爱卡里内奇，给他保护和帮助；卡里内奇不仅爱霍尔，还很尊敬他。霍尔的话很少，面带微笑，心中有数；卡里内奇说起话来，虽然不像夜莺歌唱那样动听，可也像工厂里活泼的工人那样充满热情……但是卡里内奇的天赋优越，霍尔自己也是承认的。例如，卡里内奇能念咒止血、压惊、制怒、驱虫避邪，他的手灵巧，蜜蜂都听他指挥。霍尔当着我的面请求他把一匹新买的马牵进马圈，卡里内奇也心甘情愿、认认真真地执行这个老怀疑主义者的请求。卡里内奇接近自然，霍尔接近人和社会。卡里内奇不爱议论，一味盲从；霍尔居然也玩世不恭，笑对人生。霍尔见多识广，我从他那里学到了许多东西。比如，我从他讲的一个故事里知道：每年夏天开镰以前，一辆不大的特殊马车会到村子里来，上面坐着个穿长袍、系腰带的人，贩卖长柄镰刀。若是现钱，每把镰刀他只要纸币一卢布二十五戈比，甚至半卢布；如果赊购，就要纸币三卢布，甚至银币一卢布。所有的农民自然都向他赊购。过了两三个星期，他又到这儿取钱来了。那时农民们刚收割完燕麦，有钱还债了，便同商人一起去酒馆，在那里付清欠款。有些地主本想自己用现金把镰刀买来，再按商人的定价把镰刀赊账卖给农民，结果农民并不满意，甚至显得灰心丧气，因为他们失去了这样的乐趣：用手弹着镰刀，听了又听，在手里翻来覆去地看，对那个骗人的商贩问上二十来遍："小伙子，这镰刀不怎么好吧？"买小镰刀时也是这样，差别只在于女人们插手这件事，以至有时商贩为了她们的利益，反而不得不敲打她们。但女人们吃苦头最多的情况还是卖破烂。纸厂原料的供给商委托一些县里叫作"雄鹰"的特殊人物来收买破布。每个"雄鹰"从商人那里领到二百来卢布纸币，下乡来寻找"猎物"。他们虽然名为"雄鹰"，但与这种高尚的飞禽品性不同，甚至相反，不是公开、勇敢地进攻，而是使用狡猾、诈骗的手段。这样的"雄鹰"将大车留在村子附近的灌木丛里，自己悄悄来到农家后院的后门，装作一个过路人或者随便闲逛的人。女人们敏锐地"嗅"到他的到来，就偷偷地出来接头，匆忙中双方讲好价钱。只为几个铜板，女人们就不仅将各种破布卖给了"雄鹰"，而且常常连男人的衬衫和自己的裙子都卖掉。近来女人们认为从自己家里将大麻、特别是"麻布片"偷出来能卖出一个好价钱，于是"雄鹰"的业务就大大地扩展和改进了。丈夫们也学会了，只要有一点点动静，只要从远处听到"雄鹰"来了，便迅速有力地采取挽救和预防措施。真的，这不是很可气吗？卖大麻是他们男人的事情，他们确实也卖大麻，但不是在城里卖，而是卖给下乡来的商贩，因为在城里卖，还得自己想法拉去，由于没有小秤，只好四十把算作一普特①，要知道，什么是一把？俄国人的手掌，特别是他"用劲"的时候，是很有分量的！我是个没有经验的人，没有在乡间长住过，是个"外来客"（像我们奥廖尔省人说的），但也听到很多这类故事。霍尔并不总在说话，还问了我许多事，他知道我常去国外，他的好奇心就更加强烈了……卡里内奇也不甘落

---

① 俄国的重量计量单位，一普特约等于 16.38 千克。

后，不过他问的多是自然风光，山川、瀑布，以及高楼大厦、大城市之类；霍尔感兴趣的是些关于行政、国家的事情。他问得很有条理："他们那里也和我们这儿一样，还是不一样？……老爷，你说说吧！"在我说的时候，卡里内奇惊叹道："啊，我的上帝，有这种事？"……霍尔则沉默不语，紧锁浓眉，只是偶尔说道："我们这里行不通，那倒是好事，这是秩序。"我不能把他提的所有问题全都转述出来，也没有必要，但是从我们的谈话里，我得出一个信念，大概是读者怎么也意料不到的信念——彼得大帝①表现的主要还是俄罗斯人的性格，这正好在他的改革中表现了出来。俄罗斯人如此相信自己的力量和坚强，以至不惜破坏自身许多东西。俄罗斯人对过去关心不多，而是勇敢地向前看。什么好，他就喜欢什么；什么合理，他就追求什么；至于它来自何方，他都不管。俄罗斯人用自己的健全思想取笑德国人的枯燥推理。但是德国人，用霍尔的话说，是个很有趣的人种，他应该跟他们学一学。由于自身地位的特殊性，即实际上的独立性，霍尔同我谈论许多别人说不出来的事情。按农民的话说："用别的杠杆也撬不出来，用磨盘也磨不出来的啊！"他的确知道自己的身份和地位。跟霍尔交谈，我生平第一次听到了俄罗斯农民简单、聪明的语言。他的知识相当广泛，又具有特色，但是他不能看书，卡里内奇却能。霍尔说："这个游手好闲的人认识字，有文化，他养的蜜蜂不会死。"我问霍尔："你让你的孩子们看书识字吗？"霍尔沉默了一会儿，说："只有费加能。""其他孩子们呢？""其他孩子们不能。""那为什么呢？"老人没有回答，而是转换了话题。虽然他很聪明，但有许多偏见或成见，例如，他内心深处轻视女人，高兴时，也拿她们开心，甚至戏弄她们。他的妻子老而多嘴，整天不离火炕，骂骂咧咧，唠叨不停。儿子们对她满不在乎，但儿媳们在她这个厉害的婆婆控制下，简直害怕得要死。难怪一首俄罗斯民

---

① 彼得大帝（1672—1725）是俄国沙皇，在位期间实行经济、军事、文化教育和政治改革。

歌里有一段婆婆们的唱词："你哪是我的儿子？你算什么丈夫！你不打妻子，你不打新娘……"有一次，我本想为他们的儿媳讲好话，想引起霍尔的怜悯心，但刚说了几句，他就很平静地打断我："你何必管这些鸡毛蒜皮的小事——让女人们去争吵好啦……替她们拉架，反而更糟，把手弄脏了不值得。"有时厉害的老婆子从火炕上爬下来，将看家的狗从过道里叫唤进来，嘴里嘀咕着："这里来，这里来，狗啊！"她用那火钩子打狗瘦的背脊，或者站在席棚下面同过往的人们"吠叫"（这是霍尔的用语）。但是她怕自己的丈夫，就遵照他的吩咐，爬到火炕自己的铺位上去了。但特别有趣的还是听霍尔和卡里内奇在谈及主人鲍卢台金时的争论。卡里内奇道："霍尔，不许你在我面前碰他。"霍尔反驳道："可他为什么没有给你做靴子呢？"卡里内奇道："靴子嘛！我要靴子做什么呢？我是个农民……""我也是农民，你看……"说着话，霍尔抬起了一只脚，给卡里内奇看那只像是用象皮制成的靴子。卡里内奇答道："你可不是我们的穷哥儿们。"霍尔道："哪怕给你一双草鞋也好，你可是陪伴他打猎啊。大概一天要一双草鞋吧。"卡里内奇道："他给我买草鞋的钱。"霍尔道："是的，去年赏了你十戈比银币。"卡里内奇苦恼地背过身去，霍尔却开怀大笑，笑得连他的小眼睛都完全消失了。

卡里内奇唱歌相当好听，同时还用三弦琴伴奏。霍尔听着听着，突然歪起头，吊起嗓子来，他的歌声充满着怨恨。他特别爱唱一支歌："命运呀，我的命运！"费加总不放过揶揄父亲的机会："怎么，老头儿，又发牢骚了？"但是霍尔仍用一只手托着腮，闭着眼，继续抱怨自己的命运……可是在别的时候，没有人比他更勤快实干了。他永远不停地张罗着什么：修理大车，支起倒了的围墙，检查马具。但他并不特别讲究清洁，有一次我提起这件事，他答道："屋子里应该有点儿住人的味儿。"

我反驳他："可是你看看卡里内奇的养蜂场多清洁！"

他叹息了一声，说道："否则蜂就活不了，老爷。"

另外一次，他问我："你有世袭的庄园吗？"我应了一声："有。"他又问："离这里远吗？"我说："约有一百俄里。""老爷，你住在自己的庄园里吗？""是的。""大概玩玩猎枪的时候更多吧？""是的。""好极了，老爷，你尽情地去打松鸡吧，但是村长要勤换一些。"

第四天傍晚，鲍卢台金先生派人来接我。我舍不得跟老人分别。我同卡里内奇坐上大车。我说："再见了，霍尔，祝你健康。费加，再见了。"他们也说："再见了，老爷，再见，别忘了我们。"我们坐着车走了。晚霞烧红了天空。我看着明亮的天空，说："明天会有好天气。"卡里内奇不同意我的看法："不，明天要下雨。你看，鸭子在那里戏水哩，草的气味也太浓了。"我们的车进了树林。卡里内奇低声唱着歌，他坐在驾驶台上颠簸着，一面不停地望着天空的晚霞。

次日，我离开了鲍卢台金先生好客的家。

猎人叶尔莫莱与磨坊主妻子

傍晚，我带着猎人叶尔莫莱一起外出"守猎"……也许并不是所有读者都知道什么是"守猎"，先生们，听我道来。

春天，在日落前一刻钟，我们带着猎枪，不带猎犬，到密林里去。我们先在密林边缘附近寻找一块地方，观察好四周，检查好猎枪的雷管，跟同来的伙伴悄悄地互递眼色。一刻钟过去了。太阳落山了，树林里却还明亮；空气清新透明，鸟声叽叽喳喳；青草欢快地闪烁着绿宝石般的亮光……你等待着。树林里渐渐昏暗下来；红色的晚霞慢慢溜到树根和树干上，越升越高，从低矮的、几乎光秃的树枝移到静止不动、正在入睡的树梢……现在树梢也开始变暗了，天空从胭脂色逐渐变成蓝色。树林的气味变浓了，温暖的湿气在微微地散发，吹进来的风在你身边渐渐地停息。鸟儿也渐渐地入睡——不是所有的鸟一下子同时入睡，而是分门别类地相继入睡：苍头燕雀最先安静下来，过了一会儿是红胸脯知更鸟，接着就是专吃种子的"燕麦麻雀"。树林越来越昏暗了。树儿正分别地被黑暗包围和吞噬，蓝色的天空羞怯怯地露出第一批星星。鸟儿都睡了，只有红尾巴的小啄木鸟还在昏睡中不时地吹着口哨……一会儿它们也都沉静了。等了一会儿，我们头上又一次响起了黄莺洪亮的声音；柳莺在什么地方凄凉地叫着；夜莺第一次吊起嗓子来。我们等待得心急如焚（但只有猎人们能理解我的心情）。忽然间，万籁俱寂中响起一阵特别的鸟鸣声，传来整齐地拍打翅膀的声响，一只黄鹤姿态优美地低垂着长长的嘴从黑暗的桦树林里飞出来，迎着我们的枪弹。这就是"守猎"。

就这样，我同叶尔莫莱一起出去"守猎"了。可是先生们，请原谅，我还得先把叶尔莫莱向你们做个介绍。

　　他四十五岁上下，又高又瘦，鼻子细长，额角狭窄，眼睛是灰色的，头发蓬乱，宽嘴唇上总挂着讥笑。此人冬天和夏天都穿着德国式的淡黄色土布长衫，扎着一条宽腰带，穿一条蓝色灯笼裤，戴一顶由多块羊羔皮拼凑缝制的棉帽，这顶礼帽是一个破产地主在高兴时送给他的。他的宽腰带上系着两个布袋，一个在前面，被巧妙地分为两半，分别装着火药和霰弹；一个在后面，用来装野味。至于棉絮，需要时叶尔莫莱可以从自己这顶看来是"取之不尽"的棉帽里取出来。他本来很容易把卖野味得来的钱掏出来买一个子弹盒和火药袋，可是他一次也没有想到这一点，依然照老办法装弹药。旁人见他巧妙地避免霰弹与火药从布袋里漏出或混合在一起的危险，就觉得很惊奇。他用的是单筒猎枪，装的是燧石扳机，而且开火时猎枪习惯"残酷地"往后退，因此叶尔莫莱的右脸总是比左脸肿。用这支猎枪打中鸟，这是机灵的猎手都无法设想的，可是他就能打得中。他有只很好的猎犬，取名瓦列特卡，是个很奇怪的东西。叶尔莫莱从不喂它。此人有一套理论："我想喂狗，但狗是聪明的动物，自己会找到食物。"的确如此，瓦列特卡虽然过分干瘦，甚至连冷漠的过路人见到了也会感到吃惊，但它还是活着，而且活得很久，甚至在十分穷困的情况下也没有一去不回，也从未表示想离开自己的主人。曾经有一次，这只狗在青年时候被爱情引诱，出走过两天，但不久它那股傻气就消失了。瓦列特卡最显著的特征是它对待世上的一切无比的冷漠……如果不是讲狗，我就要用"绝望"这个词了。它平常坐在那里，把自己的短尾巴蜷曲在自己的身体下面，皱着脸，不时地哆嗦几下，却从不微笑。众所周知，狗具有微笑的天赋，而且笑得非常可爱。

　　这只狗的外貌极其难看，凡是闲着手不干事的仆人，都不会放过恶毒讥笑它的机会。可是对所有这些讥笑甚至打击，瓦列特卡都以惊人的冷淡和麻木忍受着。它特别讨厨师的喜欢，但当它露出不只是狗才具有的弱点时，即被厨房里温暖的香气所引诱而把自己饥饿的嘴脸伸进半开的厨房门时，厨师就立刻放下工作，带着喊叫和咒骂追赶它。打猎时它不知疲倦，嗅觉敏锐。如果偶然追到一只受伤的野兔，它就十分高兴，藏在绿树底下的阴凉里吃完那只兔子，连一根骨头也不剩。它吃的时候，有礼貌地远离叶尔莫莱，怕主人用一切已知的和未知的方言骂它。

叶尔莫莱归我邻村一个老式地主所有。老式的地主们不爱"野鹤"，坚持吃家禽。也许在不平常的情况下，比如在生日、命名日或选举的日子，老式地主们的厨子才会着手用这种长嘴的野鸟做菜肴。但是厨子自己也不大知道怎么做，不由得要犯俄罗斯人固有的毛病，头脑发热，于是在这些"野味"上面加些莫名其妙的作料，使大部分客人带着好奇心和注意力观看这些端上来的美味佳肴，却不敢动口品尝。主人命令叶尔莫莱每月一次供给厨房两只鹧鸪和两只野鸡，但允许他随便住在哪里和如何生活。人们都拒绝他，把他看成不适宜做任何工作的"废人"，像我们的奥廖尔那里说的那样。火药和霰弹自然不供给他，这里遵循的正是他不喂给狗食物那样的原则。叶尔莫莱是个很奇怪的人：他无忧无虑，像鸟那样，相当爱唠叨，外表上意志涣散，行动笨拙；他极爱喝酒，待不惯一个地方，走路时刷刷的步子很快，身子左右摇摆，正因为刷刷的步子很快，身子左右摇摆，一昼夜能不费力地走五十俄里。他有各种各样的离奇遭遇：他常在沼泽地、树林里、树上、屋顶上、桥底下过夜，不止一次被禁闭在阁楼、地窖和柴草房里，时常失去猎枪、猎犬或者最必需的衣物，还时常被人长时间地毒打——可是过了一些时候，他总是穿着衣服，背着猎枪，带着猎犬，走回来了。虽然他几乎经常处在良好的心境中，但不能说他快乐。总之，他看起来是个怪人。叶尔莫莱喜欢同好人唠嗑，特别是在端着酒杯的时候，但也不会持续多久。常常这样，他突然起身就要走。"你到哪里见鬼去？天已经黑了。""我去恰蒲里诺村。""你干吗非要走十俄里路去恰蒲里诺村呢？""到农民萨甫龙那里过夜。""就住这里过夜吧。""不，不能在这里。"说着，他就带着瓦列特卡在黑暗中穿过灌木丛和水洼，走了。可是农民萨甫龙恐怕不会放他进自己的院子，也许还要挡住他的脖子往外推，一边说："你不要来打扰正派人。"可是谁也比不上叶尔莫莱在以下几方面的高超技能：在春汛的水里钓鱼，用双手捕龙虾，凭嗅觉找野物，引诱鹌鹑，驯养鹞鹰，唱着《魔笛》和《杜鹃飞迁》①捕捉夜莺……可是不会训练猎犬，他耐性不够。他也有妻子，他一礼拜只回家看妻子一次。他的妻子住在东倒西歪的破碎茅屋里，艰难度日，吃饱了今天，不知道明天，总之，她过得很苦。叶尔莫莱这个无忧无虑、心地善良的人，对待妻子却残忍、粗暴，在家里总是一副威严可怕的样子。他可怜的妻子不知道怎样去奉承他，只要他眼珠一瞪，他妻子便哆嗦，用最后的一戈比买酒给他。当他神气十足、四肢摊开在火炕上开始酣睡时，妻子小心翼翼而又关怀备至地把自己那件羊皮袄盖在他身上。我也不止一次发觉他无意中流露出的那种冷酷和凶暴，我不喜欢他咬死那只被打下的飞鸟时的面部表情。可是叶尔莫莱从不留在家里超过一天。可是他在自家以外的地方就又变成了"叶尔摩尔卡"②，方圆一百俄里内，别人都这样叫他，他自己有时也这样叫自己。最末等的仆人也觉得自己比这个流浪汉优越——也许正因此对他相当友好，一些农民起初都喜欢追捕他，像追捕田里的一只兔子一样，但后来又看在上帝的分上放了他，当知道他是个怪人以后，也就干脆不去动他了，还给他点面包吃，同他交谈……于是我雇用了这个猎人，一起来到伊斯塔河岸大的桦树林里"守猎"了。俄国许多河流，像伏尔加河那样，岸的一边是山，另一边是草场，伊斯塔河也是这样。这条小河蜿蜒曲折，河道奇特异常，犹如一条蛇在爬行，直的河段没有超过半俄里长的，而且从某一段河岸陡峭的山丘往下眺望，十俄里路以内，大小堤坝和池塘、一个个磨坊和菜园都历历在目，它们有爆竹柳的林带环绕，被密密麻麻的绿色果园环抱。伊斯

① 这两首歌名是夜莺的喜好者所熟悉的，它们是夜莺所唱歌曲里的优秀段子。——原注
② "叶尔摩尔卡"是"叶尔莫莱"的卑称。不过这个卑称除了表示"轻视"，同时也含有"不见外"的亲昵感。

塔河里的鱼多得不得了，尤其是胖头鱼，乡下人大热天从灌木丛的树荫下出来用手就可以捞到。小山鹬沿着岩石的河岸呼啸着来回飞翔；岩岸上到处有清澈、寒冷的泉水。成群的野鸭游到大小池塘的中央，谨慎地环顾左右；鹭鸶竖立在树荫里、河湾里、悬崖峭壁下……我们"守猎"约一小时，打死了一对黄鹤，希望在日出以前再试试我们的运气（在黎明前也可以"守猎"），便决定住到离我们最近的磨坊里过夜。我们走出树林，下了山冈。伊斯塔河翻滚着深蓝色的波浪。夜色变浓了，潮气逼人。我们敲了一下大门。狗在院里叫开了。里面传来了一个沙哑的、睡意蒙眬的声音："谁呀？""是打猎的，让我们进去住一夜。"里面没有回答。"我们给钱。""我去告诉主人……这些该死的……你们不得好死！"我们听见这个打工的进屋去了。他很快就回到大门旁边，说："不。主人不让你们进来。""为什么不让呢？""就是因为你们是猎人，他怕你们把磨坊烧了。你们身上带的是弹药呀。""这真是胡说！""前年我们一所磨坊就烧掉了。几个鱼肉贩子在这里过夜，就这样着了火。""那怎么办，老兄？总不能让我们在外面过夜吧！""那是你们的事了。"……他走开了，靴子发出噔噔的响声。

　　叶尔莫莱声称要给他一点儿厉害看看。但最后，他叹了一口气，说："我们还是到村庄里去吧。"但是这里离村庄有两俄里路……我说："就在这里过夜。今夜外面暖和，磨坊主人会卖给我们麦秸。"叶尔莫莱也只好服从。于是我们又敲起门来。又传来那个工人的声音："你们究竟要什么？已经说了，不行。"我们向他说明我们的需要。他又进去同主人商量，并且同主人一块儿出来了。旁边的小门吱呀一声开了。磨坊主人出现了，此人高个子，长着肥胖的脸，牛头似的后脑勺，又圆又大的肚子。他答应了我的请求。距离磨坊百步远有一个四面敞开的小棚。那个工人给我们送来了麦秸和干草，他还在河边草地上放好了茶炊，蹲在地上，用力地吹起来……煤炭呼呼地燃烧，照亮他年轻的脸。磨坊主人跑去叫醒妻子，他自己到底还是请我们进屋里睡，但是我宁愿留在露天里睡。磨坊主的妻子给我们拿来牛奶、鸡蛋、番薯和面包。很快水开了，我们就喝起茶来。河上升起一股暖气，没有风；四周有布谷鸟的叫声；磨坊的车轮发出微弱的声音：水珠从转动的轮盘上往下落，水穿过堤坝的闸门的缝隙漏出来。我们生起一堆篝火。叶尔莫莱在火里烤土豆，我也就趁机打起瞌睡来……压低的轻声细语把我惊醒。我抬起头。篝火前，磨坊主妻子坐在一个放倒的桶上，正在同叶尔莫莱谈话。我从她的衣着、举止和言谈就已经知道了她是地主家的女仆——既不是村妇，也不是小市民，但只是现在，我才细看了她的脸。她看上去有二十来岁，消瘦苍白的脸还保存着美貌的痕迹，那双忧郁的大眼睛尤其使我喜爱。她把胳膊肘支撑在膝盖上，双手托着脸。叶尔莫莱背对着我坐在那里，向火里添加木片。

磨坊主妻子说："热尔杜星村家畜又得了瘟疫。伊万神父家的两头奶牛都倒下了……"

叶尔莫莱沉默了一会儿，问："你家的那几头猪呢？"

"还活着。"

"真希望能送我一只小猪崽。"

磨坊主妻子沉默了好一会儿，然后叹息了一声。

她问道："和你同来的这位是谁？"

"科斯托马罗地方的一位老爷。"

叶尔莫莱把几根松树枝投进火里，松枝立刻和谐地噼噼啪啪地烧起来，白色的浓烟直冲他的脸上。

"为什么您丈夫不放我们进屋呢？"

"他害怕。"

"这个大肚皮……亲爱的，阿丽娜·蒂莫菲叶芙娜，您拿杯酒给我。"

磨坊主妻子站起身，消失在黑暗里。叶尔莫莱轻声地唱起来：

> 我常去找情人幽会，
> 穿破了所有的靴子。

阿丽娜一会儿就拿着一小瓶酒和一个杯子回来了。叶尔莫莱欠起身，画了个十字，一口气便把酒喝了。"我爱！"他加了这个"爱"字。

磨坊主妻子又在桶上坐下来。

"阿丽娜·蒂莫菲叶芙娜，看来你总生病？"

"总生病。"

"怎么这样？"

"每天晚上被咳嗽折磨。"

叶尔莫莱沉默了好一会儿，然后说："老爷大概睡着了。阿丽娜，你不要去找医生，那会更糟糕。"

"我当然不去。"

"可以到我家做客。"

阿丽娜低下了头。

叶尔莫莱继续说："那时候我将把妻子撵走……真的。您真得来呀！"

"你最好把老爷叫醒，你看，叶尔莫莱·彼得洛维奇，土豆已经烤熟了。"

我那忠实的仆人却满不在乎，他冷冷地说："让他睡大觉吧。跑累了，倒下就睡着了。"

我在干草上翻了身。叶尔莫莱起身走到我跟前，说："土豆已经好了，请吃吧。"

我从敞棚里走出来，磨坊主妻子从桶上下来，正想走开。我同她谈起话来。"这磨坊你们租了很久了吗？"

"从圣三节①起已经是第二年了。"

"你丈夫来自何处？"

阿丽娜没听清我的问题。

叶尔莫莱便提高嗓音，重复了一句："你丈夫是哪里人？"

---

① 宗教节日，圣灵降临后的礼拜天，在 6 月。

"是别列夫市人。他是别列夫的小市民……"

"你也是别列夫的小市民吗？"

"不，我是主人家的……曾经是主人家的。"

"谁家的？"

"是兹魏尔科夫老爷家的。现在我已经自由了。"

"哪位兹魏尔科夫？"

"亚历山大·西莱奇。"

"你不是他夫人的丫头吗？"

"您怎么知道的？我就是。"

我带着同情心和加倍的好奇心看了看阿丽娜。

"我认识你家老爷。"我继续说。

"您认识？"她轻声回答，低下了头。

应该告诉读者我因为什么带着这样的同情心看着阿丽娜。我在彼得堡的时候，偶然认识了兹魏尔科夫先生。他当时占据相当重要的地位，以精明能干著称。他有一个好动感情、好流眼泪、好发脾气、庸俗不堪、养尊处优的肥胖妻子，他还有一个被溺爱的傻儿子——一个真正的小少爷！兹魏尔科夫先生本人的外貌也很少给人好感：宽大的四方脸上，狡猾地眯缝着一对老鼠似的眼睛，拱起一只又大又尖的鼻子，鼻孔敞开地露在外面；剪短了的斑白头发像鬃毛一样竖立在布满皱纹的额头之上；薄薄的嘴唇不住地颤动着，勉强地微笑着。兹魏尔科夫先生平时站立的时候叉开两条细腿，把一双粗大的手插在口袋里。有一次我同他两人坐着马车出城。我们畅谈了起来。兹魏尔科夫先生作为一个经验丰富、精明能干的人，开始用"真理之道"教训我。

最后他尖着嗓子对我说："你们所有的青年对一切事情随便发表议论；你们对自己的祖国知之甚少；先生们，俄罗斯对你们是陌生的，情况就是这样……你们只喜欢读德国书。譬如你现在对我说的那件事，也就是那件关于地主家仆人的事……好，我不反驳，你说得都好，但是你不知道他们，不知道他们是怎样的人。"兹魏尔科夫先生大声地擤着鼻涕，吸着鼻烟。"现在我对你讲一件小事，你也许对它感兴趣。"兹魏尔科夫先生咳了一口痰，然后说，"我妻子是怎样的人，你是知道的。大概再也找不到比她更好、更良善的女人了——你会同意吧。她让自己的丫头们简直过人间天堂一样的生活……但是我妻子为自己定了一个规矩：她身边不留出嫁的丫头。丫头出嫁——这本来就不合适嘛！如果生了孩子，那么她怎么还能好好伺候夫人、细心观察夫人的嗜好和习惯呢？她已经顾不上这些了，她心里想不到这些了。人同此心，心同此理——应该这样看问题。比如有一次，我和妻子经过我们自己的村庄，离现在大概有十五年了（怎么对你说呢，我不撒谎），看见村长有个非常好看的女儿——一个小女孩，她的举止和仪态就流露出一种当丫头的素质。我妻子对我说：'科克（你知道，她叫我'科克'），把这个小姑娘带回彼得堡，我很喜欢她。'……我说，好呀，就带走吧。村长自然给我们跪下了，他决不会想到会有这样的好运……可是小女孩当然是愚蠢地哭了。这对她，开始时的确很可怕，离开父母和家嘛……总之，这没有什么可奇怪的。可是很快她就对我们习惯了。起初把她放到女仆们住的下房，当然要教她。你能想到吗？那小女孩学什么都很出色。我妻子就是对她偏心，宠爱她，最后，不收别人，单叫她做自己的贴身丫头。你听我说……应该说句公道话，我妻子过去没有过、根本没有过这样的丫头：殷勤，谦虚，听话——简直是一切都合乎要求，因此我妻子过分地溺爱她，给她穿好衣服，让她跟主人一桌用餐、喝茶……你想，待她还要怎样好呢？就这样，她在我妻子身边伺候了十来年。忽然有一天，阿丽娜（她的名字叫阿丽娜）居然不经禀报，走进我的书房，扑通一声跪在我脚下……我坦白地对你说，我一向就受不了这个。一个人任何时候也不应该忘记自己的尊严啊！我问她：'你有什么事？'她说：'老爷，亚历山大·西莱奇，求您开恩。''什么事呢？''请允许我出嫁。'说实话，我当时很惊讶：'傻丫头，你不知道夫人身边没有别的丫头吗？''我以后照旧伺候夫人。''胡说！胡说！夫人是不留出嫁的丫头的。''玛拉尼娅可以替我。'请你不要瞎想了！''听老爷的话……'说实话，我简直气死了。可以说，从来没有什么比忘恩负义更叫我生气的。也不必对你解释……你知道我妻子是怎样的人：她是天使的化身，有说不尽的善良。即使是坏人，也会可怜她的。我把阿丽娜撵出书房。我想，她也许以后能醒悟过来，我不相信世人真会这样忘恩负义。谁料想，半年以后，她居然又来向我提出同样的请求。说实话，我当即就气得把她撵走，威吓她说，我要告诉夫人。我真生气了。但谁能想象，过了不久，我妻子含着眼泪来到我书房，那种难受的样子让我吃惊，甚至使我害怕。'发生了什么事？''阿丽娜……'不说你也明白……我说出来害臊。'不能吧……谁呢？''你的贴身仆人彼得，小彼得。'这个更使我气炸了。我这个人……不喜欢含糊……彼得没错。惩罚他也可以，但我认为他没有错。阿丽娜……嗯，嗯，这里还有什么话可说呢？我当然就立刻吩咐把她头发剃光，让她穿上粗布衣，送她到乡下。我妻子失去了一个好丫头，但也没有法子，因为家里不能没有秩序！毒瘤最好一下子割掉……现在你自己判断去。你知道我的妻子。她呀……她呀……毕竟是个天使……她离不开阿丽娜，阿丽娜也知道这个，可是她不知羞耻……啊？你说……这还有什么可说！无论如何，没有法子。至于我本人，那个姑娘的忘恩负义长时间使我痛心，使我生气。无论你怎么说，良心和感情——在这些人身上是找不到的！俗话说，狼无论怎样喂，还是想去树林……这是前车之鉴！我不过想对你证明……"

兹魏尔科夫先生没有把话说完就转过头去，很气派地把身上的斗篷裹紧了些，以压住内心不由自主的激动。

读者现在大概明白我同情地看了看阿丽娜的缘故了。

最后我问她："你嫁给这磨坊主多久了？"

"两年了。"

"是吗？难道老爷允许吗？"

"已经有人赎我出来了。"

"谁呢？"

"萨魏利·阿列克谢伊奇。"

"他是谁？"

"他是我丈夫。"

叶尔莫莱暗暗地微笑了一下。

"难道老爷对您说到过我？"沉默了好一会儿，阿丽娜添了这一句话。

我不知道怎么回答她的问话。磨坊主在远处喊她："阿丽娜！"她站起来，走了。

我问叶尔莫莱："她丈夫人好吗？"

"还不错。"

"他们有孩子吗？"

"有一个，但死了。"

"怎么，磨坊主喜欢她吗？他为她赎身花了很多钱吧？"

"我不知道。她认字，这对他们的生意……那个……有好处。所以他喜欢她。"

"你早就同她认识吗？"

"是的。我以前常到她主人家去。那庄园离这儿不远。"

"贴身仆人彼得卢什卡① 你认识吗？"

"彼得·瓦西里耶维奇吗？怎么能不认识。"

"他现在在哪里？"

"去当兵了。"

我们两人沉默了一会儿。

最后我问他："她的身体看来不好吧？"

"什么呀，不好……明天'守猎'一定会有收获。您现在不妨睡一觉。"

一群野鸭在我们头上呼啸而过，我们听见它们落在附近的河面上。天完全黑了，开始冷了。树林里夜莺在鸣叫。我们钻进干草里，睡着了。

_____

① "彼得卢什卡"是卑称。卑称用来称呼下人或小孩，但主要还是表示亲昵。

从草莓泉水到伯爵管家

八月初的天气常常炎热得令人受不了。在这个季节，从上午十一点到下午三点，就是最果断、最有兴趣的人也无心外出打猎，就是最忠实的猎犬都要开始"舐猎人的靴跟"，也就是像得了病似的，一步一步地跟在后边，眯缝着眼睛，过长地伸出舌头。对主人的叱责，它卑微地摇着尾巴，带着困惑的表情，却不肯往前走。我正是在这样的一天外出打猎了。我早就想坐在阴凉处休息一会儿，但一直勉强坚持着；我那只不知疲倦的狗也早就接连不断地在灌木丛里乱窜了，虽然它并不指望这种狂热行动能有什么好结果。这种闷人的炎热最后迫使我考虑保存我们的最后一点儿体力。我勉强走到伊斯塔河那里，我宽大为怀的读者已经熟悉它了。我从陡峭的河岸上下来，踏着潮湿的黄沙，向附近闻名的"草莓泉水"的方向走去。这股泉水从河岸的一道裂口里涌出来，裂口渐渐变成一条不大但很深的山谷。在二十步远的地方，潺潺的泉水带着欢快的喧闹，流进伊斯塔河。山谷两边的斜坡上，小橡树丛生。泉水旁绿草如茵，阳光几乎从未照到冰凉的、银色的泉水。我走到泉水旁边，草上放着一个桦树皮做的勺子，那是过路的乡下人留下公用的。我畅饮了泉水之后，躺在阴凉处，向四周看了一眼。伊斯塔河由于泉水的流入而形成一个河湾，河湾因此永远荡漾着涟漪。河湾附近有两个老人背对着我坐着。一个身子骨相当结实，高个子，穿一件墨绿色的、整洁的长衫，在那里钓鱼；另一个又瘦又小，穿着一件带补丁的常礼服，还不戴帽子，膝上放着一只装有蠕虫的瓦罐，偶尔用一只手摸白发苍苍的小脑袋，仿佛想以此遮挡太阳。我仔细地打量了他，认出他是舒米希诺村的斯交布什卡[①]。请允许我把这个人介绍给读者。

　　舒米希诺村这个大村庄离我的村子有数俄里远，那里有一座石头砌的教堂，是为纪念科兹玛与达米安两位圣徒建造起来的。教堂对面曾经是地主老爷宽阔华丽的宅第，宅第周围是各种附属建筑与服务设施：下房、厨房、作坊、马厩、停车棚、柴草房、浴室与澡堂、临时厨房、客房与招待所、养花的温室、公用的秋千以及其他或多或少有益的建筑。在这些豪华的住宅里住着富家地主，他们一切如常，生活顺心如意。但忽然在一天清晨，所有这些财富被火烧光了。老爷们迁移到别的地方去了，这里的庄园也就荒芜了。广阔的火烧场变成了菜园，有的地方砖头瓦砾成堆，原来的地基还留下一些残迹。后来，他们命人用大火里没有烧坏的一些木头临时搭起一个小茅屋，又把十来年前买来建哥特式凉亭的那个木板盖在上面，让园丁米托洛方同他的妻子阿克西娜和七个孩子住在那里。他必须给一百五十俄里以外主人家的餐桌供应瓜果和蔬菜；阿克西娜负责看管从莫斯科用大价钱买来的奥地利"狄洛尔"种牛。可惜这头奶牛已丧失了生殖能力，因此，从买来以后就没有提供过牛奶。此外，一只有凤头的灰色公鸭也交给她照管，这算是"老爷"唯一的家禽了。小孩们因为年纪小，主人没有指定任务，不过也实在管不住他们的懒惰。我曾在这个园丁家里住宿过两三次，顺手拿过些菜园里的黄瓜，这些黄瓜（上帝知道为什么）甚至在夏天就很大，口味很差，瓜皮又黄又厚。在他家里我曾见过斯交布什卡一次。除了米托洛方一家人和一个管教堂的耳聋的老人格拉西木（他为了基督寄住在一个独眼士兵妻子的小屋里），地主家再也没有一个仆人留在舒米希诺村，因为我想给读者介绍的斯交布什卡既不能被认为是主人，也不能被认为是家仆。

　　任何一个人在社会上总有他的某种地位，也总有某种关系；任何一个家仆，如果不是领薪水，那也总要得一份所谓"口粮"。斯交布什卡根本

得不到任何补贴，跟谁也没有亲属关系；谁也不知道他的身世，他似乎没有过去；谁也没有谈到过他，人口普查也未必把他登记入册。背地里有过传言，仿佛他什么时候当过某人的贴身仆人，但他是谁，从哪里来，是谁的儿子，怎么会投奔舒米希诺村成了这里的"臣民"，怎么竟有一件不记得从何时起就穿在身上的、掺有毛料的棉布上衣，住在何处，靠什么生活——这些谁都一无所知，而且，说实话，这些问题谁也不感兴趣。特洛费梅奇爷爷熟悉所有家仆四代以上的家谱，但他也只说过此人一点儿情况。记得他说过，"斯交巴"①是一个土耳其女人的亲戚，这个女人是已故的老爷阿列克谢·罗曼南奇旅长远征归来吩咐用辎重车载回来的。在节日里，按俄国古老的习俗，主人家普遍地施舍与招待盐面包、荞麦馅饼、绿葡萄酒——即使在这些日子，斯交布什卡都没有露面入座、就餐、喝酒、鞠躬，没有吻主人的手，更没有在主人眼皮底下为主人的健康一口气喝下管家的胖手给斟满的一杯酒，甚至未必有一个善心人从这个可怜人身边走过，把一块没有吃完的馅饼分给他！在快乐的复活节，也有人同他接吻三次互相祝福，但他也不卷起袖口，从裤子后面口袋里掏出一个红鸡蛋，喘着粗气，眨巴着眼睛，送给少爷们甚至太太本人。他夏天住在鸡舍后面的仓库里，冬天住在澡堂的门口，严寒的天气里他便在干草堆里过夜。人们见到他，已经习以为常，有时甚至给他一拳、踢他一脚，却没有一个人肯同他说话，而他也仿佛生下来就没有开过口。火灾后，这个被抛弃的人便在园丁米托洛方那里安身，奥廖尔人叫作"藏身"。园丁既不对他说"你住在我这里吧"，却也不撵他走。斯交布什卡并没有住在园丁的家里，他住在或者说"寄生"在菜园里。他走路和活动时没有任何响声；打喷嚏和咳嗽都用手捂着嘴，好像害怕似的；成天默不作声地忙个不停，像蚂蚁一样：一切为了吃，也仅仅为了吃。的确如此，如果他不从早到晚关心自己的食物——他也就饿死了。糟糕的是，早晨还不知道晚上拿什么填

———————————

① "斯交巴"是"斯捷班"的爱称。

饱肚子！斯交布什卡有时坐在围墙下咬萝卜、吃胡萝卜，或者嚼很脏的大头菜；有时他气喘吁吁地提着一桶水去一个地方；有时在一只瓦罐下生起火，从怀里掏出几块黑面包，投进瓦罐里；有时在自己的小仓库里劈柴、钉钉，在墙上安一个放面包的架子。这些事情他都是默默地做，仿佛是躲在角落里，就怕人看见！有时候，他忽然走开一两天。他的走开，当然谁也不注意……你看，他又出现了，又在围墙旁边偷偷地将木柴片放到三脚架下。他的脸小小的，眼睛黄黄的，头发吊到了眉毛上，鼻子尖尖的，耳朵大大的，被太阳照得透亮，像蝙蝠的一样，胡须总像是两星期以前剃掉的，从来就是一样的长短。我在伊斯塔河河岸见到的就是这个斯交布什卡，他给另一个老人做伴。

我走到他们面前，问了声好，就坐在他们身边。斯交布什卡的这个同伴，我也认识，是彼得·伊里奇伯爵家已放归自由的人：米哈伊洛·萨魏里甫，绰号"涂蛮"，他寄住在波尔霍夫县一个得痨病的市民家里。那个市民开了一个旅店，我常在这家店下榻。年轻官吏及其他闲人坐车在奥廖尔大道上来往（专注斜纹布羽绒褥子生意的商人，自然顾不及此），至今还能在离"三圣村"这个大村庄不远处看到一所两层的大木房矗立在大道上，都已经荒废了，屋顶已经坍塌，窗户全都钉死。在这阳光灿烂的中午，再也没有比这些断壁残垣更凄凉的景象了。彼得·伊里奇伯爵曾经住在这里，他以好客闻名，是旧时代的大臣。从前，全省都有人坐车来拜访他，在他家里聚会，跳舞、狂欢，有家养的乐队伴奏，音乐震耳，鞭炮齐鸣，焰火冲天。至今还有不止一个老太太经过这废弃、荒芜的殿堂时不由得感慨往事，回忆在这里度过的青春岁月。伯爵长年累月地宴请宾客，长年累月地带着微笑在一群低头哈腰、阿谀奉承的客人中周旋。但不幸的是，他的财产不够他一辈子这样挥霍。他在彻底破产后，只得起程彼得堡去寻找职位，但还没有等到上头的任何决定就死在旅馆的一间客房里了。"涂蛮"在伯爵家当过管家。伯爵在世时，他就得到了"自由证"。他如今已经是七十来岁的老人，五官端正，平易近人，脸上几乎时刻带着微笑，只有叶卡捷琳娜时代的人才会这样微笑，笑得如此善良，如此庄重。他交谈时，缓慢地开闭着嘴唇，亲切地眯缝起眼睛，说话带一点儿鼻音。他擤鼻涕、嗅鼻烟也都从容不迫，好像在做正经事情。

我开始说了："怎么样，米哈伊洛·萨魏里甫，你钓的鱼多吗？"

"请您看看篮子里，我钓到了两条鲈鱼和五六条胖头鱼……斯交巴，拿出来给先生看看。"

斯交布什卡便把篮子伸给我看。

我问他："斯捷班，你过得怎样？"他结结巴巴，仿佛舌头有千斤重，回答说："还……还……还不错，勉强……凑合。"

"米托洛方好吗？"

"好，怎……怎么能不好，先生。"

这个可怜人转过身去了。

"涂蛮"说话了："不知为什么，鱼儿就是不上钩。天太热，鱼儿全躲到树荫下睡觉了……斯交巴，请把蠕虫穿上。"

斯交布什卡拿起一条蠕虫，放在手掌上，拍打了它两下，穿在鱼钩上，吐了几口唾沫，交给了"涂蛮"。

"谢谢，斯交巴……而您，先生，"他转过身来，对着我，继续说，"您是来打猎吗？"

"是的。你说得对。"

"是这样啊，先生……您的这只猎犬是英国种还是芬兰种？"

老人很喜欢借机表现自己，好像在说："我们也是见过世面的！"

"我不知道它是什么种，但它是好样的。"

"是这样啊，先生……您常牵着好些猎犬出来打猎吗？"

"我有两群猎犬。"

"涂蛮"微微一笑，摇了摇头。

"的确是这样，有的人喜欢猎犬，而有的人，白送给他，他也不要。据我的简单想法，我以为，养猎犬大都为了气派，所谓摆阔气……也就是让一切按照规矩来，马要有规矩，看养猎犬的人也要有规矩，一切都应该有规矩。故去的伯爵，愿他在天国安息！说实话，他生来就不是猎人，一年只出去打猎一两次，但也养猎犬。看养猎犬的家人们都聚集在院子里，穿着镶着金边银带的红色长衫，吹着军号。伯爵阁下出来了，马牵过来了，伯爵骑上马，领头的猎人走过来替伯爵把脚放进了脚镫，然后这个'狩猎长'脱下帽子，把缰绳放在帽子里递上去。伯爵抽了马一鞭，看养猎犬的家人们也吆喝着走出院子。于是马夫也骑上马，跟在伯爵后面，手里牵着同一条丝带上两只为主人喜爱的猎犬，就这样，这位'车骑官'四向观望，你看……他高高地坐在哥萨克式的马鞍上，脸颊红红的，两只大眼睛就这样扫射，真了不得……在这种场合自然有宾客。既有狩猎之乐，又受到尊敬嘛……哎呀，被它挣脱了！"他突然加了一句，把钓竿往上一提。

我问道："听说，伯爵生前这样风光过一阵子，是吗？"

老人向鱼饵蠕虫吐了几口，把钓竿抛了出去。

"他是位赫赫有名的达官贵人，先生。过去常有大人物，可以说，彼得堡的一流人物，来拜访他。过去常常这样，这些大人物披着深蓝色的绶带，坐在桌旁吃饭。伯爵是款待宾客的高手。他常常把我叫过去，说：'涂蛮，明天我要几条活鲟鱼，叫人给我送来，听见没有？'我说：'听见了，大人！'我还要准备绣花外衣、假发、手杖、香水、上等花露水、鼻烟壶、大幅的名画，这些应有尽有，是从巴黎订购来的。他动不动就大摆酒宴，放焰火，游船，甚至放礼炮。仅家庭乐队就有四十人。他还从一些德国人里选了一个'先生'当指挥。但是这个德国'先生'高傲极了，想和老爷们同一个桌子用餐。伯爵大人下令把他撵走了，他说：'乐队懂得怎么做。'不用奇怪，主人的权威嘛！开起舞会来，舞一直跳到天亮，他们大都跳'埃克瑟兹'这种古典交际舞……啊……啊……老弟上钩了！（老人从水里钓出了一条不大的鲈鱼。）斯交巴，给你！"老人又把钓竿抛了出去，继续说，"老爷，还是个好老爷，心也慈善。常常这样，他打了你几下，你看，他却忘了。只有一点，他养了一些娘儿们。上帝饶恕！是这些娘儿们使他破了产，因为她们大都从低阶层里选来的。你想，她们还有什么不知足呢？其实不然——就是把全欧洲最贵重的物品全都给她们，她们还嫌不够呢！即使这样，还是可以说：人生为什么不可以享乐一番呢？！这当然是老爷的事……不过破产总是不应该的吧。特别是有一个娘儿们，名叫阿库林娜，现在也已故去，愿她在天国安息！她是个普通女子，父亲是希多夫村掌管十户人家的'甲长'，这个女人却非常厉害，竟时常打伯爵的耳光，是她把伯爵完全迷住了。我的侄儿被她'剃额头'当了兵，只是因为他把一杯可可茶溅到了她的新衣裳上……还不只他一人被'剃额头'呢……可是无论如何，那个时代还是好！"老人加了这句，长叹了一声，低头不语了。

一阵沉默过后，我又问他："依我看，那位老爷很严厉？"

老人摇了摇头，不同意我的看法："那个时候，这是习俗，当老爷就得这样。"

"现在就不这样了吧。"我评论了一句，一面注视着他。

他向我斜视了一眼，说："现在显然比以前好。"他嘟囔了一句，又把钓竿远远地抛了出去。

我们坐在灌木丛的树荫下，可是树荫下也异常闷热。沉重的、炎热的空气仿佛凝住不动了，发烫的脸带着愁容在寻找风，可是哪里有风啊！太阳从渐渐由蓝转黑的天空直射下来。对岸，正对着我们的燕麦田黄澄澄的，有的地方长出了苦艾，哪怕有一根麦穗儿在风中摇曳一下也好啊！下游不远处，一匹农家的马站在齐膝深的河水里，懒洋洋地甩动着湿淋淋的尾巴。偶尔有一条大鱼游到灌木丛树荫下的水面，吐着泡沫，又轻轻沉到河底去了，给水面留下微微的涟漪。蝈蝈儿在发黄的草上跳跃；鹌鹑似乎不乐意地叫着；鹞鹰在田野上空盘旋，不时地停在原处，快速地扇动着翅膀，张开扇子一样的尾巴。我们被炎热镇服了，一动不动地坐着。忽然，我们身后的峡谷里传来了响声。有人走下来喝泉水了。我回头一看，一个五十来岁的农民，身穿衬衫，脚穿草鞋，背着一个编织的箩筐，上面搭着一件粗呢子上衣，风尘仆仆，正从峡谷下来。他来到泉水旁边，喝了个够，然后欠起身来。

"涂蛮"注视着他，喊了一声："喂，佛拉司！老弟，你好呀。真没想到！你这是从哪里来？"

农民走到我们面前，说："你好啊，米哈伊洛·萨魏里甫。我从远方来。"

"涂蛮"问他："好久没有见到你！你哪里去了？"

"到莫斯科找老爷去了。"

"为什么事？"

"去求他。"

"求什么事？"

"求他减租，或者让我在主人那里干活儿抵租，或者迁移个地方……我儿子死了，我现在一个人交不起租。"

"你儿子死了？"

"死了。他不在了。"他沉默了一会儿，补充说，"去世前在莫斯科当车夫。不瞒您说，是他替我交租金。"

"难道你现在还欠租？"

"是，我还欠着租。"

"你老爷怎么说？"

"还能怎么说？把我撵出来了！他说：'你胆敢直接来找我，这些事有管家管。'他说：'你应该先找管家……并且叫我把你往哪里迁呢？'他说：'你先把欠的租付清了再说。'老爷简直气坏了。"

"怎么，你就这样走回来了？"

"就这样走回来了。我本想询问我去世的儿子有没有留下什么财物，但没有结果。我对他的主人说，我就是飞利浦的父亲，他却对我说：'那又怎么样？你儿子什么也没有留下，并且还欠我的债呢。'于是我只好走回来了。"

农民带着苦笑对我们讲述了这一切，好像是在谈论别人的事，可是他眯着的小眼睛里却翻滚着泪花，嘴唇不住地颤动。

"怎么，你现在是回家？"

"要不往哪里去呢？自然是回家。我妻子现在大概正双手空空等着挨饿呢。"

斯交布什卡忽然说："你不如……那样……"说到这里，他尴尬地找不出别的话来，便又沉默了，乱摸着瓦罐里的鱼饵。

"你要去找管家吗？""涂蛮"继续说，一面看了斯交布什卡一眼，不免流露出惊讶。

"我去找他干什么？……我还不是一样欠债要还。我儿子死以前就病了一年，他连自己的租税也没有交……但是我也不用发愁，从我身上什么也捞不着了……老兄，无论管家怎么耍滑头，我总哼哼哈哈，逗着玩！"农民大笑起来，"无论你怎么耍聪明，金提里扬·谢苗内奇，我却……"

农民佛拉司又大笑起来。

"涂蛮"一字一顿、有板有眼地说："怎么啦？佛拉司，这可不好。"

"怎么不好？难道……"佛拉司的话音忽然断了。他一面用袖子擦着脸，一面说："真热啊！"

我问他："你主人是谁？"

"伯爵瓦列利昂·彼得洛维奇。"

"彼得·伊里奇的儿子吗？"

"涂蛮"回答说："是彼得·伊里奇的儿子。彼得·伊里奇生前曾把佛拉司所在的那个村子分给了他的儿子。"

我说："他身体好吗？"

佛拉司说："身体好着呢，托上帝的福！简直是满脸红光。"

"涂蛮"便对我说："真不如住在莫斯科，住在这里要交租。"

我说："交多少租金呢？"

佛拉司嘟嚷了一句："九十五卢布。"

我说："哦，你看，那块地很小，尽是主人的树林。"

农民说："听说这片树林已经卖掉了。"

"涂蛮"说："可不是……斯交巴，给我一条蠕虫……怎么了，斯交巴？你睡着了？"

斯交布什卡哆嗦了一下。农民在我们身边坐下来。我们又沉默了一阵。对岸有人唱起了一支歌，歌声是这样凄凉……可怜的佛拉司发起愁来。

半小时以后，我们分别了。

县医爱情奇缘

有一次，秋天，我从离庄园远的野外打猎归来，路上着了凉，病倒了，发着烧。幸亏我住在县城一个旅馆里，我打发人去请医生。大约半小时以后，来了一个县医。他个子不高，人很瘦，头发黑。他给我开了一服寻常的发汗药，吩咐我贴芥末太阳膏，接着就非常灵巧地把一张五卢布的钞票塞进袖口的"翻边"里，而且干咳了一声，往旁边瞟了一眼，便打算"回府"了。但不知为什么他又谈兴大发，留了下来。我为发烧所苦，知道这一夜会失眠，所以很喜欢同一个好人聊聊天。茶端上来了。我尊敬的医生就谈起天来。他很聪明，言语大胆，谈笑风生。世上常发生一些奇怪的事：有的人，你跟他在一起相处很久，并且有了交情，但你从不与他开诚布公、说心里话；而其他人，你刚和他认识，彼此推心置腹，闲聊中竟把所有的隐私和盘托出了。我不知道自己怎么会得到我这位新朋友的信任，而他竟无缘无故、"随随便便"把一件相当重要的事件讲给我听。现在我努力用大夫的原话，把他讲的事情告诉厚爱的读者。

"您不知道，"他吸了一口鼻烟，用软弱、颤抖的声音开始说，"您不知道这里的审判官梅洛甫，也就是保尔·卢基奇吗？……哦，你不知道……这没关系。"他咳嗽了一声，擦了擦眼睛，"事情是这样的，先生，我怎么对您说呢？实话实说吧。那是在大斋期，大解冻的天气，我正在审判官家里玩纸牌。我们这位审判官是个好人。忽然（我这位大夫常用'忽然'这个词），来人说：'有人找您。'我问：'什么事？'来人说：'他留下了一张字条，一定是病人家送来的。'我说：'把字条拿给我看。'

果然是病人家送来的……好啊，这是我挣钱糊口的机会到了……原来，写字条的是一个女地主——一个寡妇。她写道：'我女儿快要死了，请您赶紧来，看在上帝的分上。'那里还写着'为您派来了马车'……哦，这一切倒不算什么，但是她住在城外二十俄里远，而且当时天已黑了，如今的道路又太难走！并且她现在也变穷了，根本别指望我拿到两卢布以上的酬劳，连这点也都值得怀疑，也许只能得到一些粗麻布和谷物之类做报酬了。但是您知道，职责高于一切——人都快死了啊！我当即把牌交给常任的审判员卡利奥平便动身回家了。只见家门口的台阶前已停着一辆农民的小马车，三匹农家马，肚子很大，身上的毛真像是毛毯。马夫坐在那里，为了礼貌，没有戴帽子。我心想，老弟，你主人显然不是家财万贯……先生别笑，听我给您说：看我们这位可怜的老弟，一切都可以想象出来……如果车夫坐在那里像公爵一样，既不脱帽鞠躬，还从胡须下面露出冷笑，还轻轻地甩动马鞭子，那么就可以大胆地敲打出两张支票来！但我看见当时的情况完全不是这样。不过我想，职责高于一切，没有别的办法。于是我取了一些最需要的药品，坐车走了。您简直不会相信，马车差点没能把我拉到她家。这条路实在太难走了，小河不止一条，处处是积雪、泥泞、水坑。忽然，前面的堤坝缺了一截——真倒霉！不过，马车还是把我拉到了她家。房屋很小，屋顶盖着麦秸。窗里有灯光，可见正在等候哩。一位戴着睡帽、很有礼貌的老太太出来迎接，她说：'人快要死了，请您救救吧。'我说：'请不要着急……病人在哪里？''请到这里来。'我一看，小房间很清洁，一角放着一盏灯，床上躺着一个二十来岁的姑娘，她已经昏迷不醒。她身体很热，呼吸困难，是发高烧。还有两个姑娘，是病人的姐妹，很害怕，在旁边流眼泪。她们说：'她昨天还是健康的，食欲也很好，今天早晨喊头痛，晚上忽然就这种情况……'我又对她们说：'请不要着急。'您知道，这是医生的义务。于是，我着手医治。我给她放了血，又吩咐给她贴上芥末膏，开了一服药剂。我看看她，看着看看，我的上帝呀！我过去还从未见过这样美丽的脸！一句话，她是位绝代佳人！我对她的怜悯之情油然而生。她的五官端正，招人喜欢，眼睛嘛……感谢上帝，她安静了，汗出来了，仿佛醒过来了。她向四周看了看，微微地笑了，一只手在那里摸自己的脸……两个姐妹俯身问她觉得怎么样。她说了一声'没有什么'便翻过身去睡了，我看见她已经睡熟，就说：'现在应该让病人安静。'于是我们蹑着脚走出房间，只留下一个丫头，以防万一。客堂里茶炊已经摆在桌子上，还摆着自家用泉水酿的甜酒。她们送上了茶，又请我留宿。我同意了，因为现在还能去哪里呢？老太太总在那里唉声叹气。我说：'您怎么啦？她一定能好，请不要着急，您自己也休息休息，已是半夜两点了。'老太太说：'如果有事发生，请吩咐人叫醒我。'我说：'一定。'老太太走开了，两个姑娘也回自己房间去了。我的床铺就搭在客堂里。我躺下了，可就是睡不着，不知道什么东西在作怪，心里头被什么折磨死了，脑子里一直在想我的那个病人。最后，我实在忍耐不住了，我忽然起床，心想，我得去看看患者现在怎么样。她的卧室正好跟客堂相邻。于是我起床，轻轻地推开了门，心怦怦地跳。我看见丫头已经睡着，甚至张着嘴在打鼾，真见鬼！病人对着我躺着，两只手摊开。可怜的姑娘啊！我走到跟前……她忽然张开眼睛，盯着我……'谁？你是谁？'我难为情起来，说：'小姐，不要害怕，我是医生，过来看你的。你现在觉得怎么样？''你是医生？''是的，我是医生……令堂派人到城里来请我。我给你放了血。小姐，现在请你安心睡觉。过一两天，托上帝的福，我们就会让你起床了。''哦！是的，是的。医生，你不要让我死。我求你啦！求你啦！''你这是怎么啦？上帝保佑你！'我想，她又在发烧，便上去按她的脉，果然在发烧。她看着我，忽然拉着我的手，说：'我要告诉你我为什么不愿意死，我要告诉你，我要告诉你……现在只有我们两人，不过请你不要对别人说，你听我说。'……我俯下身去，她把嘴唇贴着我的耳朵，她的头发挨在我的脸颊上，说实话，我热血往上冲，头都晕了。她开始轻轻地耳语……我一点儿也没有听明白……唉，原来她在那里谵语呢……她耳语着，快速地说着，说的简直不像俄语，后来说完了，哆嗦了一下，头倒在枕头上，还用手指着我威胁说：'医生，别忘了，你对谁也不要说呀……'我便安慰她一下，给她喝了许多水，叫醒了丫头，走出房间。"

这时大夫又狠狠地吸了一口鼻烟，愣住了一会儿，继续说："但是第二天，令我大失所望，病人的情况并未好转。我想了又想，忽然决定留下，虽然别的病人在等候我……您知道，这决定非同小可，我的业务会因此遭受损失。但第一，这个病人的确处于绝望状态；第二，应该说实话，我对她非常有好感，并且我也喜欢她们全家。她们家虽然不是有钱人，但都是受过教育的人，可以说很少见……她父亲是个很有学问的人，一个著作家，当然是死于贫困，但是他给了女儿们很好的教育，还留下许多书。不知是因为我这样热心地在病人旁边张罗，或是因为别的什么原因，我敢说，她们家里对我如同亲人……并且那时候，冰雪开化，道路泥泞不堪，一切交通可以说都已断绝，连药料都很难从城里运到……病人没有好转……于是一天接着一天，一天接着一天……就这样……就那样……"大夫沉默了一会儿，"真的，不知道怎么对您述说才好……"他又嗅了嗅鼻烟，干咳了几声，喝了一口茶，"我对您实话实说吧。我的这位病人……不知怎么的……也许就……爱上我了……或者并不是，也许不是爱上……然而……真的，不知怎么的……"大夫低下了头，脸也红了。

"不，她哪里是爱上我呢！"他激动地继续说，"总应该知道自己的价值啊。她是个有教养的姑娘，人聪明，书读得多。我却连自己的拉丁文都忘光了。关于相貌——"大夫含着笑看了一下自己，说，"大概也没有什么可以吹嘘的。但是上帝也没有把我生成个白痴，我决不会把白的叫作黑的，我总还懂点事。比如说，我很好地了解亚历山大·安德烈夫娜——我称呼她亚历山大·安德烈夫娜。她对我的感情不是爱情，而是友情，可以说是好感，也许是敬意吧。虽然她自己在这方面可能考虑不当或者错误，但她当时处于怎样的处境是可想而知的……然而——"

大夫带着明显的慌乱心情，一口气说了这么多杂乱无章的话，然后补充说，"我大概有点儿像在给上级报告……使你听得莫名其妙……现在请允许我按顺序讲给你听。"

他喝干了一杯茶，开始用平静的语气说道：

"情况是这样的，先生。她的病情越来越重，越来越重。先生，你不是医生，你不能理解我们当医生的兄弟们的心情，特别是当他最先猜测到病魔将压倒病人的时候。自信心哪里去了？你忽然胆子小了，连话都说不出来了。你甚至觉得你把所知道的一切也都忘了，你觉得你的病人不信任你了，觉得其他一些人已经开始觉察你惊慌失措了，很不愿意向你介绍病人的状况，皱着眉头看着你，交头接耳地议论……唉，真糟糕呀！你心想，总有治疗这种病的药，只要能找到。是这种药吗？你试一试——不，不是这种！你还没有等药发生效力，就乱抓一气……抓了这个，又抓那个。往往取出药方医书……心想：药就在这里，就在这里！真的，有时便乱开药方，心想，碰碰运气吧……但人快要死了，也许别的大夫可以救他。于是你就说：'需要会诊，我负不起责。'在这种情况下，你看起来真是个白痴！但随着时间的推移，你又心安理得了，若无其事了。你心想，人死了，并不是你的过错，你是按规矩做的。最叫人难受的就是眼见人家盲目信任你，而自己觉得束手无策。亚历山大·安德烈夫娜一家对我就寄予这样的信任，以至她们忘记姑娘还在危险之中。虽然我还是对她们说不要紧，可我自己已经是六神无主。最不幸的就是道路更加泥泞难走，车夫进城买药，通常要几天才能回来。我整天留在病人房里，不能离开，有时候给她讲各种笑话和趣闻，有时同她玩纸牌。一连几夜坐在那里。老太太含着眼泪感谢我；我心想，我并不值得她感谢。我坦白地向你承认，现在也不必隐瞒了——我已经爱上我的病人了。亚历山大·安德烈夫娜也离不开我了，除我以外，竟不让别人进她的房间。她时常同我谈话，问这问那：我在哪里念过书，生活怎么样，有哪些亲人，常到谁家去。我觉得病人不应该谈话，但要禁止她，坚决禁止她，也实在是不能。我有时捧着头问自己：'你做的什么事？你这强盗！'可是她忽然拉着我的手，看着我，久久地看着，然后回过身去，叹了一口气，说：'你是多好的人啊！'她的手滚烫，眼睛睁得大大的，带着痛苦的表情，'是的，你好，你是好人，你不像我们那些邻居……你不像他们，你不像他们，我怎么以前不认识你呢？'我说：'亚历山大·安德烈夫娜，你安心养病吧……你相信我，我觉得，我不知道做了什么事情，承你这般看重我……你要安心养病，为了上帝，你安心地养病吧，一切都会好的。'"这时，大夫把身体向前倾，眉毛往上扬，补充说，"她们之所以和那些邻居来往少，是因为她们不习惯接近小人物，而自豪感又禁止她们去跟富人交往。我对您说，这一家人非常有教养，所以我很佩服。她服药非得经我手……可怜的人，在我的帮助下，她在床上欠起身，服了药，望了我一眼……我的心都跳出来了。但是她的病越来越重，越来越重。她会死，我心里知道，她肯定会死。您相信我，我宁愿替她进棺材！她的母亲、姐妹都观察着我，盯着我……她们对我的信任正在减少。她们问：'她的病到底怎样？要紧不？'我说：'不要紧，不要紧！'但什么不要紧！我自己也糊涂了。先生，就这样，一天晚上我又一个人坐在病人身边。丫头也坐在那里，呼噜呼噜地打着鼾。这也不能责怪可怜的丫头，因为她也忙坏了。整个一夜亚历山大·安德烈夫娜自我感觉很不好，高烧折磨着她，她一直折腾到半夜，最后仿佛睡着了，至少她躺在那里不动。灯在屋角圣像前点着。我坐在那里，也低着头，打瞌睡。忽然仿佛有人推了推我身体的一侧，我转过身来……我的上帝！亚历山大·安德烈夫娜睁大眼睛看着我……她的嘴唇也张开了，双颊也烧红了。我问她：'你怎么了？'她说：'医生，我会死吗？'我说：'怎么会呢？上帝保佑你！'她说：'不，大夫，不！如果你知道，请你不要对我说我能活……请你不要这样说……如果你知道……看在上帝的分上，你听的！你不要对我隐瞒我的病情。'她这时呼吸异常急促，但继续说，'如果我知道我大概会死，我就要把所有的话全对你说，所有的话！'我说：'怎么会呢？亚历山大·安德烈夫娜！'她说：'你听我的！我一点儿也没有睡着，我早就看着你了……看在上帝的分上……我相信你，你是好人，你是正直的人，我以世界上一切神圣的东西担保，我恳求你说真话。如果你知道，这对我是多么重要……医生，向上帝保证，我的病很危险吗？'我说：'叫我对你说什么话呢？亚历山大·安德烈夫娜！怎么会呢！'她说：'看在上帝的分上，我哀求你！'我说：'亚历山大·安德烈夫娜，我不能再瞒你了。你的病情确实是危险，但是上帝会保佑你……'她说：'我要死了，我要死了！'……她仿佛高兴了，脸上也变得愉快了；我反而害怕。她忽然坐起来，撑着胳膊肘，说：'不要怕，不要怕，死一点儿也不能使我恐怖。现在……也罢，现在我可以对你说，我全心地感谢你，你心地良善，你是个好人，我爱你……'我看着她，受宠若惊，心里很害怕……'你听见了没有？我爱你！''亚历山大·安德烈夫娜，我做了什么，值得你这样！''不，不，你不明白我的意思……您不明白我……'忽然，她伸过双手，抱着我的头，吻了我……先生，您相信吗？那时候我几乎喊出声来……我双膝跪下，把头藏在枕头里。她没有说话，手指在我的头发上颤抖，我听见她在哭。我开始安慰她，劝说她，但真不知道我对她说了些什么。我说：'你会把丫头惊醒的。亚历山大·安德烈夫娜……感谢你……你相信我，你安心吧……'她坚持说：'得啦，得啦！随便她们怎么样，醒也好，走过来也好——那全是一样：我都要死了……而您又害怕些什么呢？您抬起头来……或者您，也许不爱我？也许我受骗了……要是这样，请你原谅吧！'我说：'亚历山大·安德烈夫娜，你说的什么？……我爱你呢，亚历山大·安德烈夫娜。'她正面望了一下我的眼睛，张开双手，说：'那么您拥抱我呀！'……先生，我坦白对你说，我不知道，这天晚上我怎么没有疯！我觉得我的病人在毁灭自己，我看出她并不完全清醒，我也明白，她如果不认为自己已经处在死亡边缘，也决不会想到我。她现在知道，自己二十五岁就要死去，却没有爱过任何人，不由得感到害怕，这使她痛苦，所以她才由于绝望随便抓住了我。先生，现在你明白了吧？但是她当时抱着我不放手。我说：'你宽恕我吧，亚历山大·安德烈夫娜，你也宽恕、珍惜你自己吧。'她说：'为什么？有什么可珍惜的？我都快要死了。'……这话她反复地说：'如果我知道我还能活在人世，还能做正派的姑娘，我还会害羞，真正害羞……可现在呢？'我说：'谁对你说你会死呢？'她说：'得啦，您不要骗我，您不善于说谎。'我说：'你不会死的，亚历山大·安德烈夫娜，我能够治好你的病。我们请求你母亲的祝福……我们将结合在一起，我们将会幸福的。'她说：'不，不，我得到了你的诺言，我一定快要死了……你已经向我许诺了。'我痛苦，许多原因使我痛苦。你想想，有时会发生这样的事儿：看起来不算什么，可是想起来就心疼。她忽然想起问我的名——不是姓而是名。偏偏不幸，我取了'特里风'这样一个很俗气的名字。是的，是的，先生我叫特里风，也就是特里风·伊凡诺维奇。这一家人都叫我医生。我不得已，只好说：'小姐，我名叫特里风。'她皱了皱眉，摇了摇头，轻轻地说了几句法国话。嘿！也许是什么不好的话，后来她笑了，笑得也不好看。就这样，我几乎通宵伴着她，清晨出来时，像是掉了魂似的。我下午吃了茶点再走进她的房间。我的上帝！我的上帝！她叫人认不出来了，面色苍白，消瘦不堪，比死人还难看。老实说，我现在不知道，真不知道我当时怎么能挺过了这次磨难。我的病人又折腾了三天三夜。多难熬的三夜呀！她对我说了些什么呀！最后一个晚上，您可以想象，我坐在她身边，只求上帝一件事：快一点儿收下她吧，也把我收了……忽然老母亲跑进来……头天晚上我已经对老太太说过，希望渺茫，情况很不好，不妨去请牧师来。病人一看见她母亲，便说：'妈，你来得正好……妈，你看，我们彼此相爱，我们彼此许下了诺言。'老太太说：'医生，她说什么？她怎么了？'我一下子愣住了，我说：'老人家，她在说胡话。她发高烧……'姑娘却说：'得啦！得啦！您刚才可不是这样对我说的，并且还接受了我的戒指……装什么假呢？我母亲是好人，她会原谅的，她会理解的，而我快要死了，我还有什么必要说谎。请把手给我。'我跳起身来，跑出去了。老太太自然也猜出是怎么回事了……

"我也不想再往下讲了，您听了会难受吧。说实话，回忆这些，我自己就很难受。我的病人第二天就故去了。唉！愿她安息！"大夫很快地加了这一句，"临死的时候，她请自己的人出去，只留下我一个同她在一起，对我说：'请你原谅。可能我对不住你……我有病……但是你相信我，除了你，我没有这样爱过任何人……请你不要忘记我……珍藏着我的戒指……'"

医生转过身去，我拉住了他的手。

他说："让我们讲些别的吧，或者，您愿意玩小输赢的纸牌吗？像我这种人不必执着于这种高尚的情感。像我这种人，只要考虑一件事：怎么让孩子们不哭、妻子不骂。后来我正式地结了婚，娶了一个商人的女儿，也就是得了七千卢布的嫁妆。我妻子名叫阿库林娜，和特里风正相配。我应该告诉您，这个女人脾气很不好，幸亏她整天睡觉……我们玩纸牌怎么样？"

我们坐下来玩纸牌，输赢按戈比算。特里风·伊凡诺维奇赢了我两个半卢布，很晚才走，感到心满意足。

我邻村的地主拉其洛夫

秋天，野鹤往往栖息在古老住宅的椴树园林里。这样的园林在奥廖尔省内相当多。我们的祖先在选择住址的时候，一定要辟出两俄亩好的土地，当作果园，园内椴树成林，林下是林荫道。过了五十年，多则七十年，这些庄园，即"贵族之巢"，慢慢从地面上消失。房屋朽的朽了，卖的卖了，拉的拉走了，石头的附属建筑物也变成一堆堆废墟。苹果树枯死，被当作柴火烧，围墙和篱笆也都毁坏，只有椴树林风光依旧，现在被开垦的农田所包围，正在向我们这个风一样的民族述说着"已故父辈们的风光"。这种老椴树是很好的树木……连俄国农夫无情的斧子都怜惜它。老椴树的叶子小，强有力的树枝四处伸展，树下永远有一片树荫。

有一次，我同叶尔莫莱到野地里打野鸡，看见旁边有一座荒芜的园林，便向那里走去。我们刚走进林边，一只野鹤从灌木林中带着响声飞起来，我就放了一枪。就在这一瞬间，离我几步远的地方传来了叫声，一个年轻姑娘惊恐的面孔从树木后面露了一下，立刻又避开了。叶尔莫莱跑到我面前，说："您干吗在这里放枪？这里住着一个地主。"

我还没有来得及回应，我的猎犬还没有来得及把打死的飞鸟郑重其事地送到我跟前，我就听见一阵急促轻快的脚步声，一个高个儿、蓄着胡子的人从密林里走出来，面带不满地站在我面前。我连忙道歉，说尽了好话，自报了姓名，并表示要把在他的庄园里射死的这只鸟献给他。

他这才带着微笑对我说："先生，我能接受您的野味，但有一个条件，您得留在舍下用午餐。"

老实说，我不大乐意接受他的邀请，但又无法拒绝。

"我是这里的地主，我们也是邻村的朋友，敝姓拉其洛夫，先生可能听说过。今天是星期天，我们家里应该有像样的午餐，不然，我也不请您了。"

我照着惯例回答了，便跟着他走去。我们沿着一条新近清扫的小道快步走出茂密的椴树林，然后走进一个菜园。老苹果树和茂密的醋栗树之间，到处是淡绿色的圆大头菜；"啤酒花"螺旋似的缠满高高的木杆；栗色的树枝密密麻麻地插在苗床上，树枝上缠绕着干枯的豌豆蔓；又大又扁的南瓜好像是躺在地上；黄瓜也黄澄澄的，挂在布满尘土、有棱有角的叶子底下；高高的荨麻在篱笆附近摇曳着；有两三个地方，鞑靼的金银花、接骨木、野蔷薇成堆地生长着。这些是昔日"花坛"的残迹。一个不大的养鱼池积满了又黄又黏的污水，它附近，可以看见一口井，井周围全是水洼。一群鸭子在水洼里忙着拍打着水面，找寻着什么；一条猎犬全身哆嗦，眯缝着眼睛，在林边的草地上，啃着骨头；一头花色奶牛也在那里懒洋洋地嚼着草，偶尔把尾巴甩到瘦削的背上。向小道旁边一转，粗壮的爆竹柳和白桦树后面，一所灰色的老屋出现在我们眼前。屋不大，屋顶是木板做成的，门口的台阶是弯曲的。拉其洛夫停住了脚步。

他看了看我，善意地说："我现在才想起，也许您根本就不愿意到我这里来，既然这样……"

我没有让他把话说完，赶忙说："不，我很高兴到您家用餐。"

"嗯，这就好了。"

我们走进屋。一个年轻人穿着厚的蓝呢子做的长外套，在台阶上迎接我们。拉其洛夫立刻吩咐他给叶尔莫莱端来伏特加酒，我的猎人朝着慷慨的施主的背恭敬地鞠躬。门廊里贴着各种五颜六色的图画，挂着不少鸟笼，我们从那里走进一间不大的房间——拉其洛夫的书房。我脱下自己专门的猎服，把猎枪放在角落里。一个穿长襟礼服的小伙子赶忙为我掸去身上的灰尘。

拉其洛夫亲热地说:"现在我们到客厅里去吧。我把家母介绍给您认识。"

我便跟着他走。客厅里,中间的沙发上坐着一个身材不高的老太太,穿着栗色的衣裳,戴着白色的包发帽,瘦削的脸看起来很慈祥,眼神显得胆怯、忧郁。

"这就是我母亲,我来介绍,这位是我们邻村的朋友。"

老太太欠起身,向我鞠了一躬,骨瘦如柴的手仍旧拿着一只粗毛线织的提包不放。

老太太眨巴着眼睛,用微弱的声音说:"您光临我们这地方许久了吗?"

"并不久,老人家。"

"您打算在这里住很久吗?"

"我想住到秋天结束。"

老太太不再吭声了。

拉其洛夫接过话,指着一个瘦高个儿的人,我走进客厅时未曾注意到他,对我说:"嗯,这位是费道尔·米海奇……喂,费加①,把你自己的技艺献给客人看看。你干吗钻在角落里?"

费道尔·米海奇立刻从椅子上站起来,从窗台上取下一把破旧不堪的小提琴,抓住琴弓——不是像正常那样抓住琴弓的一端,而是抓住弓子的中间,把小提琴紧贴在胸前,闭上了双眼,一边吱吱嘎嘎地拉着小提琴,一边又跳起舞来,嘴里还哼着一首歌。看上去他七十岁左右,长长的中国土布做的常礼服罩在他瘦骨嶙峋的肢体上,显得很寒酸。他跳舞时,一会儿老当益壮地轻轻抖动着身子,一会儿仿佛凝神静气地慢慢转动他那光秃的小脑袋,伸长血管显露的脖颈,在原地跺着双脚,有时候还艰难地弯曲着双膝。他那没有牙齿的嘴发出衰老的声音。拉其洛夫大概已经从我的脸色上看出我对费道尔的"艺术"不大喜欢,所以就说:"好了,老爷子,

---

① "费加"是"费道尔"的爱称。

得啦！你可以去奖赏自己了。"

费道尔·米海奇立刻把小提琴放到窗台上，先向我这位客人鞠了一躬，再向老太太、拉其洛夫鞠了一躬，走出去了。

我的这个新朋友说："他过去也是个有钱的地主，可是后来破产了，所以现在寄住在我这里……他风光过，是省里第一号风流浪子，夺走了两个有夫之妇，家里养了一批歌手，他自己也能歌善舞……对了，您不喝点儿伏特加酒吗？餐桌已摆好了。"

一位年轻姑娘走了进来，原来就是我在花园里瞥见的那一位。

"这就是奥丽雅①！"拉其洛夫微微转过头去，说道，"请多关照客人……好了，我们去用餐吧。"

我们便走进饭厅，坐下来。当我们从客厅出来、在饭厅坐下的时候，费道尔·米海奇正在那里唱着歌，唱道："胜利的雷鸣声响起来！"他由于"奖赏"而眼睛发亮，鼻子微红。饭厅的一角摆放着一张小桌子，上面没有铺桌布，桌子上专门给他放了一套餐具。可怜的老人现在已经没有资格吹嘘自己穿着的整洁了，因而总让他跟社交保持一定的距离。他画了十字，叹了一口气，就狼吞虎咽地吃起来。午餐确实不差，因为是星期日，不能没有这两样好菜：颤巍巍的果冻与西班牙的风味（馅饼）。拉其洛夫曾在陆军步兵团服役了十来年，随军去过土耳其。于是他开始畅谈各种见闻。我一面用心听他讲故事，一面偷偷地观察奥丽佳。她容貌不十分好看，但是她那坚毅、安详的神情，宽阔的、白净的前额，浓密的头发，栗色的眼睛虽然不大，但看起来聪明、明亮、活泼，依我看，可以使任何人为之心动。她仿佛在关注拉其洛夫的每一个词，她脸上表现出来的不是一般的兴趣，而是热烈的关注。论年龄，拉其洛夫可以做她的父亲，他称她为"您"，但是我立刻猜出她不是他的女儿。谈话中他提到自己已故的妻子，并且指着奥丽佳加了一句："也就是她的姐姐。"她很快就脸红了，垂

---

① "奥丽雅"是"奥丽佳"的小名和爱称。

下了眼睛。拉其洛夫沉默了一会儿，变更了话题。整个午餐，老太太未说过一句话，她几乎什么也没吃，也不劝我这个客人吃。她脸上流露一种害怕和无望的期待，以及旁人见了无不心疼的那种老年人的忧愁。午餐快结束时，费道尔·米海奇想"歌颂"两位主人和客人我，但是拉其洛夫看了我一眼，然后请他别吭声了。老头儿用手擦了擦嘴唇，眨巴着眼睛，鞠了躬，又坐下去了，不过只坐在椅子边上。吃完午餐，拉其洛夫领我来到他的书房。

　　那些长期专注于某一种思想或某一种热情的人，在待人接物方面会表现出某种明显的共性，无论他们的品性、能力、社会地位以及受的教育是如何不同。我越观察拉其洛夫，就越觉得他属于这一类人。他谈了许多：农业、丰收、割草、战争、县城的谣言、最近的选举。谈时他态度自然，毫不勉强，甚至不无兴趣。但忽然他唉声叹气，一屁股坐在转椅上，像一个被繁重工作弄得疲惫不堪的人，用一只手抚摸着脸。他那善良的、温暖的心，仿佛浸透了、充满了某一种情感。使我惊讶的是，他对吃喝，对酒，对打猎，对库尔斯克^①的夜莺，对发癫痫病的鸽子，对俄国文学，对"溜蹄"^②马，对匈牙利舞，对玩纸牌和打台球，对舞会，对省城和首都的旅行，对造纸厂和甜菜糖厂，对装饰富丽的亭榭，对茶，对放荡不羁的辕马，甚至对腰带系在腋下的肥胖车夫——他们脖颈一动，眼睛就斜视，简直要鼓出来，鬼知道是为什么……总之，对这一切，我看不出他有丝毫的热情。于是我想："他到底是怎样一个地主呀！"不过他也决不装作愁眉苦脸、不满足自己命运的人；正好相反，他表现出一种无论好坏都一视同仁的慈善和热诚，他甚至宁愿带着委屈和每一个碰见的人接近和相处。当然，你同时也感觉到他不能同任何人交知心朋友，这并不是由于他根本不需要别人，而是由于他隐居多时，性格内向。我打量着拉其洛夫，无论现

---

① 现在的库尔斯克州地处中俄罗斯丘陵区，在俄罗斯联邦西部，西南邻乌克兰。现在的库尔斯克市是州府。该州与现在的奥廖尔州相邻。

② "溜蹄"是马走的一种步伐，即马行走时一侧的腿同时抬起与放下。

在还是什么时候，我怎么也想象不出他是幸福的。他并不是美男子，但是他的眼神、微笑，他的全身，都隐藏着一种极具魅力的东西。正因为他藏而不露，也许，你反而愿意更好地了解他，甚至爱他。当然，他有时也表现得像一个地主绅士和一个山野草民，但他终归还是个很好的人。

我们正开始讲新任县长的事情，忽然房门口传来了奥丽佳的声音："茶准备好了。"我们就去了客厅。费道尔·米海奇依旧坐在小窗户和门中间他的那个角落里，谦虚地收回了双脚。拉其洛夫的母亲在那里织毛线袜。秋天的凉爽和苹果的芳香，通过这些敞开的窗户，从花园里飘进了客厅。奥丽佳忙活着为我们倒茶。我看着她，比吃饭时看得更仔细。她说话很少，小地方的姑娘们一般都这样，但是，除了空虚和无奈之类痛苦的心情，至少我没有看见她有什么舒心的事希望说出来。她不唉声叹气，好像由于无法说明的感触过多，她不皱起眉头，也不转动眼珠，更不做令人幻想、含糊暧昧的微笑。她的眼神安静而冷淡，像一个在大喜或大惊之后求得休息的人。她的步态和举止果敢而自由。我很喜欢她。

我同拉其洛夫又畅谈起来。我现在不记得当时我们怎么会谈起一个著名的论点：一些微不足道的小事往往比最重要的大事令人产生更深的印象。

拉其洛夫说道："是的，对这个我有亲身感受。你知道，我是结过婚的人。不久……只有三年，我妻子难产死了。我想，我承受不了她的死！我痛苦极了，真是痛不欲生啊！但又不能大哭一场，简直要发疯。我们照例给她穿上衣服，放在台桌上——就在这间屋子里。一个牧师来了，几个执事也来了，他们开始唱歌、祷告、燃起檀香。我跪下磕头，可是怎么也掉不下泪来。我的心简直变成了石头，脑袋也一样，全身沉重。就这样过了第一天。您相信不？这一夜我睡得很熟。第二天早晨，我走向妻子——那是夏天，太阳照着她，从头到脚，十分显明——我忽然看见……"说到这里，拉其洛夫忽然哆嗦了一下，"您能想到吗？她的一只眼睛还没有全闭上，一个苍蝇正在它上面爬……我像一捆柴火似的倒下了，醒来后大哭了一场，实在是忍不住了……"

拉其洛夫沉默了。我看了看他，又看了看奥丽佳……我永远也忘不了奥丽佳的面部表情。老太太把袜子放在膝上，从提包里取出一块手绢，偷偷地擦着眼泪。费道尔·米海奇忽然站起来，抓起自己的小提琴，扯起那嘶哑粗硬的嗓子开始唱了。他大概希望我们快乐一点儿，但是他的第一声就使我们每人都哆嗦了一下，拉其洛夫便请求他停了下来。

"但是，"拉其洛夫继续说，"过去的已经过去，过去的不能挽回，何况最后……也许如伏尔泰①说的，这个世界上一切都向好的方面发展。"他赶忙加了几句。

"不过，"我也说了自己的看法，"当然，任何的不幸都可以忍受，也没有不能摆脱的逆境。"

拉其洛夫说："你真这样想吗？也许，你的话是对的。记得那一年，我躺在土耳其一所军医院里，人都半死了，伤口化脓，发着高烧。病房的条件自然不怎么样——战争时期嘛！就这样，也要感谢上帝！忽然，医院里又来了不少病人——把他们安置到哪里呢？大夫跑来跑去，忙得晕头转向。于是大夫来到我面前，他问医助：'他活着吗？'医助回答：'早晨活着哩。'医生俯下身听：我在呼吸。这位医生朋友忍不住了。他说：'这个傻瓜，人都快死了，而且一定会死，却还在喘气、拖延，这只是占着位置，妨碍别人。'我心里对自己说：'米哈伊洛·米哈伊洛维奇！你的情况不妙……'可是我康复了。您看，我不是活到了现在吗？这样说，您的话是对的。"

我回答说："在任何情况下，我的话都是对的。即使您当时死了，您是一了百了，也算摆脱了您的逆境。"

"那自然，那自然，"他使劲地用手击了一下桌子，加了几句，"……

---

① 伏尔泰（1694—1778）是法国的哲学家、历史学家、作家、启蒙思想家，被当时的法国和欧洲奉为"精神领袖"。俄国女皇叶卡捷琳娜 1762 年即位后，标榜"开明专制"，与伏尔泰交往甚密。所以他的名声几乎家喻户晓。

只要做出决定……活在逆境里有什么意思？为什么要拖延时间呢？”

奥丽佳赶忙站起来，去花园了。

拉其洛夫叫了一声："喂，费加，来一段舞曲！"

费加猛的一下站起来，在房间里用那种特别的、神气十足的步伐走开了，这是那只著名的"山羊"在驯养好的小熊身旁走的姿态，嘴里还唱着："在我们的大门旁……"

庄园大门那边转来了辘辘的马车声。过了　会儿，一个高个子、宽肩膀、体格好的老人走进客厅，他是富农奥夫谢尼科夫……奥夫谢尼科夫是一个出色的、有特点的人物，在这里请读者允许我们在另外一篇里再介绍他。现在我代表本人只补充一点：第二天，我同叶尔莫莱在黎明前就出去打猎了，打完猎就回家去了……过了一星期，我又来拜访拉其洛夫，但是他不在家，奥丽佳也不在家。又过了两个星期，我才知道他突然失踪了，抛弃了母亲，携着自己的妻妹出走了。全省哗然，都在讲这件事，我这才彻底明白拉其洛夫讲自己的故事时奥丽佳的面部表情。那表情不只是流露出同情，还燃烧着嫉妒之火。

我在离开乡下以前，曾去拜访拉其洛夫的母亲。我和她在客厅里相遇，她正同费道尔·米海奇玩牌："抓傻瓜"。

最后我问她："您有令郎的消息吗？"

老太太哭了。我也就没有细问她关于拉其洛夫的事了。

富农奥夫谢尼科夫

亲爱的读者，请你们想想看，有这样一个身体魁梧的人，七十岁上下，他的面貌有点儿像克雷洛夫[1]，两条弯曲下垂的眉毛掩饰着一双明亮而聪明的眼睛，他态度庄严，步履迟缓，说话慢条斯理——这就是我要对你们讲的奥夫谢尼科夫。他穿一件宽大的蓝色常礼服，袖子很长，纽扣全都扣好，脖颈上系一条淡紫色的丝巾，一双长筒皮靴擦得锃亮，皮靴镶着带穗的花边，总之，看外表他像一个富裕的商人。他那双手又美，又软，又白。他常常在说话的时候摸自己常礼服的纽扣。他的庄严、好静、机灵、懒惰、直爽、固执，使我想起彼得大帝时代以前的俄国贵族……那种无领、开怀的古装长袍最适合他。他属于旧时代最后的一批人了。所有的邻居都非常尊敬他，并以与他相识为荣。他的兄弟们，即富农们，就差一点儿没有对他顶礼膜拜了，他们老远看见他就拿着帽子向他致意，以他自豪。总的来说，我们这里至今还难以区分富农和普通农民，富农的家产和经营也许还不如普通农民：小牛都吃不饱荞麦，马匹几乎都死去，马轭是用绳子做的。可是奥夫谢尼科夫却是一般规则的例外，尽管他还不能称作富人。他独自和妻子住在一个舒适、整洁的小屋里，用了少数几个仆役，他给他们这些"自己的人"穿上俄国农服，称他们是"工人"，而他们却在他那里种地耕田。他不把自己当作贵族，也不冒充地主，并且也从不像常说的那样"得意忘形"。他不会听见第一声"请"就坐下；新客人进来

---

① 克雷洛夫（1768—1844）是俄国著名的作家、寓言家。

时他一定从座位上起来，但不卑不亢，带着自尊和热情，以至客人不由得要向他低头鞠躬。奥夫谢尼科夫坚持古老的风俗，但并不是出于迷信（他的思想相当开明），而是出于习惯。譬如他不爱坐有弹簧的马车，因为他不认为这种车安稳舒适，他有时坐用作竞走的轻便马车，有时坐美丽的、带皮坐垫的小马车，并且亲自驾着优良的枣红马（他养的全是枣红马）。马夫是一个年轻人，脸颊红润，留着"童子头"——头发剪成弧形，穿着淡蓝色的粗呢子上衣，戴着低矮的羊皮帽，系着一条腰带，恭恭敬敬地坐在主人旁边。奥夫谢尼科夫午饭后总要睡一觉，每个星期六去澡堂。他只读宗教方面的书籍，读时还庄严地、煞有介事地把圆形的银边眼镜架在鼻子上。他早睡早起。但是他把胡须剃光，留德国式的头。他接待客宾亲切又诚恳，但不向他们躬身下拜，也不受宠若惊、慌张忙乱，他不拿干果、腌菜请客。他甚至不从座位上起身，只是微微把头转过去，缓慢地说："老婆！你给老爷们拿点什么好吃的来。"他认为面包是上帝的恩赐，卖面包是罪过。在普遍饥荒、物价昂贵的一八四〇年，他还把自己所有的存粮分发给周边的地主和农民。第二年，他们就用实物向他偿还债务，并表示感谢。邻居们常来求奥夫谢尼科夫评断是非，和解纠纷。他们几乎每一次都服从他的"判决"，听从他的忠告。幸亏有了他，许多人彻底终止因划分田地界限而引起的争端……但由于他对女地主的调解有过两三次失误，于是他宣告：他拒绝为女性人物调解纷争。这个人忍受不了急躁、惊慌、忙乱和女人的絮叨。有一天他的房屋起火了，一个工人气喘吁吁地跑进来大叫："失火了！失火了！"奥夫谢尼科夫却平静地说："嗯，你干吗大喊大叫？把我的帽子和拐杖拿来。"……他还爱独自驾车。有一次，一匹恼怒的"驼马"① 载着他，从山上向山谷冲去，他却和善地对马说："喂，够啦！够啦！年轻的马驹，你要摔死的！"话音刚落，那匹马飞也似的冲到

---

① "驼马"为一种特别的马，产于沃罗涅日省著名的赫列诺夫养马场附近，该养马场以前为伯爵夫人奥洛娃所有。——原注

了山谷，摔倒了，连同那辆竟走马车和坐在车后面的一个小孩。幸亏山谷里有一堆堆的沙子，谁也没有摔坏，只是马自己扭伤了一条腿。奥夫谢尼科夫从地上爬起来，依然平静地对马说："你看！我对你说过了嘛！"

奥夫谢尼科夫找到了一个与他相配的妻子。达吉雅娜·伊里尼奇娜·奥夫谢尼科娃是个高个子的女人，态度庄严，沉默寡言，永远系一条褐色的丝绸头巾。她表情冷淡，但没有人埋怨她的严厉，相反还有许多穷人叫她"妈妈"和恩人。端正的脸形、乌黑的大眼、薄薄的嘴唇——这些都在证明她曾经闻名一时的美貌。奥夫谢尼科夫没有子女。

读者已经知道，我在拉其洛夫家里就同他认识了。两三天后我坐车去他家。我见到了他。他正坐在一张大皮椅上，读《经文月刊》上的《每日一课》。一只灰色的猫躺在他的肩头上打呼噜。当时他接待我，像平常那样，亲切而庄严。我们两人就畅谈起来。

我中间问："喂，鲁卡·彼得洛维奇，请您说实话，以前，您那个时代难道比现在好？"

奥夫谢尼科夫带着反驳的口气回答："我对你说吧，以前就是比现在好。那时候我们住得比现在安心，满意的事比现在的多，的确是这样……但还是现在好，将来你们的儿女还会觉得更好，上帝赐福给他们。"

"鲁卡·彼得洛维奇，我还以为你一定要对我夸奖旧时代哩。"

"不对，旧时代没有什么值得我特别夸奖的。我不妨举例来说：您现在是地主，是像您已故外公那样的地主，但是您不会有他那样的权力了！并且您也不是他那样的人。现在固然也有别的老爷们来压迫我们，但是不这样，显然也不行。俗话说，'不压不成才''面粉是磨出来的'。不，现在已经看不到我年轻时的那些事了。"

"什么事？举例说。"

"如果要举例，我还是说您的外公吧。他是一个有权有势的人，时常折磨我们弟兄。您大概也能知道，您怎么不知道自己土地的事？就是从齐布勒金到马里宁的那块地……那块地你们现在种着燕麦……那块地本来是我们的，全都是我们的。您外公从我们手里夺走了。他骑着马来，用手一指，说：'这是我的领地。'就这样成了他的领地。我的先父，愿他进天国！为人刚正，性格暴躁，他忍无可忍，其实谁又愿意失去自己的财产呢？他便向法院告状。可是只有他一个人去告状，其他人不去，是因为害怕。后来有人向您外公告密，说：'彼得·奥夫谢尼科夫告老爷的状了，说老爷夺走了土地……'您外公立即派自己的猎手长鲍什带着一队人到我们家……当时就抓住了我父亲，送到你们家的领地。我当时还是个很小的孩子，赤着脚跟着他们跑。还能怎么样？……他们把他拖到你们家的窗户下毒打了一顿。您外公站在阳台看，您外婆也坐在一个窗户下看。我父亲叫喊着：'好妈妈，玛丽雅·瓦西里耶芙娜，请您求个情吧，您可怜我吧！'她反而欠起身子继续看。就这样，我父亲被迫答应让出土地，并且表示感谢他们放他活着回来。就这样，那块地就一直归您了。您去问自己的农民：人们把那块地叫作什么？叫作'棍棒领地'，因为那是用棍棒夺来的。所以，就凭这一点我们这些小人也不必去怜惜那旧的制度。"我不知道怎样回答奥夫谢尼科夫，也不敢正视他的脸。

"那时候我家还有一个邻居名叫科莫夫，也就是斯捷班·尼克多波廖南奇。他真把我父亲给折磨苦了。他这个人爱喝醉酒，好请客，喝醉了就用法语说'这很好'，并且把嘴巴一舔，连圣人他都可以搬走！他给所有邻居发请柬，邀请他们光临。他家为客人备好三驾马车，客人如果不去，他立刻来接……他就是这样一个怪人！他'清醒'时并不说谎，但他一喝酒就打开了话匣子。他说，他在彼得堡'喷泉街'有三所房屋：一所是红色的，带一个烟囱；一所是黄色的，带两个烟囱；还有一所是蓝色的，并没有烟囱。他说，他有三个儿子（其实他还没有娶妻）：一个在步兵连，一个在骑兵队，一个在自己家……他说，他的每一所房屋住着他的一个儿子，海军将领常去大儿子那里，陆军将领常去二儿子那里，而总来小儿子家做客的是英国人！这时他站起来，说：'为我的大儿子干杯，他是我最尊敬的人！'说完他就放声大哭。谁要是拒绝他的邀请，那就糟了！他立刻说：'我要枪毙你！还要你死无葬身之地！'……要不就跳起来，嚷道：'上帝的子民们，跳舞吧，为了你自己开心，也为了安慰我！'哦，你也跳吧，哪怕去死，你也跳！他更是折磨自己的丫鬟、使女这些农奴，她们常常要通宵达旦地参加合唱，真的是唱到早晨才完。谁的嗓子唱得高，谁就能得到奖赏。如果谁疲倦了，他就双手捧着脑袋，忧伤地说：'啊，我是个孤苦伶仃的孤儿呀！她们要离开我这个好人了！'马夫们就立刻叫那些姑娘提起精神来。至于我父亲，他倒很喜欢，因为一切都听他吩咐。他几乎没有把我父亲赶进棺材，他真的想把我父亲赶进棺材啊！不过要感谢上帝，倒是他自己死了：喝醉了酒从鸽子楼掉下来，摔死了……我们过去就有这样的一些邻居！"

"时代变化多大啊！"

奥夫谢尼科夫加以肯定："是的，是的。所以我说，在旧时代，贵族的生活更奢华。至于王公大臣就更不用说了，我在莫斯科见得多了。听说现在也见不着他们了。"

"您去过莫斯科？"

"去过，那是很久很久以前了。我现在虚岁七十三，去莫斯科那年，我虚岁十六。"

奥夫谢尼科夫叹了一口气。

"您在那里看见谁了？"

"看见了许多王公大臣——什么样的大官都看见了，他们活动开明，生活铺张，可风光气派了。可是没有一个赶得上已故伯爵阿列克谢·格里戈里耶维奇·奥尔洛夫－切什梅斯基[1]。我常见到阿列克谢·格里戈里耶维奇，因为我叔叔在他府上当管家，伯爵大人住在卡卢加排楼门旁边的沙伯洛夫大街。那真是一位了不起的大官呀！那样的神采飞扬，那样的和

---

[1] 此人在俄国对土耳其的战争中任海军上将，1770 年他指挥舰队在切什梅战役中获胜立功，被俄国女皇叶卡捷琳娜二世封为"切什梅公"。

蔼可亲，真叫人不能相信，也无法用语言表达。光说他的身材就很了不起，还有那力量、那眼神！当你不了解他，不到他家里去——你真的觉得害怕、胆怯，可是到了他家里——他就如同太阳使你感到温暖。他允许每一个人进他的府，他什么都爱好。赛马时他亲自把握缰绳，跟任何对手较量。他从不一下子就赶在对手前面让对手难过，而是几乎接近终点时才超过对手。他亲切地安慰对手，夸对手的马怎样好。他养着许多上等的鸽子，它们飞时能翻筋斗。他时常走到院子里，坐在转椅上，吩咐把鸽子放上天空，四围的房顶上布置人拿着猎枪防止鹞鹰袭击。伯爵脚旁放着一只银质的大盆，里面盛着清水，他就从水里看鸽子飞翔。残疾人和乞丐中有好几百人靠他生活……他施舍了多少钱财呀！可是他如果发起脾气来，真是雷霆霹雳一般，十分可怕，但你也不必哭鼻子，你看他又在那里微笑了。他大摆筵席——几乎能把莫斯科都灌醉……要知道，他是个多么聪明的人啊！就是他打败了土耳其人。他还喜欢拳击，用车从图拉，从哈尔科夫，从坦波夫，从各地接来许多大力士。谁打胜了，他就奖赏谁；如果谁能把他打败了，他就又赠送礼物，又亲吻……我在莫斯科期间，他举办了一次俄罗斯从未有过的猎犬赛：把全国当时所有的猎人都请来做客，日期定好了，还给了三个月的期限。就这样他们如期聚集了。猎犬和猎手来了很多——简直来了一支军队，真的是一支军队呀！他们起初照例要参加酒宴，然后就动身到了郊外，观众人山人海……您猜怎样……您外公的猎犬赛过了其他所有的猎犬。"

我问他："是猎犬米洛维特卡吗？"

"不错，就是它，米洛维特卡……当时伯爵就问您外公：'我说，你把你的那只狗卖给我吧。你要什么，我都给你。'您外公说：'不，伯爵。我不是商人，一块无用的抹布也不卖。为了荣誉，我都可以让出妻子，就是不能让出我这只可爱的狗……我不如快点把自己全交出来。'不料阿列克谢·格里戈里耶维奇竟夸奖他：'我喜欢你这样的人。'您外公就这样乘着马车把狗拉回去了。后来它老死了，您外公还奏乐把它——一只母狗，葬在花园里，还给母狗的坟上竖了一块石碑。"

我说："阿列克谢·格里戈里耶维奇竟没有欺侮过任何人吗？"

"永远是这样的：只会在浅水区游泳的人，才拉别人下水。"

一阵沉默过后，我又问："那个鲍什是怎样一个人？"

"您听说过米洛维特卡，怎么却没有听说过鲍什？……他是您外公的主要猎手，也是您外公的猎犬训练管理人。您外公爱他，不亚于爱米洛维特卡。此人可绝了！无论您外公吩咐什么，他一转眼就办完，哪怕是上刀山……他吆喝那些猎犬追猎物时，树林里常常是一片哀鸣。有时他忽然倔强起来，从马上跳下，躺在地上……那些猎犬只要不再听见他的吆喝声，那就是'结束了'！把野兽刚留下的痕迹也抛弃了，什么好东西都不追赶了。那还了得！您外公大发脾气：'如果不把这游手好闲的家伙吊死，我誓不为人！这个反基督徒！这个害人的魔鬼！我要扒他的皮！抽他的筋！'可是他最终还是派人去了解他需要什么，为什么不吆喝。鲍什在这种情况下照例要求酒喝，喝完以后就站起来，重又尽情尽兴地吆喝起来。"

"鲁卡·彼得洛维奇，你大概也爱打猎吗？"

"真爱……但不是现在，现在我的时候过去了，而是在年轻的时候……不过您知道，由于身份的原因，也不便于这样。我们这些富农也不必逢迎贵族。我们这个阶层里的确常有另外一些爱喝酒、没有能力的人去依附老爷们……但是有什么快乐可言呢……不过是羞辱自己罢了。主人给他一匹无用的、瘸脚的马，时常从头上摘下他的帽子扔在地上，像是用鞭子抽打马，鞭子却落在他身上，可是他还得笑，还要逗得人家笑。不，这有什么快乐可言！我对您实说：一个人身份越低微，越要把握自己；不然，恰巧是糟蹋自己。"

奥夫谢尼科夫叹了一口气，继续说："是呀，时光流逝，人世沧桑，我见得多了，时代变了，尤其在贵族阶层我看见大的变化。那些拥有小领地的——或者当差做事，或者不守在当地；而产业大一点儿的贵族——连他们都认不出来了。就在这次划分地界的场合，我见过许多产业大的贵族老爷。我应该对您实说：我看着他们，心里就高兴，他们平易近人，和气礼貌。只是有一点我觉得奇怪：他们各种科学都学过，话也说得有条有理，叫人心里舒服，但真正的事他们并不懂，连自己的利益都感觉不到，他们的家奴，即总管，可以随心所欲，简直像要把他们压成马轭。您大概认识科罗廖夫，亚历山大·弗拉基米洛维奇——他哪一点不够贵族？他是个美男子，富家子弟，在几所大学读过书，好像还到过外国，说话流利，谦虚，见着我们这些人便走过来握手。您知道吗？……哦，那就听我说吧。上星期，应中介人尼基佛尔·伊里奇的邀请，我们坐车到'白桦村'开会。中介人尼基佛尔·伊里奇对我们说：'先生们，现在应该划定地界了。我们这地段比其他地方落后了，这是耻辱。我们现在就着手办理这件事吧。'于是我们就着手议论起来。自然要发生些议论和争执。我们这个中介人为难了。但是奥夫钦尼科夫·波尔菲里第一个闹开了……其实这个人没有理由闹……他自己连一寸地都没有，他是受他兄弟的委托来办这件事的。他嚷道：'不！你骗不了我！不，你找错了人！把测量图纸递过来！把测量员给我叫来，把出卖基督的人叫来！''不过你的要求到底是什么啊？''哈，哈，你以为我是傻瓜！喂！你以为我就这样轻易地把自己的要求公开吗……不，你把测量图纸递过来！这就是要求！'他却用手敲打着递过来的图纸。他把玛尔菲·德米特里芙娜气得满脸通红，她嚷道：'你怎么敢污辱我的名誉？'他说：'我才不愿意拿你的名誉喂我的栗色马哩！'当时有人拿'马德拉牌'葡萄酒灌他，好不容易让他安静了，可别的人又造反了。那时候，我敬爱的科罗廖夫，也就是亚历山大·弗拉基米洛维奇，坐在屋角里，只在那里摇头，不时地用嘴咬手杖上端的镶嵌物。我心里觉得很难受，感到无能为力，真想跑开。这个人会怎么想我们呢？后来你看，我的主人亚历山大·弗拉基米洛维奇站起来了，他做出愿意说话的姿态。中介人赶忙说：'先生们，先生们，亚历山大·弗拉基米洛维奇愿意说几句。'那实在不能不夸奖那些贵族，大家立刻就不作声了。这时亚历山大·弗拉基米洛维奇开始：'我们大概忘了我们为什么在这里聚集了。虽然划分地界对地主无疑是有利的，但本质上说，这是为了什么呢？——是为了使农民的困难少一些，他们干活儿方便，交得起租税，而不是像现在这样，农民自己都不知道自己的地在哪里，往往要走出五俄里路去耕种，并且我们无法要他们交地租。'亚历山大·弗拉基米洛维奇然后说，'地主不关心农民的福利是有罪的，而且说到底，如果明智地看问题，他们的利益和我们的利益是一致的：他们好，我们也好；他们倒霉，我们也倒霉……所以，为了一点儿小事情而不能商量妥协，也是有罪的和不明智的……'以下他又说，他又说……总之，他说得多好！句句打动人心……那些贵族全都耷下了眼睛，我也几乎要掉下泪来。我敢保证，古书上绝不会有这样好的语言……可是结果怎样呢？他没有让出来自己那四俄亩的青苔沼泽地，也不愿意把它卖掉。他说：'我要叫自己的人把这块沼泽地弄干，在那里建一个毛纺厂，配上完善的设备。'又说，'这块地方我已经选定了，我对这件事情已经考虑好了……'亚历山大·弗拉基米洛维奇的话虽然公正，可是他邻村的安东·卡拉西科夫硬是舍不得向他的总管缴纳一百卢布纸币。当时我们就没有办成这件事，各自散了。现在亚历山大·弗拉基米洛维奇还认为自己是对的，还在谈论毛纺厂，不过弄干沼泽地的事他却没有着手。"

"他是怎样管理自己庄园的呢？"

"他全都采用新制度。农民们不夸奖这一套，但他们的看法也不必听。亚历山大·弗拉基米洛维奇做得好。"

"鲁卡·彼得洛维奇，你这是怎么了？我还以为你很守旧哩！"

"我嘛——情况不一样。我不是贵族，也不是地主。我有什么产业？……并且别的我也不会。我努力依照公道和法律去做——这就感谢上帝了！年轻老爷不喜欢旧时代的制度，我欣赏他的这一套做法……现在是动用智慧的时候了！不过有一点令人头疼：年轻的老爷们太自作聪明。他们对待农民，如同对待木偶玩具：玩弄着玩弄着，弄坏了就扔掉。那些本来就是农奴的总管，或者德国出生的管家，又把农民握在手里。但愿年轻的老爷中哪怕有一人做出个榜样：'看，就应该这样管理！'……但结果究竟会怎样呢？难道我到死都见不到新的制度吗？……'老的死了，新的还没有诞生！'这是什么格言？"

我不知怎样回答奥夫谢尼科夫才好。他看了一下四周，把身子凑过来，轻声地继续说："你听说过瓦西里·尼古拉伊奇·柳波兹沃诺夫吗？"

"不，没有听说过。"

"请您给我解释，这到底是什么怪事！我怎么也想不通。他的农民都对我这样讲，我总有点儿莫名其妙。他当然是个年轻人，在母亲死后不久继承了遗产，于是他坐车来到自己的领地。农民们都来见一见自己的老爷。瓦西里·尼古拉伊奇走出来接见他们。农民一看：真是怪事！这位主人穿着天鹅绒的裤子，像一个马夫，还穿着一双滚边的靴子；穿了一件红衬衫，外衣也是马夫那样的；蓄着长须，头上戴一顶特怪的帽子，脸也是这样的怪，显得似醉非醉，头脑不清醒，精神不那么正常。他说：'孩子们，好呀！愿上帝帮助你们！'农民们向他深深鞠躬，但默不作声，当然是胆怯啊。他自己也好像胆怯。后来他对大家做了演讲，他说：'我是俄罗斯人，你们也是俄罗斯人，俄罗斯的一切我都爱……我的心是俄罗斯的，血也是俄罗斯的……'忽然他命令，'嗯，孩子们，唱一首俄罗斯民歌！'农民们两腿哆嗦起来，大家全傻了。有一个'勇士'刚开口唱就蹲下身子，躲到别人后面去了……还有应该惊奇的是，我们那里有这样的地主，他们可绝了，这些老爷是有名的'浪荡公子'，真是那样，书里面写的情况都有。他们穿得像车夫，还跳舞，弹吉他，唱歌，同家里的仆人们一块儿喝酒，和农民们一起吃酒席。而这位，瓦西里·尼古拉伊奇却像个红颜女子，他什么书都读，有时还写，有时还朗诵赞美歌，但不爱跟人说话，怕见生人，只顾自己在花园里散步，似乎感到寂寞或者忧愁。以前的那个管家起初十分胆小，在瓦西里·尼古拉伊奇来以前，他跑遍了农民的家，向大家鞠躬——显然，他这只猫已经感觉到自己吃了别人的肉！现在农民有了希望，心里想：'兄弟，你胡闹去吧！现在该你这宝贝遭报应了！'……不料结果竟这样！怎么对您说呢？连上帝都弄不清会有什么样的结果！瓦西里·尼古拉伊奇把他叫到身边，还没有开口，自己就先脸红起来，呼吸也急促了，他说：'你在我这里要正派、公道，不要压迫谁，你听见了吗？'此后他再也没有要求管家见他！他住在自己的领地里，却好像住在别人家。于是管家休息了，而农民不敢接近瓦西里·尼古拉伊奇，实在怕他。还有一点值得奇怪：这位老爷看见农民便鞠躬，对待他们和颜悦色，可是农民们简直吓破了胆！先生，您说，这不是天方夜谭吗？……或者是我傻了，人老了，我真弄不明白。"

我回答奥夫谢尼科夫说，柳波兹沃诺夫先生大概有病。

"什么病！他身体结实着哩，横着看，又粗又壮，脸又宽又大，亏他年纪轻轻的……只有上帝知道！"奥夫谢尼科夫长叹了一声。

我开始："哦，鲁卡·彼得洛维奇，把贵族放在一边，您能给我说说富农的事情吗？"

他赶紧说道："不，这个您就免了吧。实在是……我真想对您说……但说什么呢？"奥夫谢尼科夫摆了摆手，"我们不如喝茶吧……农民毕竟是农民，乡下人。但是说实话，我们又能怎么样呢？"

他沉默了。有人送上来茶。达吉雅娜·伊里尼奇娜从自己座位上站起来，靠近我们坐下。这个晚上她几次轻轻地、没有声响地走出去，又这样轻轻地走回来。房间里现在是一片寂静。奥夫谢尼科夫庄重地、慢慢地喝起茶来，一杯接着一杯。

达吉雅娜·伊里尼奇娜轻声提了一句：

"米佳今天上我们这儿来了。"

奥夫谢尼科夫皱起了眉头。

"他有什么事情？"

"来请求原谅的。"

奥夫谢尼科夫摇了摇头。

"真有你们的！"说完他转向我，继续说，"对这些亲戚，您说我该怎么办？又不可能拒绝他们……上帝居然也赏给我一个侄子。这小子倒还有头脑，有胆量，没有说的，在学校学习好，不过我不指望能得到他的好处。本来充当官差，却把职务丢了。你看，他没有了出路……难道他现在是贵族吗？就是贵族，也不能现在一下子当上将军。现在他待着没有事干……这还可以不去管，不料他竟当起讼棍来了！替农民做呈文、写报告，给乡村警察当老师，帮助土地丈量员，出入茶馆酒店，结交城市的平民和客栈的堂倌。他离倒霉的时候还远吗？县警察局甚至局长多次警告他。幸亏他会逗乐，先把他们逗笑，然后再给他们制造麻烦……够了，不说这些了！他是不是坐在你小屋里？"他转向妻子，补充说，"我知道你，你心疼他，给他庇护。"

达吉雅娜·伊里尼奇娜低下了头，微笑了，脸也红了。

奥夫谢尼科夫继续说："的确是这样……唉，你太惯他了！嗯，吩咐他进来吧，事情既然这样，看在贵宾面上，我原谅这个傻瓜……叫他，叫他进来吧……"达吉雅娜·伊里尼奇娜走到门旁，叫了一声他的名字："米佳！"

米佳走进屋。他见了我，就在门槛前站住了。小伙子二十八岁左右，个子高，身材匀称，一头的鬈发。他身上的衣服是德国式的，但垫肩那种不自然的尺寸清楚地证明，它不仅是俄国产的，而且是地道的俄国裁缝剪裁的。

老人说："喂，过来吧，过来吧，害什么臊？谢谢你伯母，饶你这一次……先生，我给你介绍，"他用手势指了指米佳，说，"这是我的亲侄子，我怎么也管不好他。现在末日到了！"我们两人互相鞠了一躬。"说吧，你到底在那里搞了什么名堂？为什么人家要控告你？你说！"

米佳显然不愿意当着我的面解释和辩护。他嘀咕了一句："伯伯，以后再说吧。"

老人继续说："不，不能以后，现在就说。我知道你在地主老爷面前觉得害臊，宁愿活受罪。说，说吧……我们听你说。"

"我没有什么害臊的。"小伙子甩了一下脑袋，兴致勃勃地说起来，"伯伯，请您自己评判吧。列舍基洛夫村的几个富农来找我，说：'兄弟，替我们说话吧！''什么事？''事情是这样的。我们的那些粮店本来没有问题，也就是说，再好不过了。忽然一个官员坐着车来了，下令要检查粮店，检查了以后，说：'你们的粮店没有秩序，有重大的疏漏，我必须报告上司。''到底是什么疏漏呢？''这个嘛，我当然知道。'他说……我们当时聚拢来商议，决定如何酬谢这个官员，但普罗霍雷奇老人表示反对，他说：'那只能助长他们的贪心。这到底是什么事！难道我们这里真的就没有王法了吗？'……我们听从了老人家的意见，却惹怒了官员，他递了状纸，写了报告，现在要求我们应诉。我问他们：'你们那些粮店真的没有问题吗？'他们说：'上帝做证，真的没有问题，并且粮食的数量也合法，没有问题……'我说：'那么你们就不用害怕了。'所以我就给他们写了状纸……现在还不知道，哪一方会胜诉……这件事您为什么这样埋怨我？事情很明白：任何人，只有穿自己的汗衫，才比较合适。"

老人轻声地说："任何人都合适，但显然你不合适……你同舒托洛莫夫斯基村的农民在那里搞什么鬼名堂？"

"您怎么知道的？"

"这样说来，我知道得没错。"

"这件事我也对，还请你自己判断吧。邻村的地主斯班金在舒托洛莫夫斯基村的农民那里占了四俄亩地。他说：'那是我的地。'这些舒托洛莫夫斯基村民承担租税，而这个地主正出国旅游哩！该谁替他们说话呢？您自己判断一下吧。他们的地是没有争议的，历来就是农奴制，也就是农奴的。当时他们来找我，说：'请你写一张状纸。'我也就写了。别斯班金知道了，就开始恐吓我，他说：'米佳这小子，我要拔掉他的后肩胛骨，或者干脆把脑袋从他肩上拿掉。'……我看他怎样把它拿掉！它至今还是完好的哩。"

老人喃喃地说："哦，你不要夸口了，你那脑袋免不了要遭殃呢。你简直是个疯子！"

"怎么了，伯伯，不是你自己对我说……"

奥夫谢尼科夫打断他的话："我知道，知道你要对我说什么。是的，人应该活得正直，见义勇为，应该帮助亲近的人，有时还要不怜惜自己……但是难道你总是这样做吗？人家不领你上酒店吗？不灌你酒、不向你鞠躬吗？他们对你说：'特米得里·阿列克谢伊奇，先生！请您帮助我们，我们必有重谢。'他们还从怀里取一卢布银币或者一张绿钞票塞进你手里。不是吗？不会有这种事吗？你说，不会有吗？"

米佳低下头，回答说："这个我的确是错了。但我不向穷人要钱，我不违背良心！"

"你现在不要，你自己的境况一旦变坏，你就会要的。说什么你不违背良心……唉，你呀！知道你在替圣人辩护哩……难道你把鲍利加·彼列霍多夫忘了？……谁帮过他的忙？谁帮他打过官司？"

"彼列霍多夫由于自己的过错受苦，那是实在的……"

"他花掉了公款……却当成儿戏！"

"可是，伯伯，您想一想贫穷呀，家庭呀……"

"贫穷，贫穷……他是个酒鬼，一个赌徒！这才是事实！"

米佳放低了嗓音，说道："他是由于痛苦才开始喝酒的。"

"由于痛苦？既然你这样热心肠，你就帮助他，而不是跟这个醉鬼一块儿坐在酒店里。看他真会说话，真还没有见过这样的贫嘴啊！"

"他是个大好人……"

"在你那里，谁都是好人……"奥夫谢尼科夫转向妻子，继续说，"嗯，你寄给他什么来着……嗯，你知道。"

达吉雅娜·伊里尼奇娜点了点头。

老人又说："这几天你到哪里去了？怎么看不见你？"

"去城里了。"

"大概又成天玩台球，喝闲茶，弹吉他，跑法院，在后屋里拟状纸，跟商人的儿子一起招摇过市？是不是这样？……你说！"

米佳含笑地说："也许是这样……哎呀！对了，我差点儿忘了。冯基可夫，也就是安东·巴尔费南奇，请您星期天去他那里吃饭。"

"我可不这么远坐车去他那里。这个'大肚子'会拿出来值一百卢布的鱼，却摆上发臭的黄油。不理他，让上帝陪他去吧！"

"我还遇见了费多西娅·米海洛夫娜。"

"哪个费多西娅？"

"地主高尔汴琴科的女奴，就是高尔汴琴科买下了米库里诺村。费道西娅是米库里诺村人。她在莫斯科做裁缝，地租她照常缴纳，每年缴一百八十二个半卢布……她精通业务，手艺好，在莫斯科向她定做的人多。现在地主高尔汴琴科写信把她叫了回来，就这样把她留在这里，却不给她安排职务。她早已预备赎身，也对主人说了，可是主人不表明任何决定性的意见。伯伯，您和高尔汴琴科认识，您不能对他说句话吗？……费道西娅肯出一笔可观的赎金。"

"不是用你的钱吧？那好吧，我对他说，我说。不过我不知道，"老人脸上露出不满的神情，继续说，"这个高尔汴琴科，请上帝饶恕！他是吝啬鬼。他买卖证券，放高利贷，拍卖场上廉价收买家产……是魔鬼把他弄到我们这个地方来的！唉，这种外乡人真叫我讨厌！求他是不会很快有好结果的。但我试试看。"

"伯伯，请您帮这个忙。"

"好，我一定帮忙。不过你要多看着点，多加小心！在我身边，你多加小心啊！好了，别替自己辩解了……愿上帝保佑你！愿上帝保佑你……你要多看看前面，多看看未来，你以后说不定要遭灾呢……我不能永远为你担责，替你担心害怕、操心劳力啊……我自己也不是有权力的人。好了，你现在走吧，上帝保佑你！"

米佳出去了。达吉雅娜·伊里尼奇娜也跟着走出去。

奥夫谢尼科夫在后面喊他妻子："爱人儿，给他喝茶……"他继续对我说，"这小子不傻，心地良善，不过我很替他担忧……哎哟，请原谅，为这件小事我占用了您这么长时间。"

进屋过道的门开了。走进来一个人，个子很矮，头发苍白，穿着天鹅绒的常礼服。

奥夫谢尼科夫打了一声招呼："弗郎茨·伊凡内奇！您好呀，上帝对你可好呀？"

亲爱的读者，请允许我给你们介绍一下这位先生。

弗郎茨·伊凡内奇·勒热纳是我的邻居，奥廖尔省的地主，他有过一段不太平常的经历——取得了俄国贵族的称号。他生于奥尔良①，父母为法国人，他跟拿破仑一起来夺取俄罗斯，充当军鼓手。起初，一切顺利，我们这个法国人昂首阔步地走进了莫斯科。但是在撤退途中，可怜的勒热纳先生已经冻得半死，也没有了军鼓，落入斯摩棱斯克②的农民小兄弟手中。斯摩棱斯克的农民小兄弟把他关在一间空的制呢作坊里一夜，第二天早晨，就将他押到河堤旁边的冰窟窿前面，开始请"伟大军队"的这位鼓手"尊重"他们，也就是跳进冰窟窿里。勒热纳先生不同意他们的"建议"，也开始"说服"斯摩棱斯克的农民兄弟，放他回乡奥尔良。他用俄语加法语说："先生们，那里有我亲爱的母亲。"但是那些农民兄弟大概因为不知道城市奥尔良的地理位置，继续"建议"他沿着格尼洛捷尔卡这条弯曲的小河进行"水下旅行"，并且开始轻轻地推他的颈和脊了。忽然车铃声传来，一辆大雪橇车由三匹马拉着，驶上河堤，这使勒热纳感到无比的高兴。高高的后座上盖着五彩斑斓的毛毯，车上坐着一位体格粗壮、面色红润、裹着狼皮大衣的地主。

他问农民们："你们在那里干什么？"

"老爷，我们要淹死这个法国人。"

---

① 奥尔良是法国中部城市，在巴黎西南 124 公里。
② 斯摩棱斯克是俄罗斯古城，军事要地，建于 9 世纪。1812 年，俄军同拿破仑指挥的法军在此有过一场激战。斯摩棱斯克市现在是斯摩棱斯克州首府。

"啊？"地主不以为然，冷淡地哼了一声，转过头去了。

可怜的人用法语叫喊起来："先生！先生！"

只见"狼皮大衣"带着责备的口气，说："啊，啊！你们带着十二种语言的人来打俄罗斯，烧了莫斯科，把十字架从伊凡大帝身上拉下来，可现在'麦歇'① '麦歇'地喊叫！现在夹起了尾巴！'既然做贼，就要受苦'……非里加，走吧！"

雪橇车开动了。

地主忽然又说："非里加，站住！喂，'麦歇'，你会音乐吗？"

勒热纳用法语一个劲儿地说："救救我，救救我，我的好先生！"

"你看这种小民族！他们没有一个人懂得俄国话！谬泽克②，谬泽克，音乐，你知道吗？你知道吗？嗯，你说！你懂吗？你懂音乐吗？会弹钢琴吗？"

勒热纳终于明白地主想要什么，就肯定地点着头，用法语说：

"是，先生，是，是，我是个音乐家，我会各种乐器！是的，先生！救救我吧，先生！"

地主说："嗯，算你托上帝的福……小伙子们，放了他吧。这是两毛钱，给你们买伏特加酒喝。"

"谢谢，老爷，谢谢。就请把他带走吧。"

勒热纳被扶上了雪橇。他高兴得说不出话来，气喘吁吁。他哭了，浑身颤抖，不住地鞠躬，感谢地主、马夫和农民们。他身上只穿一件绿色的毛衣，上面有玫瑰色的飘带。冰天雪地，严寒刺骨。地主默默地看了他一眼，见他脸色发青，身体都快冻僵了，就把他裹在自己的皮大衣里，带他回了家。家奴们都跑过来，立刻让这个不幸的法国人吃饱穿好，使他的身子暖和了，然后地主领他见自己的几个女儿。

_____

① 法语"先生"的俄语音译。

② 这里指"音乐"的英文"music"音译，故事中地主的俄式英语发音。

"孩子们，"他对她们说，"给你们找到教师了。你们总缠着我，要学音乐和法国话，现在我给你们找来了法国人，他还会弹钢琴。"……"嗯，麦歇，"他指着五年前从贩卖香水的犹太商人那里买来的那架破旧钢琴，对勒热纳说，"你表演一下自己的艺术吧，请！"

勒热纳坐到椅子上，愣住了，他生来就未曾摸过钢琴。

地主重复说："请弹吧，请！"

可怜的人绝望地敲打了琴键，像击鼓一样，就这样胡乱地弹起来……后来他讲起这件事，说："我当时甚至以为我的救命恩人一定会抓我的衣领，把我扔出门。"但结果大出所料，使这个勉强做作的音乐家极为惊讶的是，等了一会儿，地主反而拍着他肩膀赞许他："好，好，我看你懂音乐，现在你去休息吧。"

大约过了两个星期，勒热纳离开了这个地主家，转到外村一个有钱的、受过教育的人那里去了。他活泼、温柔的性格很讨主人的喜欢。主人把养女嫁给了他。后来他还有了公职，进了贵族阶层，又把自己的女儿嫁给奥廖尔的地主洛白藏尼耶夫—— 一个诗人和龙骑兵的退伍军官。勒热纳自己也迁到奥廖尔居住。

就是这个勒热纳，或者现在称作弗郎茨·伊凡内奇的勒热纳，当着我的面走进奥夫谢尼科夫的房间，奥夫谢尼科夫跟他交往甚密……

但是，也许读者跟着我在富农奥夫谢尼科夫家里坐得厌倦了，因此我只好让自己的口才休息了。

李郭甫村外芦苇荡遇险

　　"我们上李郭甫村。在那里，我们可以尽情地打野鸭。"有一次，叶尔莫莱对我说。他是读者们已经熟悉的。

　　虽然野鸭对真正的猎人来说，并不是什么特别诱人的东西，但是眼前九月初并无别的野禽，野鹌尚未飞到草原上来，我又对在田野里跑着追野鸡感到厌倦，所以听从了我这位猎人，动身到李郭甫村去。

　　李郭甫村是草原上一个大村落，那里有一所古老的、石头建的单圆顶教堂和建在洛索达河之上的两座水磨坊。这条流经沼泽地的小河离开李郭甫村五俄里远以后，变成宽阔的水淀。在水淀周边以及水淀中央的某些地方，生长着茂密的芦苇，奥廖尔人把它叫作"芦苇荡"。在这芦苇荡中，水边和水中央的芦苇之间有一些僻静的河弯，栖息着无数的、各种各样的野鸭：绿头鸭、半绿头鸭、椎尾巴鸭、吱吱叫鸭、潜水鸭等。三五成群的野鸭不时地在水面上低空飞翔，而枪声一响，就会升起大片黑云，使猎人不由得用手抓住帽子，拉长腔调说："哎哟，你看……"我和叶尔莫莱本想沿岸边走去，但是，第一，野鸭是一种谨慎的鸟，不栖息在岸边；第二，即使一只落后的、没有经验的吱吱叫鸭被我们的枪打中，丧失了生命，我们那些猎犬也无能力从连绵不断的芦苇里找到它，因为它们虽然有最高尚的牺牲精神，但是不能游泳，不能潜水，只能听任芦苇尖锐的边沿白白地割伤自己宝贵的鼻子。

　　最后还是叶尔莫莱说话了："不，这样不行，应该弄一只船来……我们往回走，去李郭甫村吧。"

我们刚往回走，还没有迈出几步，从浓密的爆竹柳林后面里迎面跑出来一只猎犬，紧跟着就出现一个中等身材的人。他穿着蓝色的、相当破旧的常礼服，淡黄色的坎肩，灰白色的裤子，裤腿随便地塞进有窟窿的皮靴里，脖子上系着一条红手巾，肩上背着一支单管的猎枪。当我们的猎犬以平常的、狗本身特有的、中国式的礼貌同它们这个新朋友互相嗅闻、彼此打量的时候，这个新朋友显然很胆怯，所以夹着尾巴，竖起耳朵，整个身子迅速地转动，膝盖不弯，龇牙咧嘴。这时，陌生人走到我们面前，非常客气地鞠了一躬。看上去他有二十五岁左右，他棕色的长发用酸汽水浸湿，一绺绺地粘在一起，竖在那里不动；一双不大的栗色眼睛欢喜地眨巴着，表示欢迎。整个脸仿佛因为牙痛扎着一块黑手巾，甜蜜地微笑着。

他用那柔和动听的声音开始说："请允许我介绍自己。我是此地的猎人弗拉基米尔……听见您来，知道您打算去我们水淀边，所以决定，如果您不反对，我愿为您效劳。"

猎人弗拉基米尔说起话来，就像省城的年轻演员正在扮演初恋者的角色——这样形容正合适，既不夸大，又不卑微。我答应了他的建议，并且还没有走到李郭甫村就已了解到他的经历。他是地主家一个解除了奴隶身份的仆人；他在可爱的少年时代学过音乐，后来当过主人身边的侍从。他认识字，据我观察，读过几本小书。现在他的生活，正如俄罗斯土地上的许多人那样，没有一个现钱，没有长期的工作，差不多要吃天上的甘露了。他的言语非常文雅，并且显然是在卖弄风度，也许还是个可怕的好色之徒，而且大概总能成功，因为俄罗斯女郎爱听花言巧语。同时他让我知道，他有时拜访邻村的地主，还坐车进城做客、赌纸牌，同省城里的人交往。他擅长微笑，笑容各种各样。当他注意听别人说话时，一种谦虚的、有节制的微笑在他的嘴唇上浮现——这种笑容最适合他。他听你的话，完全赞成你的看法，但仍然不失自尊感，仿佛想让你知道，他在适当的场合也能表示自己的意见。叶尔莫莱没有受过多少教育，而且根本谈不上"彬彬有礼"，想用不客气的"你"称呼他，应该看到，弗拉基米尔是带着冷笑对他客气地说:"您呀……"

我问他道:"你为什么扎着手巾?牙痛吗?"

他一口一个先生地解释说:"不,这是不谨慎造成的恶果。我有一个朋友,是我尊敬的好人,但根本不是猎人——这是常有的事。有一天,他对我说:'亲爱的朋友,领我去打猎,我很想知道什么是打猎的乐趣。'我当然不愿拒绝这位朋友,便给他弄来了一支猎枪,带他打猎去了。我们就正常地打完了猎。最后,我们想休息一下。我坐在树下,他坐在对面,摆弄起枪来,还把枪对准我。我请他不要这样,但是他由于没有经验,没有听从我。一声枪响,我没有了下巴和右手的食指……"

我们到了李郭甫村。弗拉基米尔和叶尔莫莱两人都认定:没有船就不可能打猎。

弗拉基米尔说:"舒乔克有一条木板平底船,但我不知道他把船放在哪里。必须跑去找他。"

我问道:"他是谁?"

"此人住在这里,绰号'干树枝'①。"

弗拉基米尔领着叶尔莫莱就去找"干树枝"。走前我对他们说:我在教堂旁边等他们。我在公墓端详着一个个坟墓,碰见了一个发黑的盒子形状的墓碑,四面铭刻着碑文。一面用的是法文字母,碑文意思是:布朗热伯爵——德奥菲尔·亨利安葬于此。另一面是俄语:"石碑下葬着法国臣民伯爵布朗热的身体;生于一七三七年,死于一七九九年,享年六十二岁"。第三面写着俄语:"愿他的遗体安息"。第四面是一首俄语诗或一篇韵文:

> 此石碑下安睡着法国的侨民,
>
> 既出身名门望族又具有才能。

---

① 俄语中"舒乔克"的意译。

他痛哭受折磨的妻子和家庭，

离开了被暴君们蹂躏的祖国；

他到达了俄罗斯好客的彼岸，

晚年受到了主人殷勤的照顾；

他教育了儿女，慰藉了父母，

最高的主宰让他在这里安息。

　　叶尔莫莱、弗拉基米尔和那个具有奇怪绰号"干树枝"的舒乔克一来就打断了我的思绪。

　　蓬头垢面、破衣烂裳、光着双脚的舒乔克，一看就是被辞退了的地主家仆，六十岁左右。

　　我问他："你有一条小船吗？"

　　他用嘶哑的破嗓子回答我："小船有一条，但破旧不堪了。"

　　"怎么啦？"

　　"脱胶了，木楔子都要从小窟窿里掉下来了。"

　　叶尔莫莱接上话："那就太糟糕了！不过可以塞进一些麻线和棉絮。"

　　舒乔克道："那还用说，可以。"

　　"可是你是谁呢？"

　　"老爷家的渔夫。"

　　"你既是渔夫，这样的船你怎么不加修理呢？"

　　"我们那条河里并没有鱼。"

　　叶尔莫莱郑重其事地说："鱼儿不喜欢沼泽地上的水锈。"

　　我对叶尔莫莱说："哦，给我们弄些麻线棉絮来修理船，快去！"

　　叶尔莫莱去了。

　　我对弗拉基米尔说："要是这样，我们恐怕会掉进水淀底吧？"

　　他回答说："上帝保佑。无论如何，水淀应该不深。"

　　"是的，它并不深，淀底有水藻和水草，并且整个水淀水草丛生，不过也有坑坑洼洼。"舒乔克说这话时，语气有点儿奇怪，好像刚从梦里醒来似的。

弗拉基米尔说："但是，如果草长得太厉害，那就没法用桨划了。"

"谁还用桨划木板平底船呢？应该用篙子撑。我和你去撑篙，我有一根小篙，也可以用铲子。"

弗拉基米尔说："用铲子不方便，有的地方撑不到底。"

"你说得对，用铲子确实不方便。"

我在一个坟头坐下来等叶尔莫莱。弗拉基米尔为了礼貌，往旁边走了几步，也坐下了。舒乔克仍然站在原地，低垂着脑袋，依老习惯背着双手。

我开始说："请你说说，你早就在这里做渔夫吗？"

"第七个年头了。"他回答时，身子哆嗦了一下。

"以前你做什么？"

"以前当车夫。"

"谁把你从车夫位置上撤下来呢？"

"那个新的女主人。"

"哪个新的女主人？"

"就是买我们的那位。您可能不认识她。就是阿莲娜·季莫菲芙娜，人很胖……也不年轻。"

"为什么她想叫你当渔夫呢？"

"上帝知道！她从坦波夫自己领地坐车来我们李郭甫村，吩咐把全部奴仆召集起来，亲自出来见我们。我们起初吻她的手，她还没有怎样，也没有生气……后来她按顺序盘问我们做什么事情，担任什么职务。轮到了我，她就问：'你做什么的？'我说：'我是车夫。''车夫？嗯，你怎么是车夫？看一看你自己：你怎么是车夫？你不应该做车夫，你在我这里做渔夫，把胡须也剃掉。我每次来时，你为主人的餐桌提供鱼，你听见没有？'……从此以后，我就成了渔夫中的一员了。她还说：'你把我的水淀收拾好。'……但我怎么去收拾好呢？"

"以前你们是谁的人呢？"

"我们以前属于谢尔盖·谢尔盖伊奇·别赫捷列夫。我们属于他继承的遗产。不过他拥有我们的时间并不久，一共只有六年。我就在他那里当车夫……但不在城里，城里他有别的车夫拉车，我是在乡下拉车。"

"那么你从年轻时就当车夫吗？"

"哪里是一直当车夫？我在谢尔盖·谢尔盖伊奇那里充当车夫，以前当厨子，也不是城里的厨子，也是在乡下。"

"你在谁家里当厨子呢？"

"在以前的主人阿法纳西·涅费台奇家里，他是谢尔盖·谢尔盖伊奇的叔父。是他，阿法纳西·涅费台奇，买了李郭甫村，谢尔盖·谢尔盖伊奇继承了这份遗产。"

"从谁那里买的呢？"

"从达吉雅娜·瓦西里耶芙娜那里。"

"哪个达吉雅娜·瓦西里耶芙娜？"

"就是前年死的那位，在波尔霍夫附近死的……不，是在卡拉切夫附近，还是一位小姐呢……没有出嫁呢。你难道不认识吗？我们是从她的父亲瓦西里·谢苗里奇继承下来的，她拥有我们很长时间……有二十年。"

"怎么，你是她的厨子吗？"

"起初的确是厨子，后来当了咖啡师。"

"当了什么？"

"当了咖啡师。"

"这是什么职务？"

"我也不知道，先生。我在小餐厅服务，那时我名叫安东，不叫库慈玛。女主人这样吩咐的。"

"你的真名是库慈玛？"

"是的，库慈玛。"

"你老是做咖啡师吗？"

"不，不老做，也当戏子。"

"是真的吗？"

"怎么不是真的……还在戏院里演过哩。我们的女主人自己就搞了一个戏院。"

"你扮演什么角色呢？"

"先生，您说什么？"

"你在戏院里做什么？"

"您不知道？就是人家把我找来，给我装扮好，我就这样表演起来，或站着，或坐着，该怎样就怎样。他们要我说什么，我就说什么。有一次让我扮演盲人……在我的眼皮下边放了一粒豌豆……怎么不是真的？"

"以后做什么呢？"

"以后又当了厨子。"

"为什么又把你降为厨子呢？"

"因为我兄弟跑了。"

"原来这样。那么你在你第一个女主人的父亲那里做什么呢？"

"他有各种身份：起初做小厮，以后管花园，也就是做园丁，再不就是做驯养猎犬的仆从。"

"驯养猎犬吗？……你骑着马驯那些猎犬吗？"

"就是骑着马驯那些猎犬，并且差点儿送了命。有一次我和马一块儿摔倒了，马也撞伤了。我们那个老主人对我们很严厉。他下令鞭打我，并且把我送到莫斯科皮靴匠那里去学习。"

"学习？你不是小时候就驯养猎犬吗？"

"可那时我已经二十岁出头了。"

"二十岁还有什么可学的呢？"

"既然主人命令了，也就是说，可以学。幸亏不久他死了，我也就被叫回乡下。"

"什么时候你学到了厨子的手艺呢？"

舒乔克抬起自己又瘦又黄的脸，冷笑了一下。

"难道这还要学？……女人都会做！"

我说："哦，库慈玛，我看，你这一辈子见过不少世面！既然你们这里没有鱼，你为什么现在还当渔夫呢？"

"先生，我并不埋怨谁。感谢上帝，让我当了渔夫。有另一个像我一样的老人——安德烈·蒲培里，女主人竟命令把他安排到造纸厂纸浆车间哩！她说，白吃面包是罪过……而老人蒲培里还希望她开恩哩！老人有个堂侄儿在女主人的办公室做办事员，他答应向女主人禀报他的情况，提醒女主人。他倒真的提醒女主人了……我亲眼看见老人向他的堂侄儿鞠躬哩。"

"你有家没有？结婚了没有？"

"没有，先生。已故的达吉雅娜·瓦西里耶芙娜，愿她进天国！她不允许任何人结婚。她常说，我自己不是这样当老姑娘吗，胡闹什么？他们想要什么？"

"你现在靠什么生活？领工钱吗？"

"先生，哪有什么工钱……发给粮食，就谢天谢地、心满意足了！上帝保佑我们的女主人长寿吧！"

叶尔莫莱回来了。

他威严地对"干树枝"说："船修好了。你去取撑篙！"

"干树枝"跑去取撑篙了。在我同这个可怜的老人谈话时，猎人弗拉基米尔一直带着蔑视的微笑，不住地看他。

老人走后，他又是一口一个先生地对我说："一个傻瓜，一个毫无教养的乡下人！其他什么也不是……他不配做主人家的仆人……他总在那里吹牛……先生，您自己判断吧，他哪里能够做什么演员！您还跟他谈了这么多话！"

一刻钟后，我们上了"干树枝"的平底船，把猎犬留在茅屋里，叫车夫叶古季尔看管。我们坐在平底船里感到很不对劲儿，但是猎人们是不爱挑剔的。老人舒乔克站在呈钝角的船尾"撑船",我同弗拉基米尔两人坐在船的横梁上,叶尔莫莱坐在前面的船头。虽然船上的破窟窿已经塞满了麻绳棉絮,水还是很快就出现在我们脚下。幸亏大气好,没有风,芦苇荡仿佛睡着了。

我们的船行走得相当慢。老人费力地从胶质般的烂泥和水藻里拔出自己的长篙,篙子上纠缠着绿色的水草。沼泽地那连绵不断的百合花圆圆的叶子也妨碍我们船的行进。最后我们来到芦苇前,马上开始热闹了。野鸭喧哗地飞起来,从芦苇荡上"腾空升起",它们被我们这些不速之客吓坏了。枪声也随即连续地、和谐地响起,看着这些短尾的飞鸟在空中翻筋斗,笨重地掉下来,扑打着水面,真是一件快事。所有被打下的野鸭,我们当然弄不到手,因为轻伤的野鸭钻进水里,另一些一枪致命的野鸭掉到茂密的芦苇丛里,连叶尔莫莱那样锐利的眼睛都发现不了。但临近午饭时,我们还是野味满船,几乎盖过了船的边沿。

叶尔莫莱十分欣慰的是,弗拉基米尔的枪法一点儿也不高明,每一次不成功的射击之后,弗拉基米尔总要表示惊讶,把猎枪看了又看,用嘴吹了又吹,疑惑不解,最后还对我们解释他之所以失手打空的原因。叶尔莫莱放枪,通常是百发百中;我照例是相当糟糕。老人舒乔克用那从小就当仆人的眼光看着我们,偶尔喊道:"瞧,那边有只大野鸭!"要不就在背上搔痒——不是用手,而是用肩膀运动。天气很好,一团团白云在我们头上的高空静悠悠地飞过,清晰地倒映在水中;芦苇在四周窃窃私语;芦苇荡有的地方,在阳光下闪烁着钢一样的白光。我们正打算回村里,突然发生了一件相当扫兴的事情。

我们早就发现水渐渐地透进船里,由弗拉基米尔负责用勺子舀出去,那把勺子是我那有远见的猎人叶尔莫莱从一个走神溜号的农妇那里偷来的。只要弗拉基米尔不忘自己的义务,那么情况就会正常,不会出事。但是打猎快结束时,忽然野鸭到处成群结队地飞起来,仿佛向我们告别似的,我们几乎来不及装弹药。在狂热的射击过程中我们没有注意船里的情况。忽然，由于叶尔莫莱一个剧烈的动作——他竭力去取打死的野鸭，全身压到船的一边——我们那条破船倾斜了，灌满了水，大摇大摆地到达了水底，幸亏不在深的地方。我们呼喊了一声，但是已经晚了，刹那间我们都站在水里，水齐脖子，四周是野鸭的尸体。现在回忆起我同伴们吓得苍白的脸（大概我的脸当时不是红润的），忍不住要哈哈大笑，但在那一时刻，说实话，我想不到笑了。我们每人都把自己的猎枪举到头上，老人舒乔克仿佛有模仿老爷们的习惯，也把篙子往上举。叶尔莫莱第一个打破了沉默。

"呸，你真完蛋！"他对着水吐了一口，嘟囔地说，"这样的事故！全怪你，你这个老鬼！"他转身对"干树枝"生气地说，"你这是什么船呀？"

老人嗫嚅地说："是我的错。"

我的猎人叶尔莫莱又回头对着弗拉基米尔，继续说："你看什么？为什么不舀水？你呀，你，你呀……"

但是弗拉基米尔已经顾不上反驳了，他颤抖得像一张纸，牙齿碰不着牙齿，只是毫无意识地傻笑。他的花言巧语，他的过分礼节，他的自尊感，都到哪里去了！

该死的平底船在我们脚底下微微地晃动……在沉船的一瞬间，我们觉得水异常的冷，但是我们很快就忍受住了。当惊魂稍定，我环视四周，离我们十步远的周围长着芦苇，远处，从芦苇上端望去可以看见岸上。我心里想："情况很不好！"

我问叶尔莫莱："我们怎么办？"

他回答说："我们看看情况，总不能在这里过夜。"他对弗拉基米尔说，"喂，你拿着猎枪。"

弗拉基米尔乖乖地听从他的话。

"我去寻找浅滩。"叶尔莫莱继续说道，语气中带着自信，仿佛每个水淀里一定有浅滩存在。他拿过老人舒乔克的篙子，小心地探着水底，向岸的方向走去。

我问他："可是你会游泳吗？"

从芦苇丛里传出来他的声音："不，我不会。"

舒乔克冷淡地说："那么他会淹死的。"他此前也感到了害怕，但不是害怕危险，而是害怕我们生气，现在他已经完全镇定下来，只是偶尔叹气，看来已经毫不觉得要改变自己的位置和姿势了。

弗拉基米尔也埋怨了一句："他这牺牲毫无意义。"

过了一小时，叶尔莫莱还没有回来。这一小时对我们好像有千万年那么长。起初我们同他还很热心地互相呼应，以后他越来越少地回答我们的呼声，最后完全没有应答声了。村子里响起了晚祷的钟声。我们彼此不再说话，甚至竭力不互相看一眼。野鸭在我们头上飞翔，有的竟预备落在我们身旁，可是忽然又飞起来，所谓"扶摇直上"，嘎嘎地飞走了。我们开始被冻僵了。老人舒乔克眨巴着眼睛，仿佛想睡觉。

最后，叶尔莫莱回来了，我们有说不出的高兴。

"怎么样呢？"

"我到了岸上，浅滩也找到了……我们走吧。"

我们本想立刻就走，可是走前他从水下衣兜里取出来一根绳子，系住一些打死的野鸭的脚掌，用牙齿咬住绳子的两端，才涉水向前走去。弗拉基米尔跟着他，我跟着弗拉基米尔、老人走在末尾压阵。那里离岸上约有两百步。叶尔莫莱勇敢地向前走，没有停顿，出去的路线他都记得非常清楚，只是偶尔喊着："靠左边一点儿，右边有坑！"或者"靠右边一点儿，左边会陷进去！"……有时候水没到我们的脖子。可怜的老人舒乔克由于比我们大家都矮，有时水淹到嘴上，呛得直吐水泡，那时候叶尔莫莱就严厉地对他喊叫："喂，喂，你呀！"于是老人就又使劲抬腿，加快步伐，连蹦带跳，总算攀登到水较浅的地方，但即使在紧急关头，他也不敢拉住我的衣襟。我们终于到达了岸边，又脏又累，疲惫不堪了。

两个来小时以后，我们已经坐在一间大柴草房里，尽可能弄干了身上的衣服，便准备吃晚饭。车夫叶古季尔行动迟缓，成天睡不醒似的，但此人心里明白，通情达理。他站在大门旁边，热情地请老人舒乔克吸旱烟。我觉得，俄国的车夫们彼此很快就能亲近。老人疯狂地吸着烟，直到恶心才罢休。他吐着唾沫，咳嗽着，看来感到很大的愉快。弗拉基米尔带着一种疲乏的神态，低着头，很少说话。叶尔莫莱擦我们的猎枪。猎犬加快速度摇着尾巴，等待燕麦粥；马在马棚底下，蹬着脚，嘶叫着……夕阳西下，晚霞满天，太阳的余晖变成无数条胭脂红的宽带，金色的云彩在天上展开，越来越稀薄，宛如洗净的、梳理好的秀发……村子里传来了歌声。

河湾草地上的五个小孩

那是七月里一个美好的日子，这样好的日子只有当天气长期稳定时才能遇到。从大清早天空就很明朗，朝霞不像大火烧的那样通红，而是泛出一种柔和的红晕。太阳不像炎热、干旱的时候那样如炉火般灼热，也不像风暴来临前那样呈现阴暗的土红色，而是光辉灿烂，和煦宜人。太阳平和地从窄长的薄云后面露出笑脸，容光焕发，接着又沉浸在淡紫色的云雾中。展开后的小片云彩薄薄的外层放射出无数条耀眼的银蛇……看，现在万道金光游戏般地重又涌了出来，太阳——这个强烈的发光体冉冉升起，热情奔放，兴致勃勃，蔚为壮观。临近中午，通常会出现许多高大的金色云朵，镶着柔和的白边儿。这些云朵宛如许多小岛，散布在一条泛滥无边的大江之上，被蓝湛湛的河水环抱，几乎是原地不动。后来，云彩渐渐向天边移动，互相拥挤，云朵与云朵之间的蓝色看不见了，但这些云朵本身像天空一样蔚蓝，全都浸透着光和热。天边那微微的、浅淡的紫色，整天不变，而且四周都是同样的颜色，没有一处变黑，没有一处浓云密布，也许某处，天空从上往下变成了一片一片的深蓝色——那里在洒着几乎觉察不到的细雨。临近黄昏，这些云彩渐渐消失，其中最后消失的几片像飘浮不定的黑烟，在落日的反照下，变成玫瑰色的烟柱。夕阳西下，也如同旭日东升时一样泰然自若。但鲜红的晚霞并没有在暗下来的大地上久留。夜空的星光很快就在静悄悄地闪烁，颤巍巍的，像一支被小心端着的蜡烛。在这样的日子里，一切的颜色都是柔和的，光亮却不耀眼，一切都显得温柔宜人。在这样的日子里，热气有时十分剧烈，有时简直在旷野的斜坡上

"蒸发"，但风会驱散积聚着的暑气，旋风无疑是天气稳定的征兆，它卷起一股股冲天的灰白色尘土，在开垦过的田地间和大道小路上游逛。干燥、洁净的空气里，苦艾、荞麦和割了的黑麦芳香扑鼻，甚至天黑前一小时你还感觉不出湿气。农民收获庄稼，就希望这样的天气……

正是在这样的一天，我到图拉省切尔尼县去打野鸡。我找到并且猎到了相当多的野鸡，满载的背囊不容情面地勒痛我的肩膀。但直到晚霞散尽，空气中寒冷的黑影开始变浓和扩散，仍然明亮的天空不再映出落日的余晖，我才最后决定回家。于是我快步穿过长长的灌木林带，从这个"平台"爬上一个山坡，我看见的不是那个我希望看见的、熟悉的平原（它右边是橡树林，远处有一座低矮的白色教堂），而是一些我完全陌生的地方。我的脚下展现出一条狭窄的山谷，茂密的杨树林像一座陡墙高耸在正对面。我停下来，疑惑莫解，向四面望了一眼……心想："嘿！我完全走错了路，路线太偏右了。"我一面惊异于自己这样的错误，一面敏捷地下了山坡。一到山谷，我浑身立即感到了一种难闻的、滞留不散的湿气，仿佛走进了冰窖。谷底草儿又密又高，全都湿淋淋的，像平展的桌布显露在那里，一片苍白，走在上面实在叫人害怕。我赶快登上山谷的另一面山坡，沿着杨树林往左走。蝙蝠已经在进入梦乡的杨树林上空飞翔，在昏暗的天空里神秘地盘旋着、抖动着；一只迟到的小鹰在高空敏捷地赶路，直飞自己的巢穴。我心想："只要我这样走到那头，立刻就会有路！不过我大概多走了一俄里弯路啊！"

我终于走到树林的那头，但那里没路。未砍伐的矮树一字排开，展现在我面前，在矮树的后面，远远地能看见空旷的田地。我又停下来。"这是怎么回事？真怪……我究竟到了什么地方？"我开始回忆这一天里怎么走的，到过哪里……最后我想起来了，高兴地叫出声来："哎呀！这就是巴拉辛灌木林！保准不错！这应该就是辛介耶夫小树林……我怎么会走到这里来？走了这样远？……真奇怪！现在又应该往右走了。"

我向右走，穿过灌木林。那时候天色已晚，夜色越来越浓，仿佛雷雨前的乌云。黑暗仿佛随着夜气从大地升起，甚至从高空降落。我碰到了一条人迹罕至、野草丛生的小道，便顺着这条小道走，不时地注意着前方。周围迅速黑起来、静起来，仅有鹧鸪偶尔鸣叫。一只不大的夜间飞鸟振起自己柔软的翅膀，静悄悄地低飞，差点撞着了我，受了惊吓，飞窜到一边去了。我走出树林，来到田野，在田埂上费力地走着。我已经难以辨别远处的景物，四周的田野模糊地泛着白色；田野后边，昏暗阴沉的夜色在升起，大片大片的黑影随着每一瞬间步步逼近。我的脚步在凝冻着的空气里发出低沉的响声。苍白的天空又泛蓝了——这已经是夜晚的蓝色。繁星在天空开始闪烁。

此前我认为的那片小树林，原来是一座黑乎乎的圆山包。"我究竟到了哪里？"我又一次喊出声来。我第三次停下来，带着疑问，望着自己那条黄斑英国猎犬，它叫"强克"，肯定是四足动物中最聪明的。但是这只最聪明的四足动物也只垂着小尾巴，忧郁地眨巴着疲倦的眼睛，没有给我任何高明的忠告。我不由得对它感到惭愧，并且绝望地盯着前方。忽然我仿佛悟到应该往哪儿走了。我绕过了小山包，来到一个不深的谷地，周围是开垦过的土地。我立即感到奇怪。谷地的形状像一个正规的铁锅，周边儿是倾斜的，底上直立着几块白色的巨石，好像几个人爬到这里开秘密会议。谷地里鸦雀无声，死一般的寂静，死板的天空悬挂在头上，十分凄凉。这可怕的情景使我心惊肉跳。一只野兽在巨石之间发出一声衰弱可怜的尖叫。我赶忙转身跑上山包。目前我还没有失去找路回家的希望，但是我已彻底相信自己完全是迷路了，也就不再急于知道几乎完全淹没在黑暗里的周围景物。于是我顺着星光，冒失地径直往前走……我艰难地挪动着双脚，这样走了大约半个钟头。我觉得从来没有走过这样空寂荒凉的地方：四面没有一点儿亮光，也没听见任何声音。倾斜的山丘一个接着一个，田地无穷无尽地一片接着一片，树林仿佛忽然冒出地面，站在我的鼻子前。我还是走着，已经准备找个地方坐下来，歇到天亮。忽然我发现自己到了可怕的悬崖绝壁。

我赶快收回几乎跨出的那只脚，透过昏暗朦胧的夜色，眺望远方。那里是广大的平原。宽阔的大河从我脚下远去，弯弯曲曲，流经平原，画了半个圆圈儿。河水偶尔在昏暗中闪着钢似的寒光，这表明河水在流动。我所在的那个山丘突然下降，形成陡直的峭壁，山丘巨大的黑影和淡蓝色的天空泾渭分明。就在我脚下，峭壁和平原构成一个犄角，大河在这个地方仿佛一面不动的沉沉的巨大镜面。就在这悬崖峭壁底下，在河岸附近，有两堆篝火在燃烧，彼此相隔很近，红色的火焰里夹着青烟。篝火周围人头摇晃，黑影憧憧，有时候鬃发下的一张小脸被火光照亮……

　　我终于知道我走到了什么地方。这片草地在我们那一带以"河湾大草地"著称……但是回家是绝不可能了，尤其是在夜间，我累得两条腿都要瘫痪了。我决定走近火光，想在被我认作牧人的群体里等到天明。我成功地下了山，但是还来不及把抓住的最后一根树枝从手里放开，突然两只毛茸茸的大白狗狂吠着向我扑来。篝火四周传来一阵儿童的喧闹，两三个小孩迅速地从地上起来。我回应了他们带着疑问的喊话。他们跑近我，立刻叫回了那两只狗，我那只猎犬强克的出现也使他们惊愕不已。于是我走到他们面前。

　　我原来把那些靠火围坐的人错当成了真正的牧人，其实他们只是邻村的农家儿童，在这里看守马群。在炎热的夏天，在我们这个地方，夜间把马群赶到田野里喂养，因为白天苍蝇和牛虻是不会让马群得到安宁的。傍晚时把马群赶出去，黎明时赶回来——这是农家儿童大过节。他们不戴帽儿，穿着旧羊皮短裤，骑着活泼的劣种马飞跑。他们高兴得又喊又叫，手舞足蹈，身子在马背上蹦得老高，朗朗的笑声在空气中震荡。大道上卷起一股黄色的灰尘，和谐的马蹄声传得很远。这些马耸起耳朵奔跑。跑在最前面的往往是一匹红鬃大马，乱蓬蓬的鬃毛里夹着许多牛蒡花，它夹着尾巴，不住地换着脚，奔驰向前。

　　我对小孩们说，我迷路了，然后坐在他们旁边。他们问我从哪里来，后来便不吭声了，他们避开我到旁边去了。我们谈话不多。我躺在一棵被啃光了的小灌木底下，向四面看去。那景致真是奇妙。篝火附近有一个淡红的光圈，这光圈颤抖着，又仿佛正溶化在周围的黑暗里。篝火熊熊燃烧时，火光偶尔冲出光圈，细小的火舌舐着赤裸裸的柳条，但一下子又消失了；细长的黑影反过来，一瞬间冲进光圈，跑到篝火前；黑暗在同光明搏斗。当火焰变弱、光圈缩小的时候，从已经黑下来的夜色里突然冒出一匹枣红马的脑袋（上面是一道弯曲的白色鼻梁），或者一个全白的马脑袋，它灵活地嚼着长长的水草，同时留意地、迟钝地看着我们，然后重又低下头去，立刻消失在黑暗里。只听见它继续嚼着草，打着响鼻。从照亮的地方难以看清黑暗里的情景，附近的一切仿佛全都罩上了一层黑色的帷幕，能模糊地看见远处地平线那里山冈和树林长长的轮廓，仿佛涂在画上的墨迹。黑暗的、洁净的天空高悬在我们头上，一望无际，神秘莫测而又雄伟壮观。吸着这种特别的、醉人的、新鲜的气息——俄罗斯夏夜的气息，胸脯甜蜜地挺起，心胸豁然开朗。周围几乎听不到任何的喧闹……只是偶尔听见：附近河里大鱼突然地拍打着水面，岸边的芦苇几乎被波浪击倒而发出微弱的哀鸣……只是两堆篝火在轻轻地嘎吱作响。

孩子们围着篝火坐着，那两只狗也坐在那里。它们仿佛早就想吃下我，现在还不能容忍我的到来，眯缝着要瞌睡的眼睛，斜视着火光，偶尔带着不寻常的自尊感吠叫，起初是大声吠叫，后来是轻声尖叫，仿佛在惋惜不能够实行自己的愿望。孩子们共有五个：费加，巴夫鲁沙，伊留沙，科斯加，瓦尼亚。从他们的谈话里我知道了他们的名字，现在打算把他们介绍给读者。

第一个，也就是年龄最大的费加，看上去十四岁。他身材匀称，美丽的脸庞稍微过于纤细，长着一头金黄的鬈发，淡色的眼睛，经常带着半是高兴半是走神的微笑。种种特征表明，他来自富裕人家，来田地里不是因为需要，而是为了游戏。他穿一件镶着黄边的印花布衬衫；一件新的粗呢外套披在身上，几乎要从他窄狭的两肩掉下来；浅蓝色的腰带上挂着一把梳子。他低筒的皮靴确实是他自己的，不是他父亲的。第二个小孩巴夫鲁沙，头发是乱蓬蓬的、黑色的，眼睛是灰色的，颧骨宽，脸苍白，有麻子，嘴大但端正，头很大，如俗话说的，"大如酒斗"，身材很矮，不灵活，小伙子不好看——这还用说！但我喜欢他，从他的眼神就能看出来，他很聪明、正直，而且从他的声音里能听出一股力量。他穿的衣服实在不怎么样，一件普通的麻布衫和一件补丁裤就是他的全部行头了。第三个是伊留沙，他的脸实在不经看：鹰钩鼻子，拉长的脸形，眼睛半盲，忧心忡忡，表现出一种迟钝的病态，紧闭的嘴唇不开启，皱起的眉毛不展开——他仿佛因为火光而老是眯缝着眼睛。他黄里泛白的几绺细发，从戴得很低的毡帽下露出来，他常常用两手分别撩到耳朵后去。他脚上是新的草鞋和包脚布，一根粗绳在身上扎了三圈，仔细地系紧他那件洁净的黑长衫。他和巴夫鲁沙看模样都不超过十二岁。第四个小孩是科斯加，十岁左右，他那沉思和忧伤的目光引起我的好奇。他的脸不大，很瘦，布满雀斑，往下逐渐变尖，像松鼠的那样，嘴唇几乎看不出来，但他那双乌黑透亮的、水灵灵的大眼睛给人奇怪的感觉：他这双眼睛好像愿意表达出至少是他嘴上说不出来的某种思想。他个子很小，身体很虚弱，穿得相当破旧。最后的那个是瓦尼亚，我起初仿佛没有注意到他。他躺在地上，缩着身子，安静地睡在一条破旧的粗席子下面，偶尔从里面伸出他淡褐色鬈发的小脑袋。这个小孩只有七岁光景。

我就躺在旁边一棵小灌木底下，不时地打量那些小孩。一口不大的锅挂在其中一处篝火上，里面煮着马铃薯。巴夫鲁沙看守着这口锅，膝盖跪在地上，用一根细劈柴在已经烧开的水里搅和。费加铺开小外套的衣襟，支着胳膊肘趴在那里。伊留沙还在那样紧张地眯缝着眼睛，同科斯加坐在一起。科斯加稍微低着头，向远处望。瓦尼亚躺在席子下面一动也不动。我假装睡着了。渐渐地，小孩们又谈起话来。

起初他们闲唠，说这说那，说第二天的工作，说马匹。忽然费加转向伊留沙，仿佛恢复被打断的谈话，问道："喂，你难道真的看见过家神吗？"

"不，我没有看见过，并且他是看不见的，"伊留沙用嘶哑和衰弱的声音回答，这种声音最适合他的脸色了，"但我听说过……并且也不只是我听说过。"

巴夫鲁沙问道："那么你们家这个神住在哪里呢？"

"在一个老的纸浆车间①。"

"难道你们去过纸厂吗？"

"那还用问？我同我哥哥阿夫久什卡当磨光工②。"

"你看，你们兄弟是工厂的人了……"

费加问道："那么你怎么听说的呢？"

"是这样的。有一天，我同我哥阿夫久什卡，还有费道尔·米海耶夫斯基、伊瓦什卡·科塞伊，还有另外一个伊瓦什卡，还有克拉斯莱禾·霍尔莫夫，还有伊瓦什卡·苏霍鲁科夫，那里还有几个别的朋友，我们一共有十个人——整整的一个班组。那一天，我们要在纸浆车间过夜，也就是没有按我们的希望下班回家，因为监工员纳扎罗夫不许我们回家。他说：'孩子们，你们回家干什么？明天活儿很多，孩子们，你们不要回家了。'于是我们就留了下来，大家一块儿躺在那里。阿夫久什卡开始说：'伙伴们，我告诉你们家神是怎么来的吧。'他刚说完这一句，忽然觉得有一人在我们头上走过。我们就躺在下面，他却在上面的水轮旁边。我们听见他在走，他脚下的木板被压得吱吱作响。这时他从我们头上走过去了，水忽然在轮盘上哗哗地响起来，轮盘也嘎吱地响起来，水轮转动了。可是'龙宫'③的闸门是关着的呀！我们感到很奇怪，究竟是谁把闸门打开，把水放出来呢？但是，轮盘确实转动了，它转动了一阵子又停下了。那个人在上面重又走向门口，然后走下扶梯，一步一步地，仿佛不慌不忙，他脚

---

① "纸浆车间"是造纸厂里的建筑，在那里工人用大桶提取纸浆。车间建在堤坝脚下的水轮旁边。——原注

② 磨光工负责把纸磨光、刮光。——原注

③ 这里指水哗哗地流到轮盘上的那个地方。

下的扶梯板甚至在那里呻吟……后来他走到我们门口，他等着等着。整个门忽然一下子敞开了，把我们吓了一跳，一看，可什么也没有……忽然，瞧！一只大桶的'舀筛'①微微地动了，它升起来了，泡进水里了，就这样在空中来回走着，仿佛有人在那里筛纸浆。后来'舀筛'又回到了原位。于是另一只桶的钩子从钉子上脱下来，又挂在钉子上。以后又仿佛有人向门口走去，忽然他咳嗽了，他干咳着，仿佛一只绵羊在叫，声音响亮刺耳……我们全都躺倒在地，吓得挤成一团……那时候我们多么害怕呀！"

巴夫鲁沙说道："瞧，多奇怪！他为什么一个劲儿咳嗽呢？"

"不知道，也许是因为潮湿的缘故。"

大家都沉默了。

费加问道："怎么样，马铃薯熟了没有？"

巴夫鲁沙动手摸了摸。

"没有，还是生的……"他把脸转向河的方向，补充说，"瞧，一定是一条狗鱼在拍水……那颗星儿落下去了。"

科斯加用他的细嗓子说："不，兄弟们，我给你们讲一件事。你们一定得听呀，这是前几天我爹对我讲的。"

费加带着爱护他的表情说："嗯，我们听。"

"你们一定知道村中木匠伽福利尔吧？"

"我们当然知道呀。"

"可你们不知道他为什么这样不快活，总是闭着嘴不说话，你们知道吗？他是因为这样的缘故不快活的。我爹说，有一次，我的兄弟们呀，伽福利尔到树林里去采核桃。是这样，他到树林里去采核桃，结果迷路了。上帝知道他走到哪里了！他走着走着，我的兄弟们呀，不！他根本找不到路了，可夜已经来了。他只得坐在一棵树下，他说，就这样等待天亮吧。他坐下来，打起盹来。他就这样打起盹来。忽然他听见有人叫他，一

---

① 舀纸浆用的小网。

看，并没有人。他重又打起盹来，又有人叫着。他看了又看，看见他前面的树枝上正坐着美人鱼，在那里上下摇摆，叫他过去。美人鱼不住地哈哈大笑，简直要把自己笑死了……月光很亮，我的兄弟们，月亮照得什么东西都可以看清楚。就这样，美人鱼叫他过去。她全身可亮了，可白了，独自坐在树枝上面，仿佛一条鲤鱼或者鲌鱼，要不就是鲫鱼，才这样银白色哩……木匠伽福利尔简直吓呆了，我的兄弟们。你看她，不住地哈哈大笑，不停地用手招呼他过去。伽福利尔真的想站起来，听从美人鱼了。可是我的兄弟们呀，一定是上帝让他醒悟了，他到底还是在自己身上用双手摆了个十字架……不过他摆十字架已经很困难了，我的兄弟们呀，据说，他的一只手像石头一样不能转动……哎哟，多难摆的十字架！他总算是摆成了十字架，我的兄弟们呀，美人鱼停止了笑声，忽然她哭了……她哭着，我的兄弟呀，用头发擦着眼睛，她的头发是绿的，像你的麻布一样绿。于是伽福利尔看了看她，问道：'森林女妖，你为什么哭呢？'美人鱼对他说：'请你不要摆十字，愿你和我一起快活地过一辈子。我之所以哭，之所以伤心得要死，是因为你摆了十字，而且不是我一个人伤心，你也要伤心一辈子哩。'她说着，我的兄弟们呀，便突然不见了。伽福利尔立刻明白该怎样走出树林，不过从此以后他就老是显得不快活了。"

在短暂的沉默以后，费加说："唉！这个森林女妖怎么能够伤害基督徒的心灵呢？——他不是没有听美人鱼的话吗？"

科斯加说："看你说的！可是伽福利尔说，她的声音像青蛙叫那样柔和、那样可怜啊！"

费加继续问："这是你爹亲口对你讲的吗？"

"他亲口讲的。我躺在高架床上听完的。"

"真是怪事！干吗他要变得不快活呢？……要知道，她喜欢他，所以才招呼他过去。"

伊留沙插话说："是的，她喜欢他！这还用说？她想给他搔痒，她就是想干这种事。这是她们的事情，别人管不着。这些美人鱼啊！"

费加说："我们这里也许可以遇到美人鱼哩。"

科斯加说："不，这里是干净的、圣洁的、自由的地方。只有一点，离河近。"

大家都不吭声了。忽然远处传来一种拖长的、响亮的、近似呻吟的声音。这种莫名其妙的声音有时发生在夜深人静的时候，它升起来，停在空中，慢慢地散开，最后像是渐渐消失。你倾听，仿佛什么声音都没有，但有余音缭绕。仿佛觉得有一个人紧贴地平线叫喊了很久，又好像树林里有另一个人用尖细的笑声回应了他一声。一种衰弱的、簌簌的口哨声在河上飞过。小孩们打了一个寒战，面面相觑……

伊留沙轻轻地说了一句："真可怕！上帝保佑！"

巴夫鲁沙喊道："唉，你们这些胆小的乌鸦！害怕什么呀？看，马铃薯煮熟了。"

大家走到锅子旁，吃起热喷喷的马铃薯来，只有瓦尼亚没有动一下。巴夫鲁沙说："你怎么了？"

但是他没有从席子下爬出来。锅里很快就空空如也。

伊留沙也开始讲了："伙伴们，你们听说过几天前我们瓦尔纳维茨村发生的事吗？"

费加问道："是发生在堤坝上的事吧？"

"是，是在堤坝上，决了口的那个堤坝。那是个不干净、常闹鬼的地方，又荒凉。周围全是这样的洼谷，洼谷里有很多蛇。"

"嗯，究竟发生了什么事？你就说吧。"

"发生了这样一件事。费加，你也许不知道，我们那里埋葬着一个被水淹死的人。他是很久很久以前淹死的，当时湖水深，现在还可看见他的坟墓，但已经看不明显了，就像是一个小土包……几天前，老爷家的总管把驯养猎犬的叶尔米尔叫来，说：'叶尔米尔，你去邮局一趟。'我们那个叶尔米尔时常带着猎犬，骑马去邮局。他把自己的猎犬全都折腾苦了，猎犬在他那里不知什么原因总是活不了，现在这样，而且从来就这样。不过他还是一个好的养狗人，他什么都擅长。就这样，叶尔米尔骑马进城取邮件，在那里耽误了，骑马回来时已经醉了。那是一个月夜，月光很亮……叶尔米尔骑马经过堤坝，因为他就得走这条路。叶尔米尔这样走着，忽然看见那个溺水人的坟墓上有一只小绵羊在那里徘徊，一身雪白的卷毛，十分可爱。叶尔米尔便想：'我现在就把它弄来，不能让它走失。'于是，他爬下车，把那只小绵羊抱在怀里……小绵羊倒没有什么。叶尔米尔走到马那里，马见了他却瞪大眼睛，打着响鼻，摇着脑袋。不过他把马吆喝住了，他骑上马，带着小绵羊，重又上路了。他把羊放在自己面前。他看着羊，羊也直望着他的眼睛。他，驯养狗的叶尔米尔，开始感到害怕了。他说，'我真不记得有哪一只绵羊会直盯着人的眼睛'，但是这倒没有什么。他开始抚摸小绵羊。他摸着它身上的毛说：'咩咩，咩咩！'小绵羊忽然也龇牙咧嘴对着他：'咩咩，咩咩！'……"

讲故事的人几乎还没来得及说出最后这个"咩"字，忽然两只狗同时站起来，带着疯狂的吠叫声从火旁冲进黑暗中去了。孩子们全都害怕起来。瓦尼亚也从席子下跳了出来。巴夫鲁沙一面喊，一面紧随两只狗奔去。狗的吠叫声迅速远去了……但听见受惊的马群在不安地奔跑，巴夫鲁沙在大声喊："塞雷伊！茹齐卡！"……过了一会儿，吠叫声静了。巴夫鲁沙的声音已经远了……又过了不多时候，孩子们困惑莫解，面面相觑，仿佛预料有什么事情发生……倏地传来嘚嘚的马蹄声，一匹马陡然停在篝火跟前，巴夫鲁沙抓住马鬃，敏捷地跳了下来。两只狗都跳进光圈里，立刻坐在地上，伸出红舌头。

孩子们问他："那里发生什么事了？怎么回事呀？"

"那里没什么，"巴夫鲁沙对着马把手一挥，回答说，"不过狗预感到了什么，我想是狼。"他用冷静的声音补充了一句，但呼吸急促，整个胸部快速地起伏。

我不由得赞赏巴夫鲁沙，他在这一刻表现得实在好。经过快马奔驰，他那不美丽的脸竟精神焕发，表现出勇敢、彪悍和果断。他赤手空拳，毫不犹豫，黑夜里一个人骑马去赶狼……我望着他，心想："多可爱的孩子呀！"

胆小的科斯加问道："你们看见过狼没有？"

巴夫鲁沙答道："这里狼很多，经常有，不过它们冬天才不安分。"

他重又坐在篝火前，弯着身子。他往地上坐时，一只手搭在一条狗毛茸茸的后脑勺上。这个动物高兴得长久地不转动脑袋，带着一种骄傲和感激从侧面望着巴夫鲁沙。

瓦尼亚又钻到席子下面。

费加说："伊留沙，看你给我们讲了些多可怕的事啊！"他作为富裕农民的儿子，觉得自己应该充当发言人，却很少说话，仿佛怕丧失自己的尊严，"所以两只狗也像着了魔，汪汪地叫个不停……我确实听说过你们那里不干净，时常闹鬼。"

"瓦尔纳维茨村？……那是当然！太不干净了，鬼多着哩！听说在那里常常可以看见旧地主，也就是故世的地主。听说他穿着长襟的外衣，不断地唉声叹气，来回在地上寻找什么。有一天，爷爷特洛费梅奇遇见了他，问道：'老爷，怎么了？伊凡·伊凡内奇，请问您在地上寻找什么？'"

惊讶的费加插话："他真的问他了？"

"是的，问他了。"

"嗯，由此可见特洛费梅奇是好样的……嗯，他怎样回答呢？"

"他说：'我在寻找开锁草。'他的声音很低。爷爷特洛费梅奇又问：'老爷，伊凡·伊凡内奇，你要开锁草做什么？'他说：'特洛费梅奇，坟墓压着我，我想出去，我想出去……'"

费加说："你看这种人，显然，他没有活够。"

科斯加说："这真是怪事！我想，死人在'父母礼拜六'才能被看见。"

我能够看出来，伊留沙比别人多知道些村间的迷信，当时他满有把握地说："死人无论什么时候都是可以看见的……不过在'父母礼拜六'轮到这一年要死的活人也能看见。你只要晚上坐在教堂门前的台阶上，老是望着路。谁走这条路从你身边经过，谁这一年就要死去。去年我们那个村妇乌里扬娜就曾到过教堂门前的台阶。"

科斯加好奇地问道："哦，她看见过谁没有？"

"那还用问。起初她坐在那里好久好久，没有看见谁，也没有听见谁……仿佛只有一只小狗在别处吠叫了几声……忽然，她看见一个小孩只穿着一件汗衫一路走来。她仔细一看，原来是伊万什卡·费多谢耶夫在那里走……"

费加插话："就是春天死的那个吗？"

"就是那个。他走着，连头也不抬……乌里扬娜本来认识他……可是后来她见是一个村妇在那里走。她仔细地看了又看，哎哟，老天爷呀！原来就是她自己在走路，就是乌里扬娜自己。"

费加问道："难道真是她自己吗？"

"真是她自己。"

"嗯，她不是还没有死吗？"

"可是一年还没有过完呢。你不妨看一看她，不像个人样，灵魂不知哪里去了！"

大家又静下来了。巴夫鲁沙抓起一把干树枝，投进火里。干树枝在突然烧起来的熊熊火焰里变黑，吱吱地响，冒着烟，开始弯曲，翘起了被燃烧的那一头。强烈的反光一阵阵地颤抖，射向四面八方。忽然，不知从哪里来的一只小白鸽径直飞进光圈，沐浴在火光里。它害怕地在原地转动了几圈儿，又响亮地拍打着双翼，飞走了。

巴夫鲁沙说道："鸽子显然是迷了路，找不到家了。现在它是乱飞，窜到哪里是哪里，窜到哪里就在哪里过夜，直到黎明。"

科斯加说："喂，巴夫鲁沙，莫非正直的魂灵正要飞上天吗？"

巴夫鲁沙又将一把干树枝投进火里。

最后他说："也许是。"

费加又开口了："巴夫鲁沙，请你说，怎么你们沙拉莫夫村也看见过'天上的鬼影'[1]？"

"太阳嘛，怎么会看不见呢？怎么会呢？"

"你们也害怕吗？"

"但不只是我们害怕。我们的老爷虽说事先提醒我们，'这是给你们的一个预兆'，但在太阳黑了的时候，听说老爷自己也害怕得不得了。还有在老爷府上厨房里做饭的那个女厨子，太阳刚一黑，听说她抓起所有的瓶瓶罐罐往炉子上砸，一面说：'现在谁还吃东西，世界的末日到了！'就这样汤水满地流。我们村里流传过这样的谣言，说白狼将要跑遍大地，它们要吃人，那只凶猛的鸟也将飞跑，要不它会看见特里什卡[2]本人。"

科斯加问道："特里什卡是什么人？"

伊留沙热情地接话说："难道你竟不知道吗？小兄弟，你怎么连特里什卡都不知道？我们村里的人真是大门不出啊！特里什卡一定会来的，他是个奇异的人。他之所以这样奇异，是因为人家抓不着他，也不能对他怎么样，他真是这样奇异的人。譬如，农民想抓着他，拿着棒子出来打他，把他包围住，可是他只要对他们一转眼珠——就这样一转眼珠，农民们自己就互相打起来。譬如，把他放进牢房——他请求看牢的人让他用勺子喝点水。勺子给他拿来了，他往勺子里一钻就无影无踪了。人家给他戴手铐，他的两只手腕一抖，手铐就从他手上脱掉了。特里什卡将走遍乡村，还要走遍城市；特里什卡这个调皮鬼将要蛊惑农民……拿他实在没有办法……他真是一个奇怪、狡猾的人呀！"

巴夫鲁沙用他那种慢条斯理的声音继续说："是的。是这样的人。我们那里甚至都在等待他哩。老人们说：只要天上的鬼影一出现，特里什卡就来了。所以鬼影一出来，所有的人都拥到街上和田里，等候将要发生的

---

① 当时的庄稼人称日食为"天上的鬼影"。——原注

② 关于特里什卡的迷信，也许说的就是反基督的故事。——原注

一切。你知道，我们那个地方宽阔，能看得很远。大家看着——忽然从山上走来一个人，样子怪，脑袋更是奇怪……大家嚷开了：'喂，特里什卡来了！喂，特里什卡来了！'人们便各自乱跑。我们的村长爬进沟里；村长夫人陷在门槛里，破口大骂，把那只看门的狗吓得咬断了锁链，跳过篱笆，奔树林里去了；库慈金的父亲杜洛费奇却跳到燕麦堆上，蹲在里边，学鹌鹑叫，心想：'吃人的魔鬼对鸟儿也许会手下留情的。'大家都这样惊慌失措……我们那位箍桶匠瓦维拉走去买了一只新桶，并且把这只空桶戴在了头上。"

孩子们笑了，一会儿又沉默了，这是露天谈话的人们常有的情况。我向四周看去，夜色庄严肃穆，薄暮时新鲜的湿气被半夜里干燥的暖气所代替，这温暖柔和的夜幕还要长时间地笼罩着熟睡的田野，离清晨的第一声轻言细语、第一声轻快的脚步和树枝的摇晃、第一颗朝露，还有许多时间。天上没有月亮，因为在这样的时候月亮出来得很晚。无数金光闪烁的星星仿佛静静地朝着银河的方向流去。真的，你望着它们，就仿佛模糊地感觉大地在不停地快速奔跑……忽然，一种奇怪、尖锐、痛苦的叫声连续两次从河上传来，过了一会儿，又在更远处重复了一遍……

科斯加哆嗦了一下："这是什么声音？"

巴夫鲁沙却安然地道："这是鹭鸶在叫。"

科斯加重复说了一遍："那是什么声音？……巴夫鲁沙，昨天晚上我听见的，你可能知道……"

"你听见什么了？"

"我听见一种声音。情况是这样的。我从'石冈'往沙士基诺村走。起初我一直走我们的胡桃树林，以后走草地——你知道，那里有个陡转弯儿，转弯处有一个深坑①，上面全长着芦苇。我就从这个深坑旁边走过，忽然听见深坑里面有一个人在那里呻吟，声音很可怜：'呜——呜……

---

① 春汛期间泛滥的河水留在里边，甚至到了夏天也没有全干。——原注

呜——呜……呜——呜！'我吓住了。时候已经很晚，又是这种痛苦的惨叫声，弄得我真想哭起来……这是什么东西呢？你说呢？"

巴夫鲁沙说："前年夏天守林人阿奇姆被一群贼人淹死在这个深坑里。可能是阿奇姆的灵魂在喊冤吧。"

科斯加却睁大那双本来就大的眼睛，说："原来如此，我的兄弟们！我不知道阿奇姆被人淹死在这个深坑里，要是我知道，我就不至于这样害怕了。"

巴夫鲁沙继续说："不过，听说有种很小的青蛙，也是这样可怜地叫。"

"青蛙？那不是青蛙……是那些……"鹭鸶又在河上鸣叫了一声。"就是它！"科斯加不由得发话了，"仿佛林鬼在喊叫。"

伊留沙又接上话茬儿，说："林鬼是不喊叫的，他是哑巴。他只能击手掌，吱吱地叫……"

费加讥笑着打断他："难道你看见过林鬼？"

"我是没有看见过林鬼，愿上帝保佑我不看见他！不过别人是看见过的。几天前，林鬼在我们一个农民身边绕了一圈儿，把那个农民一直带到树林里，然后总在林中空地转悠……天亮时他好不容易总算走到了家。"

"那么，他看见了林鬼？"

"他看见了。他说，林鬼站在那里，很大，黑乎乎的，全身包裹着，好像站在树后，你看不清楚。他又仿佛躲着月亮，用一双大眼睛看着看着，眨巴着眨巴着……"

费加轻轻哆嗦了一下，耸着肩膀，叫了一声："你呀！呸……"

巴夫鲁沙说："这个不洁净的魔物为什么在世上扰乱呢？真是的！"

伊留沙说："不要骂吧，注意，他会听见的。"

大家又沉默了。

忽然响起了瓦尼亚的童音："伙伴们，你们看上帝的星星，仿佛蜜蜂聚拢在一块儿！"

他从席子底下伸出自己稚嫩的小脸，用一个拳头支撑着，慢慢地抬起自己安静的大眼睛。所有小孩的眼睛都抬起来望着天空，好久才放下来。

费加亲切地问道："瓦尼亚，你姐姐安纽特卡病好了没有？"

"好了。"瓦尼亚答道，稍微带点儿喉音。

"你对她说，她为什么不来我们这里？"

"我不知道。"

"你对她说，要她来。"

"我一定说。"

"你对她说，我要送糖给她。"

"你给不给我？"

"也给你。"

瓦尼亚叹了一口气。

"嗯，不，我不需要。你最好给她，她人真好啊。"

瓦尼亚又把自己的头搁在地上。巴夫鲁沙站起来，双手捧起了空锅。

费加问他："你往哪里去？"

"到河边舀点水，我正想喝水呢。"

两只狗也起来跟着他走。

伊留沙目送他去，在后面喊道："注意，不要掉进河里！"

费加说："他怎么会掉下去？他会留神的。"

他倾听起来，补充道："是的，他会留神的。不过什么都会发生，他弯腰舀水，水鬼便能抓住他的手拖下水。以后大家就要说：这小伙子掉水里了……怎么是掉下去的呢？……听，他爬进了芦苇丛？"

芦苇丛是向两边分开的，真的像我们说的那样，"沙沙地响"。

科斯加问道："傻女人阿库林娜从落水以后就疯了，是真的吗？"

"从那时候起……现在变成什么样子了！但听说她以前是个美女哩。水鬼毁了她的容貌。水鬼没想到有人立刻把她拉了出来。所以他在水底毁了她的容貌。"

（我不止一次遇见过这个阿库林娜。她披着满身的破布，瘦得可怕，脸黑得像煤炭，眼神灰暗，牙齿永远露着，常在大道上某个地方用一双干枯的瘦手紧揾着胸脯，整小时整小时地原地踏步，慢慢地换着脚，仿佛野兽在笼里一般。无论对她说什么，她都不明白，只是偶尔抽疯似的哈哈大笑。）

科斯加继续说："听说阿库林娜因为受了她情人的骗才投河的。"

"就是因为这种事。"

科斯加又伤感地说："你记得瓦夏这个人吗？"

费加反问道："哪一个瓦夏？"

科斯加答道："就是淹死在这条河里的那个呀。多可爱的小孩啊！真的是多可爱的小孩啊！他母亲费克利斯妲多么爱他啊！费克利斯妲仿佛早就觉得他将要在水里遭遇灾难似的。过去在夏天，有一次，瓦夏要同我们几个伙伴到小河里洗澡，她吓得全身颤抖。别的村妇没有怎么样，拿着木盆摇摇摆摆地走过，费克利斯妲却把木盆放在地上，对她儿子喊道：'回来，回来，我心爱的孩子！喂，回来，回来，我的宝贝。'——后来他竟淹死了，天知道为什么！那一天他在岸上玩，母亲也在那里拾草，忽然听见仿佛有一个人在水里放气泡——一看，只有瓦夏的帽儿在水上漂浮。从此以后，费克利斯妲便疯疯癫癫了，时常走到这里，躺在她儿子溺水的地方。她躺在地上，便唱起歌来。我的兄弟们，你们大概记得，瓦夏也老是唱这支歌。她唱起这支歌，哭泣起来，痛苦地向上帝抱怨……"

费加说："巴夫鲁沙回来了！"

巴夫鲁沙手里提着盛满水的锅，回到篝火旁边。

他沉默了一会儿，开始说："伙伴们，事情不妙。"

科斯加赶忙问道："什么事？"

"我听见瓦夏的声音了。"

大家都哆嗦了一下。

科斯加轻声说道："你怎么啦，你怎么啦？"

"真险呀。我刚弯下身子舀水，忽然听见瓦夏的声音仿佛在水里叫我：'巴夫鲁沙，喂，巴夫鲁沙，你到这里来。'我立刻走开。不过水舀到了。"

"你呀，上帝啊！你呀，上帝啊！"孩子们这样叫着，画起十字来。

费加补充说："这是水鬼在叫你，巴夫鲁沙……我们刚才正好在谈瓦夏。"

伊留沙一字一顿地说："唉，这真是坏的兆头。"

巴夫鲁沙果断地说："嗯，不要紧，随他去吧！在劫难逃嘛。"说完，他又坐下了。

孩子们沉默了。可见巴夫鲁沙的话给他们留下了深刻的印象。他们都围在篝火前，仿佛准备睡觉了。

科斯加忽然抬起头来，问道："听，这是什么？"

巴夫鲁沙倾听了一下，说："这是小鹬在飞，在吹哨。"

"它们往哪里飞呢？"

"听说是到那没有冬天的地方。"

"难道真有这样的地方？"

"真有。"

"远吗？"

"远，很远，在暖和的海洋那边。"

科斯加叹了一口气，闭上了眼睛。

从我加入这些孩子们身边起，已经过了三个多小时。月亮终于出来了，但我没有立即发现它，因为它又小又细。无月的黑夜这时仍然像原先那样庄严……但是原先高悬在天空的繁星已经倾斜到大地的黑暗边缘。周围完全寂静了，一般只在清晨来临前万物才这样归于静寂。万物都在沉睡，做黎明前那结实、安稳的梦。空气里已经闻不到那样强烈的气息了，仿佛又重新弥漫着潮湿气……夏夜真是不长啊……孩子们的谈话随着篝火熄灭了……连狗儿也打起盹来；马儿在微弱的星光下，据我的仔细观察，也低着头，躺在那里……睡意向我袭来，随后睡意变成了瞌睡。

新鲜的微风从我的脸上吹过。我睁开眼睛，早晨已经来临。天空没有一丝朝霞，但东方已经发白。四周开始什么都能看见了，虽然是模模糊糊的。灰白色的天空放亮，变冷、变蓝。星星时而闪现弱光，时而无影无踪。大地变潮湿了，树叶"出汗"了，有的地方已经传来活泼的人声，晨风开始在大地上空优哉游哉。我的身体相应地发出轻微的、快乐的颤抖。我轻快地站起身来，向孩子们走去。他们都睡在熄灭的篝火余温周围，像死人一般，只有巴夫鲁沙微微抬起身子，不时地注视着我。

我向他点了点头，便沿着泛起烟雾的小河向家里走去。我走了不到两俄里路，我周围湿漉漉的宽大草地上，前面一个个发绿的山冈上（一片树林接着一片树林），后面长长的、尘土飞扬的大道上，在金光闪烁、朝霞染红的树丛上，在渐渐稀薄的烟雾笼罩下羞怯地泛着蓝色的河面上，到处沐浴着由绯红渐渐转为鲜红、金黄，充满青春活力的光芒……万物都惊动了，苏醒了，歌唱了，喧哗了，说话了。一颗颗大的露珠宛如红光四射的金刚石。清脆嘹亮的钟声迎面传来。突然，我认识的那些小孩骑着休息过的马，从我身边疾驰而过……

可惜我必须补充一句：巴夫鲁沙就在那一年死了。他不是淹死的，而是从马上掉下来摔死的。可惜呀，这样可爱的小伙子！

来自美奇河畔的侏儒卡西杨

我打猎归来，坐在马车上，一路颠簸。那是盛夏一个多云的晴天（不言而喻，在这种日子，暑热有时比在晴朗的日子里还要令人难受，尤其是在没有风的时候），我被暑热压抑得昏昏欲睡，打着盹，身子摇晃着，听任那干裂得吱吱响的车轮在轧坏的道路上掀起的又白又细的尘土灌进嘴里，苦不堪言。突然，我被车夫异常的不安和惊慌的身体动作弄得睡意全无，原来他也在打盹，而且比我还厉害哩。只见他拉紧缰绳，在驾驶座上摇动着身体，吆喝起自己的三匹马来，不时地看看旁边某个地方。我环视四周。原来我们正走在开垦过的广阔平原上。平原的尽头是同样开垦过的不高的丘陵，形成波浪起伏、坡度很小的斜坡。周围五俄里的空旷田野尽收眼底，远处是一片不算高大的桦树林，只有它那圆齿形的树冠损坏了几乎呈直线的地平线。狭窄的小道在田野上延伸，进入洼地，蜿蜒曲折于丘陵之中，其中有一条小道在我们前边五百来步处跟我们走的大路交叉。我看出那里有一列车队。我的车夫看的就是它。

原来这是出殡队伍。前面，一辆套着一匹马的车上坐着牧师，教堂执事坐在他旁边拉着缰绳，马车缓慢地走着；车后面，四个乡下人光着脑袋，抬着一口棺材，棺材上面蒙着白布；两个妇人在棺材后面走着。突然，其中一个妇人哀怨的细微声音飘到我的耳朵。我侧耳倾听，原来她在那里哭诉。在空荡荡的田野里，听着这种单一腔调的、时断时续的、绝望和悲痛的哭诉声，叫人感到无限凄凉。我的车夫打算抢在这队人马的前面过路，所以赶起马来。在道上遇见死人——那是不好的征兆。他也真的能

101

够在出殡队伍前面把马车赶过道口。但我们还没有走上一百步，我们的马车突然震动了一下，往旁边侧过去，差点儿没有翻车。车夫赶紧勒住三匹乱跑的马，挥了一下手，又啐了一口。

我问他："怎么回事？"

我的车夫一声不吭，慢腾腾地爬下了车。

"到底是怎么回事呀？"

"车轴坏了……热坏了……"车夫回答时脸色阴沉，怒气冲冲。他突然整理了那匹拉边套的马的皮带。那匹马吓得跳向旁边，不过还是站住了，打了一声响鼻，抖动了一下，又开始安静地用牙齿搔自己前脚膝盖下的小腿。

我也爬下了车，在道上站了一些时候，心里被一种模糊的不快和疑惑所占据。右面的车轮差不多完全倒在车子底下，车轱辘几乎仰卧着，仿佛表达着一种无言的绝望。

我终于问道："现在怎么办呢？"

这时出殡的队伍已经转弯上了大道，向我们走近。车夫用鞭子指着车队，说道："就怪他们！"接着他又说，"我经常能感觉出来，遇见死人——这不是好兆头……真是这样。"

于是他又惊动起那匹拉边套的马来。马见他那种不高兴和严厉的样子，便决定站在那里不动，只是偶尔谦虚地摇着尾巴。我前后来回地走了一会儿，又在这个车轮前停下来。

这时候，出殡的人们赶上了我们。悲伤的队伍静静地从大道转到野草上，从我们的车旁走过。我和车夫脱下帽儿，向牧师鞠躬，同抬棺材的人交换了目光。他们抬得很用力，一个个挺着那宽阔的胸脯。跟在棺材后面的两个妇人中，一个很老，面色苍白，她那张被痛苦折磨得变了样的脸保存着严肃、庄重的表情。她默默地走着，偶尔抬起一只瘦手，放在凹进的薄嘴唇上。另外一个年轻，二十五岁上下，眼睛又红又湿，脸都哭肿了。她经过我们身边时，便停止了哭诉，用袖子遮掩着脸……出殡的队伍从我们身边经过，又转回到大道上，于是她那哀怨的、揪心的小调重又传来。我的车夫默默地目送着均匀摇摆的棺材过去，转身对我说："这是给木匠马尔登出殡。他是'麻子村'人。"

"你怎么知道的？"

"我是看见这两个妇人才知道的。老的是他母亲，年轻的是他妻子。"

"他是病死的吗？"

"是的……是热病……前天总管派人去请医生。不巧医生不在家……木匠是个好人，好喝点儿酒，不过是个好人。你看，他的女人悲痛得要死……嗯，是的，谁都知道，妇人的眼泪不是买的。妇人的眼泪跟水一样……是的。"

他弯下身，爬到那匹拉套的马的缰绳底下，用两手抓住了马轭。

我说："可是我们怎么办呢？"

我的车夫起初用膝盖顶住辕马的肩，两次摇撼着马轭，整理好鞍垫。后来他又爬到那匹拉套的马的缰绳底下，顺便推了一下那匹马的嘴脸，然后走到那个车轮旁边。走到那里，他便目不转睛地望着车轮，一面慢慢地从衣襟里掏出一只烟盒，慢慢地牵着带子拽开了盒盖儿，把两个粗手指（里头几乎容纳不下两个手指）插进烟盒，把烟叶揉了又揉，事先扭了扭鼻子，便慢慢地、有停顿地吸起来。他每吸一次，总伴着一次长久的咳嗽。他痛苦地眯缝着泪汪汪的眼睛，不断地眨巴着，陷入了沉思。

我终于说："喂，怎么样了？"

我的车夫小心地把烟盒放进口袋里，不用手，只靠头的活动就让帽儿罩到眉毛上，然后沉思着爬上了驾驶座。

我不免惊疑地问他："你去哪里？"

"请您坐车吧！"他安然地回答，就拿起来缰绳。

"我们到底怎么走呀？"

"我们就这样走吧。"

"但车轴……"

"请您坐车吧！"

"可是车轴坏了……"

"坏是坏了，但我们能够走到移民新村……一步一步地走。小树林后面向右就有移民新村，名叫尤金村。"

"你认为我们能走到吗？"

我的车夫并不回答我。

我说："我还是步行的好。"

"那就请便吧……"

说着，他挥动了一下鞭子。马车开动了。

虽然车的右前轮几乎要脱落，并且转动得异常奇怪，但我们真的走到了移民新村。在一个小山坡上那个车轮几乎要飞走，但我的车夫狠狠地吆喝起来，结果我们安全地下了山。

尤金村里只有六家矮小的农舍，大概是不久前才建造的，不是每家院子都围着篱笆，但房屋已经倾斜了。车子进这个村子时，我们没有遇见一个人。街上连鸡和狗都没有看见，只有一条短尾巴的黑狗从一条完全干枯的槽里面急忙跳到了我们面前（大概是饥渴迫使它到槽里去的），没有吠叫，当即鲁莽地奔大门去了。我到了第一家农舍，开了过道的门，叫了一声主人。没有人回答。我又叫了一声。猫儿饥饿的叫声从另外的门后传来。我用脚踢了猫儿一下，瘦得可怜的猫儿从我面前跑过，它那双碧绿的眼睛在黑暗里闪了一下。我把头伸进房间，看了一下，又黑，又空，又有烟。我走到院子里，那里也没有一个人……围墙里有一头小牛在哞哞地叫，一只灰色的鹅瘸着腿往一旁拐了几步。我又到了第二家农舍，第二家农舍也没有一个人。我朝院子走……

在被阳光照得明亮的院子中间，也就是所谓阳光照射得最热的地方，躺着一个人，脸朝着地，用粗呢子上衣盖着头。我以为那是个小孩儿。离他数步远一辆破马车附近，一个草棚底下站着一匹瘦马，套着破烂的马具。阳光从这个破草棚的一些窄孔里穿进去，把马身上枣红色的乱毛照得斑斑点点。几只椋鸟在一个高悬的笼子里唠叨不休，带着安闲与好奇从自己的空中小房往下看。我走到睡着的小孩那里，叫醒他……

他抬起头来，看见了我，立刻坐起来……他睡眼惺忪地问道："什么，要干吗？什么事？"

我没有马上回答他。他的外貌真使我感到特别惊讶。想不到这是一个五十岁左右的侏儒，有一张又小又黑又皱的脸、尖尖的小鼻子和几乎看不见的栗色小眼睛，黑色的、厚厚的鬈发仿佛蘑菇上的帽儿宽宽地扣在他的小头上。他的整个身体异常虚弱和瘦小，而他的眼神特别和奇怪到无法用言语形容的地步。

他又一次问我："有什么事？"

我给他解释是怎么回事。他一面听我说，一面用那双缓慢眨巴的眼睛一直看着我。

我终于说："我们能不能得到一根新车轴呢？我很愿意用钱买。"

他从头到脚打量着我，问道："你们是什么人？打猎的吗？"

"是的。"

"打天上的鸟还是打林中的兽？……杀上帝的鸟，流无辜的血，你们不觉得罪过吗？"

奇怪的小老头儿说话拉长腔调。他的声音也使我惊奇。他的声音听起来不仅一点儿也不衰老，反而惊人的甜蜜和年轻，几乎像女人声音那样柔和。

"我没有车轴，"他沉默了一会儿，然后补充说，"这个大概不能用。"他指着自己的小马车，"你们的马车大概是大的。"

"在村子里能够找到吗？"

"这里是什么村子……这里谁也没有……而且谁也不在家，全都干活去了。你们走吧。"他忽然这样说话，又躺在地上了。

我怎么也想不到会有这样的结果。

我拍了一下他的肩膀，说道："听我说，老人家，劳驾，帮帮忙吧。"

"上帝保佑！你们走吧！我累了，我去了城里一趟。"他这样对我说着，一面便把粗呢上衣拉到自己头上。

我继续说："劳驾吧。我……我可以付钱。"

"我不要你付的钱。"

"老人家，请你……"

他半欠起身体，坐在那里，交叉着一双细腿，说道："我倒可以领你到树林中的伐木场 ①。商人们在那里买了一处树林。让上帝审判他们！大概要运树木出去吧，并且还成立了一个经理处。让上帝审判他们！你可以在那里定做一根车轴，或者买一根现成的。"

我高兴地喊起来："好极了……好极了……我们去吧。"

他并不站起来，继续说："可以弄到橡木做的好车轴。"

"这里离伐木场远吗？"

"有三俄里多路。"

"哦，那也得去！我们可以坐你的马车去。"

"那可不行……"

我说："哦，那就步行吧，老人家！车夫还在街上等着我们呢。"

老人很不愿意地站起来，跟我走到街上。我的车夫心里正在生气，因为他打算给马喝水，但是井里水太少，并且味道不好，但这是车夫们常说的头等大事……后来他一看见那个老人就露出牙笑了一下，点了点头，喊道："喂，卡西杨，你好呀！"

卡西杨用苍凉的声音答道："你好呀，叶洛飞，公正的人！"

我立刻把他的建议告诉车夫，叶洛飞表示同意，便把车赶进院子。就在他忙于仔细地卸马的时候，卡西杨站在旁边，一个肩膀靠着大门，不高兴地时而看看他，时而看看我。他仿佛有点儿疑惑。我看得出，他实在不太喜欢我们突然的造访。

---

① 树林里被砍伐过的地方。——原注

叶洛飞取下马轭，忽然问卡西杨："难道把你也迁过来了？"

"也迁过来了。"

我的车夫从牙缝里挤出声来："唉！你知道木匠马尔登……你知道'麻子村'的马尔登吧？"

"知道。"

"哦，他死了。我们刚才遇见他的棺材。"

卡西杨颤抖了一下。

"死了吗？"他说完，便低下了头。

"是死了。你怎么不把他治好呢？听说你给人治病，你是个巫师哩。"

我的车夫显然是在取笑、挖苦老人。

后来车夫对着那辆车耸了耸肩，说道："这是你的车吗？"

老人说："是我的。"

"嗯，车呀……车呀！"车夫重复地说，他抓住车辕，几乎把车翻了个底朝天，"车呀……你们坐什么去伐木场呢？……这样的辕我们的马套不上去，我们的是大马，可这是什么东西？"

"我也不知道，"卡西杨答道，"你们坐什么去？莫非用我的这头牲口？"说着，他叹了一口气。

叶洛飞马上说："用这头？"他走到卡西杨的劣种马面前，用右手的中指轻蔑地戳了一下马脖子，带着责怪的语气加了一句，"瞧！笨东西睡着了。"

我要叶洛飞赶快把它套上车。我自己也很想同卡西杨去伐木场，因为那里时常有野鸡出没。等车子完全准备好，我就带着自己的狗坐到那树皮翘起的车板上。卡西杨缩作一团，也坐在前面的栏杆上，仍然是满脸愁容。叶洛飞走到我面前，带着神秘的表情轻声说：

"老爷，您同他一块儿去——这很好。他是这样一个人，很怪，绰号'跳蚤'。我不知道您怎么能够了解他……"

我本想对叶洛飞说，直到现在我还是觉得卡西杨是一个有判断力的正常人，但是我的车夫立刻用原来的语气继续说：

"您就看他是否把你拉到那里吧。车轴您要自己选，您要选一根结实些的……喂，跳蚤……"他大声地加了一句，"你们这里可以弄到面包吗？"

"你找找吧，也许可以找到。"卡西杨一边回答，一边拉了一下缰绳，我们就动身了。

他的马儿跑得很不错，真使我惊讶。一路上，卡西杨一直保持沉默，对我的问话回答得生硬和短促，并且很不情愿。我们很快就到达伐木场，在那里还找到经理处。那是一所高的农舍，孤零零地矗立在不大的山谷之上。下面的山谷草率地修起了一座水坝，山谷变成了一个小湖。我在经理处找到了两个做生意的年轻伙计。他们有一口雪白的牙齿、一双甜蜜的眼睛，带着甜蜜、敏捷的言语和甜蜜、狡猾的微笑。我在他们那里买到了一个车轴，就向伐木场走去。我以为卡西杨一定会留在马车旁边等我，不料他忽然跑到我面前。

他对我说："怎么，你去打鸟吗？"

"是的，如果有鸟的话。"

"我同你一块儿去……可以吗？"

"可以，可以。"

于是我们出发了。去伐木场有一俄里多路远。我承认，我注视着卡西杨，重视他超过我自己的狗。难怪他外号"跳蚤"。他那乌黑的不戴帽的小脑袋（但是他的头发能够代替任何帽子）在灌木丛中闪现。他行走麻利，动作机灵，仿佛总在蹦蹦跳跳。他不停地弯腰，摘些不知名的药草，塞进怀里，喃喃地自言自语，不断地用那种热烈、奇怪的眼神望着我和我的狗。在低矮的灌木丛里，在零星的树木中间，以及在伐木场，时常有些灰色的小鸟出没其间，从这棵小树飞到那棵小树，发出嘘嘘的哨声，忽然贴着地飞行。卡西杨不时地逗鸟儿玩，同鸟儿对叫。小鹌鹑叽叽地叫着，飞到他的脚下，他也跟着叽叽叫起来。百灵鸟飞到他的头顶上，振动着翅膀，响亮地歌唱，卡西杨也跟着它唱起来。可是他总不跟我说话……

　　天气很好，比上午还好，但暑热一直没有减退。晴朗的天空中高高地飘着几片稀薄的云彩，白里透黄，仿佛春天的晚雪，扁平而拉长，仿佛放下来的风帆。云彩的轻柔花边宛如纸张，每一瞬间显然都在慢慢地改变。云彩在消散，没有给大地留下阴影。我同卡西杨在伐木场转悠了很久。从树桩上长出的许多嫩枝，虽然还来不及长成两尺高，却已经用自己细小、光滑的茎干包围了又黑又矮的树墩；齿状、灰色边缘的圆形木瘤，就是那种可以煮"火绒蘑菇汤"的木瘤，粘在这些树桩上；草莓也在上面垂着玫瑰色的须子；蘑菇在那里聚族而居，密密麻麻。两只脚不断地缠在饱尝烈日的长草里，拔不出来。到处金光闪闪，小树上淡红色的嫩叶放出刺眼的光亮；到处色彩缤纷，一束束青蓝色的野豌豆，一簇簇金黄色的鸡眼草，一半淡紫、一半金黄的蝴蝶花，映入眼帘。在一些荒芜的小道上，车辙里露出来一片片红色的小草。道旁有一堆堆的木柴，由于风吹雨淋而变黑了。木柴堆有几丈高，暗淡的影子落在地上，成为斜的四边形，但那里也没有别的影子。微风时而轻拂，时而静止，忽然又直吹脸上，仿佛在跟人嬉戏。周围的一切都高兴地喧哗着，点着头，活动起来，蕨类植物柔软的梢儿在优美地摇曳，你正要高兴……风儿忽然间又沉默了，于是一切又都静下来，只有蛐蛐齐声地叫着，仿佛在生气——这不停的、酸痛的、枯燥的声音使人昏昏欲睡。这种声音跟中午不退的炎热很相配，这种声音仿佛就是炎热所产生的，仿佛就是从烤红的大地里引出来的。

　　我们没有碰到一窝鸟，最后来到新的伐木场。新近伐下的山杨树凄凉地倒在地上，压着小草和小的灌木；有些灌木上的树叶还是绿的，但是已经是死的，萎缩着垂在不动弹的树枝上面；另外一些灌木上的树叶已经干枯和卷曲了。金白色的新鲜木屑成堆地躺在潮湿发亮的树墩附近，散发出一种特别喜人的苦味。远处，靠近密林的地方，传来斧子沉闷的声响，不时地听见一棵枝叶茂盛的树木严肃地、悄悄地倒下来，仿佛在鞠躬，在张开双手……

我长时间没有找到一只野味。后来，从宽阔的橡树林里，穿过丛生的苦艾，飞来一只布谷鸟。我一枪打去，它在空中翻了个筋斗便掉了下来。卡西杨听见枪声，赶紧用一只手掩住眼睛，在我装火药和拾起布谷鸟以前，他的身体没有动一下。当我往前走了几步以后，他才走到死鸟掉下来的地方，俯身对着染了几点鲜血的草摇着脑袋，害怕地看了我一眼……我听见他在后面絮叨："罪过呀……咳，这真是罪过！"

最后，炎热迫使我们走进密树。我奔到一棵高的核桃树下。一棵年轻、苗条的枫树在核桃树的上方，美丽地张开了自己轻巧的枝条。卡西杨坐在已砍伐的一棵白桦树粗大的树墩上。我望着他。树叶在高处微微地摇曳，绿油油的树叶阴影也轻轻地来回地在他那瘦小的脸和裹着黑色粗呢外衣的虚弱身体上移动。他头也不抬。我对他的沉默不语感到腻歪，便仰卧在地上，开始欣赏纷繁的树叶在遥远明亮的天空下的和平游戏，真是眼花缭乱。仰卧在树林里往上看，真是件非常愉快的事！你会觉得你是在看无底的海洋，而海洋又仿佛在你的脚下广阔地展开，大树并不是从地上升起，却仿佛是这些巨大植物的根儿从天上落下来，垂直地掉进像玻璃一样明亮的浪花里。树上的叶儿一会儿像绿宝石一样闪着光，晶莹剔透，一会儿颜色浓得像带着金黄的绿色，或者绿得几乎发黑。在很远很远的地方，一条细树枝的末端一片单独的树叶站在一小块透明的蓝天里，纹丝不动。在它旁边，另一片树叶在摇曳，真像鱼儿在摆动尾巴戏水，树叶的这种动作仿佛是自发的，不是风儿引起的。朵朵白云魔术般地变幻成水下的岛屿，在海上静静地浮游而过。忽然，整个海洋，明亮的空气，沐浴着太阳光的树枝和树叶——全都流动起来，颤动起来，闪烁着白光，发出新鲜的、颤抖的簌簌声，好像风平浪静的大海上陡然起了涟漪，发出细微的、无休止的拍水声。你不要动——只管看着，你心里的快乐、安静和甜蜜，真无法用言语形容啊。你看着，那深邃、洁净的蓝天引出你嘴边天真无邪的微笑。你笑得那样天真自然，就如同天上的云彩，幸福的回忆仿佛跟随着彩云一幕幕慢慢地浮现在心头。你总觉得，你的目光越走越远，使你身不由己地跟着它走向那平安的、光明的、高深莫测而又深邃无底的天空……

卡西杨忽然用他嘹亮的嗓音说话了："老爷，喂，老爷！"

我带着惊异欠起身来，以前他几乎不跟我搭话，现在却忽然自己说起话来。我问道："你有什么事？"

他直盯着我的脸，说："为什么你打死小鸟呢？"

"什么为什么？布谷鸟……是一种野味，它可以吃。"

"老爷，你打死它并不是为吃。你会吃它吗?！你打死它是为了开心。"

"不错，你不是自己也吃，比如说，鹅或鸡吗？"

"这种鸟类是上帝为人类定下来的，布谷鸟却是自由的鸟，林中的鸟。也不只是布谷鸟，许多别的鸟，所有林中的动物，田里和河里的动物，沼泽和草地的动物，天上和地下的动物——打杀它们都是罪过，让它们在大地上自在地生活吧……上帝给人安排另外的食物，人有别种食物，别种饮料。面包是上帝的恩赐，水是天上来的，动物是古代的祖先们驯养的。"

我惊异地看着卡西杨。他的话张口就来，不假思索，但说话时平静中带着激情，温顺中显得严肃，偶尔还闭着眼睛。

我问他："那么照你的意思，杀鱼也有罪，是吗？"

他很自信地说："鱼的血是冷的，鱼是哑巴动物。它不害怕，也不快乐。鱼是没有语言的动物。鱼没有感觉，它的血不是活的……血……"他沉默了一会儿，继续说，"血是神圣的东西！血看不见上帝的太阳，血躲避光……让世界见到血，那是大罪，大恐怖……罪孽真大呀！"

他叹了一口气，低下了头。说实话，我十分惊愕地看着这个奇怪的老人。他说的可不是乡下人会说的话，普通人不会这样说，巧言的人也不会这样说。这是经过深思熟虑的、庄重却又奇怪的话……这样的话我从未听见过。

我开始说了，但视线并没有从他微微发红的脸上移开："卡西杨，请你告诉我，你干什么职业？"

他并不立刻回答我的问题。他的眼睛不安地转动了一会儿。

他终于说："我是按上帝的吩咐活着，至于职业，我没有，什么职业也不干。我智力不全又有病，从小就这样。趁我还能做就做点工作，我是个很不好的工人……没有健康，手也笨，只好春天捕夜莺。"

"捕夜莺？……怎么，你不是说一切树林里的、田地里的和别的动物都不应该动吗？"

"杀死它是不应该的，死是会自己来的。就说马尔登吧，木匠马尔登没有活多久就死了。他的妻子现在痛不欲生，为她的丈夫伤心，疼爱她的一堆孩子……无论人还是动物，都玩弄不过死。死并不跑，但谁也逃不掉死，但帮助死，也是不应该的。所以我不杀夜莺，愿上帝保佑！我捕捉夜莺，并不给它痛苦，也不害它的生命，而是为着人的快乐，为着慰藉和乐趣。"

"你常到库尔斯克去捕夜莺吗？"

"我常到库尔斯克去，有时去更远的地方。在沼泽地，也就是树林边过夜，在田野里过夜，一个人在偏僻的地方。这里山鹬吹哨，那里兔子叫嚷，那里野鸭哀鸣……晚上倾听，早晨观察，黎明时在树林里张网儿……有的夜莺唱得那么可怜，那么甜蜜……实在可怜！"

"你卖捕来的夜莺吗？"

"卖给善良的好人。"

"你还做什么呢？"

"什么做什么？"

"你从事什么职业？"

老人沉默了一会儿。

"我什么职业也没有……我是个很不好的工人。不过，我认字。"

"你识字呀？"

"我认字。上帝和一些好人帮助过我。"

"你是有家的人吗？"

"不是，没有家。"

"怎么会这样？……他们都死了吗？"

"不是的，事情是这样：人生不幸。这完全取决于上帝，我们人人都在上帝下面走路，我应该是公正的人。就是这样！也就是，我听上帝安排。"

"你没有亲人吗？"

"有的……但……是这样……"

老人家口吃了。

我说："我听见我的车夫问你，为什么你不治好马尔登。难道你会治病吗？"

卡西杨思考着回答我："你的车夫是个公正的人，但是也不能没有过错。人家都称我巫师……我是什么巫师……谁又能够治病呢？这一切完全取决于上帝，只能根据上帝的旨意治病。不过……有些草，有些花，确实能够救人。比如'鬼刺'是一种对人有好处的草，车前草也是这样。讲这些东西并不脸红，纯洁的草是上帝赐的。别的草就不是这样了，它们不能够救人，讲到它们都是罪过。还有祷告词，难道也不是这样……哦，当然有这样的语言……谁信，谁就能得救……"他放低了嗓音，补充了几句。

我问道："你什么东西也没有给马尔登吗？"

老人答道："我知道得晚了。但有什么办法！人生下来就命中注定。木匠马尔登注定是活不了的，在地上活不了的，现在已经这样了。谁要是不能活在地上，连太阳都不能同样暖和地照在他身上，面包对他也不管用，仿佛有什么东西在招呼他离开……是的，上帝让他的灵魂安息吧！"

我沉默了不多时间，然后问道："早就把你们迁移到我们这里了？"

卡西杨哆嗦了一下，说道："不，不久，四年左右。老主人在世时，我们一直住在自己原先的地方，现在监护机构把我们迁移到这里。我们的老主人性情温和，为人慈善，愿他在天之灵安息！监护机构自然办事公正，他们显然只能这样。"

"你们原先住在哪里？"

"我们来自美奇河畔。"

"离这里远吗？"

"一百多俄里。"

"怎么样，那里比这里好？"

"比这里好……比这里好……那里地方宽阔，有一条河，是我们的家乡；这里却狭窄、干燥……这里我们真变成孤儿了。我们美奇河村那里，你登上小山一看：啊，我的上帝！这是天堂？啊……又是河，又是草地，又是树林，那边是教堂，再过去又是草地。还能往远看，往远看，瞧！看得多远啊……你看了又看，你呀，真看不够啊！这里嘛，土地确实好一些：沙土地，好的沙土地，乡下人们说，到处都五谷丰登，粮食充足。"

"老人家，你说实话，你大概愿意回故乡去吧？"

"是的，想回去看看。然而到处都一样。我无家无眷，漂泊不定。还讲什么好呀坏呀！家里还能住久吗？像这样走走，"他提高了嗓门，接着说，"也可以轻松些，真的。太阳照着你，上帝也可以看见你，四处的歌声更和谐。你听！多好的花在簌簌地长！你见了就想摘。那边，泉水在哗哗地跑。神圣的水啊！你见了也要喝个够呀！天上的飞鸟叫着……要是到库尔斯克那边，那里有大草原，那样的草原真叫人称奇，真使人快乐，那么辽阔，真是上帝的恩赐！人们说，草原一直延续到温和的海洋——那边住着那歌声甜蜜的神鸟，树上的叶儿冬天也不凋落，秋天就更是如此，金子般的苹果生在银子般的树枝上，每个人都过着满足和公正的生活……我真想到那边去啊……我去的地方难道还少吗？我去过洛明，到过辛比尔斯克——一个可爱的城市，也到过金色圆顶的莫斯科，到过奥卡河——亲爱的奶妈河，到过可爱的茨纳河，伏尔加——母亲河，看见了许多人，许多善良的农民，也访问过一些著名的城里……我真想到那里去……也真想……实在是太想了……也不只是我这个受罪的人……许多农民穿着草鞋，在世上流浪，寻找真理……是的……待在家里做什么呀？人间不存在

114

公正——这就是事实……"

这最后几句卡西杨说得很快，几乎含糊不清，以后他还说了些什么，我甚至听不见了。他的脸带着非常奇怪的表情，以至我不由得想起"疯子"这个称呼。他低下头，咳了一声，仿佛清醒过来。

他低声说："太阳啊！上帝的恩赐啊！树林里多暖和呀！"

他耸了耸肩，不吭声了，心不在焉地望了望，轻声唱起歌来。他那曲调漫长悠扬的歌词我没能全听懂，我只听见下面两句：

　　我叫卡西杨，

　　外号是跳蚤……

我想："嘿！不错，原来他会作诗……"

忽然他哆嗦了一下，不唱了，专注地望着密林。我回头看见一个乡下小女孩儿，八岁左右，穿一件蓝色的无袖长衣，头上包着方格子头巾，裸露的晒黑的胳膊上挎编的小筐。她大概怎么也想不到会遇见人们常说的我们，便站在葱绿的核桃树林浓荫覆盖下的草地上，一动也不动，用一双乌黑的眼睛胆怯地看着我。我还没来得及仔细看她，她立刻躲到一棵大树后面了。

老人亲热地喊她："小安娜！小安娜！你过来，不用怕。"

传来纤细的童音："我怕。"

"不用怕，不用怕，到我这里来。"

小安娜默默地离开了藏身所，轻轻地绕了一圈，她那双小孩的脚在厚厚的草地上走着，几乎没有发出任何声音。她走出密林，来到老人跟前。这个姑娘并不是八岁，像我起初根据她矮小的身材以为的那样，而是十三四岁。她身体虽然又小又瘦，但很匀称和灵巧，美丽的脸蛋跟卡西杨的脸惊人的相似，不过卡西杨并不是美男子。一样五官鲜明的脸庞，一样奇怪的眼光——狡猾而又可信，深沉而又敏锐，并且动作也一样……卡西杨打量了她一眼，她侧身站在他身边。

他问道："你在采蘑菇吗？"

她带着胆怯的微笑回答道："是的，采蘑菇。"

"采到许多吗？"

"许多，许多。"她迅速看了他一眼，又微笑了一下。

"有白的吗？"

"白的也有。"

"给我看……给我看……"

她把筐子放在地下，揭开一半盖着蘑菇的一张大牛蒡树叶。卡西杨俯身看着筐，说道："嘿！多好的蘑菇！小安娜，真了不得！"

我问道："卡西杨，这是你的女儿吗？"

小安娜的脸一时泛起了红晕。

卡西杨装作漫不经心的样子，说："不，是亲戚。"他又立刻补充说，"小安娜，去吧！去吧！不过要注意点……"

我打断他的话，说："为什么让她步行呢？我们可以用车送她……"

小安娜的脸又红了，红得像罂粟花，她两手握住小筐上的细绳，不安地看着老人。

他还是用同样冷淡又懒惰的声音反对说："不，她可以走到的。这对她算什么？……她这样能走到的……走吧。"

小安娜很快就进了树林。卡西杨目送着她，随后低下头，暗暗地微笑了。在这长时间的微笑里，在他对小安娜说的短短几句话里，在他同她说话时的声音里，有一种无法解释的、热烈的爱与感情。他又向她走开的地方那里望去，微笑了，擦了擦自己的脸，几次摇着脑袋。

我问他："为什么你这样快就打发她走呢？我还要向她买蘑菇哩……"

他回答我说："您如果想买，就到家里去买，也是一样的。"他第一次用了"您"字。

"你那姑娘真好。"

"不……好什么……一般吧……"他回答时，仿佛不愿意似的。从此刻起他又陷入原来的沉默。

我看出，要使他重新打开话匣子，徒劳无益，于是我迈步向伐木场走去。那时候炎热稍有收敛，但不利于打猎，或者说我们的运气不佳，仍在继续，我仅带着一只布谷鸟和新的车轴回到村里。车快进院子时，卡西杨忽然转身对我说：

"老爷，老爷呀，是我对不住你，是我赶走了你所有的野物。"

"怎么会这样呢？"

"这个我是知道的。你那驯养有素的狗通灵性，但它也无可奈何。你想，人还能怎样呢？人嘛！"

我知道，要让卡西杨相信符咒不可能驱走野物也是枉然，所以也就不回答他，而且车已经转进大门。

小安娜并没有在屋里。她已经先到，留下了一筐蘑菇。叶洛飞安好了新车轴，不过起初还对它做了严厉的、不公正的评价。一小时后，我就坐车出来，走前给卡西杨留下少量钱。起初他不收，后来想了一想，握在手里，然后揣进怀里。在这一小时里他几乎没有说一句话，依旧靠着大门站着，也不回应我车夫的责备，并且很冷淡地同我告别。

我刚回来，就发觉叶洛飞情绪很不好……原来，他在村里没有找到一点儿吃的东西，喂马的水又很不好。我们的车走出院子。车夫坐在驾驶座上，甚至他的后脑勺都表现出来他的不愉快。他很愿意对我说出来，但在我的第一个问题以前，他只是轻声地喃喃自语和对马儿说些教训性的话，有时还是恶毒的话。他嘟囔着说："什么村庄！还算是村庄！问有没有酸汽水，连酸汽水都没有……唉，上帝啊！水——简直不能闻！"他大声啐了一口，"黄瓜、酸汽水都没有。哼，你呀！"他对右面那匹副马，大声说起来，"我知道你，你这个放肆的东西！你太放纵自己了……"他用鞭儿打了马，"这马狡猾透了，可以前是头很合作的畜生哩……啊，你看……"

我说道："叶洛飞，请问，这个卡西杨为人怎么样？"

叶洛飞没有很快回答我。总的说来，车夫是个考虑周到、不慌不忙的人。但是我马上猜到，我的问题使他欢喜，使他心情平静了下来。

他终于拉了几下缰绳，说道："那个跳蚤吗？那是个怪人，简直是个疯子，傻子，这样奇怪的人不容易找到第二个。他恰好就像我们这匹枣红马，很不合手，也就是不会干活儿。自然，他算什么工人？他总是心不在焉的，不过……他从小就这样。起初他跟自家的伯伯、叔父们一块儿赶马车，他们那是三驾马车哩。后来他厌烦了，就扔掉不干了，于是待在家里，但在家里也待不住，他是这样一个不安心的人，真像是一只跳蚤。幸亏他遇着了好主人，不强迫他。他从那时起就游手好闲，像一只放任自流的羊儿。他那奇怪的表现，上帝知道！一会儿沉默不语，仿佛是树墩，一会儿滔滔不绝，莫名其妙。难道这是装相吗？这并不是装相。这是一个人的矛盾行为。不过他歌唱得好，唱得那么认真，真还可以。"

"怎么，他真能治病？"

"什么治病……他哪里会！他这样的人啊。但他治好了我的瘰疬症……"他沉默了一会儿，补充说，"他哪里会治病！他是个笨人，真的。"

"你早就认识他吗？"

"早就认识了。我们在塞乔夫卡村是邻居，住在美奇河畔。"

"我和他在树林里遇见的那个小姑娘——小安娜，是他的亲戚吗？"

叶洛飞从肩上看了我一下，张着大嘴笑了。

"嘿……是，他们是亲戚，样子也很像。她是孤女，没有母亲了，也不知道谁是她的母亲。也许是亲戚吧，因为太像他了……她就住在他家里，是个机灵的小姑娘，没有说的，一个好姑娘。在她身上，老人不吝惜心血，小姑娘实在太好了。您不会相信，他还打算教小安娜认字哩。他就是这样一个不寻常的人。他没有常性，甚至自相矛盾……哎哟，哎哟！"我的车夫忽然打断自己的话，把马车停住，侧身弯下腰，嗅了嗅空气，"怎么会有烧焦味？果然！我的这根新车轴……大概要擦点什么了……该去弄点儿水来，恰巧这里有片湖。"

叶洛飞慢慢地爬下驾驶座，解下了小水桶，朝湖边走去。回来后，当他听见车轱辘被突然浇上的水弄得吱吱地响，不免高兴起来……十俄里路他六次在滚烫的车轴上浇水。当我们回到家里时，天已完全黑了。

田庄总管

　　离我的庄园约十五俄里路的地方，住着一个我认识的人——一个年轻的地主，退伍的近卫军军官阿尔卡奇·巴夫莱契·别诺契金。在他的庄园里常有野物出没，房屋是按照法国工程师的设计建的，家里的人按英国人的式样穿着，摆出的饭菜很高级，接待宾客也殷勤，不过人家还是不愿意到他家做客。他为人理智和正派，受到的教育，像通常的情况那样，也是很好的，在军队里任过职，上流社会也混过，现在管理家业也很有成绩。阿尔卡奇·巴夫莱契，用他自己的话说，虽然严厉，但是公正，关心自己子民的福利，即使处罚他们，也是为他们好。在这种情况下，他说："对待他们应该像对待子女一样。他们的无知，亲爱的，当然必须考虑到。"他本人，在所谓不得已的不快情况下，避免严厉、暴躁的行动，甚至不爱提高嗓门，只用手指直点着，心平气和地开导："我可爱的，我不是请求过你吗？"或者说："你是怎么啦？我的朋友，清醒吧。"那时候他也只微微咬咬牙，努努嘴。他身材不高，体态优雅，模样不坏，手和指甲保持得很整洁。他嘴唇红润，面颊焕发健康的容光。他常开怀大笑，还愉快地眯起栗色的明亮眼睛。他穿着很讲究，很有风度。他订了法文的书报和画刊，可是不大喜欢读书。法国小说《流浪的犹太人》他好不容易才读完。玩纸牌他可是位高手。总之，阿尔卡奇·巴夫莱契被认为是我们省一个最有教养的贵族和最出色的未婚郎，女士们为他发狂，尤其夸奖他的风度。他自律严谨，谨慎得如猫一般。虽然遇到机会他也爱略显身手，嘲弄与制伏胆小的人，但生来从未被搅和到什么笑话里。他厌恶不良的社交往来，害怕损坏自己的名誉，然而在玩得快乐的时候他宣布自己是希腊哲人伊壁鸠鲁①的崇拜者，虽然他对哲学的评价一般很不好，把哲学称作德国聪明人的糊涂食粮，有时就干脆叫作废话。他很爱音乐，玩牌时从牙齿缝里哼着歌，但带着感情，对《卢契亚》和《松姆那蒲拉》这些意大利歌剧他也记得某些，但不知怎的，他起音总很高。每到冬天，他都去彼得堡。他家里有特别的规矩，甚至车夫们也受到他的影响，每天不但刷洗马具和擦拭粗呢子上衣，还洗净自己的脸。阿尔卡奇·巴夫莱契家的仆人当然是皱起眉头看人的，但是在我们俄罗斯，愁眉苦脸和睡眼惺忪，你是分不清的。阿尔卡奇·巴夫莱契说话时声音柔和悦耳，有板有眼，仿佛是带着愉悦的心情让每一个词经过自己美丽芬芳的胡须吐出来。他说话夹杂许多法文用语，如"真有趣""可不是"等。由于这一切，说老实话，我至少不太愿意拜访他，如果不是为了鹧鸪和野鸡，我大概要跟他断绝交往了。在他家里，你总感到一种奇怪的、说不清的不安，即便他家里条件舒适，也不能使你快乐。每次去他家，晚上总有一个穿着天蓝色制服、纽扣上饰有家徽的人物出现在你面前，这个头发卷曲的侍从奴颜卑膝地替你很费劲地脱靴子，这时你真希望主人把这个苍白、干瘪的人叫走，让刚离开犁耙活儿的那个身强力壮的小伙子来替换他！那个小伙子颧骨特别宽，鼻子特别平，穿着不久前被赏赐的中国土布长衣，这系着腰带的长衣上却已经有十处脱线了。当他突然站在你面前——你一定会感到说不出的高兴，并且愿意冒这样的危险：让自己的小腿跟着靴子一起脱下来……

　　虽然我对阿尔卡奇·巴夫莱契没有好感，但有一次我不得不在他那里过了一夜。第二天清早我就吩咐套好自己的四轮马车，但他不愿意放我走，除非我吃了他的英国式早餐。于是他领我到了书房。和茶一起，有人端上来肉饼、半熟的鸡蛋、奶油、蜂蜜、干酪等东西。两个侍从戴着白净

的手套，虽然默默无言，但察言观色，我和主人的愿望只要流露出一点点儿，他们很快就能提前满足。我们坐在波斯式的椅子上。阿尔卡奇·巴夫莱契身穿宽阔的绸裤、黑绒上衣；头戴美丽的土耳其帽，帽顶上插着蓝色羽毛；脚上踏着黄色的中国拖鞋。他喝着茶，笑着，看着自己的指甲，抽着烟，把枕头垫在腰间，心情很好。他吃饱了早餐，显然很高兴，给自己倒了一杯红葡萄酒，举杯到了嘴边，忽然皱起眉头来。

他用相当断然锐利的语气问一个侍从："为什么酒不烫热？"

侍从慌了，站在那里，呆若木鸡，脸色也白了。

阿尔卡奇·巴夫莱契望着他，目不转睛，平静地说："我可爱的人，我在问你呢！"

这个不幸的侍从站在原地，浑身发软，手里搓着餐巾，一句话也不说。

阿尔卡奇·巴夫莱契低着头，皱起眉头，沉思地看着他。

"啊，我亲爱的朋友，对不起。"他含笑地说，一边用手友好地触了一下我的膝盖，然后又把目光停留在那个侍从身上，沉默了一会儿，他加了一句："出去吧。"说时，他扬起眉毛，按了按铃。

走进来一个黑头发、低额头、眼浮肿、脸色阴沉的胖子。

"关于费道尔……吩咐下去。"阿尔卡奇·巴夫莱契说得很轻，而且完全在控制自己的情绪。

"是，老爷。"胖子答应了一声，便出去了。

"我亲爱的朋友，这是乡村生活中不愉快的事。"阿尔卡奇·巴夫莱契仍然高兴地说，"您急什么呢？留下来，再坐一会儿。"

我答道："不，我该走了。"

"总是去打猎！唉，你们这些猎手呀！但您现在去哪里呢？"

"离这里四十俄里，'麻子村'。"

"'麻子村'？好啊，我的上帝！这样我同您一块儿去。'麻子村'离我的西比洛夫卡村一共只有五俄里，我好久没有去西比洛夫卡村了，总是找不出时间。真是凑巧，今天您要去'麻子村'打猎，晚上再去我那里。好极了！我们将一块儿吃晚饭。我们带一个厨子去，您就在我那里过夜。好极了！好极了！"他不等我回答，又补充了几句，"就这样安排了！"……"喂，谁在那里呢？吩咐人给我们套一辆四轮马车，要快！您没有去过西比洛夫卡吗？我建议您在我田庄管家的农舍过夜，我知道您不挑剔，就曾在'麻子村'一个柴草房过夜……我们一定去！"

阿尔卡奇·巴夫莱契唱起了一首法国的浪漫歌曲。

等了一会儿，他站在那里，摇晃着身子，又继续说："你可能知道，我那里的农民实行地租制。宪法就是这样定嘛，有什么法子呢？不过他们给我正常缴地租。说实话，我早就让他们回到从前的劳役制了，而且田地太少！我真奇怪，他们怎么对付过来的！但这是他们的事情。我的那个田庄总管是好样的，脑袋聪明，是干大事的人！您可以看见的……真的，他怎会做得这么好呀！"

真是没有办法！本来上午九点就要走的，可是下午两点才动身。凡是打猎的人，都会理解我的不耐烦。阿尔卡奇·巴夫莱契，用他自己的话说，遇有机会，很喜欢让自己享受一下，所以随身带了无数的衣物、食品、饮料、香水、枕头以及各种必需品，这些宝贵东西对一个俭朴自持的德国人来说可以用一年。每当车子下山时，阿尔卡奇·巴夫莱契都要对车夫进行简短却强硬的训话，根据这些我可以认为：我这位朋友真是个胆小鬼。不过这次旅行结果很顺利，只在一个不久前修葺好的小桥上面厨子坐的那辆大车翻了，后轮稍微压着了厨师的肚子。

阿尔卡奇·巴夫莱契见家用的厨师卡列姆跌倒在地，真的吓了一跳，立刻打发人问，他伤了手没有。得到满意的回答后，他立刻就放心了。由于这一切，我们在路上耽搁了好久。我同阿尔卡奇·巴夫莱契两人坐在四轮马车上。直到旅行结束，我感到一种死沉沉的厌烦，尤其是因为几小时内我的朋友也累乏了，并且开始变得自由放纵。最后我们终于到了，不过没有到"麻子村"，而是直达西比洛夫卡村。事情已经是这样了。就是不这样，这一天我也不能够打猎，所以只得努力安下心来，听从命运安排了。

厨子比我们早几分钟到了这里，看来已经安排好，并且预先通知了有关的人，因为马车进村口时，村长，即田庄总管的儿子，来迎接我们。这个农民身体强壮，脸色健康，皮肤发红，个子很高，骑着马，不戴帽儿，敞着新的粗呢衣裳。阿尔卡奇·巴夫莱契问他："沙佛龙在哪里呢？"村长先是敏捷地从马上跳下来，朝老爷深深地鞠了一躬，说道："阿尔卡奇·巴夫莱契老爷，您好！"然后他半抬起头，哆嗦了一下，禀报说，"沙佛龙到彼洛夫去了，可是我已经派人去找他回来。"

阿尔卡奇·巴夫莱契说："那么你跟我们走吧。"出于礼貌，村长把自己的马牵到一旁，翻身上马，手里拿着帽儿，让马一路小跑，跟在四轮马车后面。我们在村子里走着。几个农民坐在几辆空车上，迎面走来。他们从打麦场回来，唱着歌，手舞足蹈，身子在车上蹦跳，但看见我们的马车和村长，立刻哑巴了，他们脱下自己的冬帽（其实那是夏天），挺起身体，仿佛等候命令。阿尔卡奇·巴夫莱契很慈祥地对他们微微鞠躬。惶恐不安的气氛显然传遍了全村。穿着花格毛料裙子的女人们对不善解人意或过分热情的狗扔木片；一个瘸腿老人（满脸的胡须是从眼睛底下开始的）赶紧从井旁牵走那头没有喝完水的马，不知为什么在马的一侧打了一下，顺势在那里鞠躬了。小孩子们穿着长汗衫，号哭着跑进自家的茅屋里，肚子趴在高门槛上面，头倒垂，两腿往上跷，就这样十分敏捷地翻身进了门里的黑暗过道，从此就不再露面。甚至那些母鸡也都快步奔进屋里，唯独一只勇敢的公鸡还留在道上，挺着缎子坎肩似的黑胸脯，红尾巴都已经翘到鸡冠上，正预备叫嚷，可是突然害羞起来，也跑了。村长的农舍不跟其他一些农舍一起，它不在街上，而是掩映在绿色大麻田的浓荫里。我们的车在大门前停下来。别诺契金先生立起身来，很潇洒地脱去身上的风衣，从车里出来，高兴地四面望了望，满面春风。总管的妻子迎接我们，频频鞠躬，并且走到老爷跟前吻他高贵的手。阿尔卡奇·巴夫莱契让她尽情地亲吻完手，然后走上台阶。在过道里和黑暗的角落，村长的妻子也站在那里鞠躬，但不敢走过来吻手。在过道右面一个所谓的冷屋里边，另外两个女人已经在忙着收拾屋子，她们搬走了各种废物、空桶、油瓶、几件变得木头一样硬的皮袄、一个摇篮（里面放着一堆破布和一个身上五颜六色的婴儿），又用浴室内的笤帚清扫了垃圾。阿尔卡奇·巴夫莱契把她们打发出去，坐在圣像下的一条凳子上。于是车夫开始把大箱子、小匣子和其他各种日用品搬进来，搬时他们竭力减轻自己沉重的皮靴声。

这时阿尔卡奇·巴夫莱契向村长详细询问收获、播种和其他的农务，村长都回答得不错，但好像显得没精神和不自然，他仿佛在用冻僵的手指扣自己长衫的纽扣。他站在门旁，不时地东张西望，显得提心吊胆，给那个动作敏捷的侍从让路。越过他那雄健的双肩我看见田庄管事的妻子正在过道里悄悄地敲打另一个女人。忽然马车声响了，一会儿一辆车停在台阶前面，田庄总管走进来了。

阿尔卡奇·巴夫莱契所说的这个国家人才，身材不高，肩膀宽，头发已白，体格却坚实，鼻子发红，小眼睛是淡蓝色的，胡须像打开的扇子。顺便可以提到一点：自有俄罗斯以来，她的土地上没有一个发胖变富态的人没有宽阔的胡须，从来没有这样的先例。有的人一辈子只蓄着稀稀的、楔子形的尖胡须，但你忽然看他满脸的胡须，仿佛闪闪放光——也不知这么多毛从哪里来的！田庄总管大概在彼洛夫有点儿喝醉了，因为他的脸浮肿得厉害，浑身散发着一股酒气。

“啊，您，我们的父亲！您，我们的恩人！”他唱歌似的说着，脸上显出如此感动的表情，仿佛眼泪马上就要进出来，“您到底光临了……手，老爷，把手……”说时，他加了一句，并且已经先伸出嘴唇。

阿尔卡奇·巴夫莱契满足了他的愿望。

“嗯，沙佛龙老兄，你这里的情况如何？”他用亲切的口气问。

“啊，您呀，我们的父亲！”沙佛龙惊喜地高喊了一声，说道，“情况怎么会坏呢？您啊，我们的父亲，我们的恩人！您的光临，使我们全村生辉，是我们一生有幸。上帝保佑您呀，阿尔卡奇·巴夫莱契，上帝保佑您呀！托您的福，事情一切顺利。"

这时沙佛龙突然不吭声了，望了望老爷，仿佛又陶醉于自己热烈的情感。这时他的酒性发作，他真的醉了。他又请老爷伸出手来，歌也唱得更起劲了。

"啊，您，父亲，我们的恩人……并且……哎哟，我喜欢得简直变成傻了……哎哟，你看，但我不相信……您啊，我们的父亲呀……"

阿尔卡奇·巴夫莱契看了我一眼，笑着用法语说："这不是很动人吗？"田庄总管继续喋喋不休说："阿尔卡奇·巴夫莱契，您怎么这样？老爷，您可把我难为死了，您来也不先通知我。您在哪里过夜呢？这里不清洁，都是垃圾尘土……"

阿尔卡奇·巴夫莱契含着笑说："不要紧，沙佛龙，不要紧，这里很好。"

"不过您，我们的父亲，这里对谁来说是好呢？对我们这些乡下弟兄们来说是好，但是您……我的父亲，您，我的恩人……请原谅我这个傻瓜吧，我简直疯了，傻了。"

这时送上来了晚饭。阿尔卡奇·巴夫莱契吃起饭来。老头儿把自己的儿子撵走了，说儿子在那里会增加闷气、晦气。

"喂，老人家，你划好地界了吗？"别诺契金先生问道，他显然愿意学着乡下人的语言，同时向我递了个眼色。

"我们划好了，老爷，全托你老人家的福。前天签了契约。赫莱诺夫斯基一家起初不肯让……一点儿也不肯让。我的父亲呀，真的是这样！他们要求，鬼知道没要求什么，他们是笨蛋。我们，老爷呀，托你的福，对经纪人米古拉·米古拉奇表示了感谢，也满足了他。我们全都按你的命令行动，你怎样命令，我们就怎样依着办，一切行动全都请示过叶果尔·德米特里奇。"

阿尔卡奇·巴夫莱契郑重地说："叶果尔都禀报我了。"

"原来这样，老爷！叶果尔·德米特里奇禀报了，原来这样！"

"嗯，这么说，你们现在满意了？"

沙佛龙正等着这句话哩。"哎哟，您，我们的父亲，我们的恩人！"他又唱起来，"您原谅我吧。为您老人家，我们的父亲，我们日夜祷告上帝……当然，土地是少了些……"

别诺契金打断了他："好啦，好啦，沙佛龙，我知道了，你是我热心的仆人……还有，麦子打得怎样了？"

沙佛龙叹了一口气。

"咳，我们的父亲！麦子打得很不好。阿尔卡奇·巴夫莱契，允许我向您禀报一件事。"他当时走到别诺契金先生面前，摊开双手，弯着腰，眯起一只眼睛，"在我们田地里发现了一具死尸。"

"怎么会这样？"

"老爷，我们的父亲！连我也感到莫名其妙，这显然是仇人搞的鬼。幸亏这个死尸发现在别人家的边界附近。不过说实话，是在我们地里发现的。我立刻吩咐，趁还来得及，把他拖到别人家地里一个角落，并且安排了人守卫，告诫自己人：谁也不许说。以防万一，我对县警察局长解释说，这里的秩序就是这样，又请他喝茶，又是感谢……老爷，您认为怎样？事情就这样落到了别人头上。一具死尸——不费吹灰之力就省了两百卢布。"

别诺契金先生笑着赞赏自己管家的机灵，几次对他点着头，对我用法语说："真是好样的吧？"

这时候，外面完全黑了。阿尔卡奇·巴夫莱契吩咐收拾饭桌，取来干草。仆从为我们铺好褥子，放好枕头，我们就躺下了。沙佛龙得到如何安排明天的指示后，回自己屋里去了。阿尔卡奇·巴夫莱契入睡前，还谈了一会儿俄国农民的优良品质，并且对我说：自从沙佛龙管理以来，西比洛夫卡村的农民没有拖欠一个钱的地租……更夫敲击着木板。一个小孩显然还没有来得及充分养成必要的自我牺牲精神，竟在某一个屋内号哭起来……我们睡着了。

第二天早晨，我们起得相当早。我预备动身到"麻子村"去，可是阿尔卡奇·巴夫莱契希望领我参观他的庄园，请我留下来。我自己也不反对用事实确认沙佛龙这个"国家人才"的优秀品质。田庄总管来了。他穿着蓝色的粗呢子农民外衣，系着红色的宽腰带。他说话比昨天少多了，敏锐地注视着老爷的眼色，回答得恰当而确切。我们同他一块儿动身去打谷场。沙佛龙的儿子，个子很高的村长，从各方面看来是个很笨的人，也跟在我们后面走着，同行的还有村自治会的费道谢伊奇——一个退伍兵，大胡子，面部表情非常奇怪，就像是他很久前被什么惊吓得魂不附体，此后再也没有清醒过来似的。我们看了打谷场、谷仓、谷物干燥房、柴草屋、风磨坊、牲口院、苗床、麻圃，一切真是井井有条，只有农民忧愁的脸孔使我感到某些困惑。沙佛龙除了关心利益方面，还关心娱乐方面，所有的沟渠周围遍种着爆竹柳，打谷场上谷堆之间开着小道，上面铺着沙子；风磨上面装有风扇，形状像一只熊，张着大嘴，露出了红舌头；砖结构的牲口院上头贴着希腊式三角墙之类的东西，"三角墙"下面用白粉写着："此牲口院建于一八四〇年，在西比洛夫卡村"。阿尔卡奇·巴夫莱契看了后心情十分好，他大放厥词，用法语给我讲地租制的好处，不过同时又说农奴制对地主更有利，而且好处还不少……他开始给田庄总管提忠告，怎样种土豆，怎样为牲口预备饲料，等等。沙佛龙很注意听着老爷的话，有时也表示点异议，但已经既不再尊称阿尔卡奇·巴夫莱契是父亲，也不称他是恩人了，而且总坚持说他们的土地少了些，不妨再买一些。"那就买吧！"阿尔卡奇·巴夫莱契说，"用我的名义，我不反对。"对这些话沙佛龙一句也没有回答，只是捋着胡须。别诺契金先生说："但是现在，我们不妨去树林看看。"立刻有人给我们牵来坐骑，我们就动身去树林，或者像我们那里说的，去"封林区"。在"封林区"里我们找到了原始树林和许多野味，竟使得阿尔卡奇·巴夫莱契夸奖沙佛龙，并拍了拍他的肩膀。别诺契金先生在植林方面保持俄国人的传统，当时给我讲了一个他认为非常有趣的故事。他说有一个爱开玩笑的地主，为了证明由于砍伐树林也不会使树林长密，竟把守林人的胡须拔掉了一半左右，他就这样开导了自己的守林人……但是在其他方面，沙佛龙和阿尔卡奇·巴夫莱契两人都不反对革新。回到村里以后，田庄总管又领我们去看不久前从莫斯科订购的筛谷器。筛谷器的确很好用，但是如果沙佛龙知道他和老爷在这最后一次参观时会遇到一件多么不愉快的事，那么他也许愿意和我们一起留在家里了。

当时发生了这样一件事。我们从柴草屋出来，看见了以下的场面。离门几步远有个污水洼，三只鸭子在里边戏水，旁边跪着两个农民：一个是六十来岁的老头，一个是二十来岁的小伙儿，两人都穿着打补丁的麻布汗衫，赤着足，腰里系着绳子。自治会的费道谢伊奇在他们面前热心地忙碌着，要是我们在柴草屋里耽搁一会儿，他也就能把他们劝走了，但是，他看见了我们，立刻笔直地站在原地，待在那里。村长也站在那里，张着大嘴，握着一双迟疑的拳头。阿尔卡奇·巴夫莱契皱起了眉头，咬着下唇，走到两个请愿人跟前。他们两人都默默地跪在老爷脚下叩头。

他带着一些鼻音严厉地问道："你们有什么事？你们请求什么？"两个农民互相看了一眼，一个字也没说，只是像被太阳照射了一样眯缝起眼睛，但呼吸加快了。

"嗯，怎么啦？"阿尔卡奇·巴夫莱契继续说着，立刻转身问沙佛龙，"这是哪一家的？"

"托伯列叶夫家。"田庄总管慢慢地回答。

别诺契金先生又说道："嗯，你们怎么啦？你们没有舌头，是吗？你说，你有什么事情？"他向老人摇了摇头，加了一句，"不要害怕呀，傻老头儿！"

老人伸长发黑的、皱皱巴巴的脖子，歪斜地张着发蓝的嘴唇，用嘶哑的声音说："主人，求您保护呀！"说完，他又把额角向地上磕去。那个年轻的农民也跪着磕起头来。阿尔卡奇·巴夫莱契带着尊严，头往后仰，两腿叉开，看着他们的后脑勺，说道："什么事情呀？你控告谁呀？"

"主人，开恩吧！让我们歇一口气……我们简直被折磨死了。"老人感到说话很困难。

"谁折磨你了？"

"就是沙佛龙·亚可夫里奇，老爷。"

阿尔卡奇·巴夫莱契沉默了。

"你叫什么名字？"

"老爷，我叫昂齐普。"

"这是谁？"

"老爷，这是我小儿子。"

阿尔卡奇·巴夫莱契又沉默了，他翘起了胡须。

他透过胡须看着老人，说道："那么，他怎么折磨你了？"

"老爷，他弄得我家彻底破产了。两个儿子顺序没有轮到，就送走当兵了，现在第三个儿子也要被夺走。昨天他又从院里牵走了我最后一头乳牛，还打伤了我的主妇——这都是他的恩惠！"他指着村长。

"哼……"阿尔卡奇·巴夫莱契哼了一声。

"请不要让我家彻底破产了，恩人。"

别诺契金先生皱起了眉头。

他带着不满意的样子，轻声问管事："这究竟是怎么回事呢？"

"他是个酒徒，老爷！"管事第一次使用恭敬的语言回答，"他不干活儿，欠租已经是第五年了，老爷！"

老人继续说："沙佛龙·亚可夫里奇替我交了欠租。从替我交租起，现在是第五年了。而从替我交租起，他就把我抓来做奴隶了，老爷！于是就这样……"

别诺契金先生威吓地问："你为什么欠租呢？"老人低下了头。"大概你爱喝醉酒，常跑酒馆吧？"老人刚要张开口。"我知道你们，"阿尔卡奇·巴夫莱契气势汹汹地继续说，"你们的事情就是喝酒和睡大觉，让农民替你们担责任。"

田庄总管在老爷的话里插了一句："还是个无赖。"

"这是自然，这种人总是这样的，这种人我见得多了，整年地放荡不羁，耍无赖，现在就跪倒在地。"

老人绝望地说："老爷，阿尔卡奇·巴夫莱契，请你保护我，我是什么无赖呀？我在上帝面前都是这样说，我再也不能忍受了。沙佛龙·亚可夫里奇不喜欢我，至于为什么他不喜欢，上帝去审判他吧！他正在让我家彻底破产，老爷……这是最小的儿子……也要把他……"老人皱着眉头，发黄的眼睛闪现了泪珠，"主人，开恩！保护我们吧……"

"并且也不只是我们一家这样。"年轻的农民刚开始说……

阿尔卡奇·巴夫莱契勃然大怒：

"啊，谁问你了？没有问你，你就住嘴……真是岂有此理？对你说，住嘴！住嘴……哎哟，我的上帝！这简直是造反。不，老弟，我这里是不会建议你造反的……我这里……"阿尔卡奇·巴夫莱契往前迈了一步，大概想起了还有我在，便回过身，把两只手插进口袋里……他勉强露着笑容，大大压低了声音，对我用法语说："请你原谅。我的朋友！这就是事物的反面……"然后他继续对两个农民说，但不看他们："嗯，好了，好了，我下命令……好了，你们走吧！"农民不站起来。"我不是对你们说了……好了！走吧，我对你们说，我下命令。"

阿尔卡奇·巴夫莱契转过身来，背对着他们，咬着牙说了一句："永远不满足。"说完，他就大踏步往家走。沙佛龙跟在他后面。那位自治会员瞪着两眼，仿佛打算一下子就跳到远处一个地方。村长从水洼里赶走了鸭子。两个请愿者在原地站立了一会儿，互相看了看，然后头也不回拖着身子回家了。

大约两小时以后，我已经来到"麻子村"，同我相识的农民昂巴季斯特准备打猎。在我离开西比洛夫卡村时，别诺契金正在对沙佛龙吹胡子瞪眼睛哩。我对昂巴季斯特讲起西比洛夫卡村的农民，讲起别诺契金先生，问他是否认识那位田庄总管。

"就是沙佛龙·亚可夫里奇吗……他呀！"

"他人怎么样呢？"

"他是条狗，不是人，这样的狗到库尔斯克也找不到哩。"

"什么意思？"

"西比洛夫卡村几乎不属于那个，他叫什么来着，对了，不属于别诺契金，其实不是他拥有这个村，是沙佛龙拥有着哩。"

"真的吗？"

"他像拥有自己的财产一样占有它。周围的农民全都欠他的债，替他做工，仿佛是他的雇工：派谁押送货车，谁往哪里……他说了算，把人折腾苦了。"

"他们那里的田地大概不多？"

"不多？他在赫莱洛夫卡村一处就租了八十俄亩，在我们那里租了一百二十俄亩，仅仅这些就有一百五十俄亩。他也不只是经营土地，还经营马匹、牲口、焦油、奶油、大麻，诸如此类。人聪明，非常聪明，还发了大财。一个骗子！他还有一点很不好，就是爱打架。他是野兽，不是人。人们说：他是条狗，一条恶狗，真的是条恶狗。"

"但是他们为什么不告他呢？"

"咳，老爷才不会管这种事！只要不欠租，他还需要什么呢？再说，你去告，"他沉默了一会儿，又加了几句，"那就请吧！不，他就把你……由你去告……不，他已经把你这样了……"

我想起了昂齐普的事，便把我看见的对他说了。

昂巴季斯特说道："嗯，他现在就会把昂齐普吃掉，他真是会吃人。村长现在就会打昂齐普。你想想，一个多么无能的可怜的穷人啊！他因为什么才受罪……在一次会上他跟他，也就是跟总管胡诌了几句，显然他是忍无可忍……这可闯了大祸！总管就开始吃他、咬他，现在就要折磨他！因为总管就是这样一条恶狗！上帝原谅我的罪过！这条恶狗知道该向谁扑去。狗咬的就是这样的老人啊！如果他有些钱，家里人多些，总管就不敢动他们了。这条赖皮狗就这样在这里横行霸道！可是昂齐普的两个儿子顺序没有轮到，他就把他们送走当兵了。上帝原谅，我又要骂他了：恬不知耻的骗子，一条恶狗……"

我们动身去打猎了。

一八四七年七月

于西里西亚萨尔茨布龙

田庄管理处

　　事情发生在秋天。我带着猎枪在田野里转悠打猎已经几小时了，要不是冷飕飕的绵绵细雨从早晨起就像老处女一般絮絮叨叨，纠缠不休，对我毫不可怜，最后迫使我在近处找寻一个临时躲避所，大概在天黑前我是不可能回到库尔斯克大道的客店了，我那辆三驾马车已在那里等候了。我正在考虑应往哪个方向走，豌豆地旁边一所低矮的草棚突然进入我的眼帘。我便走近草棚，往干草搭的窝棚底下望去，看见一个老人，他那瘦弱不堪的样子立刻使我想起鲁滨逊在荒岛一个洞穴里找到的那只垂死的山羊。老人蹲在那里，眯缝着一双发黑的小眼睛，学着兔子模样，（可怜的人没有一颗牙齿）匆忙而又谨慎地嚼着一颗干硬的豌豆，不住地在嘴里把它从这边滚到那边。这件事他做得这样投入，以至没有发现我的到来。

　　我说："喂，老爷子！"

　　他停止了咀嚼，惊讶地扬起眉毛，用力地睁开了眼睛。

　　他带着嘶哑的声音含糊地说："什么事？"

　　我问："附近有没有村庄？"

　　老人重又嚼他的豌豆。他没有听清我的话。我便重复了我的问题，声音比原先还大。

　　"村庄？……可是你有什么事？"

　　"就是想避雨。"

　　"是这样！"他搔着晒黑的后脑勺，"那么你可以这么走，"他忽然说起话来，胡乱地挥动着两只手，"你走……走过，从小树林旁边走过，就这么走过去，那里会有一条大路。你不要走大路，而是一直往右走，走，一直走，一直走……那里就是安尼耶沃村。要不你可以去西托夫卡村。"

我费力地听懂了老人的话。胡须阻碍他说话，他的舌头也不怎么听使唤。

我问他："你是哪里人？"

"什么？"

"你是哪里人？"

"安尼耶沃村人。"

"你在这里干什么？"

"什么？"

"你在这里干什么？"

"我待在这里当看守人。"

"你看守什么？"

"豌豆啊！"

我不能不大笑了。

"请问你多大年纪了？"

"上帝知道！"

"大概你眼睛看不清东西吧？"

"什么？"

"你大概看不清东西吧？"

"看不清。有时候什么也听不清。"

"那么，对不起，你哪里能当看守人呢？"

"这个嘛，头头们知道。"

"头头们！"我心里想了一下，不免带着怜悯看了看这个可怜的老人。只见他摸来摸去，从怀里取出来一块硬邦邦的面包，开始像婴儿一样用嘴唇使劲地吮吸，本来就陷进去的两颊更加深陷下去了。

我朝小树林走去，从它旁边经过，然后往右转，按照老人的指点，走啊走，最后走到了一个大村落。那里有一座石头的、新式样也就是有柱子的教堂，还有一座宽大的地主宅第，也是有柱子的。远处，透过密网似的烟雨，我还看见一所木板房顶的农舍，上面有两根烟囱，比别家的高，很可能是村长的住所。我便迈步向那里走去，希望在他家里弄到茶炊、茶、糖和不十分酸的奶油。于是我那冷得发抖的猎犬跟随着我上了台阶，进了过道，推开了门，但未见到寻常的农舍家具，却看见了几张堆满文件的桌子、两个红色的书柜、几个溅污的墨水瓶、一普特重的锡质吸墨器、几管很长的鹅毛笔，等等。一张桌子旁坐着一个二十来岁的小伙儿，浮肿的脸上带着几分病容，眼睛很小，额头饱满。他穿着灰色的"南京布"长裤，领上和胸前油光滑溜的。

"您有什么事？"他问我，甩了一下脑袋，仿佛一匹马突然被人抓住了笼头。

"这里住的是总管……或是……"

他打断我的话："这里是主人的管理处。我就是值班人员……难道你没有看见告示牌？告示牌就钉在那里。"

"哪儿可以烤烤身子？村里谁家有茶炊？"

"怎么能没有茶炊！"那个穿灰色长裤的小伙儿很神气地说，"你去找季莫飞伊神父，或者去仆人农舍，或者去找纳扎尔·达拉赛契，要不就去看管家禽的阿格拉菲娜那里。"

这时隔壁有人问："你在那里同谁说话，木头人？你不让人睡觉，木头人！"

"来了一位老爷，打听哪里可以烤烤身子。"

"哪里的老爷？"

"我也不知道。还带着狗和枪哩。"

隔壁的床铺吱吱地响了，门开了，走进来一个五十来岁的人，矮胖的个子，公牛般的脖子，眼睛往外凸出，双颊非常圆，满脸红润，容光焕发。他问我："您有何贵干？"

"烤烤身子。"

"这里不是地方。"

"我不知道这里是管理处，不过我准备付款……"

胖子说："也许可以在这里。可以请您进到里边来……"他把我领到另一个房间，但不是他走出来的那一间，"您在这里好不好？"

"好的……可以来一点儿乳茶吗？"

"可以，现在就来。请您脱下衣服，休息一下，茶立刻就好。"

"庄园的主人是谁？"

"洛司涅科娃夫人，叶琳娜·尼古拉芙娜。"

他出去了。我四面望了一下：间壁把我所在的这个房间和办事处隔开，靠间壁放着一张大的皮沙发；房间里只有一扇窗户，朝着街，窗户两边各自竖立着一把椅子，也是皮的，椅子的背非常高。三面墙上贴着有红花图案的绿色壁纸，挂着三大幅油画。一幅画着一只猎狗戴着蓝色的颈圈，上面有题字："这就是我的喜悦"；狗的双腿旁边有一条河；河的对岸一只画得过分大的兔子耸着一只耳朵，坐在一棵松树下。在第二幅画上，两个老人共吃一个西瓜，西瓜后面远远地露出一座希腊式建筑的圆柱前廊，前廊上有题字："快乐寺院"。第三幅上画着一个侧身斜卧着的半裸体女人，两个膝盖是红的，一双脚也跟很胖。我的狗毫不逗留，拼命地钻到沙发底下，看来在那里吃了许多灰尘，因为它呛得一个劲地打喷嚏。我走到窗户前。从地主老爷宅第到管理处是一条斜方向的街道，上面铺着木板，这是有益的预防措施，因为我们的地是黑土壤，并且长时间下雨，所以道路泥泞。这所地主宅第背靠街道，像其他的地主宅第一样，它附近通常出现这样的情景：穿着褪色的印花布连衣裙的村姑们来来往往；地主家的仆人们艰难地走在泥泞的道路上，有时站住了，沉思地搔自己的后背；甲长的一匹马被拴在那里，懒洋洋地摇着尾巴，高抬着头嚼篱笆墙；母鸡咕咕地叫着；几只瘦弱的火鸡不住地互相打招呼。在一座黑暗的、朽坏的建筑物（可能是澡堂）门前的台阶上，坐着一个强壮的小伙子，他弹着吉他，不无激情地唱着一首有名的情歌：

> 我离开美好的地方，
> 来到这荒凉的旷野……

胖子走进我屋里。

他含着愉快的微笑对我说："茶给您送来了。"

穿灰色衣裳的小伙子，也就是管理处那个值班的，在一张旧的牌桌上放好了茶炊、茶壶、一个带破碟子的茶杯、一罐子奶油和一串硬得像打火石那样的面包圈。胖子出去了。

我问值班的："他是谁？是管家？"

"不，不是，先生。他过去是总出纳，现在升为管理处成员了。"

"难道你们那里没有总管吗？"

"绝对没有，先生。但有一位田庄总管，米海尔·维库洛夫，总管却没有。"

"那么有没有总管家？"

"显然有，一个德国人——林达曼多尔，卡尔洛·卡尔莱奇，不过他并不当家做主。"

"那么谁当家做主呢？"

"夫人自己。"

"原来如此……怎么，你们管理处人多吗？"

小伙子沉思了。

"有六个人。"

我问："都有谁？"

"有这么一些人：先是瓦西里·尼古拉伊奇，总出纳；管理员彼得，彼得的兄弟伊凡，也是管理员，另一个伊凡，也是管理员，郭斯肯金·纳尔金佐夫也是管理员；再就是我，不过还有别人，不能全数出来。"

"大概你家女主人有很多仆从？"

"不，并不多……"

"但有多少呢？"

"加起来大概有一百五十人。"

我们两人沉默了一会儿。

我又开始问："怎么样，你的字写得很好吗？"

小伙子张大嘴笑了，摇着脑袋，跑到管理处，取来一张写满字的纸。

"这就是我写的。"他说着，还没有止住脸上的微笑。

我接过来一看，一张淡灰色的四开纸上用美丽而粗壮的笔体书写着下面一条告示：

安尼耶沃村地主田庄总管理处
对田庄总管米海尔·维库洛夫第 209 号令

命令你在收到此命令后迅速查出：谁在昨夜喝醉了酒，口唱难听的歌曲，在阿格里兹花园行走，惊醒与打扰法国家庭教师恩热尼夫人。更夫干什么去了，是谁在园内值夜？为什么竟容许这种无秩序状况？命令你详细调查，并迅速报告。

管理处主要成员尼古拉·赫伏司托夫

命令上方盖着一个带有家徽的大印，"安尼耶沃村地主田庄总管理处印"；命令下面附有一行小字："准确执行。叶琳娜·洛司涅科娃"。

我问道："这是女主人亲自批示的吗？"

"当然是，先生。她总是亲自批示。不然，命令就不能生效。"

"嗯，这命令是你们送给田庄总管吗？"

"不。他自己来看，也就是别人念给他听，因为他不识字。"值班人又沉默了一会儿，"啊，先生，怎么啦？"他笑着加了一句，"写得好吧，先生？"

"好。"

"老实说，起草这篇命令的并不是我。郭斯肯金在这方面是位高手。"

"怎么？……难道你们的命令还要先拟稿？"

"当然，先生，还能怎样呢？不能一下子写得清楚。"

我问道："你领多少薪水？"

"三十五卢布，外加五卢布的靴子钱。"

"你满意吗？"

"当然满意。我们的管理处不是随便谁都可以进来的。老实说，我在这里当差，是上天的吩咐，我的叔父在主人家当仆人。"

"你觉得好吗？"

"好，先生……说实话，"他继续说，叹了一口气，"比如，我们弟兄们在商人那里要更好一些。我们弟兄们在商人那里非常好。昨天晚上从文内瓦来了一个商人，他雇的工人就对我这样说……好，没有别的可说，的确好。"

"怎么，难道商人给的工钱更多？"

"上帝保佑！要是你问商人要工钱，他不拽着脖子撵走你才怪哩。不，在商人那里，你就得靠诚信活着，但也是带着恐怖活着。他给你吃，给你喝，给你穿，这就完了。你对他献殷勤，他就会多给些……什么你的薪水！完全用不着……商人的生活也简单，也是俄国式的，像我们的一样。你同他一起上路；他喝茶，你也喝茶；他吃什么，你也吃什么。商人嘛……怎么可能……商人并不是地主老爷。商人不胡作非为，生气的时候打你几下，事情都算完了……要是换作老爷，你就倒霉了！什么都不合他的胃口：又是什么不好啦，又是什么不合他的心意啦。你给他端上一杯水，或者什么吃的东西，'哎哟，水臭了！哎哟，东西坏了！'你就端出去，在门外站一会儿，再端进去。'嗯，现在好了；嗯，现在不臭了。'至于太太们，对您实说吧，太太们算什么东西……还有那些小姐……"

"小费加！"胖子的声音从管理处传来。

值班人敏捷地走出去了。我喝完了一杯茶，躺在长沙发上睡着了。我睡了两个来钟头。

醒来后，我本想起来，但又被懒劲儿战胜了，我又闭上眼睛，可再也睡不着。间壁那边管理处有人在轻声谈话。我不由得侧耳倾听起来。

一个人说："不，先生，不能这样，尼古拉·叶列梅奇。这一点不能不考虑，真的，可不能这样啊……咳！"说话的人咳嗽了一声。

接着是胖子的声音："您要相信我，加夫里拉·安东内奇。难道我不知道这里的规矩？您自己想想吧。"

陌生的声音继续说："您当然知道，尼古拉·叶列梅奇！可以说您是这里第一号人物。啊！那么究竟怎样好呢？我们究竟怎样解决，尼古拉·叶列梅奇？我倒很想听听您的高见。"

"我们怎样解决呢，加夫里拉·安东内奇？事情取决于您，您大概不愿意吧？"

"您得了吧，尼古拉·叶列梅奇，您说的什么呀？您我是在做买卖、做生意呀，我是买方。可以说，我们就靠这生活。"

胖子一字一顿地说："八个卢布。"

我听见了叹气声。

"尼古拉·叶列梅奇，您要价太高了。"

"加夫里拉·安东内奇，再也不能让了，在上帝面前都可以这样说，不能再让了。"

沉默了一阵。

我轻轻地欠起身子，透过间壁的缝隙看去。胖子背对着我坐着。一个四十来岁的商人和他面对面坐着。那个商人的脸又瘦又白，仿佛涂着植物油。他不住地摸自己的胡须，很机灵地眨巴着眼睛，不时地咬着嘴唇。

他又开始说了："先生，可以说今年的秧苗长得很好。我一路走着，欣赏着。从沃罗涅日①起一直都是这样，可以说是一等品，先生。"

----

① 现在的沃罗涅日州在俄罗斯联邦西南部，顿河中游。州府是沃罗涅日市，在沃罗涅日河和顿河汇流处附近。

主要管理人回答说："秧苗的确不错。加夫里拉·安东内奇，您也知道，春天看秧苗，秋天看收获，还难说哩。"

　　"真的是这样，尼古拉·叶列梅奇，一切听上帝安排，您说的全是真理……不过肯定您的客人醒来了。"

　　胖子回过身来……侧耳倾听了一下……

　　"不，还在睡，但是也许已经……"

　　他走到门口。

　　他又重复了一句"不，还在睡"，便回到了原位。

　　商人又开始说："哦，那么怎么办呢，尼古拉·叶列梅奇？这点小事总该办成吧……这样总可以吧，尼古拉·叶列梅奇，就这样吧。"他继续说，不停地眨巴着眼睛，"两张灰色的和一张白色的送给您老人家；那边（他的头向主人住宅点了一下）给六个半卢布。拍板吧，怎么样？"

　　总管回答说："四张灰色的。"

　　"三张，尼古拉·叶列梅奇！"

　　"四张灰色的，减掉那张白色的。"

　　"三张，尼古拉·叶列梅奇。"

　　"三张半，一戈比也不能少了。"

　　"三张，尼古拉·叶列梅奇。"

　　"您不要说了，加夫里拉·安东内奇。"

　　商人嘟囔了一番："这人多不好谈！既然这样，不如我自己同女主人去谈了。"

　　胖子答道："随您便吧。早就该这样了。怎么，您真用不着这样操心费神了……那样更好！"

　　"得啦，得啦！尼古拉·叶列梅奇！一下子就生气了！我不过这么说说罢了。"

　　"不，其实真是……"

　　"得啦！我说……我说，我开了句玩笑。您就拿得三张半吧，真没有法子！"

"本该拿四张的，但我这傻瓜……我太性急了。"胖子嘟囔着。

"那么，先生，那里，主人家那里，是六个半卢布。尼古拉·叶列梅奇，六个半卢布的价钱会把粮食卖给我吗？"

"六个半，就这样说定了。"

"那么就拍板吧，尼古拉·叶列梅奇！"商人用张开的五指击打管理人的手掌，"上帝保佑！"商人站起身来，"尼古拉·叶列梅奇，我马上去女主人那里，我要自己禀报，就说：尼古拉·叶列梅奇已经决定六个半卢布的单价。"

"加夫里拉·安东内奇，您就这样说吧。"

"现在请收钱。"

商人递到总管手里一小包纸币，鞠了一躬，头一仰，用两个手指戴上礼帽儿，耸了耸肩，大摇大摆，走出去了，让靴子有礼貌地发出吱吱的响声。尼古拉·叶列梅奇走到一面墙壁那里，据我所见，他在那里查看商人塞进他手里的钞票。门外伸进一个红头发的脑袋，脸上是浓密的络腮胡子。

只见这脑袋问道："怎么样？都办好了吗？"

"都办好了。"

"多少钱？"

胖子带着苦恼，挥了一下手，指了我的房间。

"哦，那好吧！"这脑袋吱地答应了一声，就消失了。

胖子走到桌子旁，坐下来，打开账簿，取来算盘，开始上下拨动算盘珠子。他不用第二指，而用第三指，因为这样显得体面些。

值班的小伙子进来了。

"你有什么事？"

"西多尔从郭洛普略克来了。"

"啊！叫他来。你等等，先去看看，那位外地的老爷还在睡，或者已经醒了。"

小伙子小心翼翼地走进我的房间。我已经把头放在代替枕头的猎囊上面，闭上了眼睛。

小伙子回到管理处，轻声说："还在睡。"

胖子从牙齿缝里嘟囔了一阵。

他终于开口了："那就叫西多尔来吧。"

我又欠起身子。走进来了一个身材魁梧的农民，三十来岁，长着健康红润的脸颊，淡黄色的头发和卷缩的短须，他朝圣像祷告了一句，向主要管理人鞠了一躬，用双手戴上自己的帽儿，挺直了身体。

"西多尔，好呀。"胖子叫了一句，一面把算盘拨得啪啪响。

"尼古拉·叶列梅奇，您好呀。"

"嗯，路好走吗？"

"路好走，尼古拉·叶列梅奇。稍微有些泥泞。"农民说话不快，声音也不大。

"妻子健康吗？"

"她还能怎样啊！"

农民叹了一口气，伸了伸一只腿。尼古拉·叶列梅奇把鹅毛笔搁在耳朵上，擤了一下鼻涕。

"怎么，你来是为了什么？"他把方格子手绢放进口袋，继续问道。

"尼古拉·叶列梅奇，听说，女主人问我们要木匠，是吗？"

"嗯，怎么？你们那里难道没有吗？"

"我们怎么会没有木匠？可是尼古拉·叶列梅奇，您也知道，那里是林场。而且，尼古拉·叶列梅奇，现在正是工忙的时候。"

"工忙的时候？原来是这样！你们乐意给别人干活儿，替自己女主人干活儿就不乐意了……都是一样嘛！"

"干活儿嘛，的确是一样，尼古拉·叶列梅奇……不过……"

"嗯？你说……"

"工钱太……那样……"

"难道还少！看把你们惯成什么样子了。去你的吧！"

"还要说一点。尼古拉·叶列梅奇，只有一个星期的活儿，却要待一个月。不是材料不够，便是被派到花园里清扫小道。"

"这就少不了啦！女主人亲自吩咐下来，你我就没什么可商量的了。"

西多尔不吭声了，不时地换起脚来。

尼古拉·叶列梅奇扭过头去，热心地打起算盘来。

西多尔终于口吃地说了："我们的……农民……尼古拉·叶列梅奇……叫我来求你老人家……就这一点……这里有……"他说话时，把手伸进怀里，从粗呢子外衣里取出一条红花毛巾包的东西。

胖子赶紧打断他："你怎么了？你怎么了？傻瓜，你疯了吗？到我家里去。"他继续说，几乎在推吃惊的农民出门，"你到那里问我的妻子……她会给你喝茶。我立刻就来。快去吧！不要迟疑，我说，你快去吧！"

西多尔出去了。

主要管理人望着他的背影说："嘿……这头笨熊！"他摇了摇脑袋，又打起算盘来。

忽然从街上和门前台阶上传来喊声："库普略，库普略！库普略这家伙打不倒了！"没过多久，管理处进来一个人，个子很矮，一副病病相，鼻子特别长，一双呆板的大眼睛，十分骄傲的神气。他穿一件粗绒领和小纽扣的常礼服，衣服已经破旧不堪。他背着一捆木柴。他周围聚集着五个仆人，齐声喊道："库普略！你打不倒库普略了！库普略升作火夫了！"但是穿粗绒领常礼服的人对同伴的起哄毫不在乎，面不改色。他迈着匀称的步子走近火炉，把身上背的东西扔下，直起身来，从后面裤兜里取出一只鼻烟盒，瞪着眼睛，开始把混杂着炉灰的草木樨搓碎，开始吸鼻烟。

这一伙喧闹的人进来时，胖子皱着眉头，正要起身，但看见是这么一回事，也就微微一笑，只吩咐不要叫嚷，他说："隔壁有一个打猎的在睡觉。"

"打猎的是什么人？"有两个人异口同声问道。

"一个地主。"

"啊……"

"让他们闹吧。"那个粗绒毛领子的人摆开双手，说道，"关我什么事！只要不动我。我已经升火夫了……"

这群人跟着很快活地嚷道："他升火夫了！他升火夫了！"

他耸着肩，继续说："女主人这么吩咐的。你们等着吧……你们还要升牧猪人哩。我本是裁缝，是好裁缝，在莫斯科一流师傅那里学过手艺，还替将军们缝过衣服……这是谁都夺不走的荣誉。你们为什么这样起哄？……为什么？你们是白吃饭、寄生虫，此外什么也不是。要是给了我自由，我不会饿死，我不会完蛋。给我身份证吧——我将缴好地租，使主人满意。你们是什么东西？你们一定完蛋，一定像苍蝇那样完蛋！只能这样！"

一个小伙子打断了他的话："你也只能信口开河。"这小伙子麻子脸，白眉毛，系着红领结，两个衣服肘都破了，他说，"你就是有了身份证，老爷们见不到你一戈比的地租，你自己也挣不到一戈比，只得拖着两只腿回家。以后你还是照样穷，照样穿一件破旧不堪的衣裳。"

库普略反驳道："康斯坦丁·那尔基兹奇，你以后怎么办呢？人一有爱情，他也就完了，也就毁了。你先活到我的岁数，康斯坦丁·那尔基兹奇，那时候再来批评我吧。"

"你找到什么样的爱人了！找到一个真正的丑鬼！"

"不，你不要这么说，康斯坦丁·那尔基兹奇。"

"你想叫谁相信？我看见过她，去年在莫斯科，我亲眼看见的。"

库普略说道："去年她的相貌确实受了一点点损伤。"

"不，先生们，让库普略·阿法纳西奇给我们唱一支他自己的情歌吧。喂，库普略·阿法纳西奇，唱呀！"一个瘦高个的人用一种轻视和随便的声音说，此人满脸的痤疮，满头的鬈发，满身的油腻，大概是一个侍从。

"是呀，是呀！"其他人附和着，"亚历山德拉真行，可叫库普略上当了。没有什么可说的。库普略……你唱吧……唱吧！亚历山德拉，真是好样的！"

库普略坚决不同意："这里不是唱歌的地方。这里是主人的管理处。"

康斯坦丁带着粗鲁的笑声回敬他："这对你算什么？你自己也许会当管理人！一定会！"

可怜的人说道："一切都取决于主人。"

"瞧，瞧他那副样子，说他胖他就喘！哎哟哟！"

大家哄然大笑，有的人手舞足蹈。笑得最响的是一个十五岁左右的小孩，他父亲大概是仆人中的一个贵族吧，他穿着青铜纽扣的坎肩，系着淡紫色的领带，肚子已经鼓出来了。

尼古拉·叶列梅奇显然被他们逗乐了，也很开心，自满地说："库普略，你听着，你得承认，做火夫并不好吧？也许是空头衔吧？"

库普略说："尼古拉·叶列梅奇，您现在做了我们的总管理人，的确这样，这是不争的事实。不过你也曾失宠过，并且也曾在农舍住过。"

胖子怒气冲冲地打断他："你看，在我这里，不要忘记自己是老几。大家是同你开玩笑，傻瓜。你这个傻子，应该感觉到与感谢大家是在关心你。"

"我这是话赶话，尼古拉·叶列梅奇，请原谅……"

"原来是话赶话啊。"

门大开了，一个哥萨克人跑进来。

"尼古拉·叶列梅奇，女主人要您去。"

"谁在女主人那里？"他问哥萨克人。

"阿克西尼雅·尼基奇西娜和温涅瓦来的那个商人。"

"我立刻就来。"他用令人相信的声音继续说，"喂，兄弟们，你们最好同新到任的火夫离开这里，弄得不巧，德国人跑来，又得抱怨了。"

胖子整理好自己的头发，用完全被衣袖掩着的手遮着嘴，咳嗽了一下，扣好纽扣，便大踏步到女主人那里去了。过了一会儿，那群人跟库普略也都懒洋洋地走了。只留下我那个老相识——值班人。小伙子刚开始修理那几支鹅毛笔，但坐下来就睡着了。几只苍蝇立刻利用这个大好的时机，贴在他的嘴边。一只蚊子蹲在他的额头上，整齐地摊开自己的小腿，慢慢儿把自己的针刺完全刺进他柔软的身体。以前那个满脸络腮胡子和红头发的脑袋又从门外伸进来，望了又望，然后，连同那相当不美的躯十进了管理处。

那个人说："小费加，喂，小费加！永远睡不够！"

值班人睁开眼睛，赶忙从椅子上起身。

"尼古拉·叶列梅奇去女主人那里了吗？"

"去女主人那里了，瓦西里·尼古拉伊奇。"

我想："啊！他原来就是总出纳啊！"

总出纳在屋里走起来。不过，与其说他走，不如说在偷偷地溜，有点儿像猫儿。他肩上披着旧的黑燕尾服，后面摆着两条很窄的衣襟，他一只手抚着胸脯，一只手不住地摸弄用马毛做成的又高又紧的领带，并且用力地转着脑袋。他穿着羊皮的靴子，走路没有响声，脚步非常的轻柔。

值班人补充说："今天亚古什克村的地主问你呢。"

"哼！他问什么了？"

"他说，他晚上到韭韭莱夫村去，在那里等您。他说，'我有一件事情要同瓦西里·尼古拉伊奇交谈'，至于谈什么，他没有说。他说，'瓦西里·尼古拉伊奇已经知道'。"

"哼！"总出纳不满意地说了一声，走到窗旁。

过道里传来洪亮的声音："怎么，尼古拉·叶列梅奇在管理处吗？"随即有一个高身材的人一步跨过门槛，走进屋来。他怒气冲冲，五官虽不端正，但表情勇敢，衣服穿得相当整洁。

"他不在这里吗？"来人迅速地望了一下四周。

总出纳回答说："尼古拉·叶列梅奇在女主人那里。保罗·安德烈伊奇，您有什么事情，您告诉我。你能够对我说……你要什么？"

"我要什么？您想知道我要什么吗？（总出纳无可奈何地摇了摇头。）我要教训他，那个大肚子废物，那个卑鄙的告密者……我叫他去告密吧！"

保罗冲到椅子边，一屁股坐下了。

"您怎么了，您怎么了，保罗·安德烈伊奇？安静些吧……您怎么不害臊呢？您不要忘记，您在讲谁呀！"总出纳含糊地说。

"讲谁？我不怕他升为主要管理人！不用说，可提拔了一个什么人呀？真可以这么说，把羊放进了菜园！"

"够了，保罗·安德烈伊奇，够了！抛开这些吧……这些小事算得什么呀？"

"这位狐狸大哥摇尾乞怜去了，我要等他来……"保罗用手击打桌子，生气地说，"啊，他来了。"他看了一眼窗外，补充了几句，"说谁谁就到。我们恭候他的恩赐！"说着，他站起身来。

尼古拉·叶列梅奇走进管理处。他春风得意，容光满面，可是一见到保罗就显得有些不安。

"尼古拉·叶列梅奇，您好呀！"保罗慢腾腾地迎上前去，他话里有话。

主要管理人并不回答。门里露出商人的面孔。

"您怎么不回答我？"保罗继续说，"不过，不……不。"他补充说，"事情不是这样，喊叫和咒骂是毫无用处的。不，您不如对我好生地说吧。尼古拉·叶列梅奇，为什么您迫害我？为什么您想害死我？嗯，您说呀，您说。"

主要管理人未免有些激动，说道："这里不是同您解释的地方，而且也不是时候，不过有一点，我实在觉得奇怪，您根据什么说我要害死你或者迫害你呢？退一万步说，我又怎么可能迫害你呢？你不属我管理处管辖呀。"

"这还用说！"保罗回答说，"就差这一点了。但是您为什么装糊涂呢？……你本来明白我的意思。"

"不，我不明白。"

"不，您明白。"

"不，真的不明白，上帝做证。"

"还揝上帝呢！既然这样，那么您说您没做亏心事！那好，您为什么不让可怜的女孩子活呢？您要她做什么？"

胖子尼古拉假装惊愕的样子，问道："您讲的是谁？"

"哎呀，您难道还不知道？我讲的是达吉雅娜。您讲点良心吧！您为什么要报复呢？您应该害臊，您是有妻子的人，您的孩子们已经和我差不多高了，而我却不同……我想娶妻，我这是光明正大的行为。"

"保罗·安德烈伊奇，这件事我有什么错？女主人不许您娶亲，这是主人的意思！我在这里算什么？"

"你算什么？你不是同那个老巫婆——那个掌管钥匙的女管家，勾结在一起吗？你没有告密吗？你说，你没有对这个孤立无援的女孩子加上各种莫须有的罪名吗？她从洗衣工'上升'到洗碗刷马桶工！不是你的恩惠吗？你打她，给她破衣穿，这不也是你的恩惠吗？……你这个老东西，真替你害臊哩！你要被千刀万剐的，等着瞧吧……上帝等着你回话哩。"

"你骂人，保罗·安德烈伊奇，你骂人……看你能骂多久！"

保罗更火了："怎么？你想恐吓我？你以为我怕你？不，老兄，你找错了对象！我怕什么？……我什么地方都可以找到面包，你却不同了！你只能待在这里，告密，揩油……"

主要管理人也开始忍耐不住了，便打断他："你多自高自大呀。庸医，简直是庸医，无用的医生。你们听他说话！你是多么重要的人物啊，呸！"

"不错，是庸医，但是没有这个庸医，你老人家早就在公墓里烂掉了……好像魔鬼拽着我医好他的。"他咬牙切齿地加了一句。

主要管理人接过话："你把我医好了？……不，你想毒死我哩，你给我喝芦荟水。"

"不过除掉芦荟以外，对你的病其他的药是怎么也治不了的。"

尼古拉继续道："芦荟是医局禁止使用的。我还要告你使用芦荟哩……你打算置我于死地——这就是事实！不过上帝没有让你得逞。"

总出纳刚开始说："先生们，够了，够了……"

主要管理人就大声说："你别管！他想毒死我！你明白这个吗？"

保罗绝望地说："我很需要……尼古拉·叶列梅奇，你听着。我最后一次请求你……你强迫我——我再也不能忍受了。让我们安静吧，你明白吗？要不然，我们两人总有谁好不了，我警告你。"

胖子怒不可遏。他大喊大叫起来："我不怕你，你听见了没有？乳臭未干的小子！我跟你的老子算账，我要他打断他的筋骨，让你知道厉害，乳臭未干的小子，你走着瞧吧！"

保罗说："不要对我父亲提起这件事，尼古拉·叶列梅奇，不要向他提起啦！"

"去你的！要你给我出什么主意！"

"对你说，不要提起呀！"

"对你说，不要忘乎所以……无论在你看来女主人怎样用得着你，如果我们两人当中她不得不进行选择，宝贝，你是保不住的！谁造反都是不允许的！（保罗气得哆嗦起来。）至于小丫头达吉雅娜，她活该……等着瞧吧，她还不只是这样哩！"

保罗举起双手冲向前去，主要管理人沉重地倒在地板上打滚。

尼古拉·叶列梅奇呻吟道："用铁链锁住他，用铁链……"

我无意描写这一幕的结局，我很怕玷污了读者的感情。

就在这一天我回到了客店。一星期过后，我听说洛司涅科娃夫人把保罗和尼古拉两人都留在自己的管理处，却把达吉雅娜打发走了，可见小丫头已经不中用了。

护林神

傍晚我一人驾着轻便马车打猎归来。离家还有八俄里，我那温驯善跑的母马欢快地在尘土满地的大道上奔驰，偶尔打着响鼻，摇着耳朵；我那疲倦的猎犬一步也不离开后车轮，仿佛拴在车后面似的。雷雨快来了。前面，一大片淡紫色的云团慢慢地从树林那边升起来，甚至有几块长长的灰色云彩迎着我的头顶飞快地压来，爆竹柳惊慌地摇曳着、絮叨着。闷热陡然间换成冷气，暮色迅速变浓。我拽动缰绳，快马加鞭，将车子下到了山谷，走过一条干涸的长满柳条的小河，又上山进了树林。前面的道路蜿蜒于路两边的核桃灌木林黑黝黝的浓荫里，我艰难地往前移动。马车在百年的橡树和菩提坚硬的树根上颠簸，因为树根不断地隔断纵向的深沟，即车轮走过的痕迹，我的马开始趔趄了。大风陡然在高空吼叫，树木摇摆着，粗大的雨点猛烈地拍打着树叶，电闪雷鸣，暴雨倾盆。我的车一步一步地走，很快被迫停住了，因为我的马陷在泥水里拔不出腿，而天黑得伸手不见五指。好歹我躲到一丛宽阔的灌木下面。我弓着身子，用衣服遮着脸，焦急地等待暴风雨结束。忽然，电光中我觉得似乎有一个高个子的身影出现在大路上。我留神地往那边望去，那个身影仿佛从地里钻出，站在我的车旁。

"你是谁？"洪亮的声音问。

"你是谁？"

"我是这里的看林人。"

我便报了自己的姓名。

"啊，我知道！你是回家？"

"回家，但是你看，多大的雷雨……"

这个声音回答："是雷雨。"

白色的电光从头到脚照亮了看林人的全身，随后响起了清脆短促的雷声。雨加倍地倾泻下来。

看林人继续道："雨不会很快过去。"

"怎么办？"

他急忙说："要不我领你到我屋去？"

"那就请！"

"那就请坐好。"

他走到马的头前，拉着笼头，把马从陷进的地方拽出来。我们动身了。马车摇晃着，颠簸着，如"海上一小舟"，我一面抓住车垫，一面吆喝着狗。可怜的母马艰难地踏着泥泞，连走带滑，有时绊腿跪倒。看林人在车辕前面，身子向左右灵活地摆动，仿佛一个幽灵。我们走了很久，后来我的向导停住了。他语气平静地说："老爷，我们到家了。"柴门吱溜一声开了，几只小狗一起叫起来。我抬头一看，电光里一间小房坐落在围着篱笆的大院中间。从一扇小窗里发出暗淡的亮光。看林人把马牵到台阶跟前，敲起门来。轻柔的声音传来："就来了，就来了！"随即听见赤脚板的声音，门闩吱溜一声，一个十二岁左右的小女孩身穿旧衬衫，腰系旧布条，一只手提着灯笼，出现在门口。

"给老爷照路。"他对女孩说。"老爷，我去把您的车放到棚子里。"

小女孩望了我一眼，就进屋了。我跟在她后面走进去。

看林人的农舍只是一间低矮的房子，四壁被烟火熏黑，里面空荡荡的，既无高板床，又没有间壁。一件无袖的破羊皮袄挂在墙上，一条长凳上放着一支单管的猎枪，一个墙角里乱放着一堆破布。两个大瓦罐放在炉子旁边，桌上燃着松明，忧愁地忽明忽灭。房间中央挂着一只摇篮，系在长竿的一端。小女孩灭了灯，坐在木板椅上，右手推动摇篮，左手整理松明。我看了一下四周，心顿时凉了。夜入农舍，本来就是件不愉快的事。摇篮里的婴儿呼吸沉重而急促。

我问小女孩："难道你一人在这里？"

她含糊地说："一个人。"

"你是看林人的女儿？"

"是的，我爸是看林人。"她轻声地说。

门吱溜一声，看林人低头弯腰，一步跨进了门槛。他从地板上提起灯笼，走到桌子旁边，把灯座点燃。

他说道："您大概不习惯点松明。"说时，他甩了一下满头的鬈发。

我看了看他。这样的汉子我过去很少见到。他高个子，宽肩膀，身材匀称。强健的肌肉从湿淋淋的麻布衬衫里凸显出来。卷曲的黑须把他威严、刚毅的脸庞遮掩了一半，在浓密、宽阔的眉毛下，一双不大的淡褐色眼睛闪着勇敢的光芒。他把两手轻轻地叉在腰间，站立在我面前。

我感谢他，问他的名字。

他回答说："我叫佛马，绰号'皮留克'①。"

"啊，你就是皮留克！"

我带着双倍的好奇心又望了望他。从我的叶尔莫莱和别人那里，我常常听见关于看林人皮留克的故事，周围的农民都非常怕他。据他们说，世上还没有过这样的看林高手："一把干树枝他都不让人拉走。无论在什么时候，即使是在半夜，他仿佛从天而降，你就别想抵抗，他又有力又灵便，简直是个魔鬼……无论用什么都不能贿赂他，酒、钱，无论什么诱惑，都不起作用。有些能人已经不止一次打算把他从世上赶走，但是不行，没有成功。"

这就是邻近的农民们对皮留克的评论。

"那么你就是皮留克了，"我重复了一句，又说，"兄弟，我听说过你。

---

① 奥廖尔省称孤独忧郁的人为"皮留克"。——原注

154

听说，你谁都不放过。"

他固执地回答说："我是执行自己的职责。不应该白吃主人的面包。"

他从腰间取出一把斧子，坐在地板上面，劈起松明来。

我问他："你家里没有主妇吗？"

"没有。"他回答时，猛地挥动了一下斧子。

"那就是说死了？"

"不……是的……死了。"他补充了一句，转过身去。

我沉默了，他抬起眼睛，望着我。

"跟一个过路的小市民跑了。"他带着苦笑说了一句。小女孩低下了头，婴儿醒了，哇哇地哭叫。小女孩走到摇篮前。"皮留克"把一个弄脏了的奶嘴递到她手里，说："给他吧。"他指着那个婴儿，低声地继续说："她把婴儿也扔掉了。"他走到门旁，停住了，转过身来，说，"老爷，您大概不能吃我们的面包，我除了面包……"

"我不饿。"

"那么您知道……我想给你生好茶炊，但我没有茶叶……我去看一看您的马怎么样了。"

他出去了，门随后啪地响了一声。我又一次环视四周。我觉得农舍屋比以前更凄凉了。烟灰的苦味把我压迫得呼吸不畅。小女孩没有挪动位置，也不抬起眼睛，偶尔推一推摇篮，把往下掉的大衬衫怯生生地披回到肩上，两只裸露的腿垂挂在那里，一动也不动。

我问她："你叫什么名字？"

"乌丽达。"她说，越发低下自己忧愁的脸庞。

看林人进来了，坐在木凳上。

"雷雨快过去了。"他沉默了一会儿，说道，"如果您吩咐，我送您出树林。"

我站起来。"皮留克"拿起猎枪，检查了枪膛里的火药。

我问道："你这要干什么？"

"树林里有人搞名堂⋯⋯郭贝尔野夫山谷里有人砍树。"他加了两句，以回答我疑问的眼神。

"这里能听见？"

"院子里能听见。"

我们一块儿走出来。雨已经停了。远处还聚着大块大块的乌云，偶尔闪出长长的电光，但我们头顶上有的地方已经出现深蓝的天空，星星透过稀薄的、飘飞的云彩闪烁。经过雨的冲洗和风的惊扰之后，树木的轮廓开始从黑暗里显现出来。我们侧耳倾听。看林人脱下帽子，低下头。他忽然伸出一只手，说道："那里，听，他选择这样的夜晚！"除了树叶的刷刷声，我什么也听不出来。"皮留克"把马从棚子里牵出来。"可是这样，会错把他放跑了。"看林人加了一句，并且说出声来。"我同你一块儿去⋯⋯愿意吗？""好吧！"他回答时，把马往回牵，"我们一口气把他抓住，然后我再送您。我们走吧。"

于是我们走了，"皮留克"在前面，我跟在后边。真不知道他怎么认得路，他只是偶尔停下来，而且是为了倾听斧头的声音。他从齿缝里嘟囔着："喂，您听见没有？您听见没有？"我问："在哪里？""皮留克"耸了耸肩。我们下到了山谷，风忽然静了，均匀的击打声很清楚地传到我耳朵里。"皮留克"望着我，晃了晃脑袋。我们踩着湿漉漉的羊齿草，经过荨麻地，继续往前走。传来了沉闷的、连续不断的隆隆声⋯⋯

"皮留克"嘟囔了一句："树倒了⋯⋯"

这时雨过天晴，树林里微微发亮。我们终于走出了山谷。看林人对我轻声说了一句："您在这里等一下！"说罢，他弯下腰，举着枪，消失在灌木之间。我紧张地侧耳倾听。在持续喧闹的风声里，我隐约听见一种微弱的声音在不远的地方：斧头谨慎地敲打着树枝，车轮在吱吱作响，马儿打着响鼻⋯⋯忽然，"皮留克"斩钉截铁似的洪亮声音传来："往哪里跑？站住！"另一个声音像兔子一样可怜地叫起来⋯⋯搏斗开始了。"皮留克"喘着气，严厉地说："你胡说，你胡说。不要走！"⋯⋯我向喧闹声的方向奔去，一步一跌地跑到战斗的现场。看林人正在一棵砍倒的树旁地上忙活着。他把那个小偷按在自己身子底下，用腰带把他的双手反绑在背后。我走到跟前。"皮留克"站起来，也把那个人从地上拉起。我看见那是一个农民，全身湿淋淋的，穿的简直是破布，胡须又长又乱。一匹瘦马半身盖着破席，同一辆大车一块儿站在那里。看林人不说一句话，农民也沉默不语，只摇晃着脑袋。

我附着"皮留克"的耳朵轻声说了一句："把他放了吧。我为那棵树付款。"

"皮留克"不说话，左手拉着马鬃，右手抓住贼的腰带，严厉地说："喂，转身跟我走，偷树贼！"农民嘀咕了一句："你拿着那把斧子吧！"看林人说："为什么要丢掉它呢？"说着，他拾起了斧子。我们动身了。我走在后面……雨又滴答地下起来，很快就又大雨倾盆。我们艰难地回到农舍。"皮留克"把抓来的瘦马放在院里，把农民领到屋内，松了松他腰带上的结，让他坐在屋角。小女孩在火炉旁正要入睡，吓了一跳，惊讶地默默望着我们。我坐在木凳上。

看林人说："唉，雨多大呀！又得等了。您不想躺一下吗？"

"谢谢。"

他指着农民，继续说："为了老爷您，我想把他关进小杂屋。不过，您看，门闩……"

我打断"皮留克"："把他留在这里，不必动他。"

那个农民皱着眉头看了我一眼。我内心决定，无论如何要设法释放这个可怜人。他坐在木凳上，一动也不动。灯光下我能够看见他疲惫不堪、布满皱纹的脸，下垂的黄色眉毛，不安的眼睛，瘦弱的四肢……小女孩躺在他脚旁边的地板上，又睡着了。"皮留克"坐在桌旁，双手托着脑袋。一只山雀在屋角鸣叫……雨水打在屋顶上，从窗上滑下来。我们都沉默不语。

农民忽然用沙哑的破嗓音说："佛马·库慈米奇，喂，佛马·库慈米奇！"

"你有什么事？"

"你放了我吧！"

"皮留克"并不回答。

"放了我……因为饿，我才……你放了我吧。"

看林人阴沉地答道："我知道你们。你们全村都这样——小偷有得是。"

农民反复说："放了我吧……管家……我们破产了……放了我吧！"

"破产……谁都不应该偷。"

"放了我吧，佛马·库慈米奇……不要害人了……你知道，你主人会吃掉我的。"

"皮留克"转过身去，农民哆嗦了一阵，仿佛打摆子似的。他甩着脑袋，呼吸不均匀。

他带着忧愁和绝望反复说："放了我吧，为了上帝，放了吧！我付钱，真的，实在是因为饥饿……小孩子们饿得哇哇叫，你自己也知道。"

"可是你仍然不能来偷。"

农民继续说："还有马，那匹瘦马……虽然不怎么样……我只有它这一头牲口啊……放了吧！"

"我说，不行，我也是不自由的人，要追究我的呀。放纵你们也是不行的呀。"

"放了吧！穷啊，佛马·库慈米奇，因为穷啊，真的……放了吧！"

"我知道你们！"

"放了吧！"

"同你有什么可讲的？安静坐着吧！不然我要……你知道吗？你没看见老爷在这里吗？"

可怜人低下了头……"皮留克"打了个哈欠，把头靠在桌上。雨还没有停。我等着看情况会是怎么样。

农民陡然站直了。他眼睛发火，满脸通红，眯缝着眼睛，撇着嘴角，说道："好吧。你吃吧，压迫吧。你这个杀人犯，不得好死！你喝基督的血吧，喝吧……"

看林人回过身来。

"我说，你这个亚细亚人，喝血的人！"

看林人带着惊讶说："你想骂人，你喝醉了吗？疯了吗？"

"喝醉了……也不是用你的钱，你这个杀人犯，不得好死！野兽，野兽，吃人的野兽！"

"你呀……我要把你……"

"把我怎样？反正一样完蛋！没有了马，我往哪里去？你打吧——结果都一样：不是饿死，便是这样死。让一切都完蛋吧，妻子，孩子们，你全都吃光吧……等着吧，我们会跟你算账的。"

"皮留克"欠起身来。

农民用凶狂的声音接着说："打吧，打吧。喂，你打吧，打吧……"小女孩赶紧从地板上跳起来，望着他。"你打吧！打吧！"

看林人喊道："住嘴！"他往前走了两步。

我说："够了，够了，佛马，放了他……看在上帝分上，饶了他吧。"

不幸的人继续说："我还得说！反正都一样，你这个吃人的野兽，你不得好死……等着，你不会长久地横行霸道！会有人绞死你的，等着吧！"

"皮留克"抓住他的一个肩膀……我奔过去帮助农民……

看林人对我大喊了一声："老爷，请不要动手！"

我倒不怕他的威吓，正想伸出手，不料他一转身把腰带从农民的肘上抽掉，抓住他的衣领，把他的帽儿压到他的眼睛，打开门，把他推了出去。这使我十分惊讶。

他朝着他的背喊道："带着你的马给我滚吧。但小心，第二次我可要……"他回到屋里，在墙角那里摸索起来。

我终于说了："喂，皮留克，你真使我惊奇。我看，你实在是个棒小伙儿!"

　　他带着苦恼打断了我:"唉,得了,老爷。请您不必说了。最好还是送您走吧,您是等不到雨过去了……"

　　院子里响起那个农民马车的轮子声。

　　看林人嘟囔着:"看,他已经走了,可我真要把他……"

　　半小时后,他同我在树林的那边空地上挥手告别。

两个地主

我有幸向热情的读者介绍过我邻村的几个地主，现在请允许我再让你们顺便认识两个地主，对我们这些作家兄弟来说，一切都是顺便的。我常在他们那个地方打猎，他们是好几个县里十分有礼貌、有善心并受到普遍尊敬的人。

我先给你们描写退伍的陆军少将维切斯拉夫·伊拉里奥诺维奇·赫瓦伦斯基。你们可以想象这样一个人物：他身材高大，体态曾经是匀称的，现在有点儿肌肤松弛，但并不衰弱，甚至也不苍老，他正当成熟的年龄，所谓年富力强。当然，他那曾经是端正的、现在还令人愉快的面孔，已经略有改变，两颊有点儿下垂，明显的皱纹密布在眼睛附近，几颗牙齿"已经没有了"，据普希金考证，这话萨吉早就说过。至少还是完整无缺的那些淡黄色头发，由于他用了从罗缅马市场一个冒充亚美尼亚人的犹太人那里买来的化学药品，都变成浅蓝色了。但是维切斯拉夫·伊拉里奥诺维奇步履矫健，笑声响亮，马刺叮当地响，卷着胡须，甚至自称老骑兵。不过人人皆知，真正的老人是从不称自己为老的。他平常穿着纽扣一直扣到脖子的常礼服，浆过了的衣领上面高系着领带，灰色的军式裤子带着星花，礼帽正端端地罩到额头，把整个后脑勺露在外面。他为人很善良，但是有相当奇怪的见解和习惯。譬如，他无论如何也不能平等地对待不富的或不做官的贵族，总觉得他们不如自己。跟他们谈话时，他通常从侧面斜着眼睛看他们，让一面脸颊紧靠着又硬又白的领带结，或者忽然用一种明亮的目光盯着他们，沉默了一会儿，调动起头发下的全部皮肤，甚至连语音都变了样，简直不像在说话。比如，"谢谢，保罗·瓦西里奇"，他说成"夏夏，八尔·阿西里奇"；或者，"请过来，米哈伊洛·伊万里奇"，他说成"牵过来，米哈儿·万里奇"。至于对待处在社会底层的人们，他的方式就更奇怪了。他根本就不看他们，并且在解释自己的意愿或下达指示以前，总表现出关心和忧虑的样子，一连好几遍地问："你叫什么名字？……你叫什么名字？……"说时他特别强调疑问词"什么"，其余的词说得很快，把全句话弄得和雄鹌鹑的叫声相当接近。他很忙，又很吝啬，但不会管理家业，他叫一个退伍的骑兵事务长——一个非常愚蠢的乌克兰佬，当他的管家。不过，在经营产业方面，我们这里谁也比不过彼得堡的一个重要官员，他从自己总管的书面报告中看到他田庄的谷物烘烤房时常失火，因此损失了许多粮食，就下了一道极严格的命令：在火没完全扑灭以前，不准把谷物捆放在烘烤房里。就是这位官员又打算在自己所有的田地上播种罂粟，看来是出于一种极简单的打算：罂粟比黑麦贵，因而种罂粟可以多得些利益。还是他，竟命令自己的女奴们照从彼得堡寄送来的样品戴北方那种"盾形头巾"，其实至今，在他的各个田庄里妇女们还戴这种头巾……不过把头巾戴在双角帽上……闲话少说，还是回头讲维切斯拉夫·伊拉里奥诺维奇。维切斯拉夫·伊拉里奥诺维奇酷爱美色，只要在自己县城里的林荫道看见某个美丽的女人，立刻就放开腿跟在后面，但同时两只腿打飘，开始拐瘸，这倒是引人注目。他爱玩牌，但只同那些下等人玩；他们对他称"大人阁下""阁下大人"；他对他们声言厉色，训斥指责。要是他有机会同省长或某位官员打牌，他的态度就会发生惊人的变化：他微笑，他点头，他注视对方的眼睛，显得十分甜蜜……就是输了，他也不抱怨。维切斯拉夫·伊拉里奥诺维奇很少读书，读书时不住地翘起胡须和皱起眉头，满脸的皱纹波浪似的从上往下推，他有时浏览德文的《评论杂志》的栏目时（当然是在宾客面前），脸上的波浪式运动尤其明显。他在选举的活动中起相当重要的作用，但由于吝啬，他谢绝贵族长这个名誉职务。他时常用充满爱护和自信的口气对来他家拜访的贵族们说："先生们，多谢诸位的好意，但是我决定隐居在家，以度闲暇。"他说完这句话，就左右地摇了几次脑袋，然后带着尊严把下巴和双颊压在领带结上。他年轻时曾在某一个大人物那里当副官，我们不知道此公姓什么，因为他只称呼此公的名和父名。听说，仿佛他不仅仅担任副官的职务，仿佛他穿着完全的检阅服，扣着风纪扣，在浴室里替自己的长官洗蒸汽澡，但并不是各种传闻都可以相信。然而赫瓦伦斯基将军不喜欢讲自己在军旅的情况，一般来说这是相当奇怪的，好像他也没有参加过战争。赫瓦伦斯基将军住在一所不大的屋子里，孤身一人，一生未曾经历过夫妻的幸福，因而至今还被认为是未婚男士，却还是个有出息的未婚男士。但是他有一个管仓库钥匙的女人，三十五岁左右，黑眼睛，黑眉毛，肥胖、娇嫩、还有胡子，在工作日还穿着浆过的连衣裙，礼拜天却戴着细纱的袖筒。每逢地主们宴请总督或其他政府官员，在这种场合他总有好的表现，此时此地，可以说他是如鱼得水，心满意足。通常情况下，他如果不坐在总督右手，那也是在离总督不远的地方。酒宴之初，他比较注意保持自尊感，身体往后仰，但并不转动脑袋，而是从侧面俯视宾客们圆圆的后脑勺和挺立的衣领；酒席即将结束时，他兴高采烈，谈笑风生，微笑着对着四面八方（从宴会开始他就微笑着对着总督的方向），有时还为美貌的女性举杯祝酒，说她们是"我们星球的装饰"。在各种隆重的公众集会、各种考试以及教会讲经布道等大型活动中，赫瓦伦斯基将军表现也不错。他也是参加宗教祝福活动的高手。在车马拥堵的会场门外，或者渡口码头，或者其他类似的地方，维切斯拉夫·伊拉里奥诺维奇的仆人们不闹也不嚷，恰好相反，他们在分开众人或引着马车的同时用男中音发出愉快的喉音，"请，请给赫瓦伦斯基将军让路"，或者说"这是赫瓦伦斯基将军的马车"……赫瓦伦斯基式样的马车是相当老式的，仆从们的制服早就磨破了（灰色的制服镶着红的边饰，这一点想必不需要提及）。这些马也相当老了，已经服务了大半辈子。但是维切斯拉夫·伊拉里奥诺维奇对外表并不讲究，认为这样装潢门面、哗众取宠，甚至有损自己的身份。赫瓦伦斯基没有特别的语言才能，也许是没有表现自己口才的机会，因为他不仅容不得争论，也容不得异议，而且竭力避免一切长时间的尤其是和青年人的谈话。这的确是对的和稳妥的，要不然同现代人谈话就糟糕了，因为一旦别人不再百依百顺，也就同时失去了对他的敬意。在上等人物面前，赫瓦伦斯基大都默不作声，但是对他所认识并且轻视的下等人物却说着短促而严厉的话，时常用下面这类语句："不过你说的都是废话""我可爱的先生，我最后不能不提醒你""不过，最后你应该知道，你在同谁打交道"，等等。特别怕他的是邮政局局长、常任陪审员和驿站长。他在自己家里，谁也不接待，听说他生活很吝啬。尽管如此，他还是个很好的地主。乡邻们这样评论他："老军人，大公无私，遵守规则，老发牢骚者"。当有人在省城的一个检查官面前提到赫瓦伦斯基优良而稳重的品性时，他居然还能微笑。嫉妒！因为嫉妒，什么不可能发生啊……

不过，现在还是放下他，给你们讲讲另一个地主。

玛尔达里·阿波洛内奇·司杰古诺夫无论在哪方面都不像赫瓦伦斯基，他似乎没有在哪里任过职，也从不被认为是美男子。玛尔达里·阿波洛内奇是个很矮的老头儿，很胖，秃脑袋，双下巴，长有柔软的小手，正常的大肚子。他好客，诙谐，他活着是为了自己高兴，所谓自得其乐，从冬到夏穿着花格子的棉睡衣。只有一点他和赫瓦伦斯基将军一样：他也单身。他有五百个农奴。玛尔达里·阿波洛内奇治理自己的田庄讲究表面，为了不落后于时代，十来年以前就在莫斯科布杰诺浦公司那里购来了一台打谷机，把它锁在柴草房里，他这才安心了。他也许偶尔在晴好的夏日吩咐套好轻便马车，驶往田里，看看庄稼，也采回来不少矢车菊。玛尔达里·阿波洛内奇完全过着老式的生活。他的房屋也是古老的建筑，在前厅就能正常地闻到克瓦斯、牛油蜡烛和兽皮的气味。就在前厅，右边是一个橱柜，里面是蟑螂和做抹布用的毛巾；饭厅里有家人的画像、苍蝇、一大盆天竺葵和一架发音酸唧唧的钢琴；客厅里有三张长沙发、三张桌子、两块镜子和一架发音嘶哑的自鸣钟，青铜的指针刻着雕花，钟上面的珐琅已经发黑了；书房里有一个堆着文件和书报的桌子，浅蓝色的屏风上贴着从上世纪各种著作里剪下来的图画，还有几张书柜，里面是发霉的书籍、蜘蛛和黑灰，此外还有一把羽绒转椅，一个意大利式的窗，还有一扇通花园的钉死了的门……总之，应有的都有。玛尔达里·阿波洛内奇家的仆人很多，都按老样式穿着：蓝色的长裤，高高的领子，暗色的裤子，浅黄色的短坎肩。他们对客人们称"老爷"。他的家业由一个田庄总管管理，此人出身于农民，他的髭须和皮袄的前襟一样长；家务由一个裹着褐色头巾、满脸皱纹、性情凶啬的老妇人管理。玛尔达里·阿波洛内奇的马厩里养着三十头不同种类的马匹，他出去时，坐的是自家做的重达一百五十普特的四轮马车。他接待客人很热情，客人吃得也很好，也就是说，由于俄罗斯的饮食习惯中那些惊人的特点，客人们醉得直到晚上，除了玩玩纸牌，都不可能做别的事。而他本人，从来什么也不做，甚至连《圆梦》这种书都停止看了。但这样的地主在我们俄罗斯还相当多。有人会问，我为什么说起他来？说起他又是为了什么？那么，请允许我对你们讲讲我对玛尔达里·阿波洛内奇的多次拜访中的一次，当作我的回答吧。

一个夏天，我在晚上七点左右坐车来到他家。他家里刚做完晚祷，不久前才从宗教学校毕业的一个牧师——一个年轻人，坐在客厅门旁边一把椅子的边沿上，显得十分腼腆。玛尔达里·阿波洛内奇照常很亲热地接待我。他真诚地欢迎每一个客人，他本来就是个上等的好人。牧师站起来，拿起礼帽。

"等一等，等一等，神父，"玛尔达里·阿波洛内奇对他说，但没有放开我的手，"不要走……我已经吩咐人给你送伏特卡 ① 来。"

"我不喝，阁下。"牧师带着慌乱的神气说，脸红到了耳朵根。

玛尔达里·阿波洛内奇说："这算什么！别管这些小节！你这样的身

———————————

① 这里指伏特加。

份怎么不喝酒！米什卡[①]！尤什卡[②]！给神父，伏特卡。"

尤什卡，一个八十来岁的又高又瘦的老人，端着一杯伏特卡走了进来，酒杯放在一个布满肉色斑点的黑漆盘子里。

牧师开始一个劲儿地谢绝。

地主带着责备的口气说道："喝吧，神父，不要固执，这样不好。"

可怜的年轻人顺从了。

"嗯，神父，现在你可以走了。"

牧师开始一个劲地鞠躬。

"嗯，好了，好了，你走吧……"玛尔达里·阿波洛内奇目送着他出去，继续说："这是很好的人。我很满意他，只有一点，还年轻，只会传道说教，不会喝酒。不过，我的先生，您怎么样？……您怎么样了？我们到阳台上去，瞧，多么好的夜晚。"

我们走到阳台上，坐下来，开始交谈了。玛尔达里·阿波洛内奇往下面望了一眼，突然气急败坏。他大喊起来：

"这些是谁的鸡？这些是谁的鸡？谁的鸡在花园里乱走？……尤什卡！尤什卡！去，快去看看是谁家的鸡在花园里乱走……这些是谁的鸡？我禁止多少次了，我说过多少次了！"

尤什卡跑过去了。

玛尔达里·阿波洛内奇又肯定了两句："怎么这样乱七八糟？真可怕！"

那些不幸的母鸡，我现在记得，两只是花斑的，一只是白色的，头上有一撮毛，正很安闲地在苹果树下走着，偶尔用连续的略略声表达自己的情感。忽然不戴帽子、手拿棍子的尤什卡和另外三个年长的仆人，齐心协力地向那些鸡冲去。热闹开始了。鸡儿叫着，拍着翅膀，跳跃着，震耳欲聋地略略叫着；仆人们跑着，颠扑着，跌倒着；主人在阳台上发狂一般

---

① "米什卡"是人名"米沙"的卑称。"什卡"就是表示卑称的后缀。

② "尤什卡"是人名"尤拉"的卑称，仆人都被这样称呼。

地喊着："抓住，抓住，抓住，抓住，抓住，抓住，抓住……这是谁的鸡，这是谁的鸡？"最后，一个仆人抓住了那只带一撮毛的母鸡，把它的胸脯压在地上，一个十一岁左右的小女孩披头散发，手里持着干柴枝，从街上翻越篱笆跳进花园里。

地主高呼胜利了："啊，看看是谁的鸡！这是车夫叶尔米拉①的鸡！现在他打发自己的娜达卡②来赶鸡……也许，他没有打发帕拉莎③来，"他低声地附加了，意味深长地笑了一声："喂，尤什卡！别抓鸡了，给我抓住娜达卡。"

气喘吁吁的尤什卡还未跑到惊慌失措的小女孩面前，女管家不知道从哪里跑来，一把抓住可怜的小女孩的手，在她背上打了好几巴掌。

"对啦，这就对啦！"地主支持她，"对，对，对！对，对，对……喂，阿夫多季雅！把鸡都拿走！"他大声地加了几句，然后兴致勃勃地对我说，"先生，怎么样？是一次捕猎吧？您看，我都出汗了！"

于是玛尔达里·阿波洛内奇哈哈大笑。

我们还留在阳台上，夜景实在是非常好。

茶端来了。

"请问，"我开始说了，"玛尔达里·阿波洛内奇，是您的农户们被迁出山谷，迁到那条大道上吗？"

"是我的……怎么了？"

"您这是怎么了，玛尔达里·阿波洛内奇？这是有罪的。您分给农民们一些很差的、拥挤的小屋，周围看不见一棵小树，连个养鱼池都没有，只有一口井，而且还根本不能用。难道您找不到别的地方吗？……听说，您甚至把他们老早就有的大麻田都夺走了，是不是？"

玛尔达里·阿波洛内奇回答我："地界就这么划分的，又有什么法子

---

① "叶尔米拉"是"叶尔莫莱"的快读音或卑称。

② "娜达卡"是"娜达丽雅"的卑称，其爱称是"娜达莎"。

③ "帕拉莎"是"帕拉格雅"的爱称。

呢？划分地界——这件事现在还在我这里装着。"他指着自己的后脑勺，"我看不出这种划分有什么益处。至于我夺走了他们的大麻田，并且不给他们挖个养鱼池，先生，这个我自己也知道。我是个普通人，按老规矩办事。依我看，主人就是主人，农民就是农民……事情就是这样。"

对这样明白无误的论据，自然是无可反驳的。

他又继续说："并且那些农民不好，是受过处分的人。尤其是那里有两家，先父，愿他老人家上天国，就不满意他们，非常不满意。我对您说吧，我有这样一个信条：父亲是贼，儿子也一定是贼，不管您愿意怎么看……啊，血统，血统——那可是大事啊！我坦白向您承认，我把这两家的儿子提前送去当兵了，就这样把他们往四处塞，可是他们也没有绝种，有什么法子？繁殖力强的歪种！"

这时候，空气完全静止了。只是偶尔有风像气流微微地吹来，最后在屋子附近静下来，这时一种均匀的、频频的敲打声从马厩方向传到我的耳朵里。玛尔达里·阿波洛内奇正把斟满的小茶碗端到嘴边，而且已经张大了鼻孔（大家知道，没有一个土生土长的俄国佬不是这样张大鼻孔用力喝茶的），但停住了。他侧耳倾听，点了点头，喝了一口，把小茶碗放在桌上，带着十分善意的微笑，仿佛情不自禁地用嘴巴模仿着敲打声："啪啪啪！啪啪！啪啪！"

我惊讶地问："这是怎么回事？"

"那边奉我的命令在惩罚一个小淘气……您知道餐厅的仆人瓦夏吗？"

"哪个瓦夏？"

"就是几天前吃饭时伺候我们的那个，还生着那么多的络腮胡子。"

最强烈的愤怒也抵挡不住玛尔达里·阿波洛内奇明白而温顺的眼神。他摇晃着脑袋，说道："年轻人，您怎么了？您怎么了？难道我是恶人？您干吗这样盯着我？骂是疼，打是爱。你们自己知道的。"

一刻钟后我同玛尔达里·阿波洛内奇告别。车子经过村子时，我看见了瓦夏。他正在路旁走着，嘴里嚼着核桃。我吩咐车夫停车，把他叫到跟前。

我问他："怎么了，老弟，你今天受惩罚了？"

瓦夏回答："你怎么知道的？"

"你主人对我说的。"

"主人自己吗？"

"为什么他叫人惩罚你呢？"

"因为一些事，老爷，因为一些事。我们那里不会因为小事惩罚人的，这样的规矩我们是没有的，一点儿也没有，绝对没有。我们的主人不是这样的，我们的主人……这样的主人在全省也是找不到的。"

"走吧！"我对车夫说。"这就是古老的俄罗斯啊！"我在回家的路上一直在想。

列别姜市场买马记

亲爱的读者们！打猎的主要好处之一就在于打猎使你们不停地旅行，从一个地方转到另一个地方，这对闲暇的人而言是很愉快的。固然，有时（尤其是在下雨的时候）在乡村小路上颠簸，专找原始密林，遇见一个乡下人就问："喂！莫尔道夫卡村怎样走？"可是到了莫尔道夫卡又要盘问智力迟钝的女人（因为男人都在田里干活儿）："大路旁边的客栈远不远，怎么走？"可是车走了十俄里，并没有找到客栈下榻，而是到了一个地主所有的小村庄——贫穷破产的胡道布诺沃村，大大惊动了整群的猪，原来它们把耳朵拱进了街心深褐色的污泥，丝毫没有料到会有人来打扰，这时就不太愉快了。同样不愉快的是，在吱吱作响的小桥上过河，下到山谷里，涉水驶过沼泽地上的小河。一连几天几夜在大道的绿海里行驶，或者托上帝保佑，在污泥里一走就是好几小时，在斑驳的路标上辨认数字：左边是二十二，右边是二十三，这也是不愉快的。好几个星期只吃鸡蛋、牛乳和值得称赞的黑麦面包，这也是不愉快的……但所有这些不便和倒霉都被别的好处和快乐补偿了。现在我们还是进入故事本身吧。

由于上述的各种情况，大约五年以前，有一次我在市场生意兴旺的时候来到列别姜，至于具体的原因，我就不必给读者解释了。像我这样打猎的兄弟，某一个美好的早晨坐车从自家或大或小的庄园出发，打算第二天傍晚回来，可是一点儿一点儿地往前走，不停地猎取鹬鸟，最后竟来到伯朝拉河富庶的两岸。而且，凡是喜欢猎枪、猎犬的人，都热爱和敬重世上最高尚的动物——马。于是我来到了列别姜，下榻于一个宾馆，换了衣服，向市场走去。（一个二十来岁的伙计，个子瘦长，长着一头浅黄色的头发，说话带鼻音，早就用甜蜜的男高音通知：某公爵大人也下榻在这酒馆里，还有某团的马匹采购员，还来了许多别的老爷；每天晚上茨冈人唱歌，戏院里上演《特瓦尔多夫斯基老爷》；据说马价很高，不过牵来的是好马。）

市场上停放着无数车辆，像一排排长龙似的，没有尽头；车辆旁边是马匹，各种各类应有尽有：竞走的，配种的，专拉重车的，运东西的，驿站用的，还有普通农民用的。有几匹马膘肥毛亮，是按毛色挑选出来的，披着各种颜色的马衣，拴在车辆跟前（车上高挂着几只野鸡），胆怯地往后斜视着自己主人太熟悉的鞭子。这几匹地主家的马是被草原上的贵族从一两百俄里以外打发来的，它们在一个衰老的车夫或两三个榆木脑袋的马夫监视下不住地摇着长长的脖子，跺着脚，因为烦闷而嚼着系绳子的木桩。几匹带黑鬃的栗色"维亚特卡种马"[1]互相紧靠着。后部宽阔的竞走用马站在那里，俨然不动，仿佛狮子一般，尾巴像波浪起伏，脚掌毛茸茸的。它们有灰色圆斑点的，有乌黑色的，有枣红色的。行家们恭敬地站在它们面前。在这条由车辆形成的大街小巷上，聚集着各种身份、各种年龄和各种外表的人：穿着蓝长衫、戴着高帽的贩马人，鬼头鬼脑地在观察和等待买主；眼球凸出、头发卷曲的茨冈人前后乱窜，仿佛被火烧着似的，看着马的牙齿，抬起马的腿和尾巴，叫嚷着，叫骂着，充当中介人，抽着签儿，或者在某个戴着军帽、穿着獭皮军大衣的采购员军官面前纠缠不休，大献殷勤。一个哥萨克大汉骑在一匹脖子像鹿一样的骟马[2]上，说要"整个"出卖，也就是连马鞍和笼头一起出卖。农民们穿着腋部破烂的皮袄，绝望地挤过人群，几十个人一起拥向一辆套好马的大车，他们都想试一试这匹马；或者在旁边借助于狡猾的茨冈人，进行交易，弄得

---

① 此马产于现俄罗斯的维亚特卡市。

② 骟马是阉割的公马。

筋疲力尽，虽然连续掌一百次，但讨价还价，互不相让，而作为他们辩论的对象——那匹可怜的瘦马，盖着皱皱巴巴的粗席，只在那里眨巴眨巴眼睛，仿佛事情跟它无关……其实，谁将来打它，还不都是一样吗……宽额头的地主，脸上长着染色的胡须，神情威严，头戴波兰贵族的四角帽，身穿厚呢子大衣，但只穿进一个袖筒，放下身份同戴着羽绒礼帽和绿色手套的大肚子商人讲话。各团的军官也在那里谈话。一个德国出生的异常高的骑兵，身穿护身甲，很冷静地问一个腿瘸的马贩子："那匹赤色马要多少价钱？"一个骠骑兵，淡褐色的头发，十九岁的模样，正在为一匹干瘦有力的小跑溜蹄马配一匹拉套马；一个车老板把帽子戴得很低，帽子四周盘绕着孔雀毛，穿着栗色的粗呢外套，一双皮的无指手套插在狭窄的绿色腰带上，他正在物色一匹辕马。车夫们替自己的马编着尾巴，弄湿鬃毛，还时常给主人们提出有礼貌的忠告。办成买卖的人们忙着去旅馆或小酒店，看各人的地位而定……大家都在齐膝深的泥泞里忙碌着，叫嚷着，骚动着，争论着又和解着，骂着又笑着。我想为我的四轮轿车买三匹有耐力的好马，因为我的马开始撂挑子了。我找到了两匹，但来不及挑好第三匹就回了宾馆。吃过我不想描写的午饭后（埃涅 [①] 已经知道，回忆过去的痛苦是不愉快的），我去了所谓的咖啡馆。在这个咖啡馆里每个晚上都聚着采购马匹的军官、养马场的老板及其他的外来人。台球房里有二十来人，烟雾弥漫，浓烈的烟草味像铅一样沉重。这里有放荡不羁的年轻地主，上身穿着匈牙利骑兵式样的衣服，下身穿着灰色的俄国式样的裤子，鬓发长长的，胡须上抹了很多油，他们高傲而大胆地环视四周；另外一些贵族穿着哥萨克服装，脖子特别短，小眼睛周围浮出眼泡，也在这里哼哼哧哧，叽叽喳喳；商人们坐在一边，也就是所谓"靠边站"；军官们自由地交谈。某公爵，一位二十二岁左右的年轻人，正在玩台球，高兴的脸上露出一些傲气，他穿着敞开的礼服、红色的绸衫和宽大的天鹅绒裤子。陪他玩的是

---

① 埃涅是希腊神话中的人物。

退伍的陆军中尉维克多·赫拉巴果夫。

　　退职的陆军中尉维克多·赫拉巴果夫是小矮个儿，人很瘦，皮肤黝黑，三十岁左右，长着乌黑的头发、淡褐色的眼睛，钝的鼻尖往上翘。他参观选举和市场时，倒是很快的。他跳跃式地走路，放肆地摊开双臂，形成半个圆圈儿；他歪戴着帽子，卷起军人常礼服的袖口，露出那深灰色细棉布里子。赫拉巴果夫先生具有取悦彼得堡纨绔子弟的本领，同他们喝酒、抽烟、玩牌，称兄道弟。他们为什么喜欢他，这就很难理解了。他并不聪明，也不可笑，甚至不适合给他们当丑角。的确，他们对他友好又随便，像对待一个善良却无用的人，但只同他交往两三个星期，后来突然不同他鞠躬了，他自己也不鞠躬了。陆军中尉维克多·赫拉巴果夫的一个特点就在于他能连续一年甚至两年（适当或不适当地）总是说几句同样的话。这种话一点也不可笑，可是不知道为什么，却能使大家笑起来。大约八年前，他随处都说："我对您致敬，最诚恳恳谢！"那时候被他感谢的恩人们每次必笑得要死，并且迫使他重复着"我对您致敬"。以后他又用极复杂的语句，"不，这个你已经那样，这个怎么这个，这个结果是这个结果"，这句话同样获得辉煌的成功。大约过了两年，他又想出了另一句俏皮话，"您不热，上帝的人，羊皮缝的"，诸如此类。说也奇怪！就是这些粗俗不堪的简单话语使他有吃、有喝，有穿！（他早就将自己的财产挥霍一空，如今全靠朋友生活。）请注意！至于别的殷勤表现，他是绝对没有的。他每天吸一百管朱可夫旱烟，打台球的时候右腿抬得比脑袋还高，瞄准时拼命地转动手上的球杆，但这些优点不是每个人都喜欢的啊！他也很会喝酒……但是这在俄国司空见惯，不足为奇……总而言之，对我来说，他的成功完全是一个谜……只有一点：他为人谨慎，懂得"家丑不外扬"，他不说任何人的一句坏话……

　　我见到赫拉巴果夫，心里想："他现在的口头语又是什么呢？"

　　公爵打进了一个白球。

　　一个病病模样的记分人唱道："三十分比零分！"此人黑脸庞，眼睛下一片铅灰色。

咔嗒一声，公爵把一个黄球打进台角的网兜里。

"咳！"一个肥胖的商人大咳了一声，整个肚子都震动了。他坐在屋角一个摇晃的、只有一只脚的小桌旁。他这样大咳了一声，却又胆怯了。幸亏没有人注意到他。他松了一口气，捋起胡须来。

记分人用鼻音喊道："三十六分比零分！"

公爵问赫拉巴果夫："老兄，怎么啦？"

"怎么？显然是无无赖①，地地道道一个无无赖。"

公爵憋不住地扑哧一声笑了。

"怎么，怎么说？再说一遍！"

"无无赖！"退伍的中尉重复着，显得扬扬自得。

"这就是他的新词语！"我心里想。

公爵把红球打进网兜里。

忽然那个淡褐色头发、红眼睛、小鼻子还带着婴孩睡容的小军官喃喃地说："哎！不是这样，公爵，不是这样。不是这样打的……应该是……不是这样！"

公爵转动肩问了旁边一句："是怎样？"

"应该……这样……一打双……"

公爵从牙齿缝里嘟囔了一声："真的吗？"

这个年轻人感到有些尴尬，赶忙接上话："公爵，今晚上去不去茨冈人那里？斯交什卡②将演唱……伊留什卡③……"

公爵并不回答他。

赫拉巴果夫狡猾地眯缝起左眼，说："无无赖，老弟。"

———————————

① 俄文中表示"无赖"的名词ракалия被说成了ррракалион，既改变了词尾，又重复了字母。

② "斯交什卡"是"斯捷班"的卑称。

③ "伊留什卡"是"伊里亚"的卑称。

于是公爵哈哈大笑。

记分人宣告："三十九分比零分！"

"比零，比零……看我打这个黄球……"

赫拉巴果夫球杆在手里转动着，瞄准了，却失手了。

他懊恼地喊起来："哎哟，无无赖！"

公爵又大笑了。

"怎么样，怎么样，怎么样？"

但是赫拉巴果夫不愿意重复自己的话。他真该露一手啊！

记分人说："请把球杆给我。允许我给涂点白粉……四十分比很低分！"

公爵对着全屋的人，可是并不特别看着谁，说："对了，先生们，你们知道，今天戏院要有女演员魏尔热姆比茨卡雅上场。"

几位地主老爷都以能回应公爵的讲话而受宠若惊，大家争着喊道："当然，当然，一定要有魏尔热姆比茨卡雅……"

角落里一个蓄小胡子、戴着眼镜、相貌很丑的人尖声地说："魏尔热姆比茨卡雅是位优秀的女演员，比沙普尼雅可娃好得多！"这个可怜人！他本来暗中十分赞许沙普尼雅可娃，但公爵并不赏他一眼。

一个高身材、系领带、五官端正、气派十足的地主吩咐说："来，来人呀，给大人取烟斗来！"从各种特征看来，他是一个赌棍。

来人跑去取烟斗了，回来后，禀告公爵大人：车老板"巴克拉加"请大人吩咐。

"啊！吩咐他等一等，给他端点伏特加酒。"

"是。"

后来我听说，外号"巴克拉加"的车老板年轻貌美，受到宠爱。公爵特别喜欢他，赏他马匹，同他赛马，和他一起在外面玩，而且通宵达旦……公爵本人以前就是个吃喝玩乐、挥霍无度的纨绔子弟，你们现在也许还看得出来……瞧他满身香水，身子笔挺，面孔板紧，多神气、多骄傲呀！他公务多么忙呀！而主要的是，他为人处世多么理智呀！

不过，旱烟的气雾开始刺痛我的眼睛。我最后一次听了赫拉巴果夫喊叫的口头语和公爵哈哈的大笑声，便回到自己的房间。我的人已经给我在一张毛绒沙发上铺好了被褥，这张长沙发很窄，已经压得没有了弹力，它的高靠背也已经歪斜了。

第二天，我到各家院子里去看马，先从有名的马贩子西特尼克夫看起。我从柴门走进地上铺满沙子的院子。在敞开着的马厩门前站着马的主人。他年纪已经不轻，又高又胖，穿着兔皮袄，竖立着翻领子。看见我后，他慢慢地向我迎过来，双手扶着头上的帽子，拖长腔调说："啊，在下向您致敬。大概是来看马的吧？"

"是的，来看马的。"

"请问，要看哪样的？"

"让我看看您有什么样的。"

"乐意效劳。"

我们走进马厩。几只白色的杂种狗从干草上起来，摇着尾巴，跑到我们跟前；一只老山羊飘着长长的胡须，不乐意地走到一旁去了；三个马夫穿着结实却油腻的皮袄，默默地对我们鞠躬。左右两边，马圈分隔成一排养马的单间，人为地高出地面，里面立着大约三十匹马，都喂养得很好，洗刷得也很干净。一群鸽子在横梁之间飞来飞去，咯咯地叫个不停。

西特尼克夫问我："您要马做什么用：为了骑，还是为了配种？"

"为了骑，也为了配种。"

马贩子一板一眼地说："先生，明白了，老爷，明白了，明白了。别加，把郭尔诺斯泰①牵出来给老爷看看。"

我们走到院子里。

"不需要从屋里搬出长板凳来坐吗？……不需要？……那就按您的意思办。"

———————

① "郭尔诺斯泰"是马的名字或代号，字面意义是"银鼠"。

马蹄在木板上叮当地响起来，又听见鞭儿一挥，四十来岁的黑麻脸别加牵着一匹灰色的、健壮的公马从马圈里跑了出来。这个小个儿让那匹马高抬前腿直立起来，然后跟它在院子里跑了两圈儿，又很利索地把它放在明显的位置。郭尔诺斯泰挺直了身子，打了一声响鼻，翘起尾巴，摆了摆脑袋，斜着眼看我们。

我心想："真是养好的鸟、教好的马啊！"

"放了它，让它自由。"西特尼克夫说，眼光盯住了我。

最后他问道："您看怎么样呢？"

"马不赖，但前腿恐怕有问题。"

西特尼克夫很自信地说："腿是很好的！而臀部……请看……像真正的炉台，简直可以睡觉了。"

"蹄腕骨太长。"

"长什么？说话要凭良心！跑一段，别加，跑一段，用快步，用快步，用快步……不要让它跳。"

别加又同郭尔诺斯泰在院子里跑起来。我们两人都沉默了。

西特尼克夫又说道："喂，让它在原地站住。把索郭尔①牵来。"

"雄鹰"索郭尔的毛乌黑，像萤火虫一样闪光，是一匹荷兰种的公马，干瘦有力，臀部往下垂，比"银鼠"郭尔诺斯泰显得略好一些。索郭尔属于猎人们说的这样一种马："边砍边劈边俘薄"，也就是行走时前腿左拐右撇，慢腾腾的，很少往前走。中年的商人有点儿喜欢这样的马，因为它跑起来像机灵的茶房走快步。这种马最适宜于单独行驶。马转动脖子，扬扬得意，热心地拉着粗制滥造的小马车。车上拉着正害胃胀烧心的商人和身穿蓝绸衫、头戴淡紫色头巾的胖老板娘，夫妻二人硬要那个饱得不能动弹的车夫饭后驱车散步。我也拒绝了索郭尔。西特尼克夫又给我看了几匹马……最后，我看中了一匹沃耶可夫地方产的灰色圆斑点的公马。我忍不

———————————

① "索郭尔"是马的名字或代号，字面意义是"雄鹰"。

住高兴地拍了拍那匹马头上的鬃毛。西特尼克夫立刻装出很冷淡的样子。

我问道："怎么样，它行驶得好吗？"

马贩子很平静地回答："行驶得很好。"

"不能看一看吗？……"

"为什么不能？可以的。喂，库兹亚，把多果尼亚伊①套上车。"

驯马师库兹亚精通自己的业务，他驾车在街上从我们面前走了三遍。马跑得的确好，脚步不乱，臀部不往上颠，自由地迈着腿，步子大而稳，尾巴有"控制"地伸出。

"这匹马您要价多少？"

西特尼克夫简直是漫天要价。我们在街上就开始讨价还价了。忽然，一辆三驾马车从街口带着雷声飞奔而来，并且干脆利索地停在西特尼克夫家的大门前，这是一辆由行家挑选出来的驿站马车。公爵坐在这辆华丽的猎车上，旁边竖立着赫拉巴果夫。绰号"巴克拉加"的车夫驾着三匹马……他驾驭马的技术真神了！好家伙！简直可以从笼头的环套里穿过！两匹拉边套的枣红马小巧玲珑，活泼可爱，黑眼睛，黑腿，性如烈火，夹着尾巴，只要听到哨声就跑掉了！那匹黑褐色的辕马垂着头颈，站在那里，仿佛天鹅一般，胸向前挺，腿如箭直，瞧它！摇晃着脑袋，骄傲地眯缝着眼睛……真棒！伊凡雷帝在盛大的节日也未必能乘坐这样的车呢！

西特尼克夫喊道："向大人请安！欢迎光临！"

公爵从车上跳下来，赫拉巴果夫慢吞吞地从车的另一面爬下来。

"喂，你好！老兄……有没有马？"

"大人需要，怎么会没有呢！请进……别加，把'孔雀'巴夫林牵来！'宝贝'巴赫瓦立纳也准备好。先生，您的事情，"他转身对我继续说，"我们另外找时间定吧……福姆卡，给大人端条长凳来。"

"孔雀"巴夫林被从一个特别的、我起初没有留意到的马厩里牵出来。

---

① "多果尼亚伊"是马的名字或代号，字面意义是"追赶"。

这匹枣栗色的彪悍骏马突然四脚腾空跃起。西特尼克夫甚至惊吓得转过头去，闭起眼睛来。

"哎呀，无无赖！"赫拉巴果夫高兴地叫了，"我喜欢！"

公爵笑了。

"孔雀"巴夫林好不容易才被制伏住，它竟拉着马夫别加在院子里跑了一阵，最后被逼到墙边。它打着响鼻，哆嗦着，夹起了尾巴。西特尼克夫还骂它，对它挥着鞭子。

"往哪里看？是我在这里！吁！"马贩子威吓说，但语气和蔼。他本人也不由得欣赏起自己的马来。

公爵问："多少钱？"

"大人要，五千。"

"三千。"

"不能，大人，您得了吧……"

赫拉巴果夫接上话："对你说，三千，无无赖……"

我没有等到买卖成交就离开了。在街尽头的转弯处，我发现一幢灰色房屋的大门上粘贴着一大张纸。上头用鹅毛笔画了一匹马，尾巴像烟囱，脖子还没有画完，马蹄底下用老式文字写着如下一番话：

> 这里出售各种毛色的马，均由坦波夫地主阿纳斯达谢伊·伊万南奇·切尔诺巴伊著名的草原养马场运来列别姜市场。这些马体形很好，训练有素，性情温驯。顾客先生请与阿纳斯达谢伊·伊万南奇本人联系；阿纳斯达谢伊·伊万南奇不在家时，可问车夫纳扎尔·库倍什金。敬请顾客先生惠顾老人！

我停了下来，心想，不妨看一看切尔诺巴伊先生著名的养马场的马匹。

我本想从旁边的小门走进去，可是发现小门紧闭。我便敲起门来。

一个女人尖声地问:"谁在那里?……是顾客吗?"

"是顾客。"

"就来,先生,就来。"

小门开了。我看见一个五十来岁的女人,头发普通,穿着皮靴,皮袄是敞开的。

"老爷,请进。我现在就去禀报阿纳斯达谢伊·伊万内奇……纳扎尔,喂,纳扎尔!"

七十岁的老人在马圈里发出沙哑的声音:"什么事?"

"准备马,顾客来了。"

老婆子跑进屋里去了。

纳扎尔嘟囔着:"顾客,顾客。我还没有把所有马的尾巴洗过哩。"

"啊,真是老人院了!"我想。

"您好呀,先生,给您请安,欢迎光临!"我背后缓慢地响起了甜蜜悦耳的声音。我回头一看,我面前站着一个中等身材的老人,穿着蓝色长襟外套,满头白发,脸上是可爱的微笑和碧蓝色的漂亮眼睛。

"你不是要看马吗?请吧,先生,请吧……不先到我那里喝茶吗?"

我婉言谢绝了。

"那就请便了。先生,请原谅,我是按老规矩办的。"切尔诺巴伊先生不慌不忙用地方音说。接着他补充说:"我这里一切从简……纳扎尔,喂,纳扎尔。"他拉长腔调,但并不提高声音。

小老头儿纳扎尔满脸皱纹,长着鹰钩鼻子、楔子形胡须,在马厩的门口出现了。

切尔诺巴伊先生继续说:"先生,你要什么样的马?"

"不要太贵的,能拉车的,拉轿车的。"

"好的……这样的马有……纳扎尔,纳扎尔,把那匹灰色的骟马牵出来给老爷看。注意,是最边上站着的那匹,是额上有白斑的那匹枣红马,不是'美人'克拉索特卡生的另一匹枣红马,知道了吗?"

纳扎尔回马厩了。

切尔诺巴伊先生又对着他的背影喊道："喂，你只要把它戴上笼头牵出来。"说罢，他用明亮而温和的目光望着我的脸，继续说："先生，我这里不像马贩子们那样弄虚作假！他们给饲料里放各种调料，什么姜粉呀，盐呀，酒糟呀①，让他们全都见上帝吧……我这里，您可以看得明明白白，一切了如指掌，没有鬼名堂。"

马被牵出来了。这两匹马我都不喜欢。

阿纳斯达谢伊·伊万南奇说："哦，把它们牵回去照料好。给我们看看别的马。"

我们看了别的马。最后我选了一匹价钱便宜些的。我们开始交易。切尔诺巴伊先生不性急发火，话说得如此冷静理智，如此认真严肃地呼吁上帝老爷做证，使我不能不"惠顾老人"：我交了定金。

阿纳斯达谢伊·伊万南奇说："让我现在按老习惯拉起衣襟，亲手把马交给您……您将感谢我这匹马……新鲜如花，结实如核桃……没有动用过……是草原上的骏马！拉什么车都行。"

他画了下十字，手里提起自己外套的衣襟，拉着马的笼头，把马交给了我。

"现在就归您所有了，上帝保佑！还是不想喝茶吗？"

"不用了，衷心地感谢您，我该回家了。"

"那就请便了。我的车夫现在就跟着您把马送去吗？"

"如果您可以的话，现在送去也好。"

"可以，先生，可以……瓦西里，喂，瓦西里，同老爷一块儿去，把马送去，同时把钱取回来。再见了，先生，一路平安！"

"再见了，阿纳斯达谢伊·伊万南奇！"

车夫瓦西里帮我把马送到家。第二天，这匹马就犯了气肿病，并且腿

---

① 马吃了盐和酒糟，会很快发胖。

也瘸了。我本想用它套车，这匹马往后退，用鞭子打它，它硬是不服从，索性躺倒在地。我立刻到切尔诺巴伊先生那里。我问：

"在家吗？"

"在家。"

我说："你这是怎么了？你把犯气肿病的马卖给我。"

"犯气肿病吗？……上帝保佑！"

"并且腿还是瘸的，脾气还坏。"

"瘸腿吗？我不知道。显然是你的车夫把它弄坏了……可是我在上帝面前……"

"阿纳斯达谢伊·伊万南奇，你真应该把这匹马取回去。"

"不，先生，不要生气，牵出院子就算完事。先前就应该看清楚呀。"

我明白了是怎么回事，只得认命，笑着离开了。幸亏我为这番教训还未付出太贵的代价。

两三天后我离开这里。一星期后我在归途中又来到列别姜。在咖啡馆里，前次见过的那些人我几乎都见到了，并且又遇见公爵在打台球。但是赫拉巴果夫先生的命运已经发生常见的变化。淡褐色头发的小军官取代他受到公爵的恩宠。我看见可怜的退伍中尉企图再一次起用自己的俏皮话，据说也许还能依旧讨人喜欢，可是公爵不但不笑，而且皱起了眉头，耸了耸肩。于是，赫拉巴果夫先生低下头，缩着身子，挤到屋角里，一声不吭地开始装自己的烟斗……

达吉雅娜·鲍里莎夫娜及其侄子

　　亲爱的读者，请把手给我，我们一起去走访吧。今天天气很好。五月的天空一片湛蓝；爆竹柳平滑的嫩叶像洗过的一样，在那里闪烁；宽阔平坦的大道全被一种根茎是浅红色的细草覆盖了，这种草是羊群最愿意吃的；左边和右边，在丘陵的斜坡上，黑麦田绿油油的秧苗轻轻地泛起了涟漪；一片片乌云的阴影在绿色的麦浪上掠过，像一片稀释的墨迹。远处，树林黑黝黝的，湖水闪着光，村庄呈黄色；云雀成百地飞起，唱着，又迅速地落下，伸长脖子，站在大的石块上；白嘴乌鸦停在道上，望着你，紧贴地面，又跳了两下，沉重地飞到旁边，让车子走过；山谷对面的山坡上一个农民在耕地；一匹花斑小马驹长着短尾巴、蓬乱的鬃毛，用不稳的四腿跟在母亲后面跑，远远地就能听见它细柔的嘶鸣声。我们的车驶进白桦林，浓厚的、清鲜的气味沁人心脾。到村寨的栅门前了。车夫跳下车，三匹马打着响鼻，那两匹拉边套的马东张西望，那匹架辕的马摇着尾巴，把脑袋靠在马轭上。吱呀一声，寨门开了，车夫又坐上车……"驾！"村庄就在我们面前。经过五个院落，马车向右拐，往下行驶到一个小洼地，再向堤坝驶去。在一个小湖的对面，一个褪了色的红木板屋顶连同两根烟囱，掩隐在苹果树和丁香树的圆顶里。车夫顺着围墙，向左驾驶。在三只衰老不堪的杂种狗嘶哑的尖叫声里，马车进了敞开着的大门，在宽阔的院子里，经过马厩和柴草房，很利索地绕了一圈。车夫向一个老妇人灵巧地鞠了一躬。这个女管家正侧着身子跨过高门槛，走进开着门的储藏室。最后车夫把车停在一座屋面暗淡、窗户明亮的房子的台阶前……我们来到达吉雅娜·鲍里莎夫娜的家。她亲自打开通风小窗，向我们点头……

老妈妈，您好呀！

达吉雅娜·鲍里莎夫娜是个五十来岁的女人，鼓着一对灰色的大眼睛，鼻子有些钝，双颊红润，下巴是双重的，脸上洋溢着好客的热情。她结过婚，但不久就守寡了。达吉雅娜·鲍里莎夫娜是位很出色的女性。她住在自己的小庄园里，不出远门，很少同邻村的地主交往，只接待和喜欢他们中间的年轻人。她出生在贫穷的地主世家，未受过任何教育，即不会讲法国话，甚至从未去过莫斯科。虽然有这些缺点，可是她为人单纯，洁身自好，感情丰富，思想自由，也很少沾染小地主太太常有的各种毛病——真不能不令人惊异……的确，一个女人成年累月住在偏僻的乡村却不造谣生事，不唉声叹气，不羞羞答答，不闹情绪，不生闷气，也不过分地好奇……这简直是奇迹！她平常穿灰色的丝绸连衣裙，戴白色的包发帽，上面挂几条淡蓝色的飘带。她爱吃点什么，但并不过分。爱吃的果酱、干果、咸菜，她交由女管家做。那么她整天做什么呢？读者会问。她读书吗？不，不读书，老实说，书不是为她印的……如果她没有客人，那么我敬爱的达吉雅娜·鲍里莎夫娜冬天就坐在自己窗下织袜子，夏天便到花园里种花、浇水、同小猫玩耍几小时、喂鸽子……她很少过问家务，管理产业。但如果来了客人——某个她所欢迎的邻村的年轻客人，达吉雅娜·鲍里莎夫娜的精气神全来了。她留客人坐，给他喝茶，听他讲故事，会心地笑着，偶尔还亲热地拍拍客人的脸颊，但她自己很少说话。你遇到痛苦和不幸，她安慰你，善心地给你忠告。有多少人放心地向她敞开自己家里和心里的秘密，并伏在她的双手上痛哭呀！她常常坐在客人对面，一只胳膊肘儿托着头，带着同情和关心望着客人的眼睛，带着深情和友爱微笑着，以至客人不由得想入非非："达吉雅娜·鲍里莎夫娜，您是个多么可爱的女人呀！让我对您诉说我的心事吧。"在她不大的房间里，客人感到舒服和温暖；在她家里，如沐春风，如果可以这样形容，四季如春。达吉雅娜·鲍里莎夫娜是位出奇的女性，但是谁也不感到她出奇：她健康的思想，她坚强和自由的性格，她关心别人苦乐的热情，总之，她所有的这些优点简直与生俱来，自然而然，并没有花费什么努力和辛苦……她就是这样的人，也不可能不这样！所以也不用因为什么感谢她。她特别爱看青年人的淘气和嬉戏，她把手交叉地垂放在胸前，仰起头，眯缝着眼睛，坐在那里微笑，忽然一声叹息，说道："你们呀，我的小孩子们，真的是小孩子呀！"……于是有人愿意走到她面前，拉着她的手，说："达吉雅娜·鲍里莎夫娜，听我说，您还不知道自己的价值，虽然单纯和没有学问，但您是不平常的人物！"光是她的名字，听起来就觉得熟悉、亲热，并且人们乐意叫它，它能引起人们友好的微笑。譬如我多少次问路上遇到的农民："老兄，格拉切夫卡村怎么走？""啊，先生，您先到魏佐伏村找达吉雅娜·鲍里莎夫娜，达吉雅娜·鲍里莎夫娜在哪里，人人都会告诉您。"农民提到达吉雅娜·鲍里莎夫娜这个名字便肃然起敬。她仆人用得不多，合乎自己的家境。住宅、洗衣房、储藏室和厨房是由女管家阿嘉菲负责，这位老人是她以前的保姆，非常善良、爱流眼泪，并且没有牙齿；两个丫鬟由老人指挥——她们身体健康，结实的两颊红得发紫，宛如两个晚熟的苹果。七十岁的仆人波里卡尔普兼任侍役、扫院人和堂倌的职务。他可不是一般的怪人，他读过很多书，当过提琴师，维奥蒂①的崇拜者，拿破仑或者他所说的"波拿巴什卡"②的个人仇敌，夜莺的热烈爱好者。他自己房间里经常养着五六只夜莺。早春时候他整天坐在笼子旁边，等候夜莺第一次"合唱"，等到了以后便用两手掩面，呻吟起来："可怜，可怜呀！"接着他便痛哭流涕。波里卡尔普身边有孙儿瓦夏帮忙，小孩大概十二岁，长着卷曲的头发、机灵的眼睛，是老人的心肝宝贝！从早到晚，老人对他唠叨不休。波里卡尔普还管孙儿的教育。他说："瓦夏，你说，波拿巴这小子是强盗。""爷爷，那么您给我什么？""给你什

---

① 维奥蒂（1755—1824）是意大利小提琴演奏家。
② 这里指拿破仑·波拿巴，"波拿巴什卡"是俄语"波拿巴"的卑称。

么？……什么也不给你……要知道你是谁……你是俄罗斯人呀！""我是阿姆辰斯克[1]人：我生在阿姆辰斯克。""笨脑袋！你知道阿姆辰斯克在什么地方？""我怎么知道？""傻孩子，阿姆辰斯克在俄罗斯。""在俄罗斯又怎么样？""怎么怎么样？已故的斯摩棱斯克公爵米哈伊尔·伊拉里奥诺维奇·戈列尼谢夫－库图佐夫，借上帝的帮助，把波拿巴这小子赶出了俄国。关于这件事，有人编了一首歌：'波拿巴来不及跳舞，失去了自己的鞋带……'你要明白：他拯救了你的祖国。""关我什么事呢？""你这个傻孩子，傻孩子呀！要不是敬爱的公爵大人米哈伊尔·伊拉里奥诺维奇把波拿巴这小子赶走，那么现在就有个什么'麦歇'用棒子敲你的脑袋瓜哩。他于是走到你面前，用法语说：'你好吗？'一面连续地敲打你。""那么我就用拳头打他的肚子。""那么他就用法语对你说：'你好呀！你好呀！你过来！'接着他就抓住你的一撮毛，抓住你的头。""那么我就打他的腿，打他的腿，打他的长腿。""不错，他们的腿长……不过他不会把你的双手绑起来吗？""但是我不让他绑呀！我要叫车夫米哈伊来帮我呀。""怎么，瓦夏，难道法国人对付不了米哈伊？""他哪里对付得了！米哈伊有多强壮！""好吧，那你们把'麦歇'怎么样？""我们打他的背，打他的背。""他会用法语嚷起来：'原谅，原谅，请饶命。'""但我们对他说：不能饶恕你！你这个法国佬……""瓦夏是好样的……那么你就嚷：波拿巴什卡是强盗呀！""爷爷，现在您就给我糖吧！""瓦夏，你呀……"

达吉雅娜·鲍里莎夫娜很少同邻村的女地主来往。她们不乐意来她家，她也不善于讨她们喜欢。她总在她们说话的喧哗声中昏昏欲睡，哆嗦了一下，勉强睁开眼睛，可马上又要睡着。达吉雅娜·鲍里莎夫娜一般是不喜欢女人的。她的那些青年友人中有一个和气的小伙儿，他的姐姐是个

---

[1] 俄国民间把城市姆岑斯克叫作阿姆辰斯克，把居民叫作阿姆辰斯克人。阿姆辰斯克的小伙子很勇敢。难怪人们吓唬仇人时就说："阿姆辰斯克人已经来了。"——原注

三十八岁半的老处女，她人很善良，但精神受过刺激，神经紧张，好激动。弟弟常对姐姐讲起这位女邻居。忽然有一天早晨，我们这位老处女什么也没有说，只吩咐套马，坐车来到达吉雅娜·鲍里莎夫娜家。老处女穿着长连衣裙，戴着遮阳帽，蒙着绿色的面罩，披着卷曲的头发，自己就进了前室，又从瓦夏身边跑进了客厅。瓦夏吓呆了，把她当成了女妖。达吉雅娜·鲍里莎夫娜也害怕了，本想欠身起来，可是两条腿发颤。这时女客人用哀求的声音说："达吉雅娜·鲍里莎夫娜，请原谅我大胆。我是你朋友阿列克谢·尼古拉耶维奇·克某某的姐姐，我无数次听他讲起您，所以决定同您认识。"受惊的女主人喃喃道："很荣幸。"女客人脱掉自己的遮阳帽，甩了一下鬈发，就坐在达吉雅娜·鲍里莎夫娜旁边，拉着她的手……用深沉激动的声音说："这就是她呀。这就是善良的、开明的、高尚的、神圣的人！她是何等单纯而又何等深沉的女性啊！我多么高兴，多么高兴呀！我们将会如何相爱啊！我终于可以休息一下了……我想象的正是这样的女性啊！"她注视着达吉雅娜·鲍里莎夫娜的眼睛，轻声地补充说，"我的好人，我善良的好人！您真的不生气吗？""您哪里的话，我很高兴……您不想喝茶吗？"女客人谦虚地微微一笑。她仿佛自言自语，说了一句地道的德语："多么真诚！多么直爽啊！"然后继续说，"请允许我拥抱您，我亲爱的！"

　　老处女在达吉雅娜·鲍里莎夫娜那里坐了三小时，一直没有停嘴。她竭力给新朋友讲述自己的重要性。这位不速之客走后，疲惫不堪的女地主立刻去了浴室，然后喝够了菩提花茶，就上床睡觉了。可是第二天老处女又回来了，她坐了四小时，离开时还许诺今后每天都来拜访达吉雅娜·鲍里莎夫娜。老处女显然是打算彻底发展和成功培养她所谓的丰富天性，并且她大概真能最后让女友的天性消磨殆尽。幸亏发生了以下两种情况：第一，两星期以后老处女就对自己兄弟的这位朋友"完全"失望了；第二，老处女爱上了一个路过自己家的大学生，立刻同外地的这位青年开始了紧张、热烈而卓有成效的通信。她在自己的信里，照例是祝福对方神圣而美好的生活，并且正在牺牲"整个自己"，只要求一个"姐姐"的名称。她照例专注于对大自然的描写，并且提到歌德[1]、席勒[2]、别特金和德国哲学，最后她把那个可怜的青年弄到痛苦、绝望的地步。但是青春终于获胜！一个美好的早晨，青年人醒来，忽然对这个"姐姐和好友"产生了无比的憎恨，气得几乎要打自己的侍从，一想到这种所谓高尚的、无私的爱情，恨得几乎咬牙切齿……但从此以后，达吉雅娜·鲍里莎夫娜比以前更加避免同自己的女邻居交往了。

唉！世上没有什么是牢不可破的。我对你们讲的这个善良女性的生活经历全都成为过去，她家里那种曾经占统治地位的安静现已永远地被打破了。现在，她的侄子——从圣彼得堡来的画家，住在她这里已经一年多了。事情的原委是这样的。

八年前，达吉雅娜·鲍里莎夫娜代养了一个十二岁左右、父母双亡的孤儿安得留沙[3]，那是她已故兄弟的儿子。侄儿安得留沙有一双明亮的、水汪汪的大眼睛，可爱的小嘴、端正的鼻子和漂亮的高额角。他说话轻言细语，声音甜蜜柔和、爱清洁，懂礼貌，接待客人和气又热情，带着孤儿的情感亲吻姑妈的手。常常这样，你们还没来得及露面，瞧，他已经给你们搬来了圈椅。他一点儿也不淘气，不把地板踩得咚咚响，他坐在自己的角落里看书，那么文质彬彬，连椅背都不靠。客人进来了，可爱的安得留沙带着礼貌的微笑和腼腆的红脸欠起身；客人走了，他又坐下，从口袋里取出小刷子和一个小镜子，梳理自己的头发。很小的时候他就对绘画有兴趣。他只要得到一小块儿纸，立刻就问女管家阿嘉菲要一把剪刀，很仔细地把纸剪成四方块儿，再把四周修理好，然后开始绘画。他或画一只眼

---

[1] 歌德（1749—1832）是德国诗人、剧作家、思想家，德国古典文学和民族文学的杰出代表。他是书信体小说《少年维特之烦恼》和诗剧《浮士德》的作者。

[2] 席勒（1759—1805）是德国诗人、剧作家。他的名诗《欢乐颂》被贝多芬谱为第九交响乐的主题歌而闻名于世。

[3] 安得留沙"是"安德烈"的爱称。

睛，眼珠很大；或画一个希腊人的鼻子；或画一座房子，上边矗立着烟囱，冒出袅袅炊烟；或画一条狗，狗的脸像一条长凳；或画一棵小树，树上有两只小鸽子；画的下面写着："某年某日，安德烈·别洛夫佐洛夫画，在麻雷耶—布莱克村"。达吉雅娜·鲍里莎夫娜命名日前的两个星期里，他画得特别来劲儿。命名日那天他第一个出来祝贺，并且给姑妈献上一卷画，画卷用一条玫瑰色带子系着。达吉雅娜·鲍里莎夫娜亲吻侄儿的额角，解开带子，画卷展开了，吸引了客人们好奇的目光，上面浓墨重彩，画着一座圆形的庙宇，中央有立柱和祭坛；祭坛上燃着一颗心，还放着一个花环，花环的上端画着一条弯曲的带子，上面用清楚的字母写着："侄儿献给敬爱的姑母和恩人达吉雅娜·鲍里莎夫娜·鲍格丹诺娃，以表最深切的感激"。达吉雅娜·鲍里莎夫娜亲吻他，赏给他一个银卢布。但是她对侄儿并不感到特别的亲切，因为她不大喜欢安得留沙献媚的表现。安得留沙渐渐长大，达吉雅娜·鲍里莎夫娜开始关心他的未来。一件意料不到的事件使她摆脱了困境……不过正是八年前，别涅沃廉斯基先生——彼得·米哈伊雷奇顺路来拜访达吉雅娜·鲍里莎夫娜。此人是六级文官，获得过勋章。别涅沃廉斯基先生曾经在一个最邻近的县城里服务，当时常来拜访达吉雅娜·鲍里莎夫娜。后来他迁升到彼得堡，在部里获得一个相当重要的职位。他时常因公外出，这一次出差，想起了自己的这位老朋友，顺便乘车来她家，打算在"乡村宁静的环境"休息两天，躲开公务的操劳。达吉雅娜·鲍里莎娜以常有的热情接待了他，而别涅沃廉斯基先生……但是在继续我们的故事以前，请允许我给亲爱的读者介绍这个新人物。

别涅沃廉斯基先生是个胖子，中等身材，相貌温和，腿特别短，手胖乎乎的。他穿着宽大的、非常整洁的燕尾服和雪白的衬衫，脖子上高系着宽领带，绸坎肩上露出一条金表链，食指上戴着钻石戒指，头上是浅黄色的假发。他说话既自信，又谦虚；他迈步，却没有声响；他愉快地微笑，愉快地转动眼睛，愉快地把下巴搁在领带上。总而言之，他是个愉快的人。他极慈善的心也是上帝赐的。他容易哭，也容易高兴。此外，他对艺术燃烧着无私的热情，而且真正是无私的、不带成见的，因为他对艺术，如果说真话，根本就没有任何见解。甚至令人奇怪的是，他的这种热情是从哪里来的，是由于什么神秘莫测的法则产生的？看来，他是个正面人物，甚至是个平凡的人……不过在我们俄罗斯，这种人是相当多的……

对艺术和艺术家的这种爱好，使这些人身上添了一种说不出来的、甜得腻人的东西，成了"绣花枕头""粘满蜂蜜的木头人"。同他们相识，同他们谈话，是痛苦的。比如，他们从不称拉菲尔为拉菲尔，从不称柯莱曹为柯莱曹，他们却说成"神圣的桑其他奥，不可模拟的德·阿莱格里斯"。他们说话总要带着南方的口音。他们把粗俗的、骄傲的、狡猾的、平庸的才能推崇为天才（他们按南方口音把"天才"说走了样）：意大利的蓝天呀，南方的柠檬呀，布仑特河岸的香气——这些话不离他们的口。"喂，瓦尼亚，瓦尼亚！"或者"喂，萨沙，萨沙！"他们带着情感互相说："我们去南方吧，去南方吧……因为我们有希腊人的心，古代希腊人的心！"在展览会上就可以观察出他们的心态和尴尬，他们在某些俄国画家的某些作品前面（应该指出，这些先生大半是可怕的爱国主义者），一会儿退后两步，仰起头，一会儿又走近图画，他们的眼睛蒙着带油的泪花……最后他们用激动的声音说："我的上帝啊！心灵呀，灵感！心血呀，心啊！他投入多少心血啊！他投入无数的灵感呀……怎么想出来的！想得真巧啊！"但是请问，他们自己客厅里有些什么样的图画呢？什么样的画家每晚来他们家做客、喝茶、听他们谈话呢？他们的屋里，右面有一把刷子，磨光的地板上有一堆垃圾，窗户旁边的桌子上放着黄色的茶炊，主人穿着睡衣，戴着便帽，一边脸颊容光焕发——这就是他们呈献在这些画家眼前的画面远景！这些缪斯长头发的后代，是带着大胆和轻蔑的微笑来他们家做客的呀！在他们家钢琴旁边尖叫的又是面色多么苍白的小姐啊！因为我们俄罗斯形成了这样的规矩：一个人不能只关注一门艺术，什么都给他们看看吧。所以丝毫也不用奇怪：这些爱好艺术的先生对俄国的文学，尤其是戏剧竭力加以保护……《扎果倍·萨那扎莱们》就是为他们写的：一位未被承认的天才同人类、同全世界进行斗争，虽然这种斗争被描写过一万次，但仍然震撼着他们的心……

别涅沃廉斯基先生来后的第二天，达吉雅娜·鲍里莎夫娜在喝茶的时候吩咐侄儿拿出自己的画给客人看。别涅沃廉斯基不无惊讶地问："是他画的吗？您侄儿画的？"说时，他带着同情和关心转向安得留沙。达吉雅娜·鲍里莎夫娜回答说："当然是他画的。他对绘画着了迷！是他一个人画的，没有老师。"别涅沃廉斯基先生马上说："啊，给我看看，给我看看。"安得留沙红着脸，含着笑，把自己的小本子递给了客人。别涅沃廉斯基先生装作行家，一页一页地翻开。"好，年轻人，"最后他说，"好，很好。"他抚摸起安得留沙的头来。安得留沙趁机亲吻了一下他的手。"多有天分的天才呀！恭喜您，达吉雅娜·鲍里莎夫娜，恭喜您。"她说："瞧您说的，彼得·米哈伊雷奇！这里我找不到老师教他，从城里请又太贵。邻村阿尔塔莫诺夫家里倒有一个画家，听说还是位高手，但女主人禁止他给别人教课，说这样会破坏他的兴趣。"别涅沃廉斯基先生哼了一声，沉思了，皱着眉头，看了安得留沙一眼，忽然加了一句："这件事我们以后谈吧。"说时，他搓了搓自己的手。当天他请达吉雅娜·鲍里莎夫娜允许同他单独谈一谈。他们闩好了门，过了半点钟叫安得留沙进去。安得留沙进去了，别涅沃廉斯基先生站在窗旁，脸上有红晕，眼睛闪着光。达吉雅娜·鲍里莎夫娜坐在屋角里，在那里擦眼泪。最后她说："安得留沙，谢谢彼得·米哈伊雷奇。他愿意做你的监护人，把你带到彼得堡去。"安得留沙顿时愣住了。别涅沃廉斯基先生用充满尊严和宽容的声音说："你对我说真话，你愿不愿意做画家，年轻人？你对艺术有没有神圣的使命感？"安得留沙颤抖地回答："彼得·米哈伊雷奇，我很愿意做画家。"别涅沃廉斯基先生说："如此说来，我很高兴。你离开自己敬爱的姑母，当然会很难受，你应该对她怀着永远的感激。"安得留沙打断了他的话，并且眨巴眼睛说："我非常爱我的姑妈。"别涅沃廉斯基先生说："自然，自然，这很好理解，也值得称赞，但是你想到……将来会有多么快活……你的成就……"善良的女地主喃喃地说："安得留沙，拥抱我。"安得留沙奔过去搂住她的脖子。"现在谢谢你的恩人吧……"安得留沙抱住别涅沃廉斯基先生的肚子，踮起脚尖，总算够着了他的手。那个恩人也确实接受了，但并不太急于接受……本来嘛，他应该先安慰、满足小孩，然后才能使自己享受快乐！大概过了两天，别涅沃廉斯基先生走了，带走了自己的新养子。

在分别的头三年里，安得留沙常有信来，信里有时还附有图画。别涅沃廉斯基先生间或也以自己的名义加上几句话，大半是称赞的话。后来信开始少来，最后完全断了。侄儿竟整年没有音信，达吉雅娜·鲍里莎夫娜开始不安了，忽然收到一封短信，内容如下：

　　亲爱的姑母：

　　　　三天前，彼得·米哈伊雷奇，我的监护人，去世了。中风、瘫痪残忍地夺去了侄儿最后的支柱。当然，侄儿现在已经二十岁了。在七年里侄儿取得了很大成绩。侄儿寄厚望于自己的才能，能够靠它生活。我并不灰心，但还是请姑母，如果可以的话，寄来二百五十卢布钞票，以解燃眉之急。吻您的手，永远爱您。

达吉雅娜·鲍里莎夫娜给她侄子寄去了二百五十卢布。过了两个月他又要钱。她筹集了最后的钱，又一次寄去了。第二次寄钱后不到六周，他第三次又要钱，信里仿佛说公爵夫人捷尔捷列舍涅娃向他预订一幅画像，他需要钱买油彩。达吉雅娜·鲍里莎夫娜拒绝了。在这种情况下他来信说，他打算到乡下来调养身体。果然，这年五月安得留沙回到了麻雷耶—布莱克村。

达吉雅娜·鲍里莎夫娜起初都不认得他了。按他信上说，她所等候的是一个瘦弱的病人，可是却看见了一个宽肩膀、大脸庞的胖小伙子，脸色红润，卷曲的头发都有油了。细弱苍白的安得留沙变成了强壮的安德烈·伊万诺夫·别洛夫佐洛夫。他还不只是外貌变了，随便、鲁莽、轻率和难忍的邋遢取代了从前的礼貌、腼腆、谨慎和整洁。他现在走路左右摇摆，入座时冲向转椅，整个身子趴在桌子上，懒洋洋地伸着四肢，张开大口打着哈欠，对待姑母和别人粗暴无礼，仿佛说："我是画家，是自由的哥萨克！你要知道阁下我！"他常常是好几天不拿笔。一旦找到他所谓的灵感，就折腾开了，仿佛喝醉了酒，痛苦、不安、吵闹、粗暴和鲁莽显露在脸上，眼神也变得呆板了。他大放厥词，谈自己的天才、自己的成绩，他怎样发展，怎样前进……其实，他的才能也就是刚够画不怎么样的人物肖像。他是个完全的不学无术之徒，一点儿书也不读，画家干吗要读书呢？自然，自由，诗歌——这就是画家生命中的要素呀！瞧他那副洋相！摇动着鬈发，吊起夜莺般的嗓子，猛吸着朱可夫牌香烟！这种俄罗斯人的豪放无疑是好的，但对他不合适，而没有才能的"文抄公诗人"是令人难堪的。我们的安德烈·伊万诺夫就这样住在姑母家里，白吃的面包显然很合他的口味。但他使客人烦恼得要死。他常常坐在钢琴前（达吉雅娜·鲍里莎夫娜还是有钢琴的），用一个指头摸索着弹奏《疾驰的马车》，点击和音，敲打键盘，连续几小时痛苦地号叫着瓦尔拉莫夫的浪漫曲：《一棵孤松》或《不，医生，你不要来》。他的眼睛浮出了油水，两颊苍白得像鼓皮……要不就忽然一声，如雷贯耳："安静吧，爱情的波涛……"达吉雅娜·鲍里莎夫娜吓了一跳。

有一天她对我说："奇怪！他怎么现在总编些绝望的歌曲，我那个时代编的是另一种歌，虽然也有悲歌，但听起来还是愉快的……例如：

你来草场找我吧。

我在白白地等你，

你来草场找我吧，

我时刻流着眼泪。

　　　　我亲爱的朋友啊，

　　　　你不要来得太晚！

　　达吉雅娜·鲍里莎夫娜狡猾地微微一笑。

　　那时候她的侄儿在隔壁房间吼叫起来："我痛苦，我痛苦。"

　　"够了，安得留沙。"

　　不安静的歌手继续唱道："心灵在离别中发愁。"

　　达吉雅娜·鲍里莎夫娜摇着头。

　　"唉，我受够了这些画家了……"

　　从那时算起，一年过去了。别洛夫佐洛夫至今还住在姑母家，总准备到彼得堡去。他在乡下更胖了，姑母对他已感到失望（谁能想到会这样），而附近的姑娘们爱恋着他……

　　许多从前的朋友不再坐车到达吉雅娜·鲍里莎夫娜家做客了。

俄罗斯人之死

　　邻村我有一个朋友，是个年轻的地主，也是个年轻的猎人。在七月里一个美好的早晨，我骑马到他家，请他同我一块儿去猎野鸡。他同意了。"不过，"他说，"我们经过我的小地产，到祖沙①去。我顺便看看恰普内基诺②。你知道我的橡树林吗？那里正在砍树。"我说："我们一起走吧。"他吩咐备马，穿上绿色的装饰有野猪头形状青铜纽扣的常礼服，腰间挂上用粗毛线绣着花的猎囊和银水壶，挎肩背上法国产的新猎枪，在镜子面前不无喜悦地端详了一会儿，叫了一声自己猎犬的名字"爱司别朗斯"。这只狗是他的表姐赠送的，表姐是个有一颗好心但没有头发的老处女。我们动身了。我的这个邻居还随身带了甲长阿尔希普，一个四方脸、颧骨过分发达、又胖又矮的农民。此外他还带了一个不久前从波罗的海东部沿岸某省雇来的管家，一个十九岁左右的青年，戈特里布·冯-台-科克先生。这个德国人很瘦，长着浅黄色的头发，眼睛都近乎失明，肩膀往下掉，脖子长。我的这个邻居自己不久前才正式拥有自己的庄园。这座庄园是从姑母——五级文官夫人卡尔东-卡达耶娃那里继承过来的。姑母是非常胖的女人，即使躺在床上也长时间地、可怜地喘着气。我们骑马到了他所谓的"小地产"。阿尔达里昂·米哈伊雷奇（我的邻居）对自己的随从们说："你们在这块林中空地等我们一下。"那个德国管家鞠了一躬，从马上爬下

①　河流名。
②　既是村子名，又是树林名。

来，从口袋里掏出一本小书，大概是约翰·叔本华的小说，坐到一棵小灌木底下。阿尔希普站在太阳下一小时，一动也不动。我们在灌木丛里转了一圈，却找不到一个鸟窝。阿尔达里昂·米哈伊雷奇说他打算进树林。这一天，不知为什么我自己也不相信打猎会成功，所以也跟着他走了。我们回到林中空地那里。德国人记好了页数，站起身，把书放回口袋，颇费了一些力才骑上自己那匹短尾巴的母马，这匹已经报废的马只要稍微被触动，就会嘶叫和蹦跳。阿尔希普上马时吓了一跳，立刻勒紧两根缰绳，夹紧了双腿，到底让自己那匹受惊和被夹紧的瘦马迈开了腿。我们骑着马上路了。

我从小就熟悉阿尔达里昂·米哈伊雷奇的树林。我常常同法国家庭教师台齐莱·弗娄里——一个很善良的好人，步行走进恰普内基诺。但这位"麦歇"先生每天晚上要我喝一种叫"莱罗"的药，几乎永远损坏了我的健康。整个树林有两三百棵巨大的橡树和白蜡树。高大魁梧的树干庄严地耸立在核桃树和花楸树金光透亮的绿荫丛中，黑黝黝的。往上望去，它们挺拔的身影仿佛画在明亮的蓝天上，在那里已经张开着自己宛如天幕、宽广无垠、枝节丛生的万千枝条；鹞鹰、鹭鸟、红鹰在静止的树冠下呼啸着飞翔，斑色的啄木鸟稳重地敲击着厚树皮；黑色的百舌鸟忽然在浓密的树叶里发出响亮的歌声，接应着黄莺婉转的啼叫。往下看去，在灌木丛里，红胸鸟、黄雀、柳莺在叽叽地歌唱；燕雀在小道上活泼地乱跑；白兔在树林边缘潜行；红褐色的松鼠迅速地从这棵树跳到那棵树，忽然坐下来，把尾巴翘到头上。草丛里，在高高的蚂蚁窝旁边，绿草如茵；在蕨类植物美如雕刻的叶儿掩护下，紫罗兰和铃兰开着花，红菇、毛头乳菌、卷边乳菌、牛肝菌、红色的蛤蟆菌在生长；宽阔的灌木丛中小片小片的草地上，草莓红艳艳的……树林里，浓荫蔽日，清凉宜人！即使在最热的正午，也如同真正的夜晚一样宁静、芬芳、清新……我在恰普内基诺度过的时光是快活的，因此我承认，这次我骑马走进这片很熟悉的树林时未免有惆怅之感。一八四〇年那个残酷的无雪的冬天，也未饶恕我的这些朋友——橡树和白蜡树。它们干枯了，光秃秃的，有几处覆盖着发黄的绿叶，凄凉地从高空俯瞰"提前接班"的年轻的小树……[①] 有的树，下面还长满叶子，仿佛带着责备和绝望的神情举着自己上面那些无生命力的坏枝条；在其他树上，树梢上那些干枯的、僵死的粗枝条从虽然不像原来那样繁茂但还是相当浓密的树叶里伸出来；有的树已经脱落了树皮；有的树最后完全倒在地上，并且正在像死尸一样腐朽。在恰普内基诺，无论什么地方，现在都找不到树荫。这是谁能预见的呢？看着这些垂死的树，我想，您大概会羞愧和痛苦吧？……于是我想起了柯尔佐夫[②]：

> 最高的指示，
>
> 骄傲的力量，
>
> 沙皇的威武，
>
> 用到哪里了？
>
> 绿色的苍劲，
>
> 如今在哪里？……

我说："阿尔达里昂·米哈伊雷奇，这是怎么啦？为什么不在第二年就把它们砍掉呢？现在它们卖不了当时价钱的十分之一啊！"

他只耸了耸肩。

"您问姑母好了。商人们来了又来，不断地送钱，缠着不放。"

冯-台-科克总要大声感叹："我的上帝！我的上帝！这多可笑！多

---

① 1840 年，冬天特别寒冷，但到了 12 月底尚未下雪，绿色植物几乎全都死光，这个残酷的冬天毁坏了许多很好的橡树林。很难用新树林代替它们，因为土地的生产力显然降低了，只能在"圈过的"地，即捧着圣像绕行一圈的荒地上，让桦树和杨树自然地生长，以代替以前的好树；用另外的办法植树造林，我们的人暂时还不会。——原注

② 俄国诗人柯尔佐夫生于 1809 年，于 1842 年，即屠格涅夫写本篇的 1848 年的六年前逝世。此诗出自他的《树林》。

可笑！"

"什么可笑？"我这位邻居笑着问他。

"就是，我要说，多可惜呀。"大家知道，所有的德国人在终于学会我们的字母"л"后，总要奇怪地把它拉长。

倒在地上的橡树特别引起他的怜惜之情。别的磨坊主确实肯用高价买它们。可是甲长阿尔希普保持着平静，丝毫不觉得心疼。相反，他不无高兴地骑马跨过，还用马鞭把它们抽打几下。

我们骑着马在树林里穿行，向伐木场走去。忽然我们听见一棵树倒下的响声，接着传来了叫喊声和说话声。过了一会儿，从树林里迎面跑过来一个蓬头垢面、脸色苍白的青年农民。

阿尔达里昂·米哈伊雷奇问他："怎么啦？你往哪里跑？"

他立刻停下来。

"啊，老爷，阿尔达里昂·米哈伊雷奇，出大事了！"

"什么事？"

"老爷，马克西姆被树压坏了。"

"这是怎么回事？……是包工头马克西姆吗？"

"老爷，就是他。我们正砍一棵白蜡树，他却站在那里看……站着，站着，就到井那边去取水，大概他想喝水。忽然白蜡树嘎吱一声断裂了，一直朝他倒下去，我们向他喊叫：跑开呀，跑开呀，跑开呀……他该往旁边跑，可是他竟直对着跑……显然是吓蒙了，白蜡树梢上的树枝直盖在他身上。这棵树为什么这么快就倒下来，上帝才知道呢……莫非是树心腐朽了。"

"那么马克西姆压坏了吗？"

"压坏了，老爷。"

"是压死了？"

"不，老爷，他还活着，不过他的双手和双腿都压断了。我这是跑去找医生塞利威尔斯泰奇。"

阿尔达里昂·米哈伊雷奇命令甲长骑马快跑，进村子去找塞利威尔斯泰奇，自己也策马大步小跑，赶赴伐木场……我跟在他后面。

我们找到了可怜的马克西姆。他躺在地上。十来个农民站在他旁边。我们从马上跳下来。他几乎都没有呻吟，偶尔张开和睁大眼睛，仿佛带着惊疑看着四围，咬了咬发青的嘴唇……他的下巴在颤抖，头发贴在额头上，胸脯不均匀地起伏，他快死了。一棵小菩提树淡淡的阴影在他脸上静静地摇曳。

我们向他弯下腰。他认出了阿尔达里昂·米哈伊雷奇。

他才开口说话，几乎含糊不清："老爷，叫牧师去……派人……请吩咐……上帝……惩罚我了……腿、手，全都断了……今天……是礼拜……可是我……可是我……还……不放过弟兄们。"

他停下来一会儿。呼吸压迫得他说不出话来。

"还有我的钱……给妻子……请给我妻子……扣除账目上那些……奥尼辛牧知道……我欠谁多少钱……"

我的邻居说："马克西姆，我们派人请医生去了。也许你还不会死。"

他想睁开眼睛，勉强抬起眉毛和眼睑。

"不，我会死的……那不是……那不是她来了……兄弟们，原谅我吧，有的地方……我对不起。"

农民们取下帽儿，异口同声地轻轻说："马克西姆·安德烈伊奇，上帝会原谅你。你也原谅我们吧。"

他突然绝望地晃动了一下脑袋，痛苦地鼓起了胸脯，立即又放下去了。

阿尔达里昂·米哈伊雷奇喊道："可是他不能在这里死呀。兄弟们，把大车上的席子取下来，我们送他去医院。"

两三个人奔向大车。

垂死的人嘴里含糊地说："我在塞朝夫村……叶菲姆那里……昨天买了一匹马……交了钱……这样，马是我的……也……给我妻子……"

他们把他放在席子上……他全身颤抖起来，仿佛中枪的鸟，挺直了身子……

农民们嘴里喃喃地说："他死了。"

我们默默地上马，离开了。

可怜的马克西姆！他的死使我沉思了一阵儿，这个俄罗斯农民死得很奇怪！他临死前的状态，既不能称之为冷漠，也不能称之为迟钝。他临死时仿佛在完成一种宗教仪式，既冷静，又简单。

几年前，我的另一个邻居那里，一个农民在谷物干燥房被大火烧得半死了。要不是一个过路的小市民把他拉出来，他就这样留在这间干燥房了。这个小市民用一桶水把全身浇湿，猛冲上去，砸破了燃烧着的顶棚底下的门。我走进他的农舍，屋子里又黑又闷，满屋子烟。我问："烧伤的病人在哪里？"一个满脸忧伤的农妇拉长声调回答我："那儿，老爷，在炕上。"我走过去，一个农民躺在那里，身上盖着羊皮袄，呼吸困难。"你感觉怎么样？"病人在炕上翻了翻身子，打算欠起身子来，但全身都是伤，都快死了。我说："躺着，不要动，躺着，不要动……嗯。怎么？怎么样了？"他说："实在很坏。"我说："你觉得痛吗？"他沉默不语。我说："你不要点什么吗？"他仍然沉默不语。我说："不要送点茶来吗？"他说："不要。"我离开他身旁，在木凳上坐下来，坐了一刻钟，坐了半小时，屋里是坟墓一样的死寂。屋角放神像的桌子底下，藏着一个五岁模样的小姑娘，她在那里吃面包。母亲偶尔威吓她。过道里有人走动、敲打和说话的声音；弟媳妇在那里剁白菜。"啊，阿克西娜！"最后病人说话了。"什么事？""拿点克瓦斯汽水来。"阿克西娜递给他克瓦斯汽水。屋里又是死一般的寂静。我轻声问："给他举行过圣餐礼吗？"回答说："举行过了。"这样说来，一切都安排好了，也就是只等着死了。我接受不了这种场面，就走出了屋……

我还记得另外一件事。一天，我顺路在"红山村"的医院下车，看望我认识的医士卡皮东——一个爱打猎的朋友。

这个医院占用从前女地主的厢房，是她亲自组建的，也就是说，她吩附在门的上方钉一块淡蓝色的木板，木板上用白颜色的字母写着"红山医院"几个字。她还亲自交给卡皮东一本美丽的纪念册，用来登记病人的名字。在这本纪念册的第一页，这位女慈善家门下的一位食客兼仆从用法语写了下面一首小诗：

在充满快乐的神奇地方，
美人亲自建立这座殿堂；
红山村里优秀的居民们！
你们赞美主人的爱心吧！

另外一位先生在下面用法语附了一句：

我也爱自然！

伊凡·科贝里亚特尼科夫

医士用自己的钱买了六张床铺，就开始给上帝的子民治病了。除他以外，医院里还有两个人：一个是疯疯癫癫的雕刻师保尔；一个是双手麻痹的村妇梅里基特里沙，她担任厨妇的职务。他们两人制备医药、晒干和泡制药草，还负责制伏热病患者。疯子雕刻师外貌忧郁，沉默寡言，每天晚上唱着《美丽的维也纳》这首歌曲，走到每个过路的行人面前，请求允许他娶某一个早就死去的丫头玛拉尼。双手麻痹的村妇打他，硬要他看守火鸡。那一天，我坐在医士卡皮东那里。我们刚谈起我们最后一次打猎的事，忽然一辆大车驶进院子，大车套的是一匹肥壮的黑马，这种马只有磨坊里才有。车里坐着一个壮实的乡下人，穿着粗呢子新上衣，蓄着斑白的胡须。卡皮东在窗里喊道："喂，瓦西里·特米特里奇，欢迎光临……柳波夫施诺村的磨坊主。"后面的话说得很轻，是对着我耳朵说的。乡下人呼哧呼哧地爬下车，走进医士的房间，看到了神像，画了十字。

"瓦西里·特米特里奇，有什么新鲜事？……您大概不舒服，您的脸色不好。""是的，卡皮东·季莫费伊奇，有点儿不好。""您怎么了？哪里不舒服？""卡皮东·季莫费伊奇，是这样，不久前我在城里买了一块磨盘石，就把它拉回了家。可是刚把它使劲儿从车上往下搬，我便觉得我肚子咕噜了一声，好像什么断了……从此我一直身体不好，今天特别不好。""哦，"卡皮东哼了一声，吸了一口烟叶，说，"这是疝气。您患这种病很久了吗？""已经是第十天了。""第十天了吗？"（医士从牙齿里吸进一口气，摇了摇头。）"让我摸一摸。"最后医士说，"瓦西里·特米特里奇，我同情和关心您，因为您的情况实在不妙。您这个病可不是儿戏，您留在我这里吧，我将尽力，但无论如何不能担保会治好。""真会这样糟糕吗？"吃惊的磨坊主喃喃地说。"是的，瓦西里·特米特里奇，很不好。如果您早两天来我这里，那就什么事也没有，可以把它轻松去掉。现在里面发炎了，快要变成坏疽病了。""不会的，卡皮东·季莫费伊奇。""我就是这样对您说。""怎么会这样！"（医士耸了耸肩膀。）"我就因为这破玩意儿死吗？""我可没有这样说……不过您还是留下来吧。"乡下人想了一会儿，又想了一会儿，看了看地板，又看了看我们，搔了搔后脑勺，就拿起帽子。"瓦西里·特米特里奇，您去哪里？""去哪里？当然是回家，既然病情这样严重，既然这样，就该安排一下。""瓦西里·特米特里奇，您别这样，您这样会更糟糕的。我甚至奇怪您怎么竟能赶车来医院。您留下来吧。""不，老兄，卡皮东·季莫费伊奇！既然死，那就死在家里。我干吗要死在这里？天老爷知道我家里会发生什么！""瓦西里·特米特里奇，事情还不知道究竟会怎样呢……当然很危险，很危险，这是不用争论的……正因为如此您应该留下来。"乡下人摇了摇脑袋，说："不，卡皮东·季莫费伊奇，我不留下来……可是您不能给我开点药吗？""只吃药无济于事。""我说，我不会留下来。""那就只好请便了，以后可别埋怨呀！"

医士从纪念册摘下一页，开好药方，又嘱咐他还要做些什么。乡下人拿起来这张纸，给卡皮东半卢布银币，走出房间，坐上车。"喂，告别了，卡皮东·季莫费伊奇！不要记我的不好，也不要忘了我的几个孤儿，既然这样……""喂，瓦西里，您留下吧！"乡下人只是摆了一下头，用缰绳打了一下马，从院子里走了。我走到街上，望着他的背影。道路泥泞，坎坷不平，磨坊主小心地行驶，不慌不忙，熟练地驾着马儿，跟相遇的人点头鞠躬……第四天，他死了。

　　一般说来，俄国人对待死亡的态度是很奇怪的。许多过世的人此时走进我的记忆。我回忆起您，我的老友！一个未毕业的大学生，阿威尼尔·索洛哥乌莫夫，一个最高尚的好人！我又看见您因患肺病而发绿的脸、您淡黄色的细发、您温和的微笑、您兴奋的眼神、您细长的身躯和四肢，又听到您的软弱柔和的声音。您住在大俄罗斯的地主古尔·克鲁比亚尼可夫家，教他的女儿们福筱和左霞学习俄文识字、地理和历史，忍受古尔本人难堪的玩笑、仆人们粗鲁的礼貌和顽童们的恶作剧。您难免要带着苦笑，毫无怨言地满足苦闷无聊的女东家古怪的要求。不过，当您晚餐后摆脱一切职务和工作，在窗前坐下来休息，怡然自得的时候，您沉思着，抽着烟斗，或者贪婪地翻阅一本厚厚的破旧的杂志（它是一个像您一样无家可归的苦命人——一个土地测量员从城里带给您的）——这时候，您是那样喜欢里边所有的诗词和小说，激动的泪花又是那么容易在您的眼眶里闪现，您笑得那样开心。您那颗年轻、纯洁的心，对人类充满着如此真诚的爱，对一切善和美充满着如此高尚的同情！说实话，您的智商并不出色，上天也未赐予您特别好的记性和勤勉。在大学里您被认为是最差的学生之一，听讲时您睡觉，口试时您闭口不答，态度坦然。然而是谁因为一位同学的成绩与成功而高兴得眼睛闪光，心情激动不已？是阿威尼尔……是谁盲目相信朋友们的崇高使命，谁自豪地称赞他们、热烈地拥护他们？是谁不知妒忌，不知虚荣？是谁无私地牺牲着自己？是谁愿意服从那些不值得侍奉的人？……总是您，总是您，我们善良的阿威尼尔！记得您应聘赴任时，您是带着伤感与同学们离别的，不祥的预感折磨着您……的确，您住在乡下，处境很差。在乡下，您再也找不到可以聆听忠告的人、能够使您惊讶的人、值得您爱的人……那些草原牧民和有学问的地主这样对待您这位教师：有的人待你粗暴，有的人待你随便。并且，您貌不出众，胆怯，脸红，冒汗，口吃……甚至连乡村的空气也没能使您恢复健康。可怜的人，您的生命像蜡烛那样在熔化！固然，您的屋子朝着花园，樱桃、苹果和菩提树把轻飘飘的花儿撒在您的桌子上，撒在墨水瓶和书籍上；墙上挂着一个深蓝色的丝绸垫子，它是那位善良的、多情的、金鬈发、蓝眼睛的德国女教师在离别时赠送给您垫时钟用的。有时候老友从莫斯科来看您，用别人甚至自己写的诗使您欣喜若狂，但是，那孤独寂寞，奴隶般难受而又无法解脱的教师工作，那无尽头的秋天和冬天，那纠缠不休的肺病……可怜的，可怜的阿威尼尔呀！

在索洛哥乌莫夫死前不久，我看望过他。当时他几乎不能走了。地主古尔·克鲁比亚尼可夫没有把他撵出门，但是已经不再发给他薪水了，还为左霞雇了另一位教师……福筏已经被送到士官武备学校去了。阿威尼尔坐在窗边一张伏尔泰式的旧转椅上。天高气爽，秋光明媚。明亮的天空快乐地照着一排深褐色的菩提树，树上的叶儿几乎全掉光了，只是有的地方最后几片金黄色的树叶在那里飒飒地颤抖。被严寒袭击过的田地在太阳里发汗、融化，嫣红的斜阳扫射着苍白的野草，空气里仿佛听到轻微的断裂声，花园里清楚明白地响着园丁们的话语。阿威尼尔穿着旧寝衣，绿色的围巾在他瘦得可怕的脸上投下了死亡的阴影。他十分高兴我的到来，跟我握手，说起话来，也咳嗽起来。我让他安静下来，自己坐在他身边……阿威尼尔的膝上放着一个小本儿，里面是他仔细抄写下来的柯尔佐夫的诗。他含着微笑用手敲了敲小本儿。他竭力忍住咳嗽，喃喃地说："这个诗人！"便用几乎听不清的声音朗读起来：

鹰的翅膀，

被捆住了？

还是鹰被

禁止飞翔？

　　我阻止了他，因为医生禁止他谈话。我知道他喜好什么。索洛哥乌莫夫从未"跟踪"科学的发展，但是他很想知道，现今伟大的思想家们已经达到何等高度。他时常抓住一个同学到一个角落，问这问那。他听着，惊讶着，深信同学的话语，以后就跟着重复这些话。他对德国的哲学尤其感兴趣。我就对他讲起黑格尔来。（这显然是多年前的事了。）阿威尼尔点头表示肯定，扬起眉头，微笑着，轻轻地说："我明白了，明白了……好啊，好啊……"这个无家可归、被抛弃的可怜人，我承认，他临死前这种天真的求知欲，把我感动得流泪。应该指出，阿威尼尔和所有的肺病患者相反，他深知自己的病情，一点儿也不自欺欺人……他怎样对待呢？既不叹息，也不苦恼，并且一次也未提过自己的病情……

　　他打起精神，谈论起莫斯科，同学们，普希金，戏剧，俄国文学；回忆起我们的小宴会，我们小组里的热烈辩论；无限惋惜地提到两三个已故友人的名字……

　　他最后还说："你记得达莎吗？她的心像金子！真是颗金子般的心呀！她如何爱我呀……她现在怎样了？可怜的她，大概脸色憔悴不堪了吧？"

　　我不敢让病人失望，事实上，他没有必要知道，他的达莎现在发胖了，正同几个商人——孔达契可夫兄弟来往鬼混，她的脸色时而发白，时而泛红，她时而尖叫，时而骂人！

　　看着他疲惫不堪的病容，我想，难道不能把他从这里拉走吗？也许他还有治愈的可能……可是阿威尼尔不让我说完自己的建议。

　　他说道："不，老兄，谢谢。在哪里死都一样。我活不到冬天了……为什么要白白地打扰人家呢？这里的房子我住惯了，虽然这里的先生们……"

我插上去问："他们坏，是不是？"

"不，不坏，一些木头人嘛。不过我也不能抱怨他们。还有邻居，地主卡萨特金家里有个女儿，有教养，很可爱，一个很好的姑娘……不骄傲……"

索洛哥乌莫夫又大咳了一阵。

他休息了一会儿，继续说："一切都没事，既然允许我抽烟斗……既然我现在还不死，我就抽一管烟！"他狡猾地眨巴一下眼睛，补充说，"谢谢上帝，我总算活满足了，同一些好人认识……"

我打断了他："您想给亲人写封信吗？"

"给他们写什么呢？求帮助——他们帮助不了我；说我会死——他们已经知道。干吗讲这些……还不如您给我讲一讲，您在国外看见些什么。"

我开始讲了。他一直专注地听我讲。傍晚，我走了。过了十天，我接到地主克鲁比亚尼可夫下面这样一封信：

> 我有幸通知您，我尊敬的先生：您的朋友阿威尼尔·索洛哥乌莫夫，即住在我家的大学生，在三天前的那个下午两点逝世，今天由我出资在我的教区教堂内举行安葬。他生前托我把他的书籍与笔记本寄给您，特此附上。他还存有二十二卢布，另加半卢布银币，连同他的其他东西，请送交他的家人。您朋友临终时，神志完全清醒，可以说毫无感情牵挂，即没有流露任何遗憾之情，即使在我全家与他告别的时候。我妻子克列沃巴特拉·亚历山大芙娜向您鞠躬。您朋友之死，不可能不影响她的神经，至于我，感谢上帝，身体很健康，并有幸心甘情愿为您效劳。
>
> 克鲁比亚尼可夫

我想起的例子还有许多，不胜枚举。这里只举一例。

我亲眼见到一个地主老太婆的死。当时牧师在她病床前读起临终祷告来，忽然发现病人真的就要走了，便赶紧递给她十字架。女地主很不高兴地缩了一下身体。她用发硬的舌头说："神父，你忙什么？……"她自己画了十字，一只手刚要伸到枕头底下，便断了气。枕头底下放着一个卢布的银币，原来她想支付牧师的祷告费……

是的，俄国人对待死亡的态度是很奇怪的！

酒店赛歌

郭洛托夫卡是个不大的村子，现在归彼得堡一个德国人所有，但它曾经属于一位女地主。因为性格彪悍活泼，邻近的人都称她为"厉害女人"斯特雷格尼哈[1]，她的真名反而无人知道了。村子位于一座秃山丘的斜坡上。这座山丘被从上到下切成一条可怕的峡谷，由于水流冲击，峡谷没有尽头，它蜿蜒曲折地顺着村街的中央穿过。峡谷不亚于一条河（河上至少还可以搭桥哩），把这个贫穷的村子分为两半。几棵瘦弱的爆竹柳提心吊胆地扎根在峡谷边沿的沙地上。在干燥而且像黄铜一样颜色的谷底，躺着大块的石头。不愉快的风景就不用说了，但是周围的居民都很熟悉通往郭洛夫卡的道路，因为他们很愿意并且时常坐车往那里去。

在峡谷的源头，离开始成为狭窄的裂缝处几步远的地方，有一座四角形的小屋独自立在那里，跟其他一些小屋隔离。它屋顶上盖着麦秸，耸起烟囱，一扇窗户仿佛锐利的眼睛对着峡谷。在冬天的晚上，窗户里面亮着灯，在雾蒙蒙的寒气里老远就可以看见，那灯光如同指路明星，不止一次地关照过坐车经过这里的农民。小屋的门上方钉了一块淡蓝色的木板。这小屋是一个酒店，店名是"喜来客"。在这家酒店，酒大概卖得不比定价便宜，但顾客要比周围一带同类的店铺多得多，其原因就在于酒店老板尼古拉·伊万雷奇。

---

[1] "斯特雷格尼哈"字面意思是"厉害女人"。原来"斯特雷格"是德语"streng"的音译，意思是"厉害的"；结尾的"尼哈"是俄语后缀，表示"女人"。

尼古拉·伊万雷奇曾经是一个头发卷曲、脸色红润的英俊小伙儿，而现在已经是身体臃肿、头发斑白、脸有眼泡的胖子。他善良的眼神里露出几分机智，肥胖的额头上拉满线一般的皱纹。他住在郭洛托夫卡已经二十多年。尼古拉·伊万雷奇和大部分酒店老板一样，是个机灵聪明的人。他既不过分热情，也不过多说话，却具有一种吸引并且留住顾客的能力，不知道为什么顾客很高兴坐在柜台前，接受这位稳重的店主平静、好客却也锐利的目光。他很有见解。他熟悉地主的、农民和小市民的生活。在困难的情况下，他本可以提出并不愚蠢的主意，但是他是一个谨慎而且利己的人，宁愿站在一旁，只是远远地仿佛是用无意中说出的暗示引导自己的顾客（而且是他喜爱的顾客）走上真理之路。他明白俄国人重视的或喜好的一切东西：马匹、牲口、树林、砖瓦、器皿、布匹与皮货、歌曲与舞蹈。如果没有顾客，他就常常坐在自己门前的地上，盘着一双细腿，同所有过往的人交换几句亲热的话语。他一生见得多了。生前坐车来他店里"痛饮"的小贵族不是十个，而是一二十个。他知道周围百俄里以内发生的一切，可是从不乱说，连那最敏锐的警察都不知道的事情，他却知道，但外表上又丝毫不露出来。瞧，他有时沉默片刻，有时微微一笑，有时碰碰酒杯。乡邻们都尊敬他。文职将军谢列别建克是官位在全县第一的财主，他每次路过小屋，都谦虚地朝店老板鞠躬。尼古拉·伊万雷奇是个有影响的人物。一个著名的马盗从他的一个朋友的院子里牵走了一匹马，他就迫使这个马盗把马还回来；邻村的农民们不愿意接受新村长或新管家，他就开导并说服了他们；诸如此类。但不要认为他做这些是出于对正义的爱、对亲友的情。不是的！他不过是在努力预防可能破坏他安宁的一切因素罢了。尼古拉·伊万雷奇已经娶妻，还有儿女。他妻子是一个鼻子尖、眼睛灵活、活泼大方的小市民，近来身体也有点儿沉重了，像她丈夫一样。丈夫在一切方面都指望她，银钱也由她保管锁存。闹酒疯的人怕她。她也不喜欢他们，因为他们很少带来好处，反而产生很多喧闹。阴郁沉默的人才合她的心。尼古拉·伊万雷奇的儿女们年纪还小，头几个都死了，但留下的为父母所钟爱。看着这些健康的小孩聪明的脸庞，实在高兴。

那是七月一个暑热难熬的日子。我带着自己的狗慢腾腾地迈着腿，沿郭洛托夫卡街中央的峡谷，朝"喜来客"酒店的方向走去。太阳仿佛在天上燃烧，越来越猛。天气闷热，大地像火炉，热气有增无减。大道上扬起令人窒息的尘土。满身闪光的白嘴鸭和乌鸦张开嘴，可怜地看着过往的行人，仿佛哀求他们的同情和帮助。麻雀并不忧伤，放开羽毛，啾啾叫得比以前更欢，在围墙上互相争斗着，从尘土飞扬的大道上成群结队地腾空而起，在绿油油的麻圃上空飞翔，宛如一片乌云。我口干舌燥，渴得难受，但附近没有水。郭洛托夫卡村也像其他许多草原上的乡村一样，由于没有泉水和井，乡下人喝池塘里的污水……但是谁能把这种恶心的液体称作水呢？我想到尼古拉·伊万雷奇那里去要一杯啤酒或酸汽水。

应该承认，无论什么季节，郭洛托夫卡都没有喜人的景观。特别是当七月里火红的太阳用那强烈的光线无情地烧烤着大地时，那些半掀开的褐色屋顶，那深陷的峡谷，那满地枯草、尘埃飞扬的牧场（几只长腿的瘦鸡在里面无精打采地徘徊），那灰色的柳木屋架（没有了窗户，只留下几个窗窟窿，那是从前地主宅第的旧址，四围长着苎麻、野草和苦艾），以及那水面上漂着一层鹅毛的、仿佛烧焦的、黑色的小湖（岸边泥土早已半干，堤坝已经歪斜，几只羊在堤坝旁热得几乎不能喘气和打喷嚏了，只见它们忧愁地互相挤在一块儿，把自己的脑袋低得不能再低，仿佛等待着难熬的暑热结束），哪一样不使人感到荒凉和惆怅？就这样，我也终于拖着疲倦的两只腿走近尼古拉·伊万雷奇的住所，照例引起了小孩子们的大惊小怪和东张西望，引起了一群狗愤怒的吠叫。它们的吠叫声嘶力竭，凶恶异常，仿佛连内脏都要叫出来了，后来它们自己也咳嗽和喘起气来。忽然在酒店的门口，出现一个身材高大的男子，他不戴帽子，穿着粗呢子大衣，低束着一条蓝色腰带。他好像是仆人，蓬头垢面，灰色的浓发胡乱耸立在干涩而有皱纹的脸和额头之上。他在叫某个人，匆忙地挥动着两手，幅度远远超过他自己愿意的程度，显然他已经喝多了。

他用力抬起深黑的眉头，喃喃说道："来呀，来呀！来呀，莫尔加奇①，眨巴眼，来呀！你这是干什么？兄弟，这不好。人家在等你，你却在这里磨蹭？……来吧。"

"好吧，我来，我来。"传来一个人颤抖的声音，紧接着从农舍后面的右方出来一个人。此人又矮，又胖，又瘸，身上披着一件相当整洁的呢子外套，一只手穿进了袖筒，尖顶的高帽直压到眉毛边，使他那又圆又肿的脸添了一种狡猾和可笑的表情。他黄色的小眼睛转个不停，薄的嘴唇上总挂着勉强的微笑，又尖又长的鼻子简直恬不知耻地往前挺着，像船的舵一样。他瘸着脚朝酒店方向走来，嘴里继续说："我来了，亲爱的，你为什么叫我？……谁在等我？"

穿粗呢子大衣的人带着责备的口气说："我为什么叫你？你呀，莫尔加奇，你这个兄弟真怪。人家叫你到酒店，你却还要问为什么。可是好人一直在等你：土耳其人亚什卡②，'野老爷'，日兹德拉来的小包工。亚什卡和小包工两个用啤酒打赌。谁胜过谁，也就是谁唱得更好，谁就……你明白吗？"

绰号叫"眨巴眼"的人兴致勃勃地说："亚什卡要唱吗？沃巴杜伊③，你不是乱说吧？"

沃巴杜伊带着尊严回答："我不是乱说，是你胡说。既然打了赌，那自然就要唱，你这头上帝的小奶牛呀，莫尔加奇，你这个骗子呀。"

莫尔加奇把话岔开："好吧，这简单，我们走吧。"

沃巴杜伊含糊地说："那你就至少亲我一下吧，我的心肝。"说着，他摊开了双手。

"瞧你这个多情的伊索④。"莫尔加奇轻蔑地回答，用胳膊肘推开他，

---

① "莫尔加奇"是绰号音译，其字面意思是"眨巴眼"。
② "亚什卡"是"亚可夫"的卑称。
③ "沃巴杜伊"是绰号音译，其字面意思是"笨蛋"。
④ 本义表示古希腊寓言作家伊索，转义表示说话拐弯抹角的人。

于是两个人都弯腰走进了低矮的店门。

这段谈话引起了我的好奇心。亚什卡这个土耳其人是这一带优秀的歌手——这样的传闻已经不止一次传到我耳朵里，忽然我有了机会听他和另一位高手比赛。于是我加快脚步，进了酒店。

读者当中，大概不是很多人能有机会进乡村酒店，但我们这些打猎的弟兄哪里没有进过啊！这些酒店的建筑非常简单，通常是由黑暗的过道和一间农舍组成，农舍被间壁一分为二，顾客谁都无权走到间壁后面。间壁里开着一条长的大窟窿，窟窿下面放着一张宽大的橡木桌。这就是卖酒的桌子或柜台。密封的、不同大小的酒瓶，并排放在窟窿正对着的柜橱架上。农舍的前部分是为顾客用的，那里有几条长凳，两三个空桶，一张专放在角落里的桌子。乡村酒店里大都光线昏暗，你几乎从未看见过木板墙上有任何色彩鲜明的民间木版画，但是农民住的小屋中很少有不挂这种画的。

我走进"喜来客"酒店时，里面已聚集了相当多的人。

像通常那样，尼古拉·伊万雷奇穿着花布衬衫，站在柜台后面，几乎占据了窟窿的全部面积，肥胖的两颊上带着懒洋洋的微笑，用自己那只又肥又白的手给走进来的两位朋友莫尔加奇和沃巴杜伊斟了两杯酒。他身后，在屋角里靠窗户的地方，闪现出他眼睛机灵的妻子。屋子中央站着土耳其人亚什卡，二十三岁上下，身材单瘦而挺拔，穿着浅蓝布长衫。他看起来是个豪爽的产业工人，大概也不能夸自己身体很健康。他那陷进去的两颊，不安静的灰色大眼，笔直的鼻子和爱扇动的细鼻孔，平缓的、白净的额头和后仰的、浅褐色光亮的鬈发，美丽的、富有表现力的厚嘴唇，总之，他整个面容都表现出他是个有感染力、有热情的人。此时他心情非常激动，转着眼珠，呼吸急促，两手发抖，仿佛得了热病。他也的确是全身发热，是那种在大会面前说话或唱歌的人所熟悉的那种可怕的、突发的全身发热。他身旁站着一个四十来岁的男子，长着宽肩膀、宽脸庞、低额头、鞑靼人那样的细眼睛，鼻子短而平，下巴是方的，头发黑而发亮，像猪鬃一样硬。他那黝黑的、像铅色一样的面容，尤其是他苍白的嘴唇，如果不显得这样安静和沉思，简直就可以称作凶狠的了。他的身子几乎纹丝不动，只是慢慢地环视四周，仿佛公牛套上了轭儿。他穿一件很旧的常礼服，上面系着平整的铜纽扣，又旧又黑的丝巾包着他巨大的脖子。他叫作"野老爷"。他对面，在圣像底下一条长凳上，坐着亚什卡的对手——日兹德拉县的小包工。他身体结实，个子不高，三十来岁，长着麻子脸、卷曲的头发、呆钝的翘鼻子、稀疏的胡须，浅褐色的小眼睛滴溜溜转。他机灵地打量着四周，两手插在口袋里，无所顾忌地说着闲话，不时地在地板上跺着脚。他脚上穿着镶边的漂亮皮靴，身上穿着灰色的细呢子外衣，绵剪绒的领子远离红衬衫的边儿，因为红衬衫的纽扣都扣到了喉管旁边。对面屋角里，在门的右边，靠桌子坐着一个不认识的农民，穿着一件灰色的破长衫，肩上露出来一个大洞。阳光穿过两扇小窗户上蒙着灰尘的玻璃射进来，变幻成稀薄的淡黄色水流，大概还战胜不了屋里经常的黑暗。所有物品被这稀薄的阳光照得上面斑斑点点。但正因此屋里面几乎是凉快的，我刚跨进门槛，闷热的感觉立即消失，我如释重负，身子轻快多了。

我能够看出，我的出现起初使尼古拉·伊万雷奇的客人们感到有些不安，但是他们看见尼古拉·伊万雷奇像熟人那样朝我鞠躬便都安心了，也就不再注意我。我要了一杯啤酒，就在屋角穿破长衫的那个农民旁边坐下来。

沃巴杜伊一口气喝了一杯酒，忽然嚷道："喂，怎么样？"他奇怪地挥着两手，大概他不这样就说不出一句话，"还等什么？那就开始吧。嗯？亚什卡……"

尼古拉·伊万雷奇马上表示赞成："开始吧，开始吧。"

"我们就只好开始了。我准备好了。"小包工很冷静地说，脸上露出自信的微笑。

亚可夫激动地说："我也准备好了。"

莫尔加奇喊道："开始吧，小伙子们，开始吧。"

虽然他们异口同声地表示愿意，但谁也没有开始，小包工甚至坐在凳子上不起身，大家仿佛都在等待什么。

"野老爷"阴沉而严厉地说："开始！"

亚可夫哆嗦了一下。小包工起身松了松腰带，咳嗽了几声。

"谁先开始呢？"他问"野老爷"，声调已经有点儿改变。"野老爷"还一动也不动地站在屋子中央，两只胖腿叉开，两只有力的大手几乎连同胳膊肘一起插进灯笼裤的兜里。

沃巴杜伊含糊地说："你吧，你吧，小包工，你吧，老弟。"

"野老爷"皱起眉头看了他一眼。沃巴杜伊有气无力地嘀咕了一声，软下来了。他往天棚那里望了一下，耸了耸肩膀，不吭声了。

"抓阄，""野老爷"有板有眼地说，"把打赌的一瓶酒放在柜台上。"尼古拉·伊万雷奇弯着身子，呼哧呼哧地从地板上取来一瓶酒放在桌上。

"野老爷"看了一眼亚可夫，说："就是你吧！"

亚可夫在自己的衣兜里摸索了一阵，取出一枚硬币，用牙齿咬了一个记号。小包工从长衫衣襟下面掏出一个新的皮钱包，不慌不忙地解开带子，倒出许多零钱，选出了一枚崭新的铜币。沃巴杜伊翻着自己那顶戴得很脏的帽子，破旧的帽遮总算没有脱落。亚可夫把自己的硬币扔进帽子里，小包工也将自己的铜币扔进去。"野老爷"转身对莫尔加奇说："你挑吧。"

莫尔加奇很自满地冷笑了一下，两手拿着帽子，摇晃起来。

大家立刻陷入深深的沉默。硬币互相碰击，发出微弱的响声。我很仔细地看了一下周围，各人的脸都表示出紧张的期待。"野老爷"眯缝着眼睛；我的邻座，就是穿破长衫的那个农民，也好奇地伸长脖子。莫尔加奇把手放进帽子里，取出了小包工的那个硬币，当时大家都叹了一口气。亚可夫脸红了，小包工用手摸着头发。

沃巴杜伊大声说道："我不是说过你应该先嘛！我已经说过了。"

"野老爷"很轻蔑地说："得了，得了，不要大惊小怪！"他又向小包工点了一下头，说，"你开始吧。"

小包工又激动起来，问道："我唱什么歌？"

莫尔加奇答道："随便哪一个。你想到哪一个就唱哪一个。"

尼古拉·伊万雷奇慢慢把两手抱在胸前，补充说："当然随便哪一个。这对你没有限制。唱你愿意唱的，不过要唱好，以后我们才能凭良心去评定。"

沃巴杜伊接上话把："当然凭良心呢。"说着，他舐了舐空酒杯的边儿。

小包工用手指整理着长衫的领子，说："弟兄们，让我先稍咳咳嗓子。"

"嗯，嗯，不要再冷场了，开始吧！""野老爷"断然说，便低下了头。

小包工想了一会儿，甩了一下脑袋，向前走了一步。亚可夫两眼直瞪着他……

但是在描写歌唱比赛以前，我认为有必要就我故事里的每个角色说几句。他们中有几个人的生平，在我同他们在"喜来客"酒馆相遇时，我就已经知道了；其他几个人的情况，是我后来收集到的。

先从沃巴杜伊说起。这个人的真名叫作叶夫格拉夫·伊凡诺夫，但是村里外没有一个人不叫他"笨蛋"沃巴杜伊，他自己也以这个绰号为荣。这个绰号太适合他了。说实话，对他那张永远惶恐不安的小脸，这个绰号真是再好不过了。他是一个侍役，没有妻子，爱游玩，他的主人早就把他撇开了。他没有职务，领不到一分钱的薪俸，却有手段每天靠别人吃喝玩乐。他有许多朋友请他喝酒吃茶，他自己也不知为了什么，因为他在交往中不仅不招人喜欢，甚至相反，大家讨厌他的胡言乱语、难受的纠缠、发热病似的举动和不停歇的不自然的张口大笑。他既不会唱，又不会跳，生来就没有说过一句聪明的、哪怕是有用的话。胡说八道，信口开河——这就是沃巴杜伊！并且周围四十俄里的地方，没有一次宴会看不见他瘦长的身子在宾客中间出现。大家对他的出现已经习惯了，他们忍受他的出现，如同忍受不可避免的灾难。自然，大家轻视他，但唯独"野老爷"能制住他的信口开河。

"眨巴眼"莫尔加奇一点儿也不像"笨蛋"沃巴杜伊。虽然他的眼睛并不比别人爱"眨巴"，但"眨巴眼"这个绰号对他也还是合适的。俄国人是起绰号的能手，这是大家知道的事实。我虽然努力更多地了解这个人的过去，但是他的生活经历对我，大概也是对许多其他人，几乎还是一片空白。我仅仅知道，他曾在一个无子女的老夫人那里当车夫，把主人交给他的三驾马车拐跑了，整整一年，不知跑到哪里去了。后来大概经过事实的教育，确信游荡生活的无利和艰难，他便自己回来了，不过已经成了瘸子，才又投奔到女主人的脚下。几年之内，他用模范的行为为自己赎罪，一点儿一点儿地受到女主人的恩宠，最后取得了她完全的信任，当上了总管。女主人一死，他不知怎么就赎了身，成了小市民，在邻居那里租了瓜地，发了财，现在生活得很舒服。这个人见多识广，不恶也不善，花钱精打细算，处事深思熟虑，他算得是"老油条"了，善于了解人，也善于利用人。他谨慎又大胆，像一只狡猾的狐狸；爱唠叨，简直像老太婆，但说话从不走嘴，还能迫使别人把话说出来。但他不像他同类的狡猾人那样装疯卖傻，而且他也很难装傻。我从来没有见过谁的眼睛比他那双狡狯的小眼睛更敏锐、更聪明。他那双眼睛，从不普通地看，而是总在窥探着什么。有的时候，"眨巴眼"莫尔加奇整整几星期想一件看来很普通的小事，却突然决定做一件破釜沉舟的大事，看来他这是要冒头破血流的风险……可是你看——一切都成功了，一切都很顺利，简直是轻而易举。他很走运，他也相信自己走运，他相信预兆。总而言之，他很讲迷信。大家不爱他，因为他不关心其他人的事，但大家尊重他。他家里只有一个年幼的儿子，他十分疼爱儿子。在这样的父亲教育下，这孩子大概前程远大。"小莫尔加奇很像他父亲。"现在老人们就低声地这样说他了，这是他们夏夜坐在屋前土台上谈天时说的。大家都明白这句话的意思，也就不再做补充。

　　关于土耳其人亚可夫和小包工，无法多讲。亚可夫绰号土耳其人，因为他的确是被俘的土耳其女人所生。他心灵上完全是个画家，职业上却是在一个商人的造纸厂里当汲水工。至于说到小包工，老实说，我还不知道他的生平，可是我看他是一个圆滑、活泼的小市民。但关于"野老爷"，有必要说得详细些。

此人的外貌给你的第一印象就是感觉他粗鲁、笨重，但又力大无比。他长得很笨拙，像我们常说的"傻大粗"，但他因此具有坚不可摧的健康，而且说来也奇怪，他那狗熊似的形象并不丧失其特殊的优雅，而这种特殊的优雅也许来自他对自己力量所具有的坚定信心。头一次见面，很难确定这个大力士属于什么阶层。他不像仆人，不像小市民，不像变穷了的退职小官，不像破产的小田庄贵族——总之也不像爱养狗和爱打架的人，他简直是特别的人。谁也不知道他从哪里掉进我们的县。有人说他出身于富农，以前仿佛在哪里当过差，但对这方面的确切情况却一无所知，并且又从谁那里可以知道啊——从他本人那里是无法得知的，因为世上再也没有比他更沉默寡言的人了。谁也不能够确实知道他靠什么生活。他什么手艺也不做，也不去邻村，几乎不跟人交往。他有钱，当然不多，但是有一些。他为人并不谦虚，他身上根本就没有谦虚之处，但他不声不响；他仿佛不注意周围任何人，也根本不需要任何人。"野老爷"（人家都这样叫他，而他的真名是别列潘列索夫）在整个地区有很大的影响力，虽然他没有权力命令任何人，并且在偶尔同人家接触时也不对别人表示任何一点儿过分的要求，但别人愿意立即服从他。他说话，别人就服从，力量总是要占上风的。他几乎不喝酒，不同女人来往，却酷爱唱歌。此人身上有许多神秘的东西，好像有一种巨大的力量深藏在他的身体里，仿佛他知道，这种力量一旦发作，一旦听任它爆炸，就要摧毁他自己和他接触过的一切东西。如果我认为此人的生活里未曾发生过这样的爆炸，虽然受过经验的教训，几乎死里逃生，但现在仍然不严加管束自己，那我就是大错特错了。特别使我惊愕的是，天生的凶暴和天生的高尚在他的身上混合在一起，而这种混合物，我从未在别人身上遇见过。

于是，如上文说的，小包工向前走了一步，他半睁着眼睛，用最高的假声唱起来。他的嗓音虽然有一点儿嘶哑，但仍相当甜美悦耳。他像玩陀螺一样摆弄和转动自己的嗓音。他不停地从高到低，变换着美妙的旋律，又不停地回到高音上，然后用特别的力量维持着、拉长着。他正在静下来，突然又豪情奔放、斗志昂扬地唱出以前的曲调。他的转调有时相当大胆，有时相当有趣，会使行家感到非常愉快，德国人却会因此愤怒。这可是俄国人的"抒情男高音"啊。他唱的是一首欢快的舞曲，那里有无穷无尽的修饰音，外加许多辅音和感叹词，我能够捕捉住的歌词只有以下几句：

> 年轻的姑娘我，
> 要开垦小块地；
> 年轻的姑娘我，
> 要种鲜红的花。

他唱着，大家很注意地听着。他显然觉得自己面对着的是内行人，简直像通常形容的那样，他"十分卖力"。的确，在我们那一带，人们对唱歌是内行，而奥廖尔省大道上的塞尔格野夫斯基村在全俄罗斯以特别和谐悦耳的山歌小调闻名。小包工唱了很久，在听众心里并未引起太强烈的共鸣，没有人跟着唱和。最后，在一次特别成功的转调中，连"野老爷"也不由得微笑了一下，"笨蛋"沃巴杜伊更是忍不住，高兴得喊叫起来。大家都哆嗦了一下。沃巴杜伊和莫尔加奇两人低声地唱和着、支持着、喊叫着："真棒……唱高些，调皮鬼……唱高些，拉长些，狡猾鬼呀！再拉长些！再唱，你这条狗，公狗……让魔王挖你的心吧！"诸如此类的话。尼古拉·伊万雷奇在柜台里赞赏地左右摇着脑袋。沃巴杜伊最后跺起脚来，他走着碎步，扭动着肩。但是亚可夫两眼冒火，仿佛燃烧着的煤块儿，全身像一片树叶那样颤抖，反常地微笑着。只有"野老爷"脸上没有变化，依旧在原地不动，但是他注视小包工的目光有些软了，虽然嘴唇上还留着轻蔑的表情。小包工在全场一片赞扬声中更是劲头十足，引吭高歌了。他开始卖弄各种花腔和装饰音，像敲鼓似的调动着舌头，疯狂地玩弄着喉咙，最后他筋疲力尽了，脸色苍白，热汗满身，却还将全身后仰，发出最后一声令人心醉的长音。全场爆发了疯狂的喝彩声。沃巴杜伊奔向他，用那双干瘦的长手搂住他的脖子，弄得他透不过气来；尼古拉·伊万雷奇的胖脸上露出了红晕，他仿佛年轻了；亚可夫疯子似的喊道："好样的，好样的！"甚至我身边那个穿破长衫的农民也忍耐不住了，用拳头击着桌子，喊道："好啊！简直神了！真好啊！"他还无所顾忌地往一旁啐了一口。

"啊，兄弟，真叫人开心！"沃巴杜伊喊着，拥抱着小包工不放，"真叫人开心！没有什么可说的。你赢了，兄弟，你赢了，恭喜你！亚什卡差得远着哩……我对你说：他差得远着呢……你相信我！"他又把小包工搂在怀里。

莫尔加奇恼怒地说："喂，放开他，放开他……让他坐在凳子上。瞧，他累了……喂，你真是个笨蛋，兄弟，笨蛋！干吗总纠缠不放，像他的尾巴似的？"

"好呀，那就让他坐下吧，我要为他的健康喝一杯，"沃巴杜伊不满意地说，他走到柜台前，"老弟，算你的账。"他转身对小包工加了一句。

小包工点了点头，坐在凳上，从帽子里取出一条手绢，开始擦起脸来。沃巴杜伊匆忙地痛饮了一杯酒，便按着痛苦的醉酒人的习惯咳嗽着，显得忧心忡忡。

"你唱得很好，兄弟，很好。"尼古拉·伊万雷奇和颜悦色地说，"不过现在轮到你了，亚什卡，注意点，不要怯场。我们看谁赢谁，让我们看吧……小包工唱得很好，真的很好。"

"很好，很好。"尼古拉·伊万雷奇的妻子带着微笑看了亚可夫一眼。

我的邻座也轻声地说："很好呀。"

"啊，小心眼的波列哈人①！"沃巴杜伊忽然喊叫起来，他走到肩上露着窟窿的农民面前，用手指着他，双脚乱蹦，发出响亮而颤抖的笑声，"小心眼！哈！滚吧！走你的！②小心眼，你来干什么？"他喊叫中带着讥笑。

可怜的农民心慌意乱了，已经起身要走，忽然响起"野老爷"铜钟似的声音：

"怎么这样讨厌？畜生！"他咬牙切齿地说。

沃巴杜伊嘟囔说："我没有怎样，我没有怎样……我这样……"

"好啦，住嘴！""野老爷"止住他，"亚可夫，开始吧！"

亚可夫用手抓住喉咙，说：

"怎么，老兄，像是有那么一点儿……哼……我真不知道，像是有那么一点儿……"

"嗯，够了，不要怯场。真不害臊呀……扭扭捏捏干什么？……该怎么唱就怎么唱吧。"

"野老爷"说罢也低下头，等待着。

亚可夫不说话了，向四围望了望，用一只手掩着脸。大家都用眼睛盯着他，特别是小包工，他的脸上从平常的自信和成功的喜悦里显出一点儿不由自主的不安。小包工倚靠在墙上，又把两手垫在身子下面，但两腿已经不乱动了。最后，亚可夫露出了脸——那张脸苍白得如同死人，眼睛在垂下来的睫毛下面微微闪动。他深吸了一口气，便唱起来……他的第一个音微弱又不均匀，好像不是从他胸中发出，而是从远处某地传来，仿佛偶然飞进屋里。这个奇怪的响亮的颤音震动了我们大家，我们互相看了一

---

① 波列西耶南部的居民被称为波列哈人。波列西耶南部是很长的林带，始自波尔霍夫县和日兹德拉县的边界。这些居民在生活方式、风俗和言语上有许多特色。有人认为他们性格多疑，并且吝啬，所以被叫作"小心眼"。——原注
② 波列哈人说每个词时差不多都要加"哈"和"吧"这些感叹词。他们把"去你的"说成"走你的"！——原注

眼，尼古拉·伊万雷奇的妻子甚至挺直了身子。这第一声后面接着是第二声，比较坚定，比较长，但显然还是颤音，像有力的手指陡然拨响的琴弦发出一声最后的、迅速消逝的声波；第二声后面是第三声，于是渐渐地，一首凄凉的歌如潺潺流水悠然而至，声音缭绕，越来越激昂，越来越展开。他唱的是《不止一条小道穿越田野》，我们大家都觉得甜蜜又害怕。说实话，我很少听见这样的嗓音。这种嗓音微微有点儿破碎，听起来断断续续，颤抖不止，起初甚至使人觉得带有一种病态。但是里边有真挚的深情，有青春，有力量，有甜蜜，有引人入胜又令人心碎的哀愁。俄罗斯人真实的、热烈的灵魂，在里边跳动、颤抖、呼吸，就这样抓住我们的心，抓住我们这些俄国人的心弦。歌声越来越大，越来越响亮。亚可夫自己显然也陶醉了，他已经不胆怯了，他完全沉浸在自己的幸福里。他的声音不再颤抖了，但你也许能察觉到他的心在颤抖，他心中的激情在震撼着听众的心。他唱着，声音不住地加强、有力、扩展。听着歌声，我想起了一只鸟。记得有一天晚上，海潮退去时，海在远处怒吼，我看见一只大的白色海鸥在平坦的沙滩上一动不动，它将丝绸似的胸脯对着红色的晚霞，只是偶尔慢慢地展开长长的翅膀，迎接它熟悉的大海，迎接低斜的红太阳。他唱着，完全忘记了自己的对手和我们大家，但显然被我们默默的、热烈的赞许所鼓舞，如同一个勇敢的泅水人被波浪托起。他唱着，每个音符都能使人闻到家乡的气息，仿佛一望无际的、似曾相熟的草原在你面前展开，延伸到无尽的远方。我感觉，眼泪在心中沸腾，涌向眼眶，突然喑哑的、受节制的抽泣声使我大吃一惊……我回头一看，是店老板娘把胸脯靠在窗户上哭泣。亚可夫迅速向她投了目光，唱得比以前更洪亮、更甜蜜了。尼古拉·伊万雷奇低下了头，莫尔加奇转过身去，沃巴杜伊沉浸在感情里，呆呆地张大嘴站着。穿着灰长衫的农民轻轻地在屋角里啜泣，痛苦地低语，摇着脑袋。而"野老爷"如铁板般的脸上，从紧蹙的双眉下慢慢地滚出大滴的泪水。小包工把握紧的拳头停放在额头上，不动了……我不知道全场这种伤感情绪将如何了结，幸亏亚可夫突然在一个特别细的高音上停住了，仿佛他的声音断了。谁也没有叫一声，甚至没有动一下，大家仿佛在等待他是否还会再唱，但是他睁开了眼睛，好像对我们的沉默感到惊讶，用疑问的眼光向四周扫了一眼，他看出胜利已是他的了……

"亚沙①——""野老爷"说着，把手放在他的肩上，却不作声了。

我们大家陶醉在激情当中。小包工轻轻地站起身，走到亚可夫面前。"你……胜利是你的……你赢了。"他终于艰难地说出这句话，便跑出了屋。

他那迅速果断的行动仿佛使我们从陶醉中惊醒，大家忽然兴高采烈地说起话来。"笨蛋"沃巴杜伊往上蹦了一下，含糊地说着话，挥动着两手，仿佛磨坊摇动着风翼；"眨巴眼"莫尔加奇一瘸一拐地走到亚可夫面前，同他亲吻；尼古拉·伊万雷奇欠起身，庄严地宣布，他自愿再加一瓶啤酒；"野老爷"露出和善的笑容，这笑容我从未期待能在他脸上看到；穿着灰长衫的农民不时地在屋角里用两袖擦着眼睛、双颊、鼻子和胡须，反复地说："好呀，实在好呀，我佩服得五体投地！太好了！"尼古拉·伊万雷奇的妻子满脸通红，赶紧站起来，走开了。亚可夫欣赏自己的胜利，高兴得像一个小孩。他的脸全变样了，特别是他那双眼睛闪烁着幸福之光。大家把他拉到柜台前，他把那个痛哭流涕的穿着灰长衫的农民叫过来，又派酒店主人的小儿子去找小包工，但是没有找到。于是酒宴开始了。沃巴杜伊高举双手，反复地说："你还给我们唱，给我们一直唱到晚上。"

我再一次看了亚可夫一眼，便走出了屋。我不愿意留在那里，我怕破坏自己刚才的心情。但是外面仍然是热得受不了，大地仿佛笼罩在一层又厚又重的热气里。暗蓝色的天空上仿佛点缀着无数细弱的灯火，透过细微而近乎黑色的尘埃露出亮光。万籁俱寂，鸦雀无声，软弱无力的大自然陷入深沉的寂静里，使人有一种无望和压迫感。我走到干草房，躺在刚割下

---

① "亚沙"是"亚可夫"的爱称。

来就已经几乎干枯的野草上，久久不能入睡。亚可夫不可抗拒的声音久久地在我的耳朵里回响着……最后，热气和疲倦完全占了上风，我沉沉地入睡了。我醒来时，四周完全黑了。铺开的野草散发着强烈的气味，也微微有一点儿潮湿了。透过半开的房顶上的细木棍的缝隙，我看见苍白的星光微弱地闪烁。我走出干草房。晚霞早已消失，在天边只留下最后一点儿隐约发白的痕迹，但还是能从夜的清新中感觉出热气，心肺仍然渴望呼吸冷的空气。没有风，也没有云，四周的天空清洁如洗，黑里透亮，闪烁着无数的但几乎看不见的星星。村庄里闪着微弱的火光。不远处，从灯光明亮的酒店里传来一阵不和谐的嘈杂声，我似乎还能从中辨别出亚可夫的声音。那里不时地爆发出狂热的笑声。我走近窗前，把脸贴在玻璃上，看见了一幅令人不快的情景，虽然那是一幅色彩斑驳、生动活泼的图画。大家都喝醉了，包括亚可夫，毫无例外。他袒胸露脯坐在凳子上，一边用嘶哑的声音哼着一首街头的舞曲，一边懒洋洋地拨弄着吉他的琴弦。湿的头发一把把地挂在他苍白可怕的脸上。酒店的中央，沃巴杜伊完全"拧开了"，他脱掉长衫，在穿灰长衫的农民面前跳舞；而农民用一双已经软弱的脚费力地跺着和擦着地板，隔着乱蓬蓬的胡须无意识地微笑着，偶尔还挥动着一只手，仿佛想说："往哪里去都行！"不可能有什么比他的脸更可笑的了，无论他怎样把自己的眉毛往上扬，变得沉重的眼睑也不愿抬起来，就这么躺在不明显的、没精打采的却非常甜蜜的眼睛上。他处于真正微醉的美妙境地，每个过往的行人往他脸上看上一眼，必定要说："好呀，兄弟，好呀！""眨巴眼"莫尔加奇红得像龙虾，张开着鼻孔，恶毒地在屋角里笑着。只有尼古拉·伊万雷奇像一个真正的酒店老板应该的那样，保持着自己不变的冷静。屋里聚集着许多新面孔，但是我没有看见"野老爷"在里面。

我转身快步下山，上面说过，郭洛托夫卡村就在山上。山脚下是一片宽阔的平原，平原为黑浪似的夜雾所吞没，显得更加一望无际，仿佛同黑下来的天空融为一体。我沿着峡谷在大路上往下走，忽然从平原远处传来一个小孩响亮的声音："安特洛普卡！安特洛普卡卡卡……"最后一个音节拉得很长，一遍又一遍，小孩带着哭声拼命地叫喊。

小孩停了一会儿，又开始叫喊。他嘹亮的声音在静止不动的、刚刚入睡的空气里散开。他在树林空地至少叫喊了三十遍"安特洛普卡"这个名字，突然从树林的另一头，仿佛来自另一世界，传来一声几乎听不见的回答：

"什……什……么？"

小孩立刻喊道，怒气中带着喜悦："你到这里来，林妖！"

"为……什……什……么？"过了很久，那个声音才回答。

"为的是爸爸要打你。"头一个声音赶紧喊着。

第二个声音再也没有回应，于是小孩又喊起"安特洛普卡"来了。他的喊声越来越稀、越来越弱了，但还是飞到我的耳朵里。这时天已经完全黑了，我也已经走到自家村子周围的树林边，离郭洛托夫卡村有四俄里了……

但"安特洛普卡卡卡……"仿佛还在夜色苍茫的空气里回荡。

小地主卡拉塔也夫的爱情故事

　　大约五年前的一个秋天，因为缺少马匹，我不得不在从莫斯科到图拉的大道上的一个驿站里几乎坐了整整一天。我打猎回来，途中不慎把自己的三驾马车打发到前边去了。驿站长年岁已经很大，面色阴郁，头发垂挂到鼻子上，有一双小小的睡眼，用仓促不全的话语回答我多次的抱怨和请求，还恶狠狠地把门关得啪啪响，仿佛在诅咒自己的职务。他走到门口的台阶上，骂起车夫来。这些车夫有的双手拿着沉重的马轭，在泥泞中慢慢地走着，有的坐在凳子上打着哈欠，搔着痒，大家对自己上司发怒的喊叫并不特别在意。我已经喝了三次茶，几次想睡也徒劳无功，读完了窗户上和墙壁上所有的招贴，简直烦闷死了。我正心灰意懒、绝望地看着自己四轮马车翘起的车辙时，突然铃声响了，一辆不大的车套着三匹疲惫不堪的马停在台阶前。来客从车上跳下来，大叫一声"马！要快！"就走进了房间。当他带着一种常见的惊讶神色听驿站长回答说"没有马"的时候，烦闷中的我带着贪婪的好奇心把我这位新同伴从头到脚扫了一眼。看他的模样在三十岁以下。天花在他脸上留下了永远抹不掉的痕迹，他的脸焦黄，有黄铜般的反光，看了叫人不愉快；乌黑的长发卷曲成一个个小圈，从脑后垂到领子上，在前面卷曲成彪悍的鬓发；浮肿的小眼睛能看见，也仅仅是能看见罢了；上嘴唇翘起一排小须。他穿得像是一个放荡的地主，马市上的顾客：花布短上衣相当油腻，淡紫色绸领带已经褪色，背心上有一排铜纽扣，灰色的灯笼裤有很大的裤腿，裤腿下露出没有擦干净的皮靴尖。他身上带着浓烈的烟酒味，他又红又胖的手指几乎被衣袖遮掩住了，但手指上仍然露出不止一枚图拉特有的银戒指。这样的人物在俄国可以成百地而不是成打地遇见，同他们相识，说实话，并不会得到任何的快乐。我虽然带着成见打量来客，却不能不注意到他脸上那种无忧无虑、善良、热心的表情。

驿站长指着我，对他说："他也在这里等了一个多钟头了，先生！"

"一个多钟头！"这个恶人在笑话我哩。

来客答道："他们也许不怎么需要吧。"

"这个我们就不得而知了，先生！"驿站长阴沉地说。

"那么难道就毫无办法了吗？实在没有马了吗？"

"毫无办法，先生，一匹马也没有。"

"嗯，那您就吩咐给我摆茶炊吧。我们只好等了，没有法子。"

来客坐在凳子上，把帽子往桌上一扔，用手理起头发来。

他问我："您已经喝过茶了？"

"喝过了。"

"为了相聚，再喝一次好吗？"

我同意了。一只褐色的大茶炊第四次摆到了桌上。我取出了一瓶甜酒。我没有估计错，谈话的对象的确是个小地主。他名叫彼得·彼得洛维奇·卡拉塔也夫。

我们畅谈起来。他来驿站还不到半小时，就已经带着善意和坦诚给我讲起自己的经历。

"现在我去莫斯科，"他喝干第四杯茶，对我说，"在乡下我已经无事可做了。"

"为什么无事可做呢？"

"就是无事可做呀。产业衰败了，农民也被我弄得破产了，得说实话。这些年老天爷也不好，没有收成，您知道，又有各种不幸……的确，"他灰心地看了旁边一眼，加了一句，"我是什么样的主人啊？"

"为什么这么说呢？"

"真的，您听我说，"他打断我的话，"能有这样的主人吗？您看，"他扭过头去，狠吸着烟斗，继续说，"你看我，也许以为我是那样……不过我应该向您承认，我受的教育程度不高，财产也没有多少。请原谅，我这人坦率，而且终于……"

他没有把这篇演说做完，就摆了一下手。我开始说服他：他想错了，其实我很喜欢我们这次相见，等等。后来我还说，管理家产大概也用不着太大的学问。

"我同意。"他答道，"我同意您说的，不过还是需要那么一种特别的办法。有的人简直在剥农民的皮，什么都不剩！可是我……请问，您是从彼得堡来的还是从莫斯科来的？"

"我是从彼得堡来的。"

他从鼻孔里放出了长长的一道烟。

"而我是到莫斯科去当差。"

"您打算在什么地方当差？"

"我不知道，到那里再说。老实说，我害怕当差，就怕担上责任。我一直住在村庄，习惯了……不过没有法子……穷呀！唉，真是穷困潦倒啊！"

"那么您要在首都住了。"

"在首都……嗯，我不知道首都有什么好，看看再说，也许那里真的好……也许真比乡下好，再没有什么地方比乡下更差的了。"

"难道您已经不可能再回村庄住了吗？"

他叹了一口气。

"不可能了。可以认为，现在村庄不是我的了。"

"怎么回事？"

"那里有一个好人，我结交了一个好邻居……抵押的票据都……"

可怜的彼得·彼得洛维奇用手摸着脸，想了想，摇晃了一下脑袋。

短暂的沉默之后，他补充说："就是这么回事……老实说，我不能责备谁，是我自己错了，是我爱胡闹……真见鬼！生平就爱胡闹……"

"您在村庄住得很快活吗？"我问他。

"我那里，先生，"他一字一顿地回答着，同时直望着我的眼睛，"有二十四只猎犬。这样的猎犬，对您说吧，是很少见的（'很少见'这话，他是用唱歌的口气说出来的）。它们刚把灰兔捉住，马上又去抓珍贵的野味——像蛇那样敏捷，简直就是些眼镜蛇。我可以夸口，它们都很机灵。现在事情已经过去，我用不着说谎。我也带着枪打猎。我有一只母狗，名叫康特斯嘉。它扑获猎物的姿势不一般，站在那里，抬起头嗅，能嗅到一切。比如，我常到沼泽地，说一声：'搜！'要是它不去，即使你带着十二只狗折腾、瞎胡闹，什么也找不到！它要是去，那简直就是当场玩命，勇敢极了……可是它在屋子里很有礼貌。左手递给它面包，并且说'犹太人吃过的'，它就不接；要是右手递给它，说'小姐吃过的'，它立刻就接过来吃了。我还有一只小狗崽，是它生的，是一只很好的小狗崽，我想带它到莫斯科去，可是那个朋友要求我把它连同那支猎枪一起给他。他说：'兄弟，你在莫斯科用不了这个，那里将完全是别样的生活了。'我就把小狗崽交给了他，还给了那支猎枪。您看，那里的一切都留下了。"

"但是你在莫斯科也可以打猎呀。"

"不，打什么猎呢？既然以前不能控制自己，那么现在就只能忍耐点儿了。我想打听一下，莫斯科生活怎么样？贵吗？"

"不，不太贵。"

"不太贵吗？……请您告诉我，有茨冈人在莫斯科住吗？"

"什么茨冈人？"

"就是赶集市的。"

"是的，在莫斯科有……"

"嗯，这就好了。我爱茨冈人，真是见鬼，爱得着了迷……"

彼得·彼得洛维奇的眼睛闪出了一丝豪情和兴奋，突然在凳子上坐不住了，后来又开始沉思，低下头，把空杯递给我。

"请给我一点儿甜酒。"他说。

"不过茶都喝完了。"

"不要紧，既然这样，不用茶也行……唉！"

卡拉塔也夫双手托着头，支撑在桌子上。我默默地望着他，想必他要大声感叹，甚至可能泪流满面，眼泪是微微喝醉的人决不吝啬的东西。但是他抬起了头，脸上却表现深沉的忧愁，说实话，这使我很吃惊。

"您怎么了？"

"没什么，先生……忆起了往事，一件荒唐事……我倒是想对您说，但是不好意思打扰您，先生……"

"您说吧，不要客气了。"

"是啊！"他叹了一口气，继续说，"什么事都可以发生，就比如说我遇到的那件事吧。如果您愿意，我可以讲给你听，但是，不知道……"

"可爱的彼得·彼得洛维奇，您就讲吧。"

"说倒是可以，"他开始说，"但是我真不知道……"

"得啦，可爱的彼得·彼得洛维奇。"

"也许是吧。我遇到的，干脆说，我的那件事，是这样发生的。先生，我住在自己的村庄……忽然一位姑娘被我看中了，那是一个多好的姑娘啊……一个多么美丽、聪明和善良的姑娘啊！她名字叫玛特辽娜，不过她是一个普通的丫头，先生您明白，也就是一个女农奴，简单说，是一个女奴隶。但她不是我家的丫头，是别人家的，难题就在这里。我爱上了她，先生，这真像笑话吧，她也爱我。玛特辽娜开始求我，要我把她从女主人那里赎出来，我自己也多次这么考虑……不过她的女主人是个很厉害的财主和老太婆，她家离我家约十五俄里。在一个人们常说的好日子里，我吩咐下人为我套好了一辆三驾马车，我那匹一路小跑的溜蹄马驾辕，它是特别的亚细亚种，名叫拉姆普尔多斯。我穿得尽量讲究一些。于是，我驾车到了玛特辽娜的女主人家。房屋很大，两边有厢房，还有花园……玛特辽娜在路的拐角等着我，想同我说话，却只吻了我的手，就退到一边去了。

于是，我走进前屋，问：'有人在家吗？'……一个高个子的仆役问我贵姓，有何贵干。我说：'兄弟，你去通报说，地主卡拉塔也夫来商量一件事。'仆役去了，我等在那里，心想：看来事情有些不妙。也许那个女魔鬼要漫天要价，虽然她很有钱。也许她会要价五百卢布哩！仆役终于回来了，说：'请吧。'我跟着他走进客厅。安乐椅上坐着一个个子矮小、面黄肌瘦的老太婆，眼睛眨巴着，劈头就问：'您有什么事？'起初，您知道，我还认为需要说几句见面时的客套话哩。她不等回答，继续说：'您错了。我不是这里的女主人，而是她的亲戚……您有什么事情？'我当即对她说：'我必须同女主人本人商谈。''玛丽雅·伊里伊尼奇娜今天不接待客人，她身体不好……您有什么事？'没有法子，我心里考虑了一下，只好把我的事情讲给她听了。老太婆听完我的话，问：'玛特辽娜？哪个玛特辽娜？''玛特辽娜·费多洛娃，库里克的女儿。''费多尔·库里克的女儿……但是您是怎么认识她的？''偶然认识的。''她知道你的意愿吗？''知道。'老太婆沉默了一会儿，忽然说：'她这个废物……'我实在感到惊讶：'为什么呀？您就开恩吧！我准备为她交赎金，只请定个价。'这老家伙就一个劲儿叫起来：'原来您以为我们稀罕您的钱……我要把她，把她……我要把傻气给她打出来。'老太婆气得大咳起来，'她在我们这里有什么不好？……嘿！她这个女妖精！罪过，上帝饶恕我！'说实话，我也发火了：'为什么你要恐吓可怜的女孩子？究竟她有什么错？'老太婆画了个十字：'哎呀，我的主，耶稣基督！难道我不能自由处置自己的奴隶吗？''不过她不是您的哟！''对，她不是我的，但这件事玛丽雅·伊里伊尼奇娜已经知道。先生，这也不是您的事呀。我要让玛特辽娜明白，她是谁的奴隶。'老实说，我差点儿没有冲过去打这个该死的老太婆，但是想起了玛特辽娜，两只手就放下了。我胆怯了，那心情简直无法表达。我开始求老太婆：'您愿意要什么，就拿什么吧。''不过为什么您要她呢？''老太太，我喜欢她。您替我想想吧……让我吻您的手。'于是我就这样吻了这个坏蛋的手！女妖婆含糊地说：'好吧，我将告诉玛丽雅·伊里伊尼奇娜，看她怎样吩咐，过两天您再来。'我就很不安地回家了。我开始预感到事情不妙，白白地让人家知道了我的事，但后悔已经晚了。过了两天，我又到女地主那里。仆人领我到了书房，那里花很多，摆设也很好，她自己坐在很讲究的安乐椅上，仰头靠在枕头上。前天见到的那个亲戚也坐在那里，还有一个淡黄发的小姐穿着绿色连衣裙，歪着嘴，一定是来做伴的。老太婆带着鼻音说：'请坐。'我坐下来。她就问我多大年纪，过去在哪里做事，现在打算做什么，就这样高傲地、郑重地盘问了一切。我详细地做了回答。老太婆从桌上拿起一块手帕，对着自己挥了又挥……她说：'卡杰琳娜·卡尔鲍夫娜把你的意图报告给我了，但是我自己定了一条规矩：仆人不能赎身。这是不体面的，而且在正派的家庭是不应该的，这不合规矩。我已经吩咐了，'她说，'您也不必再费心了。'我说：'这有什么费心的！得了！您开恩吧……不过也许您需要玛特辽娜·费多洛娃？'她说：'不，我不需要她。''那么您因为什么不愿意把她让给我呢？''因为我不乐意，就是不乐意，没有别的原因。我已经吩咐好了，她要被遣送到一个草原村子里去。'这话如晴天霹雳，把我击蒙了。老太婆用法语对那个穿绿色连衣裙的小姐说了两句，小姐就出去了。老太婆说：'我是规矩极严的人，并且我的身体也弱，经受不了烦恼和不安。您还年轻，我已经是老人了，但有权利劝告您，您最好找个合适的位置，结婚，找个好伴侣。有钱的未婚妻是很少，但是品性好的穷姑娘还是能找到的。'您知道，我望着老太婆，却一点儿不明白她在那里嘀咕些什么。我听着她在那里讲结婚，耳朵里却一直嗡嗡地响着那个'草原村子'。什么结婚……真见鬼……"

讲故事的人忽然停住了，他望着我。

"您也没有结婚吧？"

"没有。"

"您看，当然啦，这事不问也知道。当时我忍不住了：'哦，得啦，老太太，您在胡说些什么呀？这里扯得上结婚吗？我只是希望您把丫头玛特辽娜让给我。'老太婆哎哟起来：'哎哟，他扰得我不安了！哎哟，吩咐他走开呀！哎哟！'……女亲戚急忙跑到她跟前，对着我大嚷特嚷。而女主人一个劲儿呻吟：'我为什么要受这种气啊……这样说，我在自己家也不是主人了吗？哎哟，哎哟！'我抓起帽子，疯子似的跑了出来。"

"也许，"讲故事的人继续说，"您会认为我不该这样强烈地爱恋这个下层社会的姑娘。我也不想为自己辩护……事情已经这样了啊……您相信不？我白天黑夜心不安……我痛苦！我想，我真不该因此害了这个不幸的姑娘！有时我只要想起她穿着粗布外衣在那里赶鹅，那里正按照主人的吩咐虐待她，村长，就是某一个穿粘着焦油的皮靴的农民，正在痛骂她，我就全身冒冷汗。我实在忍不住了，打听到她被遣送到哪个村子，便骑马去那里。第二天傍晚我才到。显然女地主家料不到我会做这种怪事，所以并无任何指示防范我。我直接找村长，仿佛是去邻居家似的。我走进院子，看见玛特辽娜坐在门口的台阶上，用一只手支撑着头。她正要喊出声来，我示意阻止她，并用手指着院子后面的田野。我走进农舍，同村长唠了几句，编了几句鬼话，只过了一会儿就出来见玛特辽娜。可怜的姑娘一下子搂住我的脖子，简直是挂在上面。我的小宝贝，她苍白了，瘦了。我对她说：'没事，玛特辽娜。没事，不要哭。'可是我自己泪如泉涌……但是后来我觉得难为情了，就对她说：'玛特辽娜，眼泪不能解除痛苦，应该这样，应该像人们说的，坚决行动。您应该同我一起逃走，就应该这样做。'玛特辽娜愣住了……'怎么可以呢？那样我就完了，他们会吃掉我的！''您真傻，谁会找到您呢？''他们找得到的，一定找得到的。多谢您，彼得·彼得洛维奇，我一生一世都不会忘记您的情意，现在您还是让我留下来吧，显然我命该如此。''唉，玛特辽娜，玛特辽娜，我还认为您是个有性格的姑娘哩！（的确，她很有性格……有灵魂，有一颗金子般的心！）您干吗要留在这里？哪里也不会比这里更坏了。您说，您尝过村长的拳头了没有？'玛特辽娜血往上冲，她的嘴唇颤抖起来：'可是因为我，我的家也不得安宁了。''您的家，您的家人……也会被遣送吗？''是的，我那个兄弟大概会被遣送。''父亲呢？''父亲不会被遣送，他是我们那里一个很好的裁缝。''可不是！兄弟不会因此遭殃的。'您相信不？我到底把她勉强说服了。她还想说：'这件事将由您负责。'我说：'这事情肯定不用您管……'我还是把她带走了……不是这一次，而是另外一次。那天夜里，我坐着大车到那里，把她带走了。"

"您带走了她？"

"是的……她就住在我那里。我的房子不大，仆人也少。我的仆人，直率地对您说，他们尊敬我，不会为了什么好处出卖我。我便过起美好的日子来。小玛特辽娜休养了一阵，恢复了健康。我就这样爱上她了……她真是多好的姑娘啊！哪里能找到这样的姑娘啊！她会唱歌，会跳舞，会弹吉他……我不让邻居看见她，恐怕他们乱说出去。我有一个朋友，知心的朋友——戈尔诺斯达也夫·潘杰列伊，您大概不认识吧？他就很喜欢她，并且还吻她的手，像吻我夫人的手一样。我对您说，戈尔诺斯达也夫不是与我同一类的人，他受过很好的教育，读过普希金所有的作品。他要是同我和玛特辽娜谈话，我们特别愿意听。他教会了她写字，一个怪好的人！我让她穿得简直比总督夫人还好，命人给她缝了一件有镶边的深红色丝绒皮大衣……穿在她身上多漂亮呀！这皮大衣是带束腰的，是一个莫斯科太太按照新款式缝制的。玛特辽娜这个人也是怪可爱的。她爱沉思，常常几小时坐在那里，望着地板，眉毛一动也不动。我也坐在那里，看着她，但总是看不够，仿佛从来没有看见过似的……她嫣然一笑，我的心便颤抖，仿佛有人挠我痒痒。要么她突然笑出声来，说着笑话，跳起舞来。她突然抱着我，这么亲热，这么紧，我血往上冲，都要晕头转向了。我从早到晚一心想如何使她高兴。我赠送这么好的皮衣给她，您相信不？只不过为了看一看她，我的心肝宝贝怎样高兴，怎样高兴得满脸通红，怎样试穿我的这件礼物，怎样穿着新皮衣走到我面前来吻我。她父亲库里克不知道怎么打听到了这件事，老人家走来看我们，还大哭了一场，是由于高兴哭的，您还以为是别的原因吗？我们送了老人许多东西。她，我的宝贝，最后还拿出来五卢布钞票给他。他竟扑通一下跪在女儿脚下！多怪的人！我们就这样生活了五个月。我当然不愿离开她，愿一生一世和她这样生活在一起，但我的命运真是糟糕透了！"

彼得·彼得洛维奇停住了。

"究竟发生了什么事呀？"我关心地问他。

他挥了一下手。

"厄运降临，一切都完了。又是我害了她。我的小玛特辽娜最喜欢坐雪橇车，她常常自己驾马。她穿着皮衣，戴着从商店买的绣花手套，还一个劲儿吆喝。我们总是晚上出去滑雪橇，您知道，这是为了避免遇见别人。于是，有一次，选了一个好天，当然是寒冷的晴天，没有风……我们就开始滑了。玛特辽娜执着缰绳。我一直看着她往哪里驾驶。难道往她女主人的库库也夫卡村子去？真的是去往库库也夫卡！于是我对她说：'您疯了！要往哪里去？'她回头从肩膀望了我一眼，冷笑了一声：'就让我胡闹一回吧！''哎呀！'我心里一惊，'只好豁出去了！'……雪橇从她主人的房屋面前开过。这能有好结果吗？您自己会判断，这能有好结果吗？于是我们就继续往前滑。驾辕的溜蹄马行走如飞，两匹拉边套的马也像旋风似的，那边已经看见库库也夫卡村子的教堂了。看！一辆旧的绿色马车在道上爬行，一个仆人站在车后边的脚镫上……女主人，女主人坐车来了！我胆怯起来，而玛特辽娜却用缰绳打马，一直向马车疾驰过去！车夫一见对面一辆车飞来便想往旁边躲，猛地一拉缰绳，马车翻倒在雪堆上。玻璃打破了。女主人嚷着：'哎呀！哎呀！哎呀！哎呀！哎呀！哎呀！'那个陪伴的女子尖叫着：'停住，停住！'可是我们尽可能快地驶过去了。我们坐着雪橇跑，可是我想：坏事了，我真不该允许她驾车来库库也夫卡。您猜怎么着？因为女主人认识玛特辽娜，也认识我，老太婆就起诉我，'我那个逃跑的丫头现在住在贵族卡拉塔也夫家里'，还当即照例行了贿，送了礼，眼看着县警察局长来找我。县警察局长这人我认识，斯捷班·塞尔格伊奇·库佐夫金，是个好人，不，本质上并不好。

他从县里来了，对我如此这般说了一番：'彼得·彼得洛维奇，您怎么会这样呢？……您要负严重的责任，在这方面法律是明确规定的。'我对他说：'哦，关于这件事，我们自然还要谈的，可您旅途劳累，现在不想吃一点儿东西吗？'他答应吃一点儿东西，但还是说：'彼得·彼得洛维奇，司法要求公正，您自己判断吧。'我说：'司法公正，那是自然，那是自然……我听说您的马是黑毛的，那么您不愿意换我的这匹拉姆普尔多斯吗？……可是丫头玛特辽娜·费多洛娃并不在我这里呀。'他说：'哦，彼得·彼得洛维奇，丫头在您这里，我们并不住在瑞士……用我那匹马换拉姆普尔多斯还是可以的，也许可以干脆把它牵走。'不过这一次我总算应付了他。但是那个老太太吵得比以前更厉害了！她说：'我即使花上一万卢布也不吝惜。'您看见没有？原来，她看见我时忽然脑子里想让我娶她那个穿绿衣的陪伴——这是我后来知道的，她才那样凶狠。这些太太有什么想不出来的哩……一定是活得无聊了吧。我可倒霉了！我并不吝惜钱，也真的把玛特辽娜藏起来了！可是不行！人家纠缠我不放，我成了被追赶的兔子！我背了很多债，也丧失了健康……一天晚上，我躺在自己床上，心里想：'我的上帝，我为什么要受这样的罪？我怎么办？既然我不能不爱她……是的，不能不爱她！实在不能啊！'忽然玛特辽娜跑进我屋里。当时我把她藏在我的田庄里，离我家有两俄里远。我大吃一惊：'怎么？在那里发现您了吗？'她说：'不，彼得·彼得洛维奇，布布诺瓦那里没有人打扰我，但这样能长久吗？彼得·彼得洛维奇，'她说，'我的心碎了。我可怜您，亲爱的，我一生一世不会忘记您的情意，彼得·彼得洛维奇呀，我现在来同您告别的。''您怎么啦，您怎么啦？您疯了？……什么告别！怎么告别？''是这样……我去自首，把自己交出去。''您真疯了，我要把您关进阁楼。您这是想害死我吗？您愿意折磨我吗？是不是？'姑娘一言不发，望着地板。'喂，您说，您说呀！''彼得·彼得洛维奇，我不愿再使您不安了。''哦，去吧，同她讲去吧……''不过您知道吗？傻子，您知道吗？您这个……疯子……'"

彼得·彼得洛维奇痛苦地哭了。

"您想到这样的结局了吗？"他继续说，用拳头击着桌子，竭力皱起眉头，眼泪却一直在他发烫的双颊上流淌，"姑娘自首了，她自己去自首了……"

"马儿预备好了！先生。"驿站长扬扬得意地喊了一声，走进屋来。

我们两人都站起来。

"玛特辽娜怎么样了？"我问。

卡拉塔也夫摆了一下手。

我们这次相遇一年过后，我有机会去了一次莫斯科。有一天，午饭前我走进一家咖啡馆。它位于"猎人商场"后面，是莫斯科一家有特色的咖啡馆。台球房里烟气弥漫，里边闪现着一张张通红的脸，还有胡子、一绺绺头发、旧式的匈牙利骑兵上衣和崭新的斯拉夫服装。几个瘦小的老头子穿着朴素的常礼服，在那里读俄语报。仆人端起盘子敏捷地穿梭着，在绿毡上轻轻地走着。商人十分紧张地喝着茶。忽然一个人从台球房里走出来，头发有点儿乱，脚步很不硬实。他两手插在口袋里，低下头，无意识地向四面望了望。

"啊，啊，啊！彼得·彼得洛维奇……您可好呀？"

彼得·彼得洛维奇几乎是奔过来，搂住我的脖子，微微摇晃着身体，把我拉到一个特别的小间。

"就在这里，"他说着，热情地让我坐在安乐椅上，"在这里您会感到舒服。来人，拿啤酒！不，香槟！实在没有料到，没有料到……来这儿久吗？会住久吗？这真是上帝的安排呀，这个……"

"是的，您记得……"

"怎么不记得，怎么不记得？"他急忙打断我的话，"事情过去了……事情过去了……"

"嗯，老兄，您在这里做些什么，彼得·彼得洛维奇？"

"就这么生活，您看着的。这里生活很好，这里的人很热情。我在这里已经安下心了。"他叹了一口气，抬头望着天。

"您当差了吗？"

"不，还没有当差，我想很快就可以定下来。不过当什么差呀？……人——这是主要的。我在这里认识了多好的人……"

一个小孩用黑盘端着一瓶香槟走进来。

"他就是好人……瓦夏，对不对，你是好人？为你的健康，干杯！"

小孩站在那里，很恭敬地甩了甩脑袋，微笑着出去了。

"是呀，这里的人好，"彼得·彼得洛维奇继续说，"有情意，有良心……愿意给您介绍吗？这么好的朋友……他们都会高兴的。告诉您，鲍布罗夫死了，真叫人伤心！"

"哪个鲍布罗夫？"

"塞尔格·鲍布罗夫，很好的一个人，曾经救助过我这个乡野草莽。戈尔诺斯达也夫·潘杰列伊也死了。大家都死了。都死了！"

"您一直住在莫斯科吗？没回过村里吗？"

"回村里……我的村子已经卖掉了。"

"卖了吗？"

"是拍卖……可惜您没有买！"

"彼得·彼得洛维奇，那么您靠什么过活呢？"

"上帝会帮我，我不会饿死的！没有钱，但有朋友。并且钱算什么？是粪土！金子是粪土啊！"

他眯缝起眼睛，一只手在口袋里摸索了一会儿，把两枚十五戈比和一枚十戈比的硬币放到手掌上，递给我。

"这是什么？这就是粪土！（硬币飞到了地板上。）您还是告诉我，您读过波列扎也夫的诗没有？"

"读过。"

"看过莫恰洛夫演的哈姆雷特没有？"

"不，没看过。"

"没看过，没看过……"卡拉塔也夫的脸苍白了，眼睛不安地转着。他转过身去，轻微的颤抖在他嘴唇上掠过。"莫恰洛夫，莫恰洛夫啊！'结束生命就是睡熟。'"他用低哑的声音吟咏：

> 不会再这样了！并且明知这场梦
>
> 将结束忧愁和千百次打击，
>
> 将结束世人的命运……
>
> 这样的结局就值得热烈追求！
>
> 死……就是熟睡……

"就是熟睡，就是熟睡！"他嘟囔了好几遍。

"请您说……"我刚开始说，但他继续带着激情低吟着：

> 谁只要忍得住
>
> 时代的鞭打和嘲笑，
>
> 法律的无力，暴君的压迫，
>
> 狂人的欺侮，被遗忘的爱情，
>
> 被轻视的人对功劳的轻蔑；
>
> 如果一次打击
>
> 能使我们得到安宁……
>
> 那就心甘情愿地去死！
>
> 在你神圣的祷告里
>
> 愿你记得替我忏悔！

他把头伏在桌上，开始口吃与胡说了。

他重新打起精神，继续低吟：

过了一个月呀!

迅速过去的短短一个月呀!

她脚上的皮鞋还没有穿破,

曾几何时,她满脸泪水,

穿着这双皮靴,

送走我父亲可怜的骨灰!

天哪!即使是无理智、不说话的野兽,

也不会比她忧伤得久……

他端起香槟酒杯,放在嘴边,但是并不喝,却继续说下去:

他是为了赫卡柏?

他与赫卡柏何干?

赫卡柏与他又何干?

他为什么哭赫卡柏?

但是我……一个被轻视的、懦弱的奴隶。

我是懦夫!

谁称我为无用的人?

谁对我说:你说谎?

是的!我宁肯受这样的欺侮……

我的脾气性格像鸽子,

我没有骨气,没有胆汁,

不知道生气,

受欺侮也不感到痛苦。

卡拉塔也夫放下酒杯,一把抓住自己的头。我觉得,我理解了他。

"怎样呢,"最后他说,"'谁忆起旧事,谁就招人唾弃。'……这话不对吗？"他笑了，"为您的健康，干杯！"

"您将留在莫斯科吗？"我问他。

"我要死在莫斯科！"

"卡拉塔也夫！"隔壁屋里传出声音来，"卡拉塔也夫，您在哪里？到这里来，亲爱的！"

"叫我了，"他说着，沉重地从座位上站起，"再见！如果可能，来我这儿，我住在某地。"

但是第二天，由于没有预见的情况发生，我必须离开莫斯科，不能再同彼得·彼得洛维奇·卡拉塔也夫相见。

幽　会

　　秋天，大概是九月十五日，我坐在小桦树林里。从清晨起，小雨断断续续，不时地被温暖的阳光所代替——这是晴雨无常的天气。天空时而完全被灰白的乌云笼罩，时而从分开的乌云间豁然开朗，露出一小片蔚蓝色，洁净如洗，明朗又柔和，仿佛美丽、聪明的眼睛。我坐在那里，向四周看着、听着。树叶轻轻地在我头上喧闹，从树叶喧闹声里就可以知道当时是什么季节。这不是春天那种快乐而勇敢的抖动，不是夏天那柔和的絮语和长谈，不是晚秋那胆怯的、冷淡的埋怨，而是轻得一种几乎听不见的、令人瞌睡的闲谈。微风轻轻地掠过树梢。被细雨淋湿的树林内部，由于太阳照耀或阴云笼罩，景色在不停地变化。树林一会儿完全亮了，仿佛忽然在那里微笑；不太密集的小桦树的细干忽然泛起白丝般的柔光；躺在地上的叶儿忽然色彩斑驳，闪着赤金般的亮光；茂盛的蕨类错综缠绕，交相辉映，这些草本植物高高的根茎已经被染成秋天的本色，像熟透的葡萄一样晶莹剔透。不一会儿，树林忽然全都阴暗下来，鲜明的色彩刹那间消失了，桦树直立在那里，全是白的，没有光泽，白得像刚下的雪，冬日寒冷的阳光还没有来得及在上面游戏。霏霏细雨仿佛偷偷地、狡猾地下起来，树林发出簌簌的响声。桦树上的叶儿几乎全是绿的，虽然显得有点儿苍白，只是有的地方立着一棵年幼的小桦树，全身红彤彤的或者金黄色的，而且应当看到，当阳光忽然穿过刚被晶莹的雨水洗净的嫩枝搭成的密网时，这棵小桦树就在阳光下闪烁，明晃晃的。林子里鸦雀无声，万籁俱寂，只是偶尔有一只山雀扬扬得意地发出铜铃般的叫声。我来到这片小桦树林以前，带着自己的狗穿过了白杨树林。说实话，我不太爱这种很高的白杨树。树干紫里发白，使劲往高长，像打开的蒲扇在空中颤动。我也不喜欢它金属般绿里发灰的树叶，被污染的圆叶笨拙地扣挂在很长的茎干上，永远摇摆不停。这种树有时也很美。那是在夏天这样的黄昏，当它挺立在低矮的灌木丛中间，对着落日的红光闪耀着，抖动着，从根到梢浸着同样的黄紫色；或者是在风和日丽的晴天，它全身映照在蓝天里，喧闹着，喃语着，而每片树叶卷入气流中，仿佛愿意挣脱，飞去，奔走远方。但是我一般是不喜欢这种树的，所以我没有停留在白杨密林里休息，而是走到白桦林里来，在一棵小树底下"安了家"。这棵树伸出的枝条离地面很低，所以能够替我抵御风雨。在欣赏一番四周的景致以后，我就进入了安闲恬静的梦乡，这样的睡眠是猎人们独有的享受。

我说不准自己睡了多长时间，但我睁开眼睛时，树林里一片阳光，透过欢腾喧闹的树叶可以看到明亮的蓝天似乎在迸发出千万点金光；乌云隐去了，被疾风驱散了；天气晴朗了。大地散发出一种特别的、干燥新鲜的气息，沁人心脾，这气息几乎总预示着雨过天晴后那种平和明朗的夜晚。我正要站起身来重新享受一番眼前的幸福，忽然我的眼光停留在一个不动的身影上面。我仔细一看，原来是一个年轻的农家姑娘。她坐在离我二十步路远的地方，低头沉思，两手放在膝盖上，在一只半开的手掌里放着一束密集的野花。她每呼吸一次，花就轻轻地滑到花格布的裙子上。清洁的白衬衫上喉头和手腕处也都系着纽扣，在她的身上形成细短而轻柔的折痕；粗的黄色串珠从脖子两边挂到胸前。她的相貌很不错。美丽的浅灰色浓发散成两半，各自理成整齐的半圆髻，从狭窄的红色头巾底下露出来，这头巾几乎盖到白如象牙的前额，她脸庞的其余部位微微地露出嫩皮肤被太阳晒过而特有的那种金黄色。我看不见她的眼睛，因为她不抬头，但是我清楚地看见她细挑的眉毛和长长的睫毛。她的睫毛是湿润的，她的一侧面颊在太阳光里还闪烁着眼泪已干的痕迹，那眼泪曾经停留在微微发白的嘴唇旁边。她的五官都很可爱，即使她的鼻子有一点儿粗而圆，但也无损她的容貌。我特别喜欢她脸上的表情，是那么朴素和温顺，那么忧愁，而对于自己的忧愁面又充满了那么多天真的困惑。她显然在等候什么人。树林里有声音响了一下，她立刻抬起头来，环顾了一下四周。在透明的树荫里她的眼睛迅速地在我的前面一闪，那是一双明亮的大眼睛，像一只受惊的鹿一样恐惧。她静静地听了一会儿，那双睁得很大的眼睛盯着发出微弱声音的地方，叹了一声，轻轻地把头转了过去，俯得更低了，慢慢地理起花朵来。她的眼眶红了，嘴唇痛苦地颤动，新的眼泪从浓厚的睫毛下流出来，停留在我看见的那一侧面颊上，闪烁着。这样过了相当长的时间，可怜的姑娘一动也不动，只是偶尔烦恼地挪动着手，她听了又听……有东西又在树林里响了，她颤抖起来。响声没有停止，越来越明显，越来越近，最后传来了坚定、迅速的脚步声。她挺直身体，仿佛有些胆怯了。她那专注的目光颤抖起来，燃烧起了热切的期盼之光。树林里很快就闪现出一个男子的身影。她仔细望去，忽然脸红了，快活而幸福地微笑了。她本想站起身子，但立刻又低下了头，坐在那里，脸发白了，心发慌了。当那个人站在她面前时，她只是抬起颤抖的几乎是哀求的眼神对着来人。

　　我从隐蔽的地方好奇地打量来人。说实话，他并未引起我的好感。从各种迹象看来，这是一个阔少爷宠爱的仆从。他的衣着表明他追求时尚却又疏于打扮。他穿着青铜色的短外套，大概是从主人的肩上脱下来的，纽扣一直扣到上头；系一条玫瑰色的领带，领带的两端是淡紫色的；戴一顶镶着金边的天鹅绒黑帽，一直盖到眉毛。白汗衫的圆衣领生硬地支撑他的双耳，遮盖着他的双颊；浆洗的袖筒掩盖住双手，直到弯曲的红手指，一只手上戴着银戒指和金戒指，戒指上嵌有绿松石做的"勿忘草"①。他那张红里透亮、恬不知耻的脸，据我发现，属于几乎经常使男人生气却可惜常常为女子喜爱的那一种。显然他竭力在自己略显粗鲁的脸庞上添加一种轻

---

① "勿忘草"是一种蔚蓝色的花草植物，而绿松石是一种蔚蓝色的矿石，是仿制绿宝石的材料。

蔑和烦闷的表情，他不住地眯缝着那双本来已是微小的乳灰色眼睛，皱着眉头，垂着嘴角，勉强地打着哈欠，带着不经心的还算灵便的姿态，一会儿用一只手理着栗色的过分卷曲的鬓发，一会儿摸着凸现在厚上唇上面的黄胡子——一句话，他装腔作势，俗不可耐。他一看见那个等待着他的农家姑娘就开始装腔作势，慢慢地迈着八字步，走到她的面前。他站了一会儿，端了一下肩膀，把两手插进大衣兜里，勉强用冷漠的目光快速地看了可怜的姑娘一眼，坐到了地上。

"怎么样，"他开始说，却继续往旁边看，摇晃着一只脚，打着哈欠，"你早就来了吗？"

姑娘没有立刻回答他。

"早来啦，维克多·亚历山大雷奇。"最后，她用一种几乎听不见的声音说。

"啊！"他脱下帽子，庄严地用手抹了抹卷得很结实的头发，头发几乎到了眉毛边。他带着尊严向四周看了看，然后又很用心地低下自己尊贵的头，"不过我简直忘啦。并且，你看，下雨了！"他又打着哈欠，"事情太多了，无法都顾到，那一位还要骂人。我们明天就要走……"

"明天吗？"姑娘说，用受到惊吓的目光望着他。

"明天……喏！喏！喏！请别这样，"当他看见她全身颤抖，轻轻地低下头去，便赶紧带着懊恼的语气说，"阿库林娜，请别哭。你知道，我受不了这个。"他皱了皱自己的钝鼻子，"要不我现在就离开这里……哭什么！怎么这样傻！"

"我不哭啦，我不哭啦，"阿库林娜匆匆忙忙说，努力在吞咽眼泪，"那么你明天就走吗？"她沉默了一会后又说，"上帝什么时候让我们再相见呢，维克多·亚历山大雷奇？"

"我们会相见的，会相见的，不在明年，就会在以后。老爷大概希望到彼得堡去做事，"他继续说着，他的话是不用心说出的，有几个词带着鼻音，"也许我们要去外国。"

"维克多·亚历山大雷奇，你会忘记我的。"阿库林娜很忧愁地说。

"不，哪能呢？我不会忘记你，不过你要聪明些，不要傻，要听父亲的话……我不会忘记你——不会的。"他心情平静地伸了伸懒腰，又打了一个哈欠。

"维克多·亚历山大雷奇，不要忘记我，"她继续哀求着，"我想，我已经爱上你。我想，为了你，什么都愿意付出……你说，我要听父亲的话，维克多·亚历山大雷奇……我怎么听父亲的话呢……"

"你说什么？"这几个字仿佛是从他胃里发出来的，因为他仰躺着，两手枕在头下。

"我说什么，维克多·亚历山大雷奇，你是知道的……"

她默不作声了。维克多玩弄着自己手表上的钢链条。

最后他说："阿库林娜，你这个姑娘并不傻，所以不要说些胡话。我是愿意你好呀，你明白我的意思吗？自然你并不傻，也可以说不完全是乡下女人，就是你的母亲也不一直是乡下女人，可是你还是没受过教育，就应该听人家对你的吩咐。"

"真可怕呀，维克多·亚历山大雷奇。"

"又胡说了，我亲爱的，你有什么可怕的呢？"他向姑娘凑近，加了一句，"你那是什么？花吗？"

"是花，"阿库林娜凄凉地回答，"我摘了些野花，"她继续说，有点儿高兴起来，"这个喂小牛很好的。这就是鬼针草——可以治疗瘰疬病。这是多么奇异的花，我生来还没有见过这样奇异的好花呢！那是勿忘我草，那是母心花……这是我摘下送给你的，"她说时，从黄色的艾菊里取出一小束用细草系着的蓝色野花，"你要吗？"

维克多懒洋洋地伸出手来，接过花，随便嗅了嗅，然后在手掌里转动起来，同时神气十足、若有所思地望着空中。阿库林娜望着他……在她忧愁的眼神里满含着忠贞不渝的情爱、奉若神明的恭敬和顺从。她也怕他，还不敢哭，又同他告别，还要最后一次欣赏他。可是他躺在那里，摊开四肢，俨然土耳其皇帝，真所谓宽宏大量、虚怀若谷地忍受着她的爱恋。我实在是带着愤怒看着他那涨红的脸，透过他脸上那装腔作势和轻蔑冷漠的神气就可以看出他的自满和虚荣心。阿库林娜在此时此刻是多么好呀：她的整个心灵信任他，热烈地展现在他的面前，和他靠近，和他亲热，而他……他却把蓝色的勿忘我扔在草地上，从大衣的旁边口袋里取出一片带青铜框边儿的圆玻璃来，放到眼睛上去，但是无论他怎样努力皱着眉头、抬高一侧脸颊甚至高耸鼻子去支撑这块小玻璃片，但小玻璃片总是掉下来，落在他的手里。

阿库林娜感到很惊讶，最后问道："这是什么？"

"单片眼镜。"他神气地回答。

"做什么用的？"

"为的是看得清楚些。"

"给我看看呀。"

维克多皱起眉头，但还是把小玻璃片给了她。

"注意，不要打坏了。"

"别怕，不会打坏的。"她胆怯地把它戴到眼睛上，"我什么也没看见。"她天真地说。

"你眯起一只眼睛，就用一只眼睛。"他用教师对学生表示不满意的语气说。她眯起一只眼睛，把小玻璃片放在它前面。

"不是那只，不是那只，傻子呀！是另一只眼睛呀！"维克多嚷着，不给她改正错误的机会，把眼镜从她那里夺回去了。

阿库林娜脸红了，微微地笑着，便回转身来。

"可见这东西对我们没有用。"她说。

"那还用说！"

可怜的姑娘沉默了，深深地叹了一口气。

"唉，维克多·亚历山大雷奇，没有你，我会多么难过啊！"她忽然说。

维克多用衣裾擦了单片眼镜，把它放回衣兜里。

"是的，是的，"他终于说道，"你起初肯定是很难过。"他很宽容地拍着她的肩膀。她轻轻地从自己的肩膀上取下他的手来，胆怯地吻着。"是的，是的，你真是个好姑娘，"他继续说下去，自满地微笑了一下，"但有什么办法呢？你自己想一想！老爷同我们不能够再留住在这里了。冬天快要到了，可是乡下的冬天，你自己知道，简直是坏透了。在彼得堡就不一样！那边好极了，是那么好，你这个傻子，做梦都想象不到的。多好的房屋、街道，还有社交、教育，简直就是奇迹……"阿库林娜贪婪地注意听他说，像婴儿一样微微地张着嘴巴。"可是，"他在地上翻着身，补充说，"我有什么必要给你讲这些呢？你是听不明白的。"

"为什么听不明白，维克多·亚历山大雷奇？我明白了，我全明白了。"

"看，你这个傻样！"

阿库林娜低下了头。

"你以前可不是这样跟我说话的，维克多·亚历山大雷奇。"她说着，并不抬起眼睛来。

"以前吗？……以前！你呀……以前！"他说着，仿佛在生气。

他们两人都沉默了。

"不过我该走了。"维克多说着，已经支起一只胳膊肘……

"再等一会儿吧。"阿库林娜哀求着说。

"等什么？……我已经同你告别过了。"

"你等一会儿吧。"阿库林娜又说。

维克多又躺下去，开始吹起口哨来。阿库林娜的目光一直不离开他。我可以看出来，她渐渐地激动起来，她的嘴唇在颤抖，她苍白的双颊微微发红。

"维克多·亚历山人雷奇，"她用断断续续的声音说，"你有罪，你有罪呀……维克多·亚历山大雷奇，你的的确确有罪！"

"什么叫有罪？"他皱着眉头问，并且微微地抬起身来，把头转向她。

247

"就是有罪，维克多·亚历山大雷奇，哪怕对我说一句告别的好话也好呀，哪怕对我这个命苦的孤儿说一句好话也好啊……"

"叫我对你说什么呢？"

"我不知道，你比我清楚，维克多·亚历山大雷奇。你就要动身了，对我说一句话吧……我做了什么错事令你连一句话也不说呢？"

"你真奇怪！我能说什么呢？"

"哪怕是一句话……"

"唉，你老是这一套。"他带着懊恼站起身来。

"不要生气，维克多·亚历山大雷奇。"她勉强忍住眼泪，匆忙地说。

"我并不生气，只是你太傻了……你想要什么呢？我不能娶你。我是不能娶你的。那么你要什么呢？要什么呢？"他把脸朝前冲，仿佛等待回答，并且松开了手掌。

"我什么……什么也不要，"她结巴了，勉强向他伸出颤抖的手，"哪怕说一句告别的话呢……"

她泪如泉涌。

"哼，又这样了，又哭了。"维克多冷冷地说，把帽子从后面拉到眼睛上。

"我什么也不要，"她继续说，泣不成声，用双手捂着脸，"但是现在叫我在家里怎么过，怎么过啊？我将来会怎么样啊？我这个苦命人将怎么过啊？人家要把我这个孤儿嫁给不心爱的人。我这个可怜的人啊！"

"你就这样哭诉吧。"维克多低声地嘟囔着，就地踟蹰起来。

"哪怕说一句话，哪怕一句……就说，阿库林娜，就说，我……"

突如其来的放声大哭撕心裂肺，不允许她把话说完，她将脸伏在草地上，伤心地痛哭了……她全身抽搐地抖动着，后脑勺也因此往上抬……长久被压抑的悲痛如大江决口，奔涌而出。维克多在她前面站了一会儿，耸了耸肩膀，转过身去，大踏步走开了。

过了几分钟……她静下来，抬起头，翻身站起来，望了一下四周，拍了一下手，打算跑去追他，但她的双腿打弯，跪倒在地上……我忍不住了，向她奔去。但是她刚一看见我，不知从哪里来了力气，伴着软弱的叫声站了起来，立刻消失在树林里，把花儿撒在地上。

我停下来，拾起一束勿忘我草，走出树林，来到田野里。太阳低悬在明亮却苍白的天上，太阳的光线也仿佛褪色和变冷了。阳光不再耀眼，发出一种平和的带着水汽的亮光。离夜晚只剩下不到半个钟头了，晚霞几乎开始染红天际。疾风从麦田黄色的干麦茬那里迅速地迎面吹来。卷曲的小叶片在麦田前匆匆起舞，飘然而过，跨过大道，沿着树林边缘飞去。树林的一面像一座墙对着田野，全都在颤动、闪烁，发出点点的亮光，清楚但不耀眼。在浅红的草上，在草茎上，在干草上，到处都闪烁着、颤动着无数的秋天的蜘蛛网。我停下了脚步……我感到了忧愁，就在凋零的大自然那新鲜但不快乐的微笑后面，不远的冬日的萧条和恐怖好像在偷偷地临近。一只谨慎的乌鸦高高地从头上飞过，艰难而猛烈地用翅膀划破长空，转过头来，斜看着我，嘎嘎地叫了几声，往高空飞去，隐没在树林后面了。一大群鸽子从打谷场腾空而起，突然排成一队，匆忙飞落在田野里。这是秋天的征候！有一个人驾着车在光秃的山坡那边经过，那辆空马车在隆隆作响……

我回到了家，但是可怜的阿库林娜的形象久久未能从我的脑海里离去，而她那些早已凋残的勿忘我草至今还保存在我这里……

希格雷县的哈姆雷特

一次旅行中，我受到亚历山大·米哈伊雷奇·某某先生的邀请去赴宴。他是个很有钱的地主和打猎者。他的村庄离我当时住的小村子大概有五俄里。我穿上了燕尾服（即使是出远门打猎，我奉劝诸君也要随身带着它），就动身去亚历山大·米哈伊雷奇那里。宴会定在六点，我五点就到了，已经见到许许多多穿着制服、便服和其他不明服装的贵族。主人热情地接待了我，但他又立即跑进餐厅仆役房去了。他在等候一个重要的官员，显得有些激动和不安，这种感觉跟他的财富和独立的社会地位完全不相称。亚历山大·米哈伊雷奇从未娶妻，也不爱女人，他结交的人都是独身的。他过着豪华的生活，把祖传的府第扩建和装修得富丽堂皇，每年从莫斯科订购来一万五千卢布的酒。一般来说，他享受着很高的尊敬。亚历山大·米哈伊雷奇很久前就退休了，不求任何功名利禄……但他为何盼望这位达官贵人的光临，并且在盛宴的今天从早晨就激动不安呢？这真是不解之谜，这就像我相识的一个辩护律师在有人问他收不收自愿赠送的贿赂时常说的话一样高深莫测。

主人离开后，我就在各个房间走走。差不多所有的宾客我都不认识，已经有二十多人坐在几张牌桌边。这些纸牌爱好者中有两个军人气宇轩昂，脸色和善，但略显憔悴；几个文官紧系着高高的领结，吊挂着染色的胡子，这种扮相常常只是那些果断好心的人才有的（这些好心人正郑重地理着牌，并不转动脑袋，只从旁边用眼睛瞟来到身边的人们）；五六个县里的官员鼓着圆圆的肚子，小手肥胖、疏松而多汗，小脚文静和不爱动。

（这些先生说话柔声柔气，谦虚地向四处微笑着，把自己的牌握在胸衣前面。他们出"王牌"时，并不击打桌面，而是按抛物线把纸牌轻轻扔到绿呢子上，收被"吃"的牌时发出一种温文尔雅的吱吱声。）其余的贵族坐在椅子上，或成堆地站在门口或窗户下。一个年纪不轻的外貌像女人的地主站在屋角，他哆嗦着，脸红着，并且不安地把手放在自己肚子上拨弄自己那块怀表，虽然并没有人注意他；有几个老爷先生穿着圆摆的燕尾服和莫斯科裁缝费尔斯·克留新（裁缝行会的长期会员）制作的花格子裤，在那里非常随便地大发议论，同时自由地旋转着自己又肥又光的头；一个二十多岁的青年，近视眼，浅头发，从头到脚穿着黑衣裳，显然在那里胆怯却又恶意地微笑……

我开始感觉有点儿厌倦，这时忽然一个名叫伏意尼成的人凑到我面前。他是个没有完成学业的大学生，寄住在亚历山大·米哈伊雷奇家里充当……巧妙地说，就是充当某个角色吧。他枪法高明，并且会训练狗。我在莫斯科就知道他。他属于在各种考试方面"呆若木鸡"的一类年轻人，也就是说，他对生气的教授提出的问题一句也不回答。为了修辞，这些先生也叫"厚脸皮"。（这种事可见早已有之。）事情原来是这样的。譬如有一次，伏意尼成被叫出来了。他此前坐在自己的凳子上，一动不动，正襟危坐，从头到脚热汗淋漓，慢慢地却无意地向周围转动着眼睛。现在他勉强站起来，匆忙扣好自己制服上的所有纽扣直到脖子，侧着身子，费劲地走到考试桌前。"请取出一张考签。"教授舒心地对他说。伏意尼成伸出手，颤抖地触着一堆考签。"可不要挑了又挑。"一个爱生气的老头儿——其他系来的一位教授，突然对这位不幸的"老油子"发了火，用颤抖的声音提醒他。伏意尼成听从自己的命运，拿了一个考签，出示了号码，便走到窗旁坐下，等待他前面的考生回答完自己的问题。坐下后，伏意尼成的眼睛总不离开那张考签，只是间或照旧慢慢地向四周看看，躯干和四肢却纹丝不动。但很快前面那人考完了，考官对他说："好，走吧。"甚至对他说："好，很好。"这要看这个考生的才能来定了。于是，伏意尼成被叫了过去。伏意尼成起身，稳步走到桌旁。"请念考题。"考官对他说。伏意尼成双手把那张考签端到自己鼻子跟前，慢慢地念着，又慢慢地放下双手。"嗯，请回答。"那个教授懒洋洋地说，身子往后仰，两手交叉在胸前。死一般的沉默。"你怎么啦？"伏意尼成沉默不语。旁边的那个小老头儿开始恼怒了："你还是说点什么吧！"这位伏意尼成还是沉默着，仿佛失去了知觉。他那剃光的后脑勺呆在那里，一动不动，迎着所有同学好奇的目光。旁边的小老头儿眼睛都准备跳出来了，他对伏意尼成恼恨到了极点。另一个考官说："这真是奇怪！你怎么啦？干吗像哑巴似的站着？是不是不知道？要是这样，就这样说出来。""请允许我拿另一张考签。"不幸的人低声含糊地说。教授们交换着眼色。主考官把手一挥，回答说："哦，请拿吧。"伏意尼成重新拿了一张考签，重新走到窗旁，重新回到考桌，重新沉默不语，像死人一样。旁边的小老头儿恨不得生吃了他。最后，考官们把他撵走，给打了零分。你们以为，他至少要离开考场吧？事实却并不这样！他回到自己的座位上，还是一动不动地坐着，一直坐到考试终了。临走时他还大声感叹："啊，那就斥责吧！这样的考试！"那一天，他在莫斯科走了一整天，偶尔抓住脑袋痛苦地咒骂自己无才的命运。至于书，他自然是不会抓的！下一次，同样的故事又会重演。

就是这样一位伏意尼成凑到我跟前。我们谈了谈莫斯科，谈了谈打猎。

他忽然向我耳语："你愿意听吗？我想给你介绍此地第一号尖刻鬼。"

"愿意。请！"

伏意尼成把我领到一个小个子那里。此人蓄着胡子，头上高耸着"一撮毛"头发，穿着栗色的燕尾服，系着花领带。他那肝火旺盛、灵活多变的脸庞确实透露出机智和恶毒，机灵、讽刺的微笑不停地弄歪他的嘴，眯起的小黑眼从不平的眉毛底下旁若无人地望着。他旁边站着一个地主，此人的形体和性格有三个特征，即宽、软、甜，是一位真正的"糖人"；再一个特征就是"独"——独眼。"糖人"笑对着那个小个子的机灵劲儿，并且仿佛因为高兴而融化了。伏意尼成把那个尖刻鬼介绍给我，他叫彼得·彼得洛维奇·鲁皮新。我们认识了，交换了第一次问候。

"让我给你介绍我的好友，"鲁皮新忽然斩钉截铁地说，拉住那个"糖人"地主的手，"不要躲呀，基里拉·塞里方内奇，"他加了一句，"人家不会咬你的。这位是——"他继续说，而不好意思的基里拉·塞里方内奇鞠躬时是那样笨拙，仿佛他的肚子要掉下来似的。"这位是，请恕我介绍，一位优秀的贵族，享有健康的身体直到五十岁，忽然想医治自己的眼睛，因此就成为独眼了。从此以后，他医治自己的农民们，取得了同样的成绩。当然，他们还是同样的忠诚。"

"你这个人。"基里拉·塞里方内奇嘟囔了一句，并且笑了。

"你说完呀，我的朋友，把话说完呀，"鲁皮新接上话，"你可能被选作法官，一定会被选上的。你等着瞧吧。当然，代表们会替你考虑。但无论如何，哪怕是别人的意思，也应该说出来才好。要是省长来了，一问：为什么法官口吃了？比如说是麻痹症发作了。他就会说，那么给他放血吧。处在你的地位，你会表示同意，这不好看吧。"

于是"糖人"地主捧腹大笑了。

"你看他这个笑法。"鲁皮新继续说，恶狠狠望着基里拉·塞里方内奇颤动的腹部。"他怎么能不笑呢？"他转向我补充说，"吃得饱，身体好，没有儿女，也没有将农民抵押给别人，他还给他们治病，妻子傻里傻气。（基里拉·塞里方内奇稍微转过身去，仿佛不注意听似的，还继续哈哈笑着。）我也是要笑的，不过我的妻子跟土地丈量员跑了。（他也露出了牙，苦笑了一下。）你不知道这个吗？怎么样，怎么样！就是这样！她就这样跑了，给我留下了一封信：'亲爱的彼得·彼得洛维奇，原谅我，我为爱情所牵引，同我心上人走了。'土地丈量员之所以能够把我的妻子带走，只是因为他不剪指甲，还穿着紧身裤子。你感到奇怪吗？你会说，这个人真坦白。我的上帝！我们这些草原兄弟总是干脆利落，实话实说。我们还是走到一边去吧……我们为什么要站在未来的法官身边呢？……"

他架着我的胳膊，退到窗户旁边去了。

"我在这里以尖刻闻名，"他在谈话中对我说，"你不要相信这个。我不过是脾气坏，大声骂人，因此我这样自由自在，无拘无束。并且我实在不用讲什么礼节，不论是谁的意见，我都认为是一钱不值，我什么也不追求，我恶毒——这是什么话！但恶毒的人至少不需要智慧。这个说法多新鲜，你不会相信吧……譬如说，你看我们这位主人吧！他为什么跑来跑去？请原谅我尖刻！他反复看着表，微笑着，流着汗，装作郑重的样子，并且要把我们饿死！没有见过这种事，不就是一个当大官的人物吗？你看，他又跑开了。你看，他甚至是在那里瘸着走哩！"

鲁皮新嘿嘿地笑了。

"还有一点糟糕的，没有女客。"他继续说，深深叹了一口气，"这是光棍们的宴会，要不然，我们弟兄们到哪里去找口福呀？你看，你看，"他忽然喊起来，"那里走来的就是郭泽尔斯基公爵，就是那个高个子男子，蓄着胡须，戴着黄手套。一眼就能看出他到过外国……他经常这样晚到。他真笨。我对你说，他一个人仿佛抵得上市场上的一对马。请你再看，他是那么谦虚地在跟我们弟兄们说话，他又将怎样宽宏大量地微笑着关心我们那些饥饿的母女啊……他有时候也说些尖刻的俏皮话，总算没有白坐车来这里做客！为此他也要忽然尖刻几句！不多不少，正好像用钝刀子锯肉一样。他容忍不了我……我要去给他鞠躬。"

于是鲁皮新迎着公爵跑去。

"这边走的是本人的一个仇敌，"他忽然回到我身边，说，"你看这个胖子，脸是褐色的，头上长着马鬃。你看他，手里揥着帽子，顺着墙慢慢地走着，四处张望，像一条狼。我以四百卢布的价钱卖给他一匹马，其实那匹马值一千哩，这个不会言语的家伙因此现在完全有权利轻视我了，不过他自己也因此丧失了思维能力，尤其是在早晨，喝茶以前或在饭后，要是你向他问好：'您好！'他却回答：'什么事？'你看，将军走过来了。"鲁皮新继续说，"退职的文官将军，破产的将军。他的女儿是甘蔗糖做成的。他的工厂正害着瘰疬病……错了，我不是这样说的……嗯，你明白我的意思。啊！连建筑师都跑来了！一个德国人，长着胡子，却对自己的业务一窍不通，真是咄咄怪事……不过他又何必知晓自己的业务呢？他只要收受贿赂就行，只要为我们这些'柱子贵族'①多竖立几根圆柱或柱子就行！"

鲁皮新又哈哈大笑……但忽然全屋一阵骚动。那位大官来了。于是主人冲到前厅。几个忠实的家奴和热心的宾客跟着他奔了过去……喧哗的交谈变成轻柔悦耳的话语，犹如春天的蜜蜂在自己蜂窝里发出的嗡嗡声。只有鲁皮新这只不安静的黄蜂和郭泽尔斯基这只威武的雄蜂没有放低自己的声音……看，蜂王，也就是大官，终于进来了。大家的心都飞向他，一个个欠起身子，甚至连那个廉价买了鲁皮新一匹马的地主也让自己的下巴碰到了胸脯。大官维持着自己的尊严，别提多神气了。他向后面摇着脑袋，仿佛在点头鞠躬。他说出几句赞许的话，其中每个词都是"啊"字开头，拉得很长，而且用鼻音。他带着极大的怒意，看了看郭泽尔斯基公爵的胡子，又把左手的食指伸向那个有一个工厂和一个女儿的破产将军。大官抓紧在几分钟里说了几句：他很高兴自己没有迟到，没有影响宴会。这话他说了两遍。于是，全体客人走进餐厅，官职大的走在前面。

大官如何被安排在首位，坐在文职将军和省议长之间（省议长脸上带着自由和尊贵的表情，完全和他浆洗的胸衣、宽大的坎肩和装着法国烟叶的圆盒相适应）；主人如何忙碌、奔跑、慌张、应酬宾客，顺便对着大官的背微笑；他还如何站在屋角，像一个小学生，很快地接过一碟汤或一小块牛肉；家里的仆人如何端上一俄尺②半长、嘴里衔着花束的鱼；那些穿着制服、面色严肃的仆人如何冷冰冰地走到每个贵族身边斟酒，一会儿斟"玛拉加"酒，一会儿斟"德·玛特拉"酒，几乎全体贵族，特别是上了年纪的，虽然一杯接一杯地喝着，但仿佛都是勉强地在尽义务；还有，

---

① 这里指"世袭贵族"。
② 俄尺约等于0.71米。

一瓶瓶香槟酒如何打开，如何开始碰杯祝酒——所有这些都不必对读者细讲，因为读者大概已经再熟悉不过了。但是特别引起我注意的是，在全场高兴的沉默中大官本人讲的一段笑话。有一个人，好像是熟悉新文学的那位破产将军，提起了妇女的普遍影响力，尤其是对青年的影响。大官接着说："是的，是的，这是真的，但是应该使青年人严格地服从管教，否则，他们一看见女人的裙子，也许就会发疯。（儿童般快乐的微笑掠过全体宾客的脸，有一个地主甚至在眼神里闪烁出感谢的亮光。）因为年轻人傻。"（大官大概为了摆官架，有时改变了通用的重音，在"因为"这个词上面错打了重音。）"就拿我儿子伊凡来说吧，"大官继续说，"傻小子还不满二十岁。他忽然对我说：'爸爸，允许我结婚吧。'我对他说：'傻小子，先做事吧。'……当时他绝望呀，流泪呀……但是我还是这样……"（"这样"这个词，与其说是从大官嘴里，不如说是从他肚子里发出来的。他沉默了一会儿，庄重地望了一眼自己邻座的将军，并且出乎意料地过分抬高了眉毛。文职将军愉快地微微侧俯着头，非常迅速地眨巴着一只眼睛，转向大官。）"结果怎么样呢？"大官又开腔了，"现在他给我写信说，感谢父亲教育好了他这个傻儿子……本来就应该这样办的。"所有宾客自然都赞成大官的话，似乎因为获得了快乐和教训而变得活跃了……宴会后全体都起身，转移到客厅。这时喧哗声更大了，但仍然是有礼貌的，在这种情况下也似乎是被允许的……人们坐下来打牌。

　　我勉强等到了晚上，吩咐自己的车夫在第二天早晨五点套好马车，便去就寝。但我在这一天里还认识了一个出色的人物。

　　因为来的客人多，所以谁也不单独睡一间屋子。亚历山大·米哈伊雷奇的侍从领我进了一间不大的有点儿发霉、潮湿的房间。那里已有另一个客人，并且他已经完全解衣上床。他见了我，机灵地钻进了被窝，被子一直盖到鼻子下。他在松软的羽绒褥子上翻腾了一会儿，便安静了，从头上布睡帽的圆边底下锐利地张望着。我走到另一张床边（屋里一共只有两张床），脱了衣裳，躺在潮湿的褥子上。我的同室人在自己床上翻了个身……我向他道了晚安。

过了半小时。无论怎么努力，我都睡不着。各种模糊的杂念纷至沓来，如同扬水机上的一个个水桶接连不断地、不厌其烦地、单调无味地在头脑里出现。

"你大概没有睡着吧？"我的同室人说。

"你看见了。"我回答，"你也睡不着吧？"

"我一直睡不着。"

"这是怎么啦？"

"就是这样。我平时睡下去，自己不知道为什么，躺着躺着就睡着了。"

"你今天既然不打算睡觉，为什么要躺在床上呢？"

"可是叫我做什么事情呢？"我没有回答他的问题。

"我感到奇怪，"沉默了一会儿，他继续说，"为什么这里没有跳蚤？我想它们一定在什么地方。"

"你仿佛在怜惜它们哩。"我说。

"不，并不是怜惜。但是我对一切都喜欢连续性。"

"原来是这样，"我想，"他用的是什么词啊！"

同室人又沉默了。

"你愿意同我打赌吗？"他忽然大声地说。

"打什么赌？"

我的同室人开始引起我的兴趣了。

"嗯……打什么赌？就是打这个赌：我相信你把我当成了傻瓜。"

"怎么能呢？"我带着惊疑嘟囔了一声。

"当成乡下人，没文化……你承认吧……"

"我还未有幸认识你，"我反驳他，"凭什么你就这样断定……"

"凭什么？就凭你说话的声音。你这样漫不经心地回答我……但我完全不是你想象的那种人……"

"请允许我……"

"不，请允许我说。第一，我的法国话说得不比你差，德国话说得甚至比你好；第二，我在外国住了三年，仅在柏林我就住了八个月。我研究过黑格尔，尊敬的先生，我还能背诵歌德的诗。除此以外，我长时间爱着一个德国教授的女儿，不过在家里娶了一个得痨病的小姐，她秃头，但人品出色。所以，我和你是一类人物，我不是乡下人，不是像你设想的那样……我也有对外界的痛苦反思，并且我没有什么是直接言明的。"

我抬起头来，仔细地注视着这个怪人。在暗淡的灯光下我几乎看不清他的脸庞。

"现在你正看着我呢，"他继续说，戴好了自己的睡帽，"大概你在问自己：我今天傍晚怎么没有注意到他呢？我对你说，你为什么没有注意到我，因为我没有抬高声音；因为我躲在别人身后，站在门后面，不跟任何人说话；因为仆从带着盘子从我面前走过的时候预先抬高了自己的胳膊肘，和我的胸口同一高度……为什么会发生这一切呢？有两个原因：第一，我穷；第二，我安分了……你说实话，你是没有注意到我吧？"

"我实在未曾荣幸……"

"嗯，是的，是的，"他打断我的话，"这是我知道的。"

他坐起身来，交叉着手，他那睡帽的长影从墙上弯曲到天花板上。

"你承认吧，"他忽然从旁边看了我一眼，补充说，"在你看来我一定是个大怪人，就是通常说的独特的人，也许还要比这坏。也许你以为我在假装怪人？"

"我还是应该对你再说一次，我并不认识你呀……"

刹那间，他低下了头。

"为什么我同你，一个素不相识的人，会这样唐突地交谈呢？上帝，只有上帝才知道！（他叹息了一声。）并不是因为我们两人的心灵相通。我和你，我们两人，都是正常人，那就是说，都是自私者。你与我，我与你，都没有丝毫干系。不是这样吗？但我们两人都睡不着……为什么不聊聊天呢？我正在劲头上，对我而言这是很少发生的。你看，我胆小，我胆小并不是因为我是乡下人、老百姓、穷人，而是因为我是一个自尊心很强的人。但有时候，在我所不能够断定或预见的意外机遇的影响下，我的胆怯心完全消灭了，就像现在这样。不过也许你想睡觉吧？"

"不，正好相反，"我赶紧回答，"我很高兴同你交谈。"

"那就是说，我会逗你快乐，你愿意说……那是更好了……既然这样，我正式对你说，这里有人尊称我是独特的人。他们胡说八道之余，偶尔也提到我的名字。有一句诗说：'谁都不太关心我的命运。'他们是想污蔑我……我的上帝呀！要是他们知道该多好……我之所以完蛋，就是因为我根本没有什么独特的地方，的确没有，除了这样一些嗜好，譬如，我现在同你交谈。不过这种嗜好一文不值，这是最廉价、最下贱的一种独特之处。"

他把脸转向我，双手一挥。

"尊敬的先生！"他大叫一声，"我的意思是，只有独特的人才应该活在世上，只有他们才有权利生活。某人说过：'我的酒杯并不大，但我用自己的杯子饮酒。'你看，"他轻声地补充说，"我说的法国话多么地道呀！我不在乎你的脑袋大、容纳的东西多，即使你一切都懂，知道许多，注意观察时代，可是你自己的、特别的、特有的东西却一点儿也没有——这又算得了什么！这等于在世界上多了一个装着普通货物的仓库，但是谁会因此而获得什么快乐呢？不，你哪怕是傻，也要傻得别致！要有自己的气味，自己特别的气味，这就是我的看法！你也不要以为我对这种气味要求很高……上帝保佑。这样的奇人，即独特的人，真是不计其数！你无论往哪里看一看，全是独特的人。一切活人都是独特的人，不过我还没有资格进入他们的行列哩！"

"不过，"他沉默了一会儿，继续说，"在青年时代，我抱有何等的期望啊！出国前，并且在回国后的初期，我自视极高，自命不凡！在外国我保持警惕，尖尖地竖起耳朵，独来独往（我们这般弟兄们都认为应该这样），琢磨一切，领悟一切，但到头来，你看，丝毫也没有领悟到，一窍不通！”

"独特的人物，独特的人物！"他接着往下说，带着责备的口气摇晃着脑袋……"别人称我为独特的人物……事实上，世上再没有人比在下我——最崇拜您的仆人，更缺少特性的了。我大概生来就是模仿别人……真的！我活着仿佛也是模仿我所研究的各类著作家，我疲于奔命，读书呀，恋爱呀，最后娶妻呀，仿佛并不是按照自己的意愿，而是在履行某种责任或完成某门功课——到底干的什么，谁能清楚呢？"

他从头上拽下睡帽，扔在床上。

"如果你愿意，我可以给你讲我的生活经历，"他用短促的声音问我，"或者最好是讲我人生中的点点滴滴。"

"愿意，请！"

"或者，不！我最好还是对你讲我怎样娶妻，因为结婚是件重要的事，是整个人生的实验石；结婚仿佛是一面镜子……但这比喻太陈腐了……请允许我嗅一嗅烟。"

他从枕头底下取出鼻烟盒来，打开了，又说起话来了，一面使劲地摇晃着打开的鼻烟盒。

"尊敬的先生，请你处在我的位置……自己想一想，我能从黑格尔的百科全书里得到什么益处呢？请您赐教！这种百科全书和俄国的生活有什么共同点呢？您说，怎样才能把这种书应用到我们的日常生活？何况不只是这一种百科全书，而是全部的德国哲学……我再进一步说——而是全部科学呀！"

他在床上跳起来，凶狠地咬着牙齿，轻声地嘟囔开了：

"可是事情是这样吗？真是这样吗？……那么为什么你要想方设法到外国去呢？为什么不坐在家里就地研究你周围的生活呢？那样你就可能知道这种生活的需求和未来，同时你也可以明白自己的所谓使命……而且，恕我直言，"他继续说着，又变了声调，仿佛在为自己辩解，怯生生的，"我们这般弟兄们从哪里去研究至今还没有一个聪明人写进书里的东西呀！我当然喜欢在这里，在俄国的生活里取得教训，但是俄国的生活，我亲爱的俄罗斯沉默不语。她只说：'你正确理解我吧。'我说：'可是这是我力所不及的。您提出一个结论性的意见，提供我一个结论……'她说：'结论吗？给你这个结论吧：你听听我们莫斯科人说的话吧！'我想：'这不是成了鹦鹉吗？糟糕的就是莫斯科人像库尔斯克的鹦鹉那样吹哨，而不是像人那样说话……'于是我想，我这样想：科学，科学大概到哪里都是一样的，真理也是一样的。于是我拔腿就走。上帝保佑，我去了异国他乡，来到非基督徒们那里……年轻气盛，青春与骄傲一起冒出来，我什么都敢干，你就吩咐吧！你知道，谁都不愿意不到时候就冒出肥油，虽然人们说那是健康的表现。可是如果人体不长肉，那么谁也看不见自己身体里有肥油。"

"不过，"他想了想，补充说，"我好像已经答应给你讲我娶亲的事情。你就听吧！第一，我正式告诉你，她已经不在人世了；第二……而第二，我看，我不得不给你讲我的青年时代，否则，你什么也不明白……你不是不想睡觉吗？"

"是的，不想睡。"

"那就好！你就听我讲吧……隔壁房里康达格留新先生的打鼾声多么难听呀！我是由没有钱的父母所生，我说是父母所生，是因为根据传说，除了母亲以外，我也有父亲！我不记得他了。人们说他不聪明，鼻子大，脸上有雀斑，长着一头红头发，用一个鼻孔嗅烟。母亲的卧室里挂着他的肖像，上面的他穿着红色的军官制服，黑领子直竖到耳边，相貌非常丑。有时候我在这幅肖像前挨打，我母亲便指着他说道：'他还不致这样打你。'你可能以为这给了我多大的鼓励！我既没有兄弟，也没有姐妹，不过实话实说，我原来有一个久病在床的弟弟，他后脑勺上生着一种英国病，好像因此很快就病死了……为什么这种英国病钻到库尔斯克省希格雷县来了呢？但问题不在这里。母亲，这个草原上的女地主，用全部热情教育我。从我出生的那个伟大日子起，她就开始对我进行这种教育了，直到我满十六岁……你在仔细听吗？"

"那还用说！继续讲吧。"

"那好！我刚满十六岁，我母亲毫不迟疑地撵走了我的法语家庭教师——德国人菲立波维奇，他出身于涅任的希腊人血统。母亲亲自送我到莫斯科，让我进了大学。但她把自己的灵魂交给了万能的上帝，而把我留给了我的亲叔叔——辩护律师科尔同－巴蒲拉，这个人物不只在希格雷县闻名。我的亲叔叔——辩护律师科尔同－巴蒲拉，把我掠夺得可谓精光……但问题还不在这里。我进了大学，得到了相当好的培养——这一点应该归功于我母亲。但是缺乏特性的毛病那时候在我身上就已出现。我的童年与其他青年贵族的童年没什么两样，我也是同样愚蠢地、病态地成长，仿佛是成长在温室里似的。我也是很早就开始背诗，多愁善感，萎靡不振，美其名曰"有理想的喜好"……喜好什么呢？喜好美，诸如此类。在大学里，我并没有走别的路，我立刻加入了小组。那个时代跟现在不一样……也许你不知道什么是小组吧？——记得席勒在什么地方说过：

> 叫醒狮子是危险的，
> 虎的牙齿是可怕的，
> 但恐怖中最恐怖的，
> 那是失去理智的人。

"你要相信，席勒想说的不是这个。他想说：恐怖中最恐怖的是'莫斯科城里的小组'。"

"可是你在小组里能找出什么可怕的东西来呢？"我问。

他抓住自己的睡帽，拉在自己鼻子上。

"我找出什么可怕的东西来？"他大喊起来，"可怕的就是：小组扼杀一切自我的发展；小组取代社会、妇女、生活并使之丑陋不堪；小组……啊，你等等，我要告诉你什么是小组！小组是集懒惰与颓废于一身却又被赋予理智事业的意义和形式的所谓生活；小组用议论代替谈话，使人学会无结果地空谈，把你从独自进行的、自得其乐的工作引开，使你传染上文学的疥癣，最后使你丧失心灵的清新和灵魂的纯洁。小组还是'团结'和'友爱'幌子下的庸俗和无聊，小组借口'坦率'和'同情'，把'误会'和'争论'连锁在一起。在小组里，由于每个朋友都有权在任何时刻把自己没有洗干净的手指插进你的内心，谁的心里没有一块洁净和不可触碰的地方呀！在小组里，崇拜的是空虚的善辩家、自尊心强的聪明人、未老先衰的人，吹捧的是没有才能的但颇有心计的诗人；在小组里，十七岁的年轻人狡猾而高明地谈论女人和爱情，可是他们在女人面前却哑口无言，或者在同她们说话时像在背书，谁知道他们说的是什么；小组里，狡辩盛行；学术小组里互相监视，无异于警察官吏……啊，小组！不，它是小组，它是迷魂圈，在里面断送的不止一个正经人啊！"

"啊，恕我直说，你说得过头了。"我打断了他。

他默默望着我。

"可能，谁知道，可能吧。我们这类人只剩下唯一一点快乐，那就是说过头话。先生，我就是这样在莫斯科住了四年。尊敬的先生，我不能给你形容这段时间过得多快，实在是太快了。那段时间，甚至现在回忆起来都令人感到忧伤和苦恼。你早晨起床后，就仿佛坐着小雪橇从山上往下面滑……一看，就滑到了山脚下。时间已经是晚上了。那个睡眼蒙眬的仆人便帮你穿礼服。你穿好衣服，拖着沉重的脚步来到朋友那里，于是抽一袋烟，喝几杯淡茶，谈论着德国的哲学、爱情、永存不朽的精神以及其他遥不可及的话题。可是就在这里，我遇见了一些独特的、卓尔不群的人。无论他怎样折磨自己，无论他怎样把自己压弯，但本性不改。唯独我这个不幸的人把自己捏成了软蜡，而我那可怜的本性丝毫不进行抵抗！那时我满二十一岁。我开始掌管自己的遗产，或者更准确一点儿说，掌管我的监护人发善心留给我的那部分遗产。我委托已获得自由的侍仆瓦西里·库德略赛夫管理我所有的几处领地，便出国，到了柏林。在国外，我荣幸地对你说过，我住了三年。情况怎么样呢？在那里，在外国，我仍然是个不独特的人物。第一，不用说，对欧洲及在欧洲的生活，我一无所知；我听德国教授们讲课，在他们的出生地读德国的书……这就是全部差别。我就像一个和尚似的过着幽居的生活；我跟一些退伍的俄国陆军中尉气味相投，他们像我一样渴望知识，但理解迟钝，也没有语言才能；我和来自本扎以及其他产粮省的愚钝家族交往，逛咖啡馆，阅读杂志，每天晚上去戏院。我对本地居民知之甚少，同他们谈话时，不知为什么会有点儿紧张。他们中间也没有人到我这儿来，除了两三个犹太籍的好纠缠的青年，他们常到我这儿借钱，因为 der Russe[①] 乐善好施。奇怪的命运最后把我戏弄到一位教授家。情况是这样的。我到他那里去登记听课的，可是他忽然请我参加晚会。教授有两个女儿，二十七八岁，又矮又胖，长着蔚为壮观的大鼻子、螺旋形的卷发、浅蓝色的眼睛、红手白指甲。一个叫琳杏，另一个叫明杏。我开始去教授家串门了。应该告诉你，这个教授并不傻，但好像受过刺激。在讲台上他说话颇有条理，在家里却含糊不清，眼镜总保持在额头上。而且他是最有学究气的人……后来情况怎么样呢？忽然我觉得，我爱上了琳杏，整整有六个月我都这样觉得。我同她的谈话固然少，较多的时间是用眼睛望着她，但给她朗读各种动人的作品，偷偷地握她的手，每天晚上同她一起幻想，固执地望着月亮，或者随便往天上看。而且她擅长煮咖啡……你看，还缺什么呢？只有一点使我不安：在无法形容的所谓幸福的时刻，我不知为什么心口隐隐作疼，胃里一阵冷战和难过。最后我耐不住这样的幸福，便逃走了。此后我在国外又度过整整两年。我住在意大利，在罗马的《基督变容》[②] 前停步，也在佛罗伦萨的维纳斯面前驻足。我突然情不自禁，欣喜异常，仿佛中了邪似的，每天晚上写些小诗，开始记日记。总之，在这里我生活得平平常常，跟大家一样。然而你也会看见，

---

① 原文是德语，意思是“俄国人”。
② 《基督变容》是意大利文艺复兴时期画家拉斐尔的画作，画的是耶稣的故事。

做独特的人也是很容易的。譬如说，我对绘画和雕刻一窍不通……我本可以把这种话直接说出来，这是多么容易做到的呀……不，我没有这样，我怎么可能这样啊？还是找一个导游，跑去看壁画吧……"

他又一次低下了头，又一次摘下了睡帽。

"最后我回到了祖国，到了莫斯科。"他用疲倦的声音继续说，"出人意料，在莫斯科我发生了惊人的变化。在国外我大多时候沉默寡言，在莫斯科却忽然像打开了话匣子，同时思想活跃，异想天开。有些虚怀若谷的人觉得我几乎是一个天才，太太们倾心地听我的高谈阔论，但是我没能够保持住自己这种崇高的声誉。在一个美好的早晨，传出了关于我的谣言（谁在上帝的世界里造出这种谣言，我不知道，也许是一个男性化的老处女，而这样的老处女在莫斯科多如毫毛）。谣言出来后，就被加油添醋，开始像草莓一样添枝加叶，分出蘖，长出须儿。我被缠住了，打算跳出来切断传谣的途径，但为时已晚……我只好离开。在那里我就成了一个荒唐人。我本来可以泰然自若地等候这个灾难过去，像等候荨麻疹高热退去一样，那些虚怀若谷的人也许会重新对我敞开怀抱，那些太太也许重新微笑着听我的演讲……但我不是独特的人，糟糕就糟糕在这里！你看，我的良心突然醒了，我对自己的空谈感到有点儿害羞了。我夸夸其谈，喋喋不休，昨天在阿尔巴特，今天在特卢巴，明天在西伏柴夫—佛拉什克，讲的都是那一套话……这难道是别人要求的吗？你看看这方面真正的勇士吧，他们对自己的空谈毫不在乎，相反，这正是他们需要的。有的人二十年来在这方面'用舌头工作'，而且痴心不改……这就叫作'自信'和'自爱'！我也有所谓的'自爱'，这种'自爱'现在也没有熄灭……但糟糕的（我还是要再一次对你说）还是在于我不是独特的人。我处在中间状态：大自然要么赋予我多得多的'自爱'，要么一点儿也不给我。但在事情发生的初期，我心里实在憋得难受，并且这次出国把我的资产消耗殆尽，但是要我娶一个弱不禁风的年轻女老板，我又不甘心。于是我回到了自己的村庄。看起来，"他又从侧面看了我一眼，补充说，"至于乡村生活的美好印象、大自然的良辰美景、孤独中的宁静与乐趣，等等，这些话我可以避而不谈了。"

"可以，可以。"我说。

"何况，"他继续说，"这些话都是胡话，至少对我是如此。我在乡下感觉到的是寂寞，是苦闷，我如同被关住的小狗儿。虽然在回家的路上，第一次在春天坐车经过熟悉的白桦林时，我承认，我的头在不停地转动，心还因为一种模糊的甜蜜的期望而跳动。但是，你自己也知道，这种模糊的期望是从不会实现的。相反，实现的是完全不期望的事，如瘟疫流行、农民欠租、家产拍卖，等等。我在田庄管事亚可夫的帮助下一天天地打发日子。他取代以前的总管，后来也成为同样厉害的掠夺者，也许比以前的总管掠夺得更厉害。此外，他还用他皮靴的焦油气味毒害我的生命。有一天，我想起认识的一个邻居——一家三口：退伍上校的妻子和两个女儿。我吩咐套好轻便马车，便去这一家拜访。这一天应该永远留在我的记忆里。大约六个月后，我娶了上校夫人的二女儿！"

说话人低下了头，双手举向天。

"不过，"他激动地继续说，"我并不愿意使你对我已故的妻子产生坏印象。愿上帝保佑！她是最高尚、最善良的人，一个充满爱心并能够做出一切牺牲的人，虽然我必须承认，在你我之间说知心话，如果我没有经历过那次失去她的不幸遭遇，我大概今天就不能同你交谈了，因为在我的泥土棚里，我不止一次打算上吊的那根房梁至今还完好哩！"

沉默了一会儿，他又开始说："有些梨子必须在地下，在地窖里，放一些时候，才能产生所谓真正的滋味。我的亡妻显然也属于大自然的这一类生物，只是现在我才给予她完全公正的评价。只是现在，譬如，我同她在结婚前度过的那几个晚上的回忆，在我心里不但不引起丝毫痛苦，反而感动得我几乎掉泪。她们家并不富有。她们住的是古老的木头房，但还方便实用。房子建在一座山上，一边是荒凉的花园，一边是杂草丛生的院子。山下流着一条河，掩隐在浓密的树叶里。大凉台从屋里通向花园，凉台前那长方形的花坛覆盖着蔷薇花，美不胜收。在花坛的两端长着两棵相思树，已故的主人在树木的'青春期'就让它们互相缠绕成螺旋形。再过去一点儿，在荒芜杂乱的野草莓深处有一个亭子，里面装饰得很巧妙，但外观破旧不堪，摇摇欲坠，令人看了害怕。凉台有一扇玻璃门通向客厅。在客厅里，这样一幅图画呈现在观察者好奇的目光面前：屋左边的两角各有一个瓷砖火炉；屋右边放着一台破旧的钢琴，上面堆着很多手写的乐谱；一具长沙发上面包着褪色的蓝绸缎，镶着白边；一个圆桌；两只玻璃橱里面放着叶卡捷琳娜时代的各种玩具——瓷器的和镶着玻璃珠的；墙上有一幅有名的肖像，上面画着一个金发女郎，她的胸前有一只鸽子，她的眼珠低垂，桌上有一个花瓶，插着新鲜的蔷薇……你看，我描述得多么详细！就在这个客厅里，也就在这个凉台上，演出了我的爱情全部的悲喜剧。上校夫人是一个凶女人，喉咙里常常发出生气的嘶哑声，属于泼妇之类的人物；女儿中一个叫维拉，跟县城里的普通小姐没有什么不同，另一个叫莎菲雅，我爱上了莎菲雅。两姐妹还有另外一间房——她们俩共同的卧室，里面有两张无可挑剔的木床，几本淡黄色的相册，木樨草香料，一些用铅笔画得相当差的男女朋友的肖像（其中有一位先生的肖像格外引人注目，面部表情充满活力，亲笔签名更是刚劲有力，此人青少年时曾引起人们无限的期望，但结果一事无成，跟我们大家一样），歌德和席勒的半身像，德文书籍，干了的花环和其他留作纪念的物品。不过我很少也不愿意进这个房间，不知为什么我在那里总感到呼吸压抑，而且真有这样的怪事。我最喜欢莎菲雅时，我就背对着她坐着，有时也许就坐在凉台上（特别是晚上）想着她，甚至幻想着她。那时候我望着晚霞、树林和小绿叶，树叶已经发黑，但仍然跟玫瑰色的天空泾渭分明；莎菲雅坐在客厅里的钢琴前，不停地弹奏着她心爱的、热情深沉的贝多芬的音乐中的一段；恶老太婆坐在长沙发上安静地打鼾；在夕阳映照的饭厅里，维拉忙着弄茶；沸腾的茶炊发出奇妙的响声，仿佛在为什么高兴着；小面包折断时发出喜悦的吱吱声，小勺子碰着茶杯时叮当响；号叫了一整天的金丝鸟也忽然安静下来，只是偶尔啾啾地叫，好像在询问什么；透明的浮云散开时顺便掉下稀疏的雨点……而我一直坐着，一直听着，望着，我的心开阔了，我又觉得我有了爱。有一次，就在这样一个美好的晚上，我带着这样美好的感觉请老太婆同意我向她女儿求婚。大约两个月后，我们就结婚了。我觉得我爱她……现在真应该知道，可是我真的现在还不知道我究竟爱不爱莎菲雅。她善良、聪明、沉默寡言，有一颗温暖的心。但是谁知道因为什么，是长时间住在乡下还是因为别的原因，她心灵深处（如果真有心灵深处）隐藏着创伤，说得更形象些，有一道无法医治的伤口在那里滴着血。至于这是什么创伤，她讳莫如深，我无法知道。我自然是在婚后才猜出这个创伤的存在的。大概我也努力去修复，但无济于事！我童年时家里养过一只黄雀。有一次猫儿把它抓在掌上，它被救出来以后，治好了伤，但我那不幸的黄雀一直没有康复，它浮肿，虚弱，停止了歌唱……结局是：一天晚上，一只老鼠跑进开着的笼子，咬掉了它的嘴，因此它死了。我不知道哪一只猫把我的妻子抓到了掌上，使她也这样浮肿与虚弱，像我那不幸的黄雀一样。有时候她好像愿意（像黄雀一样）在新鲜的空气里和阳光下抖动着身体，自由地游戏，她试了试，又蜷缩成一团了。她是很爱我的，多少次让我相信现在她别无他求。呸！真是见鬼！她的眼睛总是这样黯然，毫无精神。我想，也许过去发生过什么吧。我打听了一番，也没有什么结果。先生，现在你可以设想，一个独特的人会耸一耸肩膀，也许会长叹两声，也就自在地生活下去。可是我并不是独特的人，便开始望起房梁来了。我妻子深深地染上了老处女的一切习惯，如贝多芬，夜晚散步，木樨草香料，跟朋友们通信，相册，等等，以至对其他生活方式尤其对家庭主妇的生活方式，她怎么也不习惯。并且，一个有丈夫的女人还沉沦在莫名其妙的烦恼里，还每晚唱着'朝霞里你不要唤醒她呀'，也实在可笑。

"先生，我们就这样，这样幸福地度过了三年。第四年，莎菲雅死了，是死于头一次生育。说也奇怪，我仿佛预先就感觉到她不会送给我一个女儿或儿子，不会送给大地一个新的居民。我记得安葬她时的情景。当时是春天。我们附近的教堂不大，又旧，神龛发黑了，四壁光秃秃的，地上铺的砖有些地方已经没了，唱诗班的席位上有古老的巨幅圣像。棺材抬到神龛前面，安放在教堂的中央，蒙着褪色的棺罩，周围摆着三个烛台。葬礼开始了。衰老的执事后面拖着一条小辫，腰间系着一条绿色的宽带，在诵经台前面悲哀地念着经。神父也是老人，慈颜善目，但老眼昏花，穿着镶黄边的紫色袈裟，主持葬礼，又兼任助祭。桦树低垂的枝条与新鲜的嫩叶在几个大敞开着的窗户前摇曳与絮语；花草的芳香从院子里飘进来；蜡烛的红色火焰在欢乐的春光里发白；麻雀在教堂的四面八方啾啾地叫，偶尔从教堂的拱顶下传来一只飞燕响亮的叫声。为数不多的农夫热心地为死者祈祷、鞠躬，在阳光照射下的金色灰尘里机灵地放下和抬起他们棕色的脑袋。一缕紫烟从多孔的香炉里跑出来。我望着妻子的遗容……上帝呀！连死都没有使她得到解脱，死并没有医好她的创伤，她还是那种病态的、胆怯的、哑巴似的表情，她在棺材里好像也不舒服……我的心痛苦地一怔。多么善良的人啊！她也为自己做了一件好事：她是一死百了啊！"

说话的人心情激动，脸颊红了，眼神也暗淡了。

"我终于，"他又说了，"我终于摆脱了妻子死后占据我身心的伤痛，我本想做点所谓的正经事。我到省城里就职，但是在机关大院的办公室里，我的头痛病发作，眼睛也不好使。恰好又由于别的原因……我就辞了职。我也曾打算去莫斯科，但是，第一，钱不够……第二……我已经对你说过，我安分了……这种安分的情绪对我而言，来得突然，又不突然。精神上我早就安分了，但我的头总还不愿意低下来。我把我的随和与谦虚归功于乡村生活和不幸……从另一方面说，我早就发觉：几乎我所有的邻居，年轻的和年老的，起初对我的学问、国外留学经历以及其他受教育的优越条件感到惊讶，但现在不仅习以为常、毫不在乎，而且开始待我有点儿粗鲁或蔑视了。他们不再愿听我议论，同我说话也已经不再用尊敬的语言了。我又忘了告诉你，我在结婚的第一年由于苦闷也曾尝试从事文学写作，甚至向一个杂志寄过一篇小文章，也许没有记错，还寄过一部中篇小说。但过了些时候，我收到编辑的一封有礼貌的信，信里还说：'阁下聪明有余，才华不足，但文学上需要的只是才华。'除此以外，我还听到一则消息：一个莫斯科人，一个最善良的好青年，路经此地，在省长的晚会上顺便反映我是一个颓废的人。但是我的半盲目性的毛病还继续存在。你知道，我不愿意'打自己的耳光'，不愿意自责。终于在一个美好的早晨，我睁开了眼睛，有了自知之明。事情是这样的。县警察局长到我家里来，有意提醒我注意我领地内一座已经倒塌而我绝对没有钱修理的桥梁。这个宽宏大量的秩序监管人用一块干咸鱼肉伴送一杯伏特加酒下肚，便像父辈似的责备我的考虑不周，但同时设身处地地替我着想，劝我吩咐农民们填上一些粪土了事。他抽了一管烟，便说起即将进行的选举。有一个姓奥尔巴萨诺夫的人当时正在争取省议长这个荣誉职务——此人是个空谈家，还是个受贿者，并且他的财富和身份也一般。我说出了对此人的看法，说时也很随便，因为我实在很看不起奥尔巴萨诺夫。县警察局长望着我，和蔼地拍了拍我的肩，善意地说：'唉，瓦西里·瓦西里维奇，你我最好不要议论这样的人物，我们算老几啊……应该知道自己几斤几两。''你得了吧，'我恼怒地反驳，'我和奥尔巴萨诺夫先生究竟有何区别？'县警察局长从嘴里抽出烟管，瞪大眼睛，就扑哧了一声笑出眼泪来：'真是有趣的人，'最后他含着泪说，'你简直在闹笑话呀……啊！你是怎样一个人呢？'他走前，不住地奚落我，偶尔还用胳膊肘推我身子的一侧，说话很不客气，把我当成了下人。最后他走了。真是岂有此理！太过分了！我气得在房间里来回走了好几次，后来站在镜子前久久地看着自己那副尴尬的面容，缓慢地伸出舌头，苦笑着摇了摇头。我眼睛上的遮眼布脱落了，因此我现在清楚地看见我是一个多么空虚、卑贱、无用、不独特的人呀！而且看得比我在镜子里看见的自己的脸更清楚。"

说话的人沉默了。

"在伏尔泰的一部悲剧里，"他凄凉地继续说，"一个地主老爷对自己的不幸达到了极限而感到高兴。虽然我的命运并不是什么悲剧，但是我承

270

认，我确曾经历过某些类似的东西。我经历过心灰意懒、彻底绝望时疯狂的欢喜，我经历过这样的甜蜜：整整一早晨，不慌不忙，躺在床上，诅咒自己出生的时日。而我不能够一下子就变得安分。而且事实上，你想想看，贫困把我锁在我所怨恨的乡村里，无论家业、公务、文学，我都不想干；我成了地主们的异己；我厌恶书籍；甩着鬈发，狂热地侈谈'自由'的那些全身水肿、多愁善感的小姐，自从我停止空谈和狂喜以来，她们已经对我全然不感兴趣；我不会完全与世隔绝，也不能……我开始，你想不到吧，我开始到邻居家串门。我仿佛醉生梦死，自暴自弃，故意遭受各种小的侮辱。在饭桌上大家故意漏掉我，冷淡而高傲地接待我，最后干脆不理睬我，甚至不让我参加大家的谈话，我自己也故意从屋角给某个极傻的饶舌者帮腔，在莫斯科的时候这种人还很喜欢去舐我脚上的灰尘和我大衣的衣角哩……甚至我自己也想不到我现在还会沉醉于这种令人痛苦的幽默感……得了吧！别自我解嘲了！先生，我就这样连续混了几年，并且现在还在这样混哩……"

"这太不像话，"隔壁屋里康达格留新先生睡意正浓的声音嘟囔着说，"哪个傻瓜夜里还想说话？"

说话的人敏捷地钻进被窝里，胆怯地向外望，用一个手指对我指了指。

"嘘……嘘……"他轻声说，又仿佛朝着康达格留新的声音方向道歉和鞠躬，很恭敬地说，"遵命，遵命，请原谅……他遵命睡，他应该睡，"他又继续轻声说，"他必须恢复精力，哪怕是为了明天能带着同样的喜悦吃饭哩。我们没有惊扰他的权力。并且，我大概把愿意说的话全都给你说了。看来你也想睡了。愿你晚安。"

说话的人很快回过身去，把脑袋埋在枕头里。

"至少让我知道你是谁，"我问他，"我有幸跟你……"

他很快抬起头来。

"不，看在上帝的分上，"他打断了我，"不要向我和别人打听我的名字，让我继续成为一个不知名的小人物，一个被命运伤害的瓦西里·瓦西

271

里维奇吧。而且我这个并不独特的人也不配有一个特别的名字……但是如果你一定愿意给我一个外号，那么就叫我……就叫我希格雷县的哈姆雷特吧。这样的哈姆雷特在各县里多着哩，但可能你还没有遇见过其他人。此后再见吧。"

他又埋到自己的鸭绒褥子里。第二天早晨，我被叫醒时，他已经不在屋里了，天亮前他就坐车走了。

切尔托布哈诺夫及其好友涅多皮尤斯金

在一个炎热的夏天，我打完猎，坐车往回走。叶尔莫莱坐在我旁边，像鸟啄食似的打盹。睡死了的两只狗在我们脚下颠簸着。车夫用鞭子驱赶马身上的牛虻。白色的灰尘像一片轻云在车后飞扬。我们进入灌木丛。道路变得比较崎岖了，车轮开始碰着树枝。叶尔莫莱哆嗦了一下，望了一眼四周说："喂！这里一定有野鸡，我们下车吧。"车停住了。我们便进入"阵地"。我那只狗碰到了一群鸟，我放了一枪，开始往猎枪里装弹药。忽然我后面响起树枝的嘎吱声，一个人骑着马，两手拨开树丛，来到我面前。"请问，"他傲慢地说，"可爱的先生，你凭什么在这里打猎？"这个陌生人语速非常快，语气陡，并且用鼻音。我望了望他的脸，我一生没有见过这副模样的人。亲爱的读者，你看他：小个子，淡黄色头发，红红的翘鼻子，特别长的栗色胡须，尖顶波斯帽的绛红色呢子帽檐遮住他的前额，直到眉毛。他穿着磨破了的黄色短上衣，胸前带着黑棉剪绒的弹药袋，衣服上银色的线缝全都褪了色；他跨肩挂着一只箭角，腰里别着一把匕首。那匹瘦弱的、长着鹰钩鼻子的枣红马发疯似的乱跑。两只良种的猎犬瘦削却很灵快，歪着脚脖子在马的脚下来回转悠。陌生人的脸色、眼神、声音、每个动作和他的一切，处处表现出狂妄自尊、胆大妄为的性格。他那蓝里泛白的玻璃似的眼睛骨碌碌直转，像醉汉那样斜着眼看人。他往后仰起脑袋，鼓起两颊，打着喷嚏，全身抖擞，神气十足，像一只好斗的火鸡。他重复了自己的问题。

"我不知道这里禁止放枪。"我回答。

"尊敬的先生，"他继续说，语气缓和多了，"你这是在我的土地上。"

"对不起，我走。"

"请问，"他说，"我是有幸在跟一位贵族谈话吗？"

我说出了自己的名字。

"既然是这样，请打猎吧。我就是贵族，很高兴为贵族效劳……本人叫切尔托布哈诺夫·潘杰列伊。"

他俯下身去，大叫了一声，用鞭子抽了一下马的脖子。马摇着脑袋，扬起前蹄，往一边奔去，踏了一只狗的脚掌。狗尖叫起来。切尔托布哈诺夫冒火了，气呼呼地在马的额头上打了一拳，翻身下马，比闪电还快。他仔细看了狗的脚掌，向伤处吐了点口水，在它的侧身踢了一脚，要它不要叫，随后抓住马鬃，把一条腿插在马镫上。马扬起脑袋，竖起尾巴，斜着向树林里奔去。他用一只腿连跳带跑地跟在马后面，终于上了马鞍。他惊魂甫定，便摇动着马鞭，吹着筋角，伴着马蹄声跑了。对切尔托布哈诺夫的意外出现，我还没来得及寻思过味来，忽然，几乎无声无息地从树林里出来一个胖子。他四十来岁，骑着一匹小黑马。他停住了，从头上脱下绿色的皮帽，用细软的声音问我是否看见一个骑栗色马的人。我回答说："看见了。"

"请问他往哪个方向去了？"他继续用那种声音说话，并不戴上帽子。

"是往那边。"

"先生，非常感谢。"

他咂了咂嘴唇，两腿夹紧马的两侧，朝着我指出的方向催马小跑地离开了。树林幽静，马蹄声碎。我在后面望着他，直到那顶鸭嘴帽在树枝后面消失不见。后来的这个陌生人外貌上与先前的那个一点儿也不像。他的脸胖而圆，像个球似的，表现出羞涩、善良和温顺；鼻子也是胖而圆，布满青筋，表明是个好色的人。他的头上前半部没有剩下一根细发，后半部拖着几条稀疏的、淡褐色的小辫儿；仿佛被苔草划破的小眼睛和蔼地转动着；红润的嘴唇甜蜜地微笑着。他穿着有竖领和铜纽扣的常礼服，礼服已经很旧了，却还清洁；呢料裤腿卷得很高；黄色的靴边上头露出肥胖的腿肚子。

"这个是谁？"我问叶尔莫莱。

"这个？这个是涅多皮尤斯金，季洪·伊万内奇，住在切尔托布哈诺夫那里。"

"他怎么了，是穷人吗？"

"不富，并且切尔托布哈诺夫也没有一个铜钱。"

"那么为什么他住在他那里呢？"

"两个人要好呗，彼此离不开……真是'哪里有带蹄的马，哪里就有带螯的虾'……"

我们走出了树林。忽然，有两只猎犬在我们的附近狂吠起来，一只大号雪兔在已经长得相当高的燕麦里跑开了。从树林边跳出来两只灵快的猎犬，跟在雪兔后面。切尔托布哈诺夫本人飞也似的跑出来，跟在狗后面。他没有叫嚷，没有叫狗追捕，他气喘吁吁，上气不接下气，大张着的嘴里偶尔冒出短促的、无意义的声音。他骑在马上飞跑，瞪着眼睛，疯狂地用鞭子抽打不幸的马。机灵的猎犬"赶到"……雪兔暂时"坐"了一下，急忙向后转身逃窜，从叶尔莫莱身边钻进了树林。机灵的猎犬紧追过去……"跑呀，跑呀！"发呆的猎人切尔托布哈诺夫像口吃一样费力地喊着，"老兄，要留神呀！"叶尔莫莱放了一枪……受伤的雪兔在又平又干的草上滚了一段，又往上蹦一下，最后被我那只乱窜的狗咬住，可怜地惨叫。两只猎犬立刻跑到跟前。

切尔托布哈诺夫翻身下马，拔出匕首，撒腿跑到狗的跟前，一面恶狠狠地诅咒，一面从它们嘴里夺下被蹂躏的雪兔，然后斜着身子把匕首插进雪兔的喉咙，一直没到刀把……他一面插，一面哈哈大笑。季洪·伊万内奇在林边出现了。"哈——哈——哈——哈——哈——哈——哈——哈！"切尔托布哈诺夫第二次大笑……"哈——哈——哈——哈"他的同伴涅多皮尤斯金平静地重复了一遍。

"夏天真不应该打猎。"我指着被糟蹋的燕麦对切尔托布哈诺夫说。

"这是我的麦地。"切尔托布哈诺夫几乎喘着气回答。

他割下雪兔的脚掌,将雪兔系在马鞍后边,把脚掌分给了狗。

"替我放枪了,老兄,枪法合乎猎人的标准,"他转身对叶尔莫莱说,"而你,尊敬的先生,"他仍然用那种急促、果断的声音说,"谢谢。"

他骑上了马。

"请问……我忘了……名和姓?"

我又说了一遍自己的姓名。

"很高兴同你认识,如果方便,请到我那里……季洪·伊万内奇!福姆卡这家伙在哪里?"他生气地继续说,"没有他,我也猎到了雪兔。"

"他骑的马倒下了。"季洪·伊万内奇含笑回答。

"怎么倒下了?奥耳巴桑倒下了?呸,呸……他在哪里,在哪里?"

"在那边,树林那边。"

切尔托布哈诺夫在马的头上抽了一鞭子,飞奔而去。季洪·伊万内奇向我鞠了两次躬,一次为自己,一次为同伴,又催马细步跑进树丛里了。

这两位先生引起我强烈的好奇心……是什么因素能够使两个如此不同的人物结下无法分开的友情呢?我开始了解情况,以下就是我所了解到的。

切尔托布哈诺夫先生,潘杰列伊·叶列梅奇,在周围一带是一个有名的危险和狂妄的人,非常骄傲和暴躁。他在陆军里服务没多久便由于"不愉快事件"退伍,退伍时的职位按流行的说法:"鸡似乎不是鸟。"他出身于曾经富有的老式家庭。他的祖辈在草原上过着奢华的田园生活,接待着邀请的和没有邀请的客人、让他们酒足饭饱,给别人的三驾马车车夫每人发放一俄石燕麦,家里养着乐师、流放来的移民、丑角演员和许多猎犬,在喜庆的日子给大众喝葡萄酒和家酿的甜酒,冬天便坐着自己沉重的古式马车到莫斯科去。可是有时候,好几个月待在家里,一个铜钱也没有,靠吃家禽、家畜过活。潘杰列伊·叶列梅奇的父亲继承家业时已经破产,他的父亲也痛快地"享乐"了一下。临死的时候，他把一个已经抵押的小村庄——"无梦村"遗留给自己唯一的继承人潘杰列伊，还包括三十五个男奴和七十六个女奴，外加在科洛勃洛多娃村的荒地上那十四又四分之一俄亩的不好用的土地，而且在他先父的文件里还找不到这份地契。应该知道，他先父是以一种很奇怪的方式破产的："经济核算"把他害了。据他的见解，贵族不应该受制于商人、市民和其他类似的他所谓的"强盗"。他就自己开设各种各样手工作坊，因为"经济核算"，像他常说的那样，是"既体面，又便宜"！直到生命的终点，他也没有放弃这种有害的思想，是这种思想使他破了产。正是因此他觉得心安理得，舒服了一阵！没有一种怪想法他不敢去试。他异想天开，闭门造车。有一次他按照自己的设想造成了一辆巨大的家庭马车。虽然从全村赶来了农家马匹连同马的主人，一起用力来拉这架马车，它还是在第一个斜坡上就翻了车，并且散了架。叶列梅·罗基奇（潘杰列伊的父亲）仍然心安理得，一点儿也不觉得难过，还吩咐仆人在斜坡上竖立一座纪念碑。他还想造一所教堂，当然是自己造，不需要建筑师帮助。为了造砖，他烧掉了整片树林，他打了一块很大的地基，即便在上面建一座省城的大教堂也够啦！接着他砌好了墙，然后开始造圆屋顶，圆屋顶掉下来了。他就再干，圆屋顶又倒塌了；他第三次再干，圆屋顶第三次毁掉了。叶列梅·罗基奇心想，事情不妙呀……是可咒骂的巫术在作怪……他突然命令鞭打村里所有的老太婆，把老太婆鞭打完了，圆屋顶还是没有造好。他开始按着新的图纸给农民们改建农舍，一切从"经济核算"出发；每三户在一块儿，建成一个三角形，中间竖起一根杆子，上面挂着一个油漆的椋鸟笼和一面旗。他每天总要想出些新玩意儿来，一会儿用牛蒡草来熬汤，一会儿剪去马尾，给仆人们做鸭嘴帽，一会儿打算用荨麻来代替亚麻，用蘑菇喂猪。不过他不只是有经济方面的新花样，他也为自己臣民的福利操心劳神，焦急不安。有一天他在《莫斯科新闻》上读了哈尔科夫的地主赫略卡-赫鲁彪尔斯基所写的一篇关于道德在农民生活里的好处的文章。第二天，他就下了一道命令：所有的农民要立即背会哈尔科夫地主的那篇文章。文章是这样开头的，"由于痛心疾首的上司深切的关怀，终于达到了崇高的、祖国每一个真正的儿女认为宝贵的目标"，等等。农民背会了文章，主人问他们是否读明白那里写的东西了。总管回答，怎么会不明白呢！就在那个时候，主人还吩咐自己的全体臣民编上号码，为了秩序与"经济核算"，每人都要在领子上缝上自己的号码。遇见主人的时候，任何人都要高喊："某某号来了！"主人就和颜悦色地回答："去吧，上帝保佑你！"

尽管有秩序和"经济核算"，叶列梅·罗基奇还是渐渐进入十分困难的境地。起初他典当了自己的几个村庄，并且着手办理出卖。最后的祖巢，即未建成教堂的那个村庄，也由官家出面卖掉了，幸亏不是在叶列梅·罗基奇生前（否则他受不了这个打击）卖的，而是在他死后两周卖掉的。他还能死在自己家里、自己的床上，被自己的人围着，并且在自己医生的看护之下，但是可怜的潘杰列伊只得到一个"无梦村"。

潘杰列伊在军队服役期间，就是上述"不愉快事件"的高潮阶段，便知道父亲的病。他刚到十九岁。他自幼没有离开过父母，在母亲瓦西里萨·瓦西里耶芙娜（一个最善良但十分愚钝的女人）的指导下成长为一个宠儿和小少爷。她一个人管儿子的教育。叶列梅·罗基奇沉浸在自己的经济思想里，顾不上教育儿子。固然他有一次用马鞭抽打过自己的儿子，因为儿子读错了一个俄语字母，但还是因为那一天他正为自己那只最好的狗撞在一棵树上死了而心痛。而且，瓦西里萨·瓦西里耶芙娜操劳潘鸠萨 [①] 的教育，也只限于一次痛苦的努力而已。她辛辛苦苦地雇了一个来自阿尔萨斯 [②] 的退伍兵给儿子当家庭教师，此人名叫皮尔孔福。生前她一直战战兢兢，怕他走。她想："要是他不干，我就完了。叫我怎么办呢？到哪里去找别的教师呢？就连这个人也是我从邻村一个女地主那里招来的啊！"

---

① 潘杰列伊的小名和爱称。

② 阿尔萨斯是法国的一个城市。

皮尔孔福这个机灵鬼立刻利用自己特殊的地位，喝得像死人似的，从早晨一直睡到晚上。潘杰列伊学完"科学的课程"以后，便去服役了。瓦西里萨·瓦西里耶芙娜这时已经不在世上了。她是在儿子这个重要事件发生前半年因为受到惊吓而去世的，她梦见了一个骑在熊身上、胸前写着"反基督者"的白衣人。叶列梅·罗基奇不久也跟随自己的妻子去了。

潘杰列伊一得到自己父亲生病的消息就火速骑马赶回来，但是已经来不及见父亲最后一面了。孝顺的儿子完全出乎意外地从有钱的继承人变身为穷光蛋，他是何等的惊讶呀！很少有人能够忍受得住这样急剧的变故。潘杰列伊变野蛮了，变残忍了。他由一个正直的、慷慨的与善良的人（虽然本也轻率与急躁）竟变成骄傲、暴躁的人了。他不再和邻人们来往。见到富人，他感到害臊；见到穷人，他感到厌恶。对待一切人，即使是现任的官府，他都粗暴无礼，真是骇人听闻。他说："我是世袭贵族。"有一次，警察局长戴着鸭嘴帽走进他的房间，他差点儿没有放枪。官府方面自然也不能放纵他，一有机会就要给他一点儿厉害，但还是有点儿怕他，因为他的性子太暴躁了，说到第二句话就建议刀刃相见。听到一两句辩驳的话，切尔托布哈诺夫的眼睛就四面乱转，气得说不出话……"啊，瓦，瓦，瓦，瓦，瓦，"他口吃起来，"我即使掉脑袋……哪怕头撞墙！"不过他还是个纯洁的人，没有做过什么坏事。自然谁也不坐车来他家了……尽管经历过这一切，他的心毕竟是善良的，甚至是伟大的，凭自己的良心做事：他对不公正和欺压行为绝不袖手旁观，并且做自己农民的靠山。"怎么？"他说，一面狂暴地敲打自己的脑袋，"要动我的人吗？我也就不成为切尔托布哈诺夫了……"

季洪·伊万内奇·涅多皮尤斯金不像潘杰列伊·叶列梅奇那样以自己的身世自豪。他的父亲出身于富农，靠四十年的服务才取得贵族的地位。这位父亲——老涅多皮尤斯金，属于这样一类人：灾难和不幸残酷地、无止无休地逼迫他，似乎跟他个人有仇，对他恨之入骨。这个可怜人在整整六十年中，从生到死，都在和贫穷、疾病以及小人物特有的各种困苦搏斗，仿佛撞在冰上的鱼儿挣扎在死亡线上。他吃不饱，睡不足，低头弯腰，东奔西忙，为每一戈比发愁、苦恼、发抖，在公务上的确"无辜地"受了苦，最后死在阁楼或者地窖里，来不及为自己与孩子们赚得一块非吃不可的面包。命运使他备受折磨，使他如同一只被追逐的兔子。他为人慈善而且正直，可是也凭"职务"收受贿赂，从一角钱直到两块俄元。老涅多皮尤斯金的妻子很瘦，有肺病；他也有儿女，幸好他们很早都死了，除了季洪和女儿米特洛多拉。在发生许多悲惨与可笑的艳闻以后，这位"商家美女"嫁给了一个退职的检察官。老涅多皮尤斯金生前本来已经在办事处里给季洪安排了一个编外的职务，但是父亲刚死，季洪就退职了。永远的惶恐不安与饥寒交迫，母亲的愁眉与苦脸，父亲的奔忙与绝望，主人家和店老板粗暴的压迫，所有这些每天不断的痛苦，使季洪变得莫名其妙的胆怯。他一见长官就颤抖，就失魂落魄，像一只被逮住的小鸟。他弃职不干了。冷漠的也许是可笑的自然，它赋予人各种能力和爱好，丝毫不考虑他们的社会地位和资产状况。这种天赋以其特有的关爱把穷官的儿子季洪塑造成一个多情善感、优柔寡断的人，一个懒惰成性、好吃懒做的人，这种人天生就有特别灵敏的嗅觉与味觉……可笑的自然塑造并精心制作了这种人物，还让这种人物在酸白菜和臭咸鱼上面成长。他就这样长大成人了，开始了所谓的"人生"。闹剧开场了。命运曾经对老涅多皮尤斯金穷追猛打，现在又来对付小涅多皮尤斯金了，显然命运饱尝了甜头。但是命运对待季洪用的是另外的方法。它并不折磨季洪，而是拿他开心。命运没有一次导致他绝望，没有迫使他经受饥饿这种可耻的痛苦，而是让他到俄国各处漂泊流浪，从大乌斯秋格到察廖沃科克沙伊斯克，干了一个又一个卑贱而可笑的差事：一会儿请他在一个爱吵嘴、易生气的女善人那里当"管家"，一会儿把他放在一个有钱而吝啬的商人那里做食客，一会儿任命他为一位好眨巴眼睛的、头发剪成英国式的莫斯科公爵当家庭办公室主任，一会儿提拔他给草原上某位养狗、打猎的地主充当半家仆半戏子的角色……一句话，命运迫使可怜的季洪一滴滴地喝着并且喝完最后一滴下人生活的苦酒或毒液。他一生为休闲的老爷们服务，以满足他们的各种贪欲，为他们排遣极端的寂寞与无聊……有许多次，当他终于被一群开心够了的宾客放手以后，他一个人在自己的小房间里羞愧得全身发热，满脸通红，眼睛里含着绝望的冷泪，发誓第二天一定要偷偷逃跑，在城里碰碰运气，哪怕给自己找一个文书的小位置，或者干脆饿死在街上。但是，第一，上帝没有给他力量；第二，胆怯在发挥作用。最后，怎样才能给自己求到一个职位呢，向谁去求呢？"人家不会给的，"不幸的人在床上灰心地翻来覆去，自言自语着，"人家不会给的！"第二天，他又开始弯腰拉纤、当牛做马、吃苦受累了。尤其使他痛苦的是，同样令人操心的天性竟不肯赋予他扮演滑稽小丑的戏子非有不可的能力和才气。譬如，他既不会翻穿着熊皮大衣跳舞直到摔倒，又不会在身边有多条马鞭交相挥舞的情况下说笑逗乐、消愁解闷；光着身子在零下二十度的严寒里演出，他有时要感冒；他的胃不能承受煮热并掺着墨水和其他脏东西的酒，以及研碎的、带醋的蛤蟆菌和红蘑菇。幸亏他的最后一个恩人——发了大财的承包人，一次在高兴时想起来在自己的遗嘱上附了一句话："由于焦扎（又叫季洪）·涅多皮尤斯金口哨吹得好，我现在将我幸运得到的别兹色连杰耶夫卡村及村里的全部田地授予此人，作为他永久世袭的财产。"要不，谁知道季洪以后会怎么样啊！过了几天，这个恩人在喝鲟鱼汤时突然中风死去。家里炸开锅了。法官来了，照规矩封了财产。亲人们都坐车或骑马赶来聚会。他们拆开了遗嘱，读完后，便叫来涅多皮尤斯金。涅多皮尤斯金来了。他们中一大半人都知道季洪·伊万内奇在恩人身边担任的角色，震耳欲聋的高呼声、讥笑的贺词纷纷向他袭来。"地主，那就是他，新的地主！"其他一些继承人喊嚷着。"事已如此，"一个有名的滑稽人物和语言尖刻鬼说，"现在已经可以说……现在的确已经是那个了……那个……所谓……继承人了。"于是在场的人都哄然大笑。涅多皮尤斯金许久不愿意相信自己的幸运。有人给他看了遗嘱，他脸红了，皱起眉头，开始摆动双手，号啕大哭，眼泪在脸上流成三条小河。大家的哄笑声汇成了洪流似的咆哮。别兹色连杰耶夫卡村共有二十二个农民，自然没有人可惜这个村庄，那么为什么不趁此机会开心一笑呢？一个从彼得堡来的继承人，一个长着希腊人鼻子、表情高尚的著名男子，罗斯基斯拉夫·阿达梅奇·什托泼利，忍不住了。他侧身走近涅多皮尤斯金，傲慢地从一边肩膀瞟了他一眼，轻蔑而随便地说："我能感觉到，阁下，你在尊敬的费多尔·费多洛维奇那里当消愁解闷的仆人吧？"彼得堡的这位官员用一种无比纯正、辛辣刺激、明白无误的语言表达自己的看法。由于心情激动，心不在焉，涅多皮尤斯金没有听清这位陌生人的话，但其他人立刻都沉默了，连那个尖刻鬼也宽容地微微一笑。什托泼利先生擦了擦自己的手，重复着自己的问题。涅多皮尤斯金惊讶地抬起眼睛，大张开嘴。罗斯基斯拉夫·阿达梅奇恶毒地眯缝起眼睛。

"祝贺你，阁下，祝贺你，"他继续说，"自然不是每个人都赞成这样赚得自己生存的面包，但是 de gustibus non est diaputandum，那就是说，各人有各人的趣味……不对吗？"

后排里有人由于惊喜迅速而有礼貌地尖叫了一声。

"你说，"这位官员接着说，他深受全场微笑的鼓励，"请问，你有什么特别才能可以获得这样的福分？不，不要害臊，你说，我们大家在这里，可以说，都是自己人，en famille①。先生们，我们在这里是 en famille，不对吗？"

罗斯基斯拉夫·阿达梅奇提这个问题时只是偶然面对着继承人涅多皮尤斯金，可惜涅多皮尤斯金不懂法文，所以只能轻微地支支吾吾表示赞成。可是另一个继承人——额上有黄斑的青年，赶紧答应："是的，是的，那是自然。"

"也许，"什托泼利先生又说道，"也许你能用手走路，双腿也能往空中抬吗？"涅多皮尤斯金伤心地望了望四周，所有的脸都恶毒地冷笑，所

---

① 法语，意思是"一家人"。

有的眼睛都含着高兴的泪花。

"也许你会像公鸡一样打鸣？"

四周爆发一阵笑声，但笑声立刻静下来，被静候的心情取代了。

"也许你在鼻子上……"

"别说了！"干脆响亮的声音突然打断了罗斯基斯拉夫·阿达梅奇，"你折磨一个可怜的人，太不害臊了！"

大家回头一看，切尔托布哈诺夫站在门口。他以已故承包人远房侄儿的资格收到赴亲属会议的请帖。会上宣读遗嘱时，他像平时一样骄傲地远离别人。

"别说了！"他重复了一遍，骄傲地仰起头。

什托泼利先生赶紧转过身来，看见一个穿着寒酸、相貌平常的人，便轻声问身边的人（谨慎是从不碍事的）：

"这是谁？"

"切尔托布哈诺夫，不重要的家伙。"那个人附着耳朵回答他。

罗斯基斯拉夫·阿达梅奇露出骄傲的神气。

"你算什么？在这里指手画脚！"他用鼻音说着，眯起了眼睛，"你是什么家伙，请问？"

切尔托布哈诺夫冒火了，像火星点燃了火药，气得说不出话来。

"是——是——是——是，"他好像被人掐住了脖子，"是是是"地叫开了，突然他发出了洪亮的声音，"我是谁？我是谁？我就是潘杰列伊·切尔托布哈诺夫，世袭的贵族，我的祖先伺候过沙皇，而你是谁？"

罗斯基斯拉夫·阿达梅奇面色发白，往后退了一步。他没有料到会遇到这样的抵抗。

"我是家伙，我是家伙，你说，你说啊，啊……"

切尔托布哈诺夫向前冲去，什托泼利急忙躲开，宾客们迎着被惹火的地主奔去。

"我们决斗，射击，现在就用手巾蒙住眼睛射击！"愤怒的潘杰列伊嚷着，"或者向我，也向他请求原谅……"

"请吧，请求原谅吧，"惊慌的继承人们围着什托泼利说着，"他就是这样的疯子，真会杀人的。"

"请原谅，请原谅，我不知道，"什托泼利含糊地说，"我不知道……"

"也请他原谅！"没有消气的潘杰列伊咆哮着。

"你也原谅吧。"罗斯基斯拉夫·阿达梅奇对着涅多皮尤斯金补充了一句，而涅多皮尤斯金正在发抖，仿佛在打摆子。

切尔托布哈诺夫这才平静下来，走到季洪·伊万内奇面前，拉着他的一只手，狠狠地望了四周一眼，但没有遇见任何人的目光。全场鸦雀无声，他拉着别兹色连杰耶夫卡村的新主人胜利地走出了房间。

自从那天起他们就不再分离（别兹色连杰耶夫卡村离"无梦村"只有八俄里路）。涅多皮尤斯金对切尔托布哈诺夫由无限感激立刻变成绝对的崇拜。软弱并不十分单纯的季洪拜倒在无畏无私的潘杰列伊脚下。"岂是容易的事情！"他有时心里暗想，"同省长说话，正面看着省长的眼睛……基督在上……他真是这样看省长哩！"

季洪觉得潘杰列伊惊奇得不可思议，令人无法理解，认为他是个不平常的、聪明的、有学问的人。而且，无论潘杰列伊的教养怎样坏，但跟季洪的教养比较起来，还可以说是很出色的。固然，潘杰列伊俄文读得少，法语懂得差，甚至差到这种情况。有一天，一个家庭教师——瑞士人，用法语问他："先生，你会说法语吗？"他用俄语回答："我不知道。"但他把"我"说成法语的"热"，思索了一会后，又把"不"改成法语的"拜"。但是他还记得世界上有一个非常聪明机智的著作家叫伏尔泰，并且没有忘记在军事上也很出色的普鲁士王腓特烈一世。俄国的作家里，他敬重诗人杰尔查文 [1]，他爱作家马尔林斯基，称自己那条优良的公狗为阿玛拉特·伯克……

---

① 杰尔查文是俄国著名的诗人，普希金的前辈与恩师。

284

我与这两个朋友初次见面后过了几天，我动身去"无梦村"拜访潘杰列伊·叶列梅奇。老远我就看见他那所不大的房屋。房屋竖立在光秃秃的地方，离村子有半俄里，它在这片所谓的"开阔地带"上就如同一只鹞鹰站立在田地上。切尔托布哈诺夫的整个庄园由四个不同大小的陈旧的木结构房子组成，即一间厢房、一个马厩、一个柴草房和一个澡堂。每间木房子各自独立，四周没有围墙，也看不出有大门。我的车夫犹豫着把车停在一口半毁坏的、被垃圾污染的井旁边。柴草房旁边有几只瘦削的、毛发蓬乱的良种狗崽在那里撕一匹死马，大概就是那匹奥耳巴桑。其中一只狗崽抬起血染的嘴脸，匆忙地吠叫了几声，又开始去啃暴露出来的肋骨。马旁边站着一个十七岁左右的小伙儿，长着一张浮肿的黄脸，穿一件哥萨克衣，赤着脚。他不时郑重地看看委托监视的狗，偶尔用鞭子抽其中最贪婪的几只。

"老爷在家吗？"我问。

"上帝知道他在不在！"小伙儿回答，"你敲门吧。"

我从车上跳下来，走向厢房的台阶。

切尔托布哈诺夫先生的住宅显得十分凄凉：木头发黑，向前"挺着肚子"，烟囱倒塌了，屋的四角有点儿霉烂并开始歪斜了，几个不大的、昏暗的深蓝色窗户在毛草蓬乱的低矮屋顶下窥视，有说不出的寒酸，有些拉皮条的老太婆就有这样的眼睛。我敲着门，没有人答应。但是门里听见有生硬的话音：

"а,б,в；不，怎么啦，傻子，"一个人发出嘶哑的声音，"г,д,е……不对呀！嘿，真傻！"

我又敲了一次门。

就是那个声音叫道："进来吧，是谁？"

我走进空荡荡的小门廊，从敞开的门朝里边望去，看见了切尔托布哈诺夫。他穿着油腻的蒲哈拉长衫和宽大的裤子，戴着红色的小帽，坐在椅子上，一只手紧抓狮子狗崽的嘴，另一只手握着一块面包伸到这只狮子狗的鼻子上方。

"啊!"他带着尊严说,也不从座位上起身,"很高兴你的来访,请坐,我正在跟温佐尔周旋哩……季洪·伊万内奇,"他提高声音,补充说,"请你来。来客人啦!"

"就来,就来,"季洪·伊万内奇在隔壁回答,"玛莎,把领带给我。"

切尔托布哈诺夫又转向温佐尔,把一块面包放在它的鼻子上。我向四周看了一下,屋子里有四只已经压塌的草椅、一张歪斜变形的折叠桌(靠十三只长短不齐的脚支撑着),此外没有其他任何家具。很久前刷白的墙壁上,蓝色斑点多如星星,许多地方都剥落了。两个窗户中间挂着一面暗淡的破镜子,放在大的红木镜框里。屋的四角放着烟管和猎枪,棚顶上悬挂着粗黑的蜘蛛网。

"а,б,в;г,д,"切尔托布哈诺夫慢慢地发音,忽然愤怒地喊起来,"е!е!е……这个笨畜生……е!"

但是这条倒霉的狮子狗只是一个劲儿哆嗦,不敢张口。它继续坐在那里,发病似的夹着尾巴,歪着嘴脸,发愁地眨巴着和眯缝起眼睛,仿佛在自言自语:"谁都知道,是您说了算。"

"吃吧!喂,抓住!"不停嘴的地主重复地说。

"你把它吓蒙了。"我说。

"那就去它的吧!"

他踢了它一脚。可怜的东西立刻爬起来,把那块面包悄悄地从鼻上抖落掉,走了。它仿佛是踮着脚,带着深深的委屈,向门廊走去。也真是,外人第一次来,它就遭到主人这样的对待!

另外那间房子的门小心翼翼地吱呀了一声,涅多皮尤斯金先生走进来,愉快地鞠躬,微笑着。

我站起身来,鞠了一躬。

"不客气,不客气。"他嘴里喃喃地说。

我们坐下了。切尔托布哈诺夫去了隔壁的房间。

"您早就光临我们这块地方了吗？"涅多皮尤斯金很和气地说，谨慎地用一只手捂着嘴咳了一声，并且为了礼貌，把手指放在嘴唇前面。

"已经是第二个月了。"

"原来是这样。"

我们沉默了一阵。

"现在是好天气，"涅多皮尤斯金继续说，并且带着感激的目光望着我，仿佛天气取决于我似的，"可以说庄稼很好。"

我点头表示同意。我们又沉默了一阵。

"潘杰列伊·叶列梅奇昨天猎到了两只野兔，"涅多皮尤斯金颇费力气地说，他显然希望把我们的谈话弄得活跃些，"是呀，先生，那是两只很大的灰兔。"

"切尔托布哈诺夫先生的那些狗好不好？"

"太好了！先生，"涅多皮尤斯金高兴地加以更正，"可以说是全省第一。（他往我身边凑近。）那还用说，先生！潘杰列伊·叶列梅奇是这样的人！他只要愿意做什么，只要想做什么，你看，准能做成，全都做得轰轰烈烈。潘杰列伊·叶列梅奇，我对您说……"

这时切尔托布哈诺夫走了进来。涅多皮尤斯金笑了一下，不做声了，用眼神向我示意，仿佛想说：你自己马上就会看出来的。于是我们畅谈起打猎来。

"你愿意我给你看看那群猎犬吗？"切尔托布哈诺夫问我，还没有等我回答，他就唤卡尔浦。

一个粗壮有力的小伙子走进来。他穿着绿色的粗布长衫，衣领是深蓝色的，衣衫上钉着仆人制服上的纽扣。

"吩咐福姆卡，"切尔托布哈诺夫急促果断地说，"把阿玛拉特和萨意加牵来，要收拾整齐，明白吗？"

卡尔浦张开嘴笑了一下，发出了含糊不清的声音，便出去了。福姆卡出现了。他头发整齐，着紧身衣，穿着皮靴，牵着两只狗。为了礼貌，我故意把这两个傻畜生欣赏了一番（所有这种猎犬都傻）。切尔托布哈诺夫对阿玛拉特的鼻孔啐了几口。看来这并没有给这只公狗带来丝毫快乐。涅多皮尤斯金也从后面抚摸阿玛拉特。我们又开始闲谈。切尔托布哈诺夫渐渐安静下来，不再怒气冲冲了，他的脸色变了。他看了我一眼，又看了涅多皮尤斯金一眼……

"嘿！"他忽然叫了一声，"她干吗一个人坐在那里？玛莎，喂，玛莎，到这里来。"

有人在隔壁房间动了一下，但是没有回答。

"玛……莎！"切尔托布哈诺夫亲热地重复着，"过来吧。没什么，不要怕。"

门轻轻开了，我看见了一个二十来岁、身材匀称的高个子女人。她有茨冈人微黑的脸，一双微黄的小眼睛，黑如树脂的鬈发，大而白的牙齿从肥而红的嘴唇后面闪着光。她穿着白色的连衣裙，蔚蓝色的披肩用金色的别针紧别在喉咙前面，一直披盖到她纤细而结实的双手。她带着乡野女子的羞赧和拘谨，跨了两步就站住了。她低下了头。

"我来介绍一下，"潘杰列伊·叶列梅奇说，"妻子不是妻子，就算作妻子吧。"

玛莎的脸上泛起了红晕，她带着惊慌的神情嫣然一笑。我更低头向她鞠了一躬。我很喜欢她。纤细柔和的鹰钩鼻子，张大的、半透明的鼻孔，高挑的眉毛透露出勇气，苍白的、微微下陷的两颊——脸上到处都表现出无所顾忌的热情和泼辣。两绺闪光的头发从卷曲的鬈发里露出来，一直垂到脖子上——这是血统和力量的标志。

她走到窗旁，坐下了。我不愿增加她的拘谨不安，便同切尔托布哈诺夫说话。玛莎微微转过头来，低垂着眉毛偷偷地看了看我，眼神既羞涩又快速，如同蛇的信子般闪过。涅多皮尤斯金坐到她身边，附耳对她轻轻说了一句，她又微笑了一下。她微笑时，微微地皱着鼻子，微微地抬起上唇，给她的脸添上一种既不像猫又不像狮子的表情。

"啊，原来你不仅害羞，还有戒心！"我心想，也偷偷地看了看她柔软的身体，下陷的胸脯，以及那生硬、粗野、敏捷的动作。

"玛莎，怎么样，"切尔托布哈诺夫问，"是不是该拿点什么招待客人呀？"

"我们有果子酱。"她回答。

"嗯，把果子酱拿来，顺便把伏特加酒拿来。喂，玛莎，听我说，"他看着她的背喊道，"也把吉他拿来。"

"拿吉他干吗？我是不唱的。"

"为什么？"

"不愿意。"

"嘿，胡说什么，总会愿意的，要是……"

"要是什么？"玛莎迅速皱起眉头，问。

"要是求你呢。"切尔托布哈诺夫不无尴尬地说完这句话。

"啊！"

她出去了，很快就拿着果子酱和伏特加酒回来，又坐在窗旁。她的额上还看得见皱纹，两条眉毛上下起伏，仿佛黄蜂头上的触须……读者注意到没有，你们想一想，黄蜂的脸是多么凶啊！我心想，一定会有"雷雨"。谈话中断。涅多皮尤斯金完全不说话了，努力地微笑着。切尔托布哈诺夫气呼呼地，脸红着，鼓起了眼睛。我已经准备离开……玛莎忽然欠起身来，一下子打开窗，伸出头去，生气地向一个过路的女人喊叫："阿克西妮雅！"女人哆嗦了一下，打算回转身来，但滑了一脚，重重地跌倒在地。玛莎哈哈大笑，身子直往后仰。切尔托布哈诺夫也笑了，涅多皮尤斯金欢喜得尖叫起来。我们大家都哆嗦了一下，恍然大悟："雷雨"变成了一道"闪电"……空气清新了。

半个钟头过后，我们完全变了样。我们闲谈，像孩子一样玩耍打闹。玛莎打闹得比别人还厉害，切尔托布哈诺夫简直要用眼睛把她吞下去。她的脸发白了，鼻孔张大了，眼神闪烁。野姑娘手舞足蹈，玩得尽兴。涅多皮尤斯金跛着粗短的腿，跟在她后面，像公鸭跟着母鸭，连温佐尔这条狮子狗都从门廊的台子底下爬出来，站在门槛那里，看着我们，忽然开始跳跃与吠叫。玛莎飘进了隔壁的房间，拿来了吉他，从肩上扔掉了披肩，敏捷地坐下来，抬起头，唱起了一首茨冈人的歌。她的声音像一个裂了缝的玻璃铃，响亮而抖颤，这声音就反复这样爆发着，沉静着……我心里觉得又舒服，又害怕。"燃烧吧，说话吧！"……切尔托布哈诺夫跳起舞来了，涅多皮尤斯金踏着细步走起来。玛莎全身都在动，如同火上燃烧的桦树皮，纤细的手指敏捷地在吉他上来回活动，黝黑的脖子在双重的琥珀项链下缓慢地抬起。有时歌声突然停止，她疲倦地弯着身低下头，仿佛不愿意拨动琴弦。于是切尔托布哈诺夫也停下来，只是微微地耸了耸肩，就地换了换脚。而涅多皮尤斯金摇着头，仿佛一个瓷器中国人。有时她又发疯似的发出嘹亮的歌声，她伸直身子，挺起胸脯。切尔托布哈诺夫又跳起舞来，蹲时接近地面，跳时头顶天棚。他像陀螺那样转动，高声喊着："快呀，玛莎！"……

"快呀，快呀，快呀，快呀！"涅多皮尤斯金急忙跟着说。

很晚我才离开"无梦村"。关于玛莎本人的经历，我下一次再讲给宽容的读者。

世袭贵族切尔托布哈诺夫的结局

一

从我这次访问算起，过了两年，潘杰列伊·叶列梅奇开始遭到真正的不幸。不快乐、不成功甚至不幸的事情在这以前也在他身上发生过，但是他并不在意，依然"我行我素"。他感到震惊的也是最伤心的第一个不幸就是：玛莎离开了他。

是什么使玛莎离开她似乎已经习惯的家——潘杰列伊的家，这就难说了。切尔托布哈诺夫至死也坚持这样的看法：玛莎的变心全都归罪于邻村一个绰号"亚夫"的年轻人——退伍的枪骑兵大尉。用潘杰列伊·叶列梅奇的话来说：此人之所以得逞，不过是靠着他不停地捻胡子，厚厚地涂油粉，煞有介事地哼呀哼。但应该认为，玛莎的血管里流的是游荡民族茨冈人的血液——这一点更起作用。不管怎么说，事实是：在一个美好的夏夜，玛莎卷起一小包破烂，从切尔托布哈诺夫的屋子里出走了。

此前她在屋角里坐了几乎三天，身子缩成一团，紧靠着墙壁，像一只受伤的狐狸，一句话也不愿意说。她总是转动着眼珠，凝神沉思，同时也抖动着眉毛，微微露出牙齿，表示下决心，两只手不停地动，仿佛在加添衣服，让身子暖和点似的。这样的"状况"以前她也曾有过，但从未这样持久。切尔托布哈诺夫知道这一点，因而也就并不感到不安，也不去打扰她。但是有一天，他在狗院听他的猎犬驯养人说，最后的两只猎犬死掉了。他从狗院回来，遇见一个女仆用颤抖的声音向他报告，玛丽雅①·阿钦费耶芙娜吩咐替她向两位老爷致意，替她祝愿他们万事如意，并且说她再也不回他们这儿来了。切尔托布哈诺夫一怔，顿时原地旋转了两圈，发出一种嘶哑的吼声，立刻奔出去追赶逃跑的女人，还随手拿了一把手枪。

他在离自己家两俄里的桦树林旁边通往县城的大道上追上了她。太阳降落在地平线上，四周的一切——树木、野草、土地，陡然染成了红色。

"你是去投奔亚夫！你投奔亚夫！"切尔托布哈诺夫一见玛莎就伤心地唉声叹气，"你是去投奔亚夫！"他又长叹了一声，跑到跟前，跌跌撞撞，几乎每步都要跌倒。

玛莎停下脚步，回过头来，面对着他。她背对着阳光，所以显得全身泛黑，仿佛是用一根乌木雕雕塑出来的，只有眼白显得像银色的扁桃仁，眼睛（瞳仁）也就更显黑了。

她把自己的包袱扔在一边，交叉着手。

"你是去投奔亚夫的，没用的坏女人！"切尔托布哈诺夫又重复了一句，打算抓她的肩膀，但是一碰触她的目光就慌了神，站在原地两腿发软。

"我不是去亚夫先生那里，潘杰列伊·叶列梅奇，"玛莎心平气和地回答，"我已经不能再同你住下去了。"

"怎么不能住下去？这是为什么？我难道哪里对不起你？"

玛莎摇了摇头："你没有什么对不起我，潘杰列伊·叶列梅奇，只是在你那里我腻歪死了……我感谢过去，留下来——我做不到，实在做不到！"

切尔托布哈诺夫大吃一惊，甚至用双手拍打了一下双腿，跳了起来。

"这是怎么啦？住着，住着，除了快乐和安静，你什么也没受过，可突然腻歪了！于是想：'我抛弃他吧！'于是你戴上头巾，拔腿就走。你

①　"玛莎"是"玛丽雅"的小名与爱称。

292

受到的尊敬可不亚于任何一个女主人……"

"我并不要这种尊敬。"玛莎打断了他。

"怎么不要？你由过路的茨冈女子变成了女主人，难道你不要吗？怎么可以不要，你这贱人？难道这话可以相信？你在隐瞒，你这是变心了，你变心了！"

他又嘶哑着埋怨起来。

"我的思想里并没有什么变心，现在没有，过去也没有，"玛莎用自己响亮而明确的声音说，"我已经对你多次说过：我是烦闷透了。"

"玛莎！"切尔托布哈诺夫大叫了一声，并且用拳头捶自己的胸，"啊，别这样了，你够折磨我的了……够了！真的！你想一想季洪会怎么说吧，你哪怕是可怜可怜他哩！"

"请你替我多多向季洪·伊万内奇致意，请对他说……"

切尔托布哈诺夫挥了一下双手："不，你在胡说，你不要走！你的亚夫是等不着你的！"

"亚夫先生……"玛莎刚开始说。

"什么亚夫先生，他算什么先生！"切尔托布哈诺夫反唇相讥，对她说，"他就是骗子，就是滑头，他的嘴脸简直就同猴子一样！"

切尔托布哈诺夫跟玛莎软磨硬泡了整整半个钟头。他一会儿走近她身旁，一会儿跑开，一会儿朝她挥舞手，一会儿对她深深鞠躬，哭着，骂着……

"我做不到，"玛莎坚决地说，"我烦闷死了……思念快把我折磨死了。"她的脸渐渐地变得冷漠无情，几乎像睡着了的模样，竟使切尔托布哈诺夫问她是否喝过麻醉药。

"思念的痛苦呀！"她说了第十遍。

"那么我就杀死你。"他突然叫了一声，从口袋里掏出了手枪。

玛莎微笑着，她的脸色反而活了。

"那又怎么样？你杀吧，潘杰列伊·叶列梅奇，这是你的自由。至于回去，我是不回去的。"

"你不回去吗？"切尔托布哈诺夫拨起了扳机。

"我不回去，亲爱的。一辈子也不回去。我是坚定不移的。"

切尔托布哈诺夫突然把手枪塞进她手里，便蹲坐在地上。

"那么，你就杀死我吧！没有你，我也不想活了。你既然厌恶我，我也要厌恶一切了。"

玛莎俯下身去，拿起自己的包袱，把手枪放在草上，枪口背对着切尔托布哈诺夫，走到他跟前。

"唉，亲爱的，你为什么要自杀？你还不知道我们茨冈女人吗？这就是我们姐妹们的习性，这就是我们的风俗习惯。既然产生了思念的烦恼，既然这种离愁别恨召唤心灵到遥远的他方，干吗还留在这里？你记住自己的玛莎吧，你再也找不到其他这样的女友了，我也不会忘记你，我的鹰呀，但是我同你在一起的生活已经结束了！"

"我爱你，玛莎。"切尔托布哈诺夫捂着脸喃喃地说……

"我也爱过你，亲爱的朋友潘杰列伊·叶列梅奇。"

"我爱你，爱得发疯，爱得神魂颠倒，我怎么能设想你现在这样！你本来过得好好的，却无缘无故要离开我，并且将要在世界上流浪。我不得不这样想，如果我不是倒霉透顶的穷光蛋，你就不会把我抛弃了！"

对这些话，玛莎只是笑了一下。

"可是你还称我为不爱钱的女人哩！"她说着，并且挥手拍了拍切尔托布哈诺夫的肩膀。

他一下子站起来。

"哦，哪怕在我那里拿点钱去，没有钱怎么行呢？但最好还是你打死我！我说的是真话，你一枪把我打死吧！"

玛莎又摇了摇头："打死你？宝贝儿，我还要因此被遣送到西伯利亚吗？"

切尔托布哈诺夫哆嗦了一下："那么你仅仅因为这个，仅仅因为害怕服苦役……"他又倒在了草上！

玛莎沉默地站在他身边。"我舍不得你，潘杰列伊·叶列梅奇，"她叹着气说，"你是好人……但没有法子。别了！"

她转过身去，走了两步。夜已降临，暗影从各处浮来。切尔托布哈诺夫急忙站起身来，从后面拉住玛莎的两个胳膊。

"你就这样走吗，蛇精？到亚夫那里去吗？"

"别了！"玛莎含情脉脉却又斩钉截铁地重复了一句，便甩脱他的手，走了。

切尔托布哈诺夫从后面望着她，跑到放手枪的地方，拿起来，瞄准好，开了一枪……但就在扣动扳机前，他那只手往上一抖，子弹在玛莎的头上呼啸而过。她走时侧身从肩头看了他一眼，继续往前走，大摇大摆地，仿佛在向他挑衅。

他捂着脸，奔了过去……

但是他还没有跑五十步就突然站住了，仿佛钉在那里。那熟悉的，非常熟悉的声音飞到他耳边，玛莎在唱歌。"美好的青年时代——"她唱着，每个声音在晚间的空气里传播，如怨如诉，又炽热缠绵。切尔托布哈诺夫侧耳倾听。声音越来越远，有时渐渐地消失，有时隐约地飘来那仍然火热的一缕缕歌声……

"她这是对我捅了一刀！"切尔托布哈诺夫想，但突然心痛，一声长叹，"不，不是！她这是在向我做永远的告别啊！"于是，他泪如泉涌。

第二天，他来到亚夫先生的住宅。亚夫热心社交，不喜欢乡村的孤独生活，而是住在县城里，按他的说法，就是"接近小姐们"。切尔托布哈诺夫没有遇到亚夫。据亚夫的仆人说，他前一天到莫斯科去了。

"这就对了！"切尔托布哈诺夫愤怒地喊起来，"他们有预谋，她跟他跑了……但等着瞧吧！"

他不顾仆人的阻拦，闯进年轻的骑兵大尉的书房。书房里，沙发上方的墙上挂着一幅油画，是主人身穿轻骑兵制服的肖像。"原来在这里，你这个没有尾巴的猴子！"切尔托布哈诺夫大声地嚷着，他跳到沙发上，用拳头击打绷紧的画布，在上面戳了一个大窟窿。

"对你那个游手好闲的老爷说，"他转向那个仆人，"因为没有见到他可憎的嘴脸，所以贵族切尔托布哈诺夫毁了他的画像，要是他愿意报复我，他知道在哪里找到贵族切尔托布哈诺夫！不然我自己找他！到海底我也要找到这个卑鄙的猴子！"说完这几句，切尔托布哈诺夫跳下沙发，得意扬扬地走了。

但是骑兵大尉亚夫并没有向他报复，他们甚至没有在什么地方相遇。切尔托布哈诺夫也不想寻找自己的仇人，他们之间倒也相安无事。此后不久玛莎就杳无音信。切尔托布哈诺夫本想一醉方休，不过他"醒悟"了，但这时他又遭到第二个不幸。

二

那就是，他的挚友季洪·伊万内奇·涅多皮尤斯金去世了。他去世前两年，身体就开始变差了。他开始患气喘，总是好睡，醒来后不能立刻恢复知觉。县城的医生说他发生了小中风。在玛莎出走前的三天里，也就是她"开始烦闷"的那几天，涅多皮尤斯金正躺在自己的别兹色连杰耶夫卡村：他得了重感冒。玛莎的行为使他受到更加意外的打击，他感受到的惊吓与痛苦几乎不亚于切尔托布哈诺夫。由于本性的温顺和懦弱，他除了对自己朋友的体贴、怜惜以及对此事百思不得其解的疑惑，什么都没有说……但他已经心痛欲裂，万念俱灰了。"她掏去了我的心。"他坐在自己心爱的油布小沙发上自言自语，搓着手，不知如何是好。甚至当切尔托布哈诺夫已经恢复正常时，涅多皮尤斯金也没有恢复正常，继续觉得"他心里空虚"。他一面这样说，一面指着胃的上头——胸的中心："就是这里。"他就这样地挨到了冬季。由于严寒初降，他的气喘有所减轻，但同时，光顾他的已经不是小中风，而是真正的中风了。他并没有立刻丧失知觉，他还认识切尔托布哈诺夫，还能用僵硬的舌头回答他挚友绝望的呼喊："喂，季洪，你怎么没有经我的允许就离开我，不是比玛莎还坏吗？"他十分费力地说："可我……潘……现在，叶……叶……伊……奇，到地狱……也要……听……你。"但这并没有阻止他当天死去，他到底还是没有等到县医来！县医看见他几乎冷却的身体时，也只是带着人生短暂、万物不永的感叹，要求一顿"伏特加酒和干咸鱼脊"罢了。季洪·伊万内奇的遗嘱把自己的财产交给了自己敬爱的恩人和慈悲为怀的保护人潘杰列伊·叶列梅奇·切尔托布哈诺夫——这是应该能预料到的。但是这笔财产并没有给敬爱的恩人带来多大的利益，因为它立刻就被公开拍卖了，用来支付切尔托布哈诺夫在朋友的坟墓上建造纪念碑和石雕像（显然他受他父亲的影响）的费用。这尊石像应该是一个正在祈祷的天使，所以他从莫斯科订购。但别人介绍给他的那位经纪人想，省里少雕刻的行家，所以给他运来了一尊花神而不是天使像。这尊石像装饰莫斯科郊外一座荒芜的花园多年，花园是叶卡捷琳娜时代建造的，幸亏石像十分优美，具有"洛可可"的建筑风格，花神长着胖胖的小手、蓬松的卷发、弯曲的身段，裸露的胸脯上有一条玫瑰花瓣。石像是经纪人白白弄到手的。这位神话里的女神至今还立在季洪·伊万内奇的坟墓上，像蓬巴杜夫人①一样优美地抬起一只脚，扭扭捏捏地望着周围漫步的牛羊——我们乡村公墓上的常客。

三

失去了忠实的朋友以后，切尔托布哈诺夫又开始酗酒，而且这一次酗酒比前一次厉害得多了。他的情况完全走下坡路。没有钱打猎，最后的钱都用完了，仆人也都一个个走了。潘杰列伊·叶列梅奇真正的孤独完全到来了，没有人可以与他交谈哪怕一句话，更没有人可以与他交心了。只是

---

① 法国国王路易十五最宠爱的情妇。

他身上的傲气不减。相反，他的情况越坏，他就越傲慢，越自大，越难接近，最后他完全撒野了。他只剩下了唯一的慰藉，唯一的快乐：一匹很好的坐骑，灰色鬃毛，顿河地区出产，名叫玛列克－阿泰力，实在是非常出色的牲口。

他是这样得到这匹马的。

有一天切尔托布哈诺夫骑马经过邻村，听见一群乡下人在酒馆附近喧哗叫喊。在这一群人的中央，一些粗壮有力的手在同一地方不停地举起和放下。

"那边发生什么事了？"他用特有的长官口气问一个老年妇女，她站在自家农舍的门口。

这位乡下妇女靠着门框，仿佛在打盹，不时地向酒馆方面望去。一个小男孩，头发浅黄色，穿一件印花布衬衫，裸露的胸膛上挂着一个柏木做的小十字架，叉开两只小腿，握着两个小拳头，坐在她脚上的两只草鞋之间。一只小鸡也在这儿啄着木头似的黑面包皮。

"天知道，老爷！"老太婆回答着，身子往前俯，把一只又皱又黑的手放在小男孩的头上，"听，我们那些孩子在打一个犹太人哩。"

"为什么打犹太人？什么样的犹太人？"

"老爷，天知道！我们那里出现了一个犹太人。谁知道他是从哪里来的呢？瓦夏，小少爷，到妈妈那里去。去，去吧，讨厌的东西！"

老太婆吓退了小鸡，瓦夏抓住她的粗呢子裙子。

"就这么样打他，我的老爷。"

"怎么要打他？为什么？"

"我也不知道，老爷。总因为什么事，又怎么不打他呢？就是他把基督钉在十字架上的呀！"

切尔托布哈诺夫吆喝了一声，在马脖子上抽了一鞭子，朝着人群疾驰而去。他冲进人群后，就开始用一根鞭子不加区别地左右抽打那些乡下人，用不连续的声音说："什么自行……处理！自……行……处理！法律应该惩罚，却不是私……人……是法律！法……律……呀！"

不到两分钟，人群全都向四面八方后退，酒馆门前的地上出现一个瘦削的黑脸汉子，个儿不高，穿一件中国式土布长衫，头发蓬乱，衣裳被撕破……苍白的脸，上翻的眼珠，张开的嘴……他这是怎么了？是昏死过去还是真的死了？

"你们为什么要打死犹太人？"切尔托布哈诺夫大声叫喊，并且挥着鞭子威吓他们。

人群报以沉闷的起哄声，有的农民按住肩膀，有的按住侧腰，有的按住鼻子。

"你很能打架啊！"后排里有人说。

"拿着鞭子呀！任何人都能够这样！"另一个人说。

"为什么要打死犹太人？我问你们，愣头愣脑的亚细亚人呀！"切尔托布哈诺夫重复了一遍。

这时躺在地上的人机灵地站起来，跑到切尔托布哈诺夫身边，拼命抓住他马鞍的边儿。

人群中不约而同地响起了一阵哄笑声。

"长命鬼！"还是后排里的人说，"还是那只猫！"

"大人，请你保护，请你救我！"可怜的犹太人喃喃地说，整个胸脯紧靠在切尔托布哈诺夫的一条腿上，"不然，他们要打死我，打死我呀，大人！"

"他们为什么打你？"切尔托布哈诺夫问。

"我实在是说不明白呀！他们的牲口死了……他们就这样怀疑……可是我……"

"哦，这个我们以后再分辨！"切尔托布哈诺夫打断他，"现在你拉住鞍子，跟我走。而你们，"他回头对人群说，"你们知道我吗？我是地主潘杰列伊·切尔托布哈诺夫，住在'无梦村'，也就是说，你们一旦恢复理智，可以去法院控告我，并且也顺便控告犹太人！"

"为什么控告？"一个胡须斑白、老成持重的农民活像古时的族长（虽然他拳打脚踢犹太人，并不亚于别人），一面深深地鞠躬，一面说，"老爷，潘杰列伊·叶列梅奇，我们知道你的恩惠，我们很满意你的恩惠，感谢您教训了我们！"

"为什么控告？"其他人附和着，"但对待那个非基督徒，我们自有办法！他不会从我们手里溜掉的！我们对待他，就像对待野地里的兔子……"

切尔托布哈诺夫抹了抹胡子，重重地哼了一声，骑着马一步步地回自己的村子，犹太人在身边跟着。他就这样把犹太人从压迫者手里解救出来，正如他曾经解救出季洪·涅多皮尤斯金那样。

四

过了几天，那个唯一留在切尔托布哈诺夫身边的哥萨克小伙子报告他说，有一个骑马的人到这里来，希望同他说几句话。切尔托布哈诺夫走到门口的台阶，看见自己认识的那个犹太人骑在一匹顿河产的好马上，马一动不动地骄傲地站在院子中央。犹太人没有戴帽子，他把帽子夹在腋下，两脚并不插在马镫上，却插在马镫的皮带里。他那撕破的长衫衣襟悬挂在马鞍的两边。他一看见切尔托布哈诺夫就咂着嘴唇，前后甩动着手肘，摆动着脚。但是切尔托布哈诺夫不但不回答他的敬意，甚至十分生气。他突然火冒三丈，心想：可恶的犹太人竟敢骑这样的好马……多么无礼呀！

"喂，你这张黑脸！"他嚷道，"立刻爬下来，要是不想被拖下马！"

犹太人立即服从，翻身下了马鞍，一只手执着缰绳微笑地鞠躬。他朝切尔托布哈诺夫走了几步。

"你有什么事？"潘杰列伊·叶列梅奇带着尊严地问。

"大人，请看，这匹马如何？"犹太人说着，继续不停地鞠躬。

"嗯……是的……是匹好马。你从哪里弄到的？一定是偷来的吧？"

"大人，怎么能呢！我是正直的犹太人，这不是偷来的，是为大人您买来的，真是这样！我是真卖力，真卖力呀！为的就是马！这样的马全顿河地区怎么也找不到第二匹。您看，大人，这是多好的马呀！请大人到这里来！（他吆喝马）吁……吁……把头转过来，侧身站着！我们现在就把马鞍取掉，多好的马！大人？"

"是匹好马。"切尔托布哈诺夫假装冷淡地重复了一句，但是他已经心动了。他酷爱顿河的马，知道这种马的好处。

"大人，您摸摸它！在这个地方摸一下。嘻，嘻，嘻！这就对了。"

切尔托布哈诺夫好像不愿意似的，把一只手放在马的脖子上，拍了两下，然后就用手指顺着马的脊背从颈部一直摸到肾脏上方的某个地方，就按着猎人的做法，轻微地按压了压那个地方。那马立刻拱起脊背，用一只傲慢的黑眼睛回头斜看了切尔托布哈诺夫一下，喷了一声响鼻，前腿跨了一步。

犹太人笑了，轻轻地拍起手掌来："认识主人了，大人，认识主人了！"

"喂，别胡说，"切尔托布哈诺夫懊恼地打断了他，"我要买你这匹马……可是没有钱，至于礼物，别说是来自犹太人那里，就是来自上帝那里我也是不收的！"

"我怎么敢送给你什么东西，大人怎么这样想？"犹太人喊起来，"大人，您买了吧……至于钱呢，我等着！"

切尔托布哈诺夫沉思起来。

"你要多少钱？"他到底从牙缝里挤出来这句话。

犹太人耸了耸肩膀。

"就是我自己花去的那个数目，两百卢布。"

这匹马值它的两倍，也许还值它的三倍哩。

切尔托布哈诺夫转过身去，像患了疟疾打摆子似的，打了一个大哈欠。

"但什么时候……付钱呢？"他问着，勉强皱起眉头，但不看犹太人。

"随您，什么时候都行。"

切尔托布哈诺夫把脑袋往后一仰，却并不抬起眼睛："这个不算回答。

你明白地说，希律的子孙！难道我要向你赊账？"

"哦，就算是赊账吧，"犹太人赶紧说，"过六个月……同意吗？"

切尔托布哈诺夫什么也没回答。

犹太人竭力望着他的眼睛："同意吗？可以放到马厩里去吗？"

"我不需要马鞍，"切尔托布哈诺夫断然地说，"把马鞍拿走，听见没有？"

"当然，当然，我拿走，我拿走。"犹太人高兴得喃喃说着，把马鞍扛到自己肩上。

"至于钱，"切尔托布哈诺夫继续说，"过六个月。不是两百卢布，是两百五十卢布。你住嘴！我对你说，是两百五十卢布！我付。"

切尔托布哈诺夫总不愿也不敢抬起眼睛。他的自尊心从来没有受到过这样大的痛苦。他想："这个鬼显然是因为感谢才来送礼物的！"他真想拥抱这个犹太人，又想揍他几下……

"大人，"犹太人鼓着勇气，露出牙齿，开始说起来了，"按照俄国习惯，必须拉起衣襟，亲手把……"

"犹太人，亏你想得出……可这是俄国的习惯！"他停了一会儿，说，"喂！谁在那里？你把马儿牵去，送到马厩里。对了，你给它喂点燕麦。我一会儿自己去看看。我告诉你，给它取的名字是玛列克－阿泰力！"

切尔托布哈诺夫正想跨上台阶进屋，但突然做了个向后转的动作，跑到犹太人那里，紧紧抓住他的手。犹太人俯下了身子，伸过来嘴唇，但切尔托布哈诺夫急忙后退，轻声说了一句："对谁也别说！"他便消失在门后了。

五

从那一天起，玛列克－阿泰力就成了切尔托布哈诺夫主要的事情、主要的牵挂和生活的乐趣。他爱它，甚至连玛莎都未曾被这样爱过；他亲

302

近它，超过对涅多皮尤斯金的亲近。它也真是一匹宝马！像一团火，就是一团火，简直是火药！而它那么气派，又像个贵族！它不知疲倦，吃苦耐劳，无论叫它往哪里去，它绝对服从；喂它也不用什么好东西，即使没有什么别的东西，它就吞食脚下的土。它走步时，你感觉特别稳当；它小跑时，你又仿佛在微波里荡漾；它奔驰时，风都追赶不上！它从不气喘吁吁，因为肺活量大，腿是钢筋铁骨；想要它绊倒，没门！跳壕沟也好，跳栅栏也好，对它来说算不了什么。它是多么聪明啊！它听着口令，就扬起脑袋跑来。你吩咐它站住，而你自己走开，它就站在那里纹丝不动。你刚要回来，它似乎嘶鸣两声，仿佛说："我在这里呢。"它什么也不害怕，在黑暗里、在风雪中能找到道路。它绝对不让别人靠近，还会咬牙切齿呢！连狗也休想对它伸嘴，它立刻用前蹄踢狗的额头，不过还让狗活着。这匹马有自尊心。你可以在它头上摇动鞭子做做样子，可是你不要动它！在这里不必多费口舌，一句话：它是匹宝马！

切尔托布哈诺夫开始夸耀起自己的宝马来。他从哪里找到那么好的词汇啊！他多么精心地照料它、宠爱它啊！它身上的毛泛着银光，不是旧银子的光，而是新银子的闪光，还带着黑色的光泽，用手掌去摸，触感简直像丝绒一样！马鞍、鞍垫、笼头——各种马具全都合适、整齐、干净。你拿铅笔画画吧！切尔托布哈诺夫——还有什么？他亲手给心爱的宝马编刘海，用啤酒洗鬃毛和尾巴，甚至不止一次用油膏涂抹蹄子……

有时他骑上玛列克-阿泰力出去，但不到邻村的地主家串门。他依旧不同他们交往，而是穿过他们的田地，从他们的庄园旁边过去……他说："傻瓜们，你们从远处欣赏欣赏吧！"要是他听见哪个地方有狩猎活动，某财主已准备动身去那个狩猎的场所，他就立刻去那里，在远处地平线上驰骋，表演骑术，使所有的观众惊叹他宝马的雄姿与神速，却又不让任何人靠近自己。有一次，甚至某"猎人"，即狩猎的地主，带着自己的所有随员追赶他。"猎人"眼见切尔托布哈诺夫离自己越来越远，就放开嗓子对他使劲高喊："喂，你听呀！你可以随便要价！我不惜一千卢布买你的马！我可以把妻子、孩子们交出来！你可以拿走我的一切！"

切尔托布哈诺夫忽然勒住玛列克 - 阿泰力。"猎人"飞也似的赶到面前，嚷道："老爷，我的亲爹！你说你要什么吧。"

"即使你是沙皇，"切尔托布哈诺夫一板一眼地说（可是他生来还没有听见过莎士比亚），"把你的王国全都交出来换我的马，我也不要！"①说完，他哈哈大笑。他勒住缰绳，让玛列克 - 阿泰力前腿腾空、后腿直立，在空中像陀螺转了一圈。他喊两声"快跑"，马就飞驰而去，在已经收割的庄稼地上闪着银光。那个"猎人"（听说是最有钱的公爵）扑通倒下，帽子落地，脸就倒在帽子里！他就这样躺了半个来钟头。

切尔托布哈诺夫怎么会不珍爱自己的马呢？他能重新在所有邻人面前表现毫无疑义的、最后的一点儿优越感，不是受惠于这匹马吗？

六

时间无情，付款的期限临近，别说两百五十卢布，就是五十卢布，切尔托布哈诺夫也没有。怎么办呢？拿什么解燃眉之急呢？他最后决定："如果犹太人不讲情义，不愿意再等，我只好把房屋和土地都给他，自己骑着马远走天涯海角！我宁可饿死，也不会把玛列克 - 阿泰力给他的！"他心急如焚，甚至思前想后，居然想到了命运，而命运第一次也是最后一次怜悯他，向他微笑了。他想起了那个远房的婶母（切尔托布哈诺夫都不知道她的名字）在正式的遗嘱上留给他一笔钱：整整两千卢布——这在他心目中是个巨大的数目了！而且他收到这笔钱正在所谓的紧要时候，即犹太人要来的前一天。切尔托布哈诺夫欢喜若狂，也就不去想伏特加酒了。自从玛列克 - 阿泰力来到他身边，他就滴酒不沾了。于是他跑进马厩，吻

---

① 英国剧作家莎士比亚的剧作《理查三世》里有一句类似的台词："我愿拿我的王国换一匹马。"

着自己朋友鼻孔上头的马脸两边，即马身上皮肤最柔软的地方。"现在我们不会分离了！"他高兴地嚷着，一面拍打着玛列克－阿泰力的脖子和脖子上梳得整齐的鬃毛。他回到屋里，数好了两百五十卢布，封在一个纸包里，然后就仰卧着，抽着烟斗，悠然自得地想象起来。他想好了怎样处理其余的钱，也就是要弄到几只好狗，真正是科斯特罗莫地方产的狗，而且一定是红色花狗！他甚至起来同哥萨克小伙儿别尔费什卡交谈了一会儿，答应给他新做一件哥萨克上衣，线缝处全都配上黄色丝带。然后他带着幸运无比的心情躺下睡觉了。

他做了一个不好的梦：仿佛他出去打猎，但不是骑着玛列克－阿泰力，而是骑在一只类似骆驼的怪兽身上，一只雪白雪白的狐狸迎着他跑来……他想挥动马鞭，想吆喝两只猎犬去捕捉，但是手里拿的不是马鞭，而是椴树皮刷子。狐狸在他前面跑，用舌头挑逗他。他从自己的骆驼上跳下来，打了个趔趄，跌倒了……正倒在一个宪兵手里。宪兵叫他去见总督，他认出来总督就是亚夫……

切尔托布哈诺夫醒了。房间里还是黑的，公鸡刚叫过第二遍……

很远处某个地方传来一声马嘶声。

切尔托布哈诺夫抬起头……又一次听见马轻微的嘶叫声。

"这是玛列克－阿泰力在嘶叫！"他不由得这样想，"这就是它的嘶叫声！但是叫声为什么这样远呢？我的天哪……不可能吧……"

切尔托布哈诺夫忽然全身发冷，一下子跳下床，摸索到了靴子、衣服，穿好了，从枕头下抓起开马厩的钥匙跑到院子里。

七

马厩在院子的尽头，马厩的一面墙朝着田野。切尔托布哈诺夫并非一下子把钥匙插进暗锁（他的手哆嗦），也没有立刻转动钥匙……他静悄悄地站在门前，屏住呼吸，真希望门里有一点儿动静哩！"亲爱的玛列克！"他轻轻地叫了一声。里边死一般的沉寂！切尔托布哈诺夫不由得转动了钥匙，门吱的一声开了……可见门没有锁着哩。他跨过门槛，又喊了马的名字——这一次用全名：玛列克-阿泰力！但是他那忠实的同伴没有回应，只有一只老鼠在干草上发出了簌簌的响声。于是切尔托布哈诺夫立刻直奔玛列克-阿泰力所在的那个马栏（马厩共有三个马栏）。虽然周围一片漆黑，伸手不见五指，他还是径直走到了这个马栏……里边空空如也！切尔托布哈诺夫的头晕眩了，耳朵嗡翁地响。他想说些什么，但只是口吃着。他两只手上下左右摸索着，喘着粗气，弯着膝盖，从一个马栏摸到第二个马栏，然后……第三个，第三个马栏堆满干草，几乎堆到了屋顶。他撞在一面墙上，又撞在另一面墙上，倒下了，翻了个筋斗，他爬起来，突然仓皇失措地穿过半掩的门，跑到外面。

"是被偷走的！别尔费什卡！别尔费什卡！是被偷走的！"他怒吼起来。

哥萨克小伙儿别尔费什卡翻身穿一件衬衫，飞也似的从睡觉的下房里跑出来……

两人——主人和他唯一的仆人，仿佛醉鬼似的在院子中央碰到了一起，又仿佛发疯似的在对方面前乱转。主人既说不清是怎么回事，仆人也无法明白主人需要什么。"糟了！糟了！"切尔托布哈诺夫喃喃地说。"糟了！糟了！"哥萨克小伙儿跟着他重复。"拿灯笼来！点上灯！火！打火呀！"这些话最后才冲出切尔托布哈诺夫几乎停止跳动的胸膛。别尔费什卡跑进屋里了。

但是打火点灯并不容易。当时在俄国硫黄火柴被认为是稀有的东西，厨房里最后的几块煤早就熄灭了，火石不会很快找到，而且很不好用。切尔托布哈诺夫咬牙切齿，从手脚忙乱的别尔费什卡手里夺过来火石，自己打起火来，冒出来很多火星，也冒出来更多的咒骂甚至痛苦的呻吟。虽然两人紧张的面颊和嘴唇努力配合，火绒不是吹不燃，就是吹灭了！最后，过了四五分钟，破灯笼底座上的一段蜡烛头被点燃了，切尔托布哈诺夫在别尔费什卡的陪同下跑进马厩，把灯笼举到头上，环视了一下……

四周空空如也！

他三步并作两步来到外面，四方八面都跑遍了，哪里也没有马！潘杰列伊·叶列梅奇庄园四面的篱笆早已破旧不堪，有许多地方已经倾斜，都快倒塌了……同马厩并排的那段篱笆完全倒塌了，缺口有一俄尺宽。别尔费什卡把这个地方指给切尔托布哈诺夫看，说：

"老爷！您看这里，白天还不是这样哩。您看，那根篱笆桩都露出地面了，显然是被人拔出来的。"

切尔托布哈诺夫带着灯笼跑过去，用灯光照着地面查看……

"马蹄，马蹄，马蹄铁的痕迹，痕迹，新鲜的痕迹！"他快速地嚷开了，"是在这里把它牵走的，就是在这里，在这里！"

他立即跨过篱笆，喊着："玛列克－阿泰力！玛列克－阿泰力！"径直向田野跑去。

别尔费什卡困惑地站在篱笆旁。灯光的亮圈不一会儿在他眼睛里消失，被无风无月的黑夜吞没了。

切尔托布哈诺夫绝望的喊声越来越弱，越来越弱……

八

他回到家时，天已大亮。他已经不像个人样了，满身是泥土，脸色野蛮可怕，眼光阴郁迟钝，声音嘶哑，说话有气无力。他嘟囔着把别尔费什卡撵走，把自己关在房间里。由于疲惫，他两腿几乎都站不住了，但他并不躺到床上，而是在门边的椅子上坐下来，抓住自己的脑袋。

"是被偷走的……是被偷走的！"

但是那个贼想了什么招，居然在黑夜从锁着的马厩把玛列克－阿泰力偷走了呢？白天玛列克－阿泰力是不许任何他人接近自己的，怎么会不声不响地让人偷走呢？并且竟没有一只看家狗吠叫，这又怎么解释呢？固然一共只有两只狗，两只年轻的小狗，而且它们都饥寒交迫得要钻地里了，但总会叫几声吧！

"现在没有了玛列克－阿泰力，我怎么办呢？"切尔托布哈诺夫想，"我现在连这最后的乐趣也失去了，我的死期到了。买别的马，还想走运弄到钱吗？并且到哪里去找另一匹这样的马啊？"

"潘杰列伊·叶列梅奇！潘杰列伊·叶列梅奇！"门外传来胆怯的声音。

切尔托布哈诺夫猛地站起来。

"是谁？"他喊道，声音与平时全然不同。

"是我，你的哥萨克别尔费什卡。"

"你有什么事？是马找到了？它跑回来了吗？"

"不是，潘杰列伊·叶列梅奇，是卖马给您的那个犹太佬……"

"嗯？"

"他来了。"

"好啊！好啊！哈——哈！"切尔托布哈诺夫大嚷起来，一下子把门打开，"把他拖到这里来，拖过来，拖过来。"

这个犹太人站在别尔费什卡背后，突然看见自己"恩人"蓬头垢面、野蛮凶狠的样子，便打算逃跑，但是切尔托布哈诺夫跳了两步，抓到了他，便像老虎似的掐住他的喉咙。

"啊！来取钱吗？来取钱吗？"他发出嘶哑的叫声，仿佛不是他掐住别人，而是别人掐住他似的，"晚上偷走，白天来取钱，是吗？啊？"

"饶了我吧！大……人。"犹太人呻吟起来，但出不了声。

"你说，我的马在哪里？你把他弄到哪里去了？卖给谁了？你说，说，说……"

犹太人已经不能呻吟了，他发蓝的脸上甚至失去了恐惧的表情。手垂下去了，他的全身被切尔托布哈诺夫愤怒地摇动着，像芦苇一样前后摇摆。

"我付给你钱，我全部付给你，直到最后一戈比，"切尔托布哈诺夫嚷着，"不过我要掐死你，像掐死我最后一只小鸡一样，如果你不立刻告诉我……"

"老爷，你已经掐死他了。"哥萨克小伙儿别尔费什卡说。

这时候切尔托布哈诺夫才醒悟过来。

他把犹太人的脖子放开了，那个犹太人扑通一下跌倒在地板上。切尔托布哈诺夫把他抓起来，放在凳子上坐着，往他喉咙里灌下一杯伏特加酒，最后使他恢复了知觉。使他恢复了知觉后，切尔托布哈诺夫就开始同他谈话。

原来犹太人对玛列克－阿泰力的被盗一无所知。并且他为什么要偷走呢？它可是他为"敬爱的潘杰列伊·叶列梅奇"买的啊！

于是切尔托布哈诺夫领他去马厩。

他们两人检查了马栏、马槽、门上的锁，翻腾了干草和麦秆，然后走出马厩。切尔托布哈诺夫把篱笆旁边的马蹄痕迹指给犹太人看，忽然打着自己的腿。

"等一下！"他叫了一声，"你在什么地方买的马？"

"在小阿尔罕格里斯克县魏尔霍西斯克市场上买的。"犹太人回答。

"在谁那里买的？"

"在一个哥萨克人那里。"

"等一下！这个哥萨克人是年纪轻的还是老的？"

"中年人，显得很老成。"

"这个人怎么样？模样如何？也许是狡猾的骗子吧？"

"大概是骗子，大人。"

"还有，他这个骗子是怎么对你说的，他说早就有这匹马吗？"

"记得他说早就有了。"

"嗯，那么没有人会偷，除非是他！你想想看。你过来，听我说……你叫什么名字？"

犹太人哆嗦了一下，仰起一双黑眼睛，望着切尔托布哈诺夫。

"问我叫什么名字吗？"

"嗯，是的。你叫什么名字？"

"莫舍力·列伊巴。"

"哦，你想，列伊巴，我的朋友，你是聪明人，要不是老主人，玛列克－阿泰力怎么会让他得手呢？他给马上了鞍子，套上嚼子，脱掉马衣，马衣不是在草上放着吗……简直像是在家里布置的！其他任何人，除非主人，玛列克－阿泰力一定把他踩扁了！玛列克－阿泰力一定要拼命嘶叫，惊动全村！你同意我的意见吗？"

"同意，当然同意，大人。"

"嗯，这样说来，应该首先找到这个哥萨克！"

"但怎么把他找到呢，大人？我只见过他一次，现在他在哪里，他叫什么名字，我都不知道！唉！"犹太人说时，愁苦地摇晃着长长的鬓发。

"列伊巴！"切尔托布哈诺夫忽然嚷道，"列伊巴，你看看我！我已经失去了理智，我控制不了自己……如果你不帮助我，我就自杀！"

"可我怎么帮助……"

"跟我一块儿去，寻找那个贼！"

"可我们去哪里呢？"

"去各个市场，沿着大路，经过小道，碰那些盗马的人，到各个城市，各个乡村，走访田庄，到处都走，什么地方都去！关于钱，你不要担心，兄弟，我继承了一笔遗产！我花完最后一个戈比也要找回来我亲爱的马！那个哥萨克人，我们的仇人，逃不出我们的手心！他到哪里，我们就到哪里！他钻地下，我们也钻地下！他去魔鬼那里，我们就去撒旦那里！"

"哦，为什么去撒旦那里？"犹太人说，"没有他也成呀。"

"列伊巴！"切尔托布哈诺夫说，"列伊巴！你虽然是犹太人，你的信仰亵渎基督，但是你的心灵比某些基督徒好！你可怜我吧！我一个人去没有用，我一个人做不成这件事。我是个火性子，但是你有头脑，有金子头脑！你们的种族就是这样的，你们无师自通，不学就能做到一切！你也许怀疑：'他哪里来的钱呢？'到我房间里去，我把钱全拿给你看。你把钱拿走吧，把我脖子上的十字架也拿走吧，只要把玛列克－阿泰力交给我，交给我，交给我！"

切尔托布哈诺夫像打摆子一样，全身颤抖，汗珠从他脸上滚下来，和眼泪混合，在他的胡须里消失了。他握住列伊巴的手，他哀求着，他差一点儿没有吻列伊巴了。他失去了理智。犹太人本想表示异议，托词说自己有事，根本不可能分身……但说也白说！切尔托布哈诺夫一点儿也不愿意听。没有法子！可怜的列伊巴只好同意了。

第二天，切尔托布哈诺夫带着列伊巴坐着农民用的马车，从"无梦村"动身了。犹太人显得有些不安，他一只手抓着车栏，松弛的全身在颠簸的座位上跳动，另一只手按住胸怀，里面揣着一包钞票，是用报纸包着。切尔托布哈诺夫像一尊木偶坐在车上，不过眼睛不停地转向四周，用全胸呼吸，腰间插着一把匕首。

"啊，万恶的偷马贼，现在你小心吧！"车走上大道时，他嘟囔着。

他把自己的房屋委托给哥萨克小伙子别尔费什卡和一个做饭的女人，这个聋老太婆是他出于同情而收留在家的。

"我将骑着玛列克－阿泰力回来见你们！"他向他们高声告别，"或者我根本就不回来了！"

"你就嫁给我吧！"别尔费什卡用手肘向老厨娘肋里戳了一下，开了一句玩笑，"我们等不到老爷了，要不你也会寂寞无聊死的——反正都一样！"

九

一年过去了……整整的一年，潘杰列伊·叶列梅奇杳无音信。老厨娘死了。别尔费什卡已经打算扔下房屋，动身去城里。他的堂兄弟给理发店帮工，叫他到那里去。忽然传出消息说老爷快回来了！当地教堂的助祭收到了潘杰列伊·叶列梅奇本人的信，说他打算回"无梦村"，请他预先通知仆人组织必要的迎接。别尔费什卡对这些话理解为，必须稍微擦擦灰尘。但他不太相信这个消息的真实性。不过他后来不得不相信了，正是潘杰列伊·叶列梅奇本人骑着玛列克－阿泰力出现在庄园的院子里。

别尔费什卡奔到老爷面前，扶着马镫，想帮助他下马，但是主人自己跳下来了，向四周投去了胜利的目光，高声喊道："我说过，我能找到玛列克－阿泰力，也果真找到了，我就是不信邪，要跟仇敌和命运作对！"别尔费什卡走到他面前要吻他的手，但是切尔托布哈诺夫并没有注意到仆人的热心。他用缰绳牵着玛列克－阿泰力大步向马厩走去。别尔费什卡更关注地看了看自己的老爷，开始有些害怕了："哎呀，一年工夫他怎么这样又瘦又老啊，脸也变得多么严厉和阴沉！"别尔费什卡觉得，潘杰列伊·叶列梅奇本应该高兴找回自己的马。他刚才说，他找到了自己的马，他很高兴，他真是这样说的。但别尔费什卡还是开始有些害怕，甚至感到恐惧。切尔托布哈诺夫把马放在原来的马栏里，轻轻拍了一下它的臀部，说："喂，你又在家里了！要注意啊……"当天，他从那些不缴地租的孤苦赤贫的农民中雇了一个可靠的更夫。于是，他又住进了自己的房屋，像从前那样生活……

但并不是完全像从前那样……关于这些，以后再说。

回家后的第二天，潘杰列伊·叶列梅奇把别尔费什卡叫到跟前，因为没有其他可以交谈的人，所以给他讲述自己找到玛列克－阿泰力的过程。当然他不失自己的尊严，而且用低音说话。谈话中切尔托布哈诺夫脸朝窗户坐着，用长烟管抽着烟；别尔费什卡就站在门口，背叉着手，恭敬地望着自己主人的后脑勺，听着他的中篇小说。原来，潘杰列伊·叶列梅奇经过许多徒劳无功的尝试和长途跋涉，最后来到了罗姆内的马市场。这时他已经是只身一人，没有了犹太人列伊巴。列伊巴因为性格软弱，忍受不了苦，便逃走了。到了第五天，已经预备走了，他最后一次在一排排马车前走着，忽然在三匹别的马中间看见了玛列克－阿泰力！它被拴在车辕上，车辕下挂着燕麦口袋。他立刻认出它，玛列克－阿泰力也立刻认出他，开始嘶叫，挣脱，并且用蹄子掘地。"它身边的并不是哥萨克人，"切尔托布哈诺夫继续说，仍然没有转过头来，仍然用低音说话，"马贩子是茨冈人。我当然立刻死死抓住自己的马，想用暴力把它夺回来，但是那个茨冈鬼仿佛烫伤似的对着整个广场咆哮，还发誓说这匹马是他从另外一个茨冈人那里买来的，并且愿意提供证人……我啐了一口，付给了他钱，让他见鬼去吧！重要的是，我找到了自己的朋友，获得了心灵的安宁——这对我来说最宝贵。不然，我差点儿在卡拉切夫县根据犹太人列伊巴的话抓着一个哥萨克不放，我认为他盗走了我的马，把他的脸全打坏了。而这个哥萨克就是牧师的儿子，他硬要了我一百二十卢布的名誉赔偿费。也罢，钱是可以赚的，主要的是玛列克－阿泰力回到了我身边！我现在很幸福，将要享受安宁了。别尔费立①，给你一条指示：你在村落附近一看见哥萨克人就不要说一句话，就立刻跑过来，并且给我拿来枪，我已经知道该怎么办了！"

潘杰列伊·叶列梅奇对别尔费什卡这样说。他的嘴上这样说，但是他的心里并不像他对别人说的那样安宁。

唉！他在心灵深处并不完全相信他带来的马真的是玛列克－阿泰力！

十

潘杰列伊·叶列梅奇困难的时候到了。他享受最少的恰恰是安宁。固然他遇到过好日子。他觉得自己的怀疑是胡思乱想，他努力驱赶这些荒唐的想法，像驱赶讨厌的苍蝇一样，他甚至笑话自己。但是也遇到过坏日子。不肯退走的想法像地板下的老鼠又开始偷偷啃噬、折磨他的心，他也就秘密地感受到强烈的痛苦。在他找到玛列克－阿泰力的那个可纪念的日

---

① "别尔费什卡"是"别尔费立"的小名和卑称。

子，切尔托布哈诺夫感觉到的只是一种幸福安宁的快乐……但是第二天早晨（整个一夜他都是在马身边度过的），当他在小客店低矮的马棚下给找回来的这匹马套鞍的时候，第一次感觉到仿佛有什么东西在刺他……他只是摇了摇脑袋，但是怀疑的种子已经撒下了。在返回的途中（继续了大约一星期），他的怀疑还很少出现。但一回到自己的"无梦村"，刚走到他从未怀疑过的以前那匹玛列克 - 阿泰力住的地方，怀疑就更加强烈和明显……在路途中他骑在马上大半是一步步地走，左右摇摆，往四处看，用短烟管抽着烟，什么也不考虑，只是偶尔自言自语："切尔托布哈诺夫家的人想要什么，就能得到什么！你耍弄得了吗？"他冷笑了一下。但是回到家情形就不同了。当然所有这些他只是在心里想，单是自尊心就不许他表现出自己内心的不安。要是谁在远处暗示，新的这个玛列克 - 阿泰力大概不是原来那个，他一定会把那个人"撕成两半"了。他从必须接触的少数人那里接受着"顺利找回宝马"的贺词，但是他并不向往这些贺词，他比以前更加躲避跟人们的接触——这是不祥之兆！他几乎时常考验（如果可以这样说）玛列克 - 阿泰力。他骑着这匹马，在田野里跑得比以前更远，对它进行检验；或者他偷偷地走进马厩，随手闩上门，站在马的脑袋前面，望着它的眼睛，轻声地问："是你吗？是你吗？是你吗？……"要么就默默地仔细看，而且看得非常认真，看上好几个钟头，他时而高兴地嘟囔着："是的！是它！当然是它！"他时而困惑不安。

这个玛列克 - 阿泰力和那个玛列克 - 阿泰力身体上的差别，并没有使切尔托布哈诺夫感到太不安……何况这方面的差别并不多：那匹的尾巴和鬃毛似乎稀疏一些，耳朵尖一些，腕骨短一些，眼睛亮一些——但是这可能只是一种感觉。而真正使切尔托布哈诺夫不安的是所谓精神上的差别。那匹马的习性是另一个样子。两者的脾气完全不同。譬如，只要切尔托布哈诺夫一走进马厩，那个玛列克 - 阿泰力每次总是回头看他，轻轻地嘶鸣；可是这个只顾自己嚼着干草，若无其事，或者低着头，打瞌睡。主人跳下马鞍的时候，两匹马都不动身体。但是只要一叫那匹马，它立刻闻声走过来；这匹马却继续站着，仿佛木桩似的。那匹马跑得也快，而且跳得又高又远；这匹马走得比较自由，小跑时比较颠簸，有时蹄子"踩空"，也就是后蹄碰到前蹄。上帝保佑，那匹马从来没有出过这样的丑！切尔托布哈诺夫想，这匹马老是竖起耳朵，一副傻样；那匹马却相反，一只耳朵往后放，保持这个样子观察着主人！那匹马只要一看见身边不干净，立刻就用后腿踢马栏的墙；而这匹马，哪怕粪堆到它的肚皮，也安之若素。如果让那匹马对风站着，它立刻大抽一口冷气，身子不由得一抖；这匹马，你可知道，只不过打几声响鼻。那匹马遇到阴雨潮湿就寝食不安，这匹马却毫不在乎……这匹马比较粗野，比那匹马粗野，不如那匹马招人喜欢，不好驾驭，有什么可说的呢！那匹是宝马，这匹却……

有时候切尔托布哈诺夫就是这样想的，而这些想法使他感到痛苦。但在别的时候，他放马奔驰在刚翻过的田地上，或者迫使它跑进山洪冲洗过的谷底，又沿着峭壁从谷底跑出来时，他欣喜若狂，不由得大声叫好。他知道，一定知道，他骑的是真正的、毫无疑问的玛列克－阿泰力，因为其他马有哪一匹能够做到这样呢？

不过，罪过和灾难难以避免。长期寻找玛列克－阿泰力，花费了切尔托布哈诺夫许多钱。他已经不去想科斯特罗马地方优良的猎犬了，他只得像从前那样独自骑着马在村子周围转悠。这一天早晨，切尔托布哈诺夫在离"无梦村"约五俄里的地方遇到了一年半前见到的那个公爵的猎队，当时他在这个猎队面前表演过精彩的骑术。这样的情况也应该发生。今天也像一年半前的那天一样，一只灰兔从山坡上的田埂里突然蹦出来，跳到猎犬面前："追上它，追！"全猎队就这样迅速追去。切尔托布哈诺夫也迅速追去，不过并不同猎队一起，却在一边，离开有两百来步，也正和一年半前的那时候一样。一条大的水沟蜿蜒曲折，切断了山坡，地势越来越高，水沟渐渐变窄，横断了切尔托布哈诺夫的道路。他必须跳过的这一段水沟（一年半前他确实跳过这段水沟），还有八步宽，两俄丈深。在得意的预感里，在那种奇妙地重复过的得意的预感里，切尔托布哈诺夫胜利地哈哈大笑，挥动了鞭子。猎人们一个个跳过去了，还目不转睛地盯着这位彪悍的骑手，只见他的马似箭一样飞去，水沟已在鼻子跟前："喂，跳吧，就一下子，像那次一样……"

但是玛列克－阿泰力猛地一下停住，往左边躲闪，顺着峭壁蹦跳了几步，无论切尔托布哈诺夫把它的脑袋往水沟这边拽……

也就是说，它胆怯，它不自信！

当时，切尔托布哈诺夫全身发热，又羞又气，差点儿没哭。他放松缰绳，策马径直向前上山，远离那些猎人，只求听不见他们怎样嘲笑他，只求快一点儿从他们可怕的视野里消失！

玛列克－阿泰力热汗淋漓，带着被鞭伤的两肋跑回了家。而切尔托布哈诺夫立刻把自己独自关在屋里。

"不，这不是它，这不是我那位朋友！那位就是把脖子折断，也不会背叛我！"

十一

下列事件彻底把切尔托布哈诺夫"打垮"，用打猎的行话来说，"追捕"到手。有一天，他骑着玛列克－阿泰力在"无梦村"所在教区的那个教堂周围，也就是"神父小区"的各家后院，溜达。他把高筒的皮帽子拉到眼睛上，驼着背，两只手没精打采地垂放在鞍鞒上，慢慢往前移动。他心里闷闷不乐。忽然有人喊了他一声。

他把马停住，抬起头，看见了给自己传递过信的那位助祭。这位神坛的服务人员正出来察看自己的"谷垛"，编成一条小辫子的头发上罩有护耳的栗色棉帽，身上裹着浅黄色的南京土布长袍，一条蓝色的带子系得比腰低很多。他见到了潘杰列伊·叶列梅奇的尊容，认为有责任对他表示敬意，顺便也向他请求些什么。没有后面的这种想法，神职人员是不同世俗人谈话的——这是众所周知的。

但是切尔托布哈诺夫无心与助祭搭话，他勉强回了个礼，从牙缝里嘟囔出几句，便扬起了马鞭……

"您的马多么富态呀！"助祭赶紧补充说，"的确可以大加赞扬。真的，您是个聪明出奇的人，简直和狮子一样！"助祭以口才著称，这使主祭大为恼火，因为主祭没有语言天赋，就是伏特加酒也不能给他的舌头松绑。"一些坏人造谣说，您丢失了一匹牲口，"助祭继续说，"您一点儿也不灰心，反而更信仰神的意旨，所以您找到了另外一匹，一点儿也不比那匹差，甚至还要更好……因而……"

"你胡说什么？"切尔托布哈诺夫阴沉打断他，"什么另外一匹马？这就是那匹马，这就是玛列克-阿泰力……我寻找到它了。他们空口说瞎话……"

"唉！唉！唉！唉！"助祭一字一顿地说，似乎拉起了腔调。他用指头摆弄着胡须，用明亮、贪婪的眼睛望着切尔托布哈诺夫。"先生，这是怎么啦？我明明记得，您的马在去年圣母节[1]后的两星期被人偷了。现在是十一月末。"

"是呀，这又能说明什么呢？"

助祭还是继续用手指摆弄着胡须："那就是说，从那时候起已经过了一年多了。但是你的马那时候是灰色，满身是圆斑点，现在还是这样，甚至好像变黑了一些。怎么会这样？灰色马一年里头要变白很多。"

切尔托布哈诺夫哆嗦了一下……仿佛有人用长矛刺了他的胸一下。事实上，灰的毛色是要变的呀！这样简单的问题他怎么就没有想到呢？

"可恶的辫子！别缠着！"他忽然大吼一声，疯狂地闪了一下眼睛，刹那间从惊讶的助祭的视野中消失了。

啊！一切都完了！

现在真的是一切都完了，一切都破灭了，最后的一张牌也被毙了！仅

---

① 圣母节是俄历十月初一。

仅因为"变白"这个词，一切一下子都垮掉了！

灰色的马是会变白的！

你跳！你跳！可诅咒的东西！这个词总不能够跳掉啊！

切尔托布哈诺夫催马疾驰，回到家里，又把自己关在自己房间里。

十二

这只无用的劣马并非玛列克－阿泰力，它同玛列克－阿泰力之间毫无相似之处，这是一切不十分糊涂的人第一眼就一定可以看出来的。而他，潘杰列伊·切尔托布哈诺夫却被人用最低级的手段欺骗了。不！是他自己故意，事先有意欺骗自己，给自己制造这满脑袋的雾水——所有这些现在已经毫无疑义了！切尔托布哈诺夫在房间里前后来回地走，每走到墙脚，脚跟就以同一种方式转过来再走，仿佛笼里的野兽。他的自尊心受到伤害，这实在无法忍受。但是并不只是被伤害的自尊心折磨他，而是绝望笼罩着他，愤怒使他备受压抑，复仇的怒火燃烧起来。不过对谁呢？向谁复仇呢？犹太人，亚夫，玛莎，助祭，哥萨克贼，所有的邻居，整个世界，自己？他的理智混乱了。最后的一张牌被人毙了！（他喜欢这个比喻。）他又成为人间最下贱、最受轻视的人，普遍的笑料，逗乐的小丑，任人打杀的笨蛋，尤其是助祭嘲笑的对象……他想象，他清楚地想象：那个可恶的辫子一定会大讲起灰色的马，愚蠢的地主……真是可恶……切尔托布哈诺夫竭力扑灭正在发作的肝火，他试图说服自己：这匹……马虽然不是玛列克－阿泰力，不过还是……好的，还能侍奉他许多年。但这一切努力徒然无功！这种想法立刻遭到他的唾弃，仿佛它包含着对那个玛列克－阿泰力新的污蔑，并且在那匹马面前他本来就认为自己有错了……还有什么可说！这样的劣马就如同瞎子和傻子，他竟拿来与玛列克－阿泰力相提并论！至于服侍，这样的劣马怎么还能够侍奉他呢？……难道他还会屈尊去骑它吗？绝对不会！永远不会……把它交给鞑靼人，给狗做食物，别的它不值……是的！这是它最好的价值体现！

切尔托布哈诺夫在自己房屋里胡乱地踱了两个多钟头。

"别尔费什卡！"他忽然下令，"立刻到酒店里去，弄半桶伏特加酒来！听见了没有？半桶，要快！要马上把伏特加酒放在我桌子上。"

伏特加酒立刻出现在潘杰列伊·叶列梅奇的桌子上，他就开始喝起酒来。

十三

要是有人在那时候看着切尔托布哈诺夫，要是有人亲眼看见他一杯接一杯地喝酒时那阴沉可怕的凶相，那么他一定会感觉出一种无法控制的恐怖。黑夜来临了，蜡烛在桌上暗淡地燃烧。切尔托布哈诺夫停止了胡乱的踱步。他坐在那里，满脸通红，眼睛模糊了，他一会儿低下眼睛望着地板，一会儿死盯着黑暗的窗户。他起身，斟酒，喝干，又坐下，又把眼睛盯住一点，身子一动也不动。不过他的呼吸越来越急促，脸也越来越红了。看来，他心里正在形成一个决定，这个决定使他自己感到不安，但对这个决定他也渐渐感到习惯。同一个决定步步逼近，挥之不去，同一个形象在眼前显得越来越清晰。在沉沉的醉意烧心似的压迫下，心中的激怒已经被野兽的情感所取代，恶意的冷笑出现在嘴边……

"嗯，是时候了！"他用一种郑重的、几乎是烦闷的声音说，"得当机立断！"他喝了最后一杯伏特加酒，在床边的墙头取下手枪，就是对玛莎开过一枪的那支手枪，给它装上弹药，又把几个活塞装在口袋里，便去马厩了。

他开门的时候，更夫正要向他跑去，但是他叫喊了一句："是我！你没有看见吗？去吧！"更夫往一边退了几步。"去睡吧！"切尔托布哈诺夫又对他喊叫，"你不必在这里看守了！这算什么稀世珍宝！"他走进马厩。玛列克–阿泰力……假的玛列克–阿泰力躺在铺好的干草上。切尔托布哈诺夫用腿踢了它一下，说："起来吧，马大哈！"然后，他从马槽上解下笼头，取下马衣，扔在地上，粗暴地拽住笼头。马顺从地在马栏里转过身来，被他拉到院子，又从院子拉到田野。这使更夫极为惊讶，因为更夫怎么也不明白主人在夜里拉着没有戴上嚼子的马去哪里。更夫想问又有些怕，只是目送着他，直到他消失在通向邻村树林的大路转弯处。

十四

切尔托布哈诺夫大步地走着，既不停下来，也不回头望。玛列克－阿泰力（我们用这个名字称它到底吧）顺从地走在他后面。夜色相当亮，切尔托布哈诺夫能够分辨出前面黑压压的一片是树林牙齿般的轮廓。夜的寒气逼人，他全身发冷，如果……如果没有别的更强烈的麻醉剂控制他，他也许会被所喝的伏特加酒醉倒。他感觉到头变得沉重，血在喉咙和耳朵里轰鸣，但是他走得很坚定，而且知道往哪里去。

他决定打死玛列克－阿泰力，一整天他只想这件事……现在他决定了！

他决定做这件事情，并不是出于心情平静，轻松自然，而是在责任感的驱使下，充满自信，并且抱定义无反顾的决心。他觉得这"玩意儿"非常"简单"。消灭了冒牌货，他就可以"一了百了"，严厉地惩罚自己的愚蠢，就可以对得起那位真正的朋友，还可以向全世界证明（切尔托布哈诺夫很关心"全世界"）：同他开玩笑是不行的……而他想到的主要的一点是，他要跟这个冒名者同归于尽，他还有什么理由活下去呢？至于这一切怎么进入他的脑子里，为什么他觉得这件事是如此简单，那就不容易说明白了，虽然这并非完全不可能说明白：忍受侮辱，孤独，没有亲近的人，没有一个铜钱，而且身上带着被酒点燃的血——这一切导致他处于精神错乱的边缘，并且毫无疑问，在精神错乱的人看来，极端荒唐无用的行为也合乎他们特别的逻辑，甚至特别的权利。无论如何切尔托布哈诺夫是深信自己的权利的，他并不动摇，他忙着执行对罪犯的判决，虽然并不明白这罪犯究竟是谁……老实说，他很少考虑自己想做的事。"应该，应该了结！"这就是他反复对自己说得很严厉的一句蠢话："应该了结！"

但是那个无罪的"罪犯"胆怯地踏着顺从的细步，跟在他的背后……然而切尔托布哈诺夫并没有怜悯之心。

十五

他把马带到了树林边，离这儿不远处一条不大的山谷蜿蜒曲折，有一半地方橡树丛生。切尔托布哈诺夫走下山谷……玛列克－阿泰力趔趄了一下，几乎跌倒在他身上。

"讨厌的家伙，你想压死我呀！"切尔托布哈诺夫嚷起来，便仿佛要自卫似的，从口袋里掏出手枪来了。现在占据他身心的已经不是残忍，而是人们在犯罪前常见的所谓的麻木不仁。但是他自己的声音使他害怕起来，那声音像野兽的咆哮，在黑树枝的浓荫笼罩下，在山谷里腐朽发霉，在浑浊不清的潮湿空气里掠过！接着，一只大鸟惊吓得突然在树梢展翅，在他的头上扑腾……切尔托布哈诺夫哆嗦了一下，仿佛他惊醒了自己案件的见证人——他在哪里呢？在这个偏僻的地方，他根本不可能遇到任何活的生物的……

"去吧，鬼东西！到别的地方去吧！"他从牙缝里说出这句话来，便放了玛列克－阿泰力的缰绳，用手枪柄重重地打了它的肩膀。

玛列克－阿泰力慢慢地转过身去，爬出了山谷……跑掉了。但是不久它的蹄声听不见了。起风了，风声混淆与遮挡了一切的声音。

切尔托布哈诺夫接着也慢慢地走出了山谷，总算走到树林边，又拖着步子走在回家的路上。他很不满意自己，他感觉到心和头都很沉重，这种感觉蔓延到四肢和全身。他走着路，又生气，又阴沉，不满意，又饥饿，仿佛有人侮辱了他，夺了他的猎物和食物……

自杀者被别人阻止实行自己的意图以后，都会有这样的感觉。

忽然有什么东西从后面推了一下他的后背。他回头一望……玛列克 - 阿泰力站立在大路中间。是它自己来到主人的身后，用嘴脸触动他的……它向主人报告自己……

"啊！"切尔托布哈诺夫叫喊起来，"你自己，自己送死来了！那就成全你吧！"

眨眼间，他掏出手枪，扣着扳机，把枪口对着玛列克 - 阿泰力的额头开了一枪。

可怜的马猛地闪到一边，抬起前腿，跳了十来步，忽然沉重地倒下，痛苦地嘶叫，躺在地上抽搐……

切尔托布哈诺夫两手紧紧捂住自己的耳朵，撒腿便跑。他膝盖弯曲，两腿发软。醉意，怒气，愚蠢的自信，这一切一下子全都飞跑了，只留下羞耻和丑恶的感觉，再加上一种认知，一种明确的认知：这一次他也了结了自己。

十六

过了大约六星期，哥萨克小伙子别尔费什卡认为必须拦住路过"无梦村"庄园的一个警官。

"你有什么事？"这位维持秩序的人问。

"老爷，请到我们家，"哥萨克小伙子低低鞠了一躬，答道，"潘杰列伊·叶列梅奇大概要死了，所以我怕。"

"怎么？要死了？"警官反问。

"正是。起初老爷每天喝伏特加酒，现在躺在床上，已经很瘦了。我这样想，他现在也许什么也不明白了，简直没有舌头了。"

警官从大车上爬下来："你怎么啦？至少你要去找神父。你主人忏悔过了没有？受过圣礼了没有？"

"没有，大人。"

警官皱起了眉头："老弟，你怎么能这样呢？难道能这样吗？或者你还不知道，对这件事情……责任大着哩，你知道吗？"

"前天和昨天我都问过他啦，"胆怯的哥萨克小伙子说，"我说：'潘杰列伊·叶列梅奇，你要不要跑去找神父？''住嘴，'他说，'傻瓜，不用你管别人的事。'到了今天，我又向他请示，他只是望着我，摸了摸胡子。"

"他喝了很多伏特加酒吗？"警官问。

"很多！老爷，劳您的驾，请进我们屋里吧。"

"嗯，领路吧！"警官嘟囔了一句，便跟在别尔费什卡后面。

他见到了这样奇怪的场面。

在那所房子又湿又黑的后屋里面，在铺着马衣的破旧床上，毛茸茸的山羊皮斗篷代替枕头，切尔托布哈诺夫躺在那里，脸色已经不是苍白，而是黄得发绿，像个死人，眼睛凹进去了，眼皮发着光，蓬乱的胡子上头那个尖鼻子还有点儿红。他躺在那里，穿着自己从不换洗的短上衣（胸前还挂着一排子弹）和切尔克斯人的蓝色灯笼裤。红顶的毛皮高帽罩住了前额，直到眉毛。切尔托布哈诺夫一只手握着猎鞭，另一只手握着绣花荷包——玛莎最后的礼物。靠床的桌子上放着一个空酒瓶。床的两头靠着墙，床头的墙上有用图钉钉着的两张水彩画：一张画上画的可能是一个双手抱着吉他的胖子，大概就是涅多皮尤斯金；另外一张画着一个策马奔驰的骑手……那匹马很像小孩们在墙上和篱笆上画的那种童话里的动物，但是竭力浓墨重彩地画出带圆斑点的毛色和骑手胸前的一排子弹、他皮靴的尖嘴和大胡子，使人没有怀疑的余地：这个画一定是想描绘骑在玛列克－阿泰力身上的潘杰列伊·叶列梅奇。

惊奇的警官不知道怎么办。死的沉寂统治着整个房间。"他已经死了。"他心里想，便抬高声音喊了，"潘杰列伊·叶列梅奇！潘杰列伊·叶列梅奇！"

于是出现了不平常的情景。切尔托布哈诺夫的眼睛慢慢睁开了，无光的眼珠起初从右移到左，后来从左移到右，停在来客的身上，看见了他……在他的暗淡的眼白里闪出光来，眼神之类的东西也出现了。变青的嘴唇渐渐地分开，发出一种嘶哑的，简直就是来自棺材里的声音：

"世袭贵族潘杰列伊·切尔托布哈诺夫要死了，谁能够阻挡他？他不欠任何人，也不要求什么……人们啊！由他去吧！你们走吧！"

握住鞭子的那只手试图抬起来……但徒劳无功！嘴唇又合起来，眼睛闭上了，切尔托布哈诺夫依旧躺在自己床上，伸直得和木板一般，挪动了一下鞋跟。

"他去世的时候，你告诉我，"警官走出门时对别尔费什卡耳语了一句，"可是得去叫神父，我以为现在可以去了。应该遵守规矩，给他涂圣油。"

别尔费什卡当天就去叫神父。第二天早晨他不得不去告诉警官，说潘杰列伊·叶列梅奇当天夜里去世了。

他下葬的时候，送棺材的有两个人：哥萨克小伙子别尔费什卡和犹太人莫赛立·列伊巴。切尔托布哈诺夫去世的消息不知怎么传到了犹太人耳里，他不放过这次机会，最后一次报答自己的恩人。

露克丽雅之死

长期受苦的祖国是
俄罗斯人民的故土！
——费·丘特切夫

法国有句俗语："晴天的渔夫和雨天的猎人都愁眉苦脸。"我毫无捕鱼嗜好，所以不能判断渔夫在晴朗天气感受究竟如何，在阴雨天因捕鱼多而得到的快乐又超过淋雨的苦恼多少。但是雨对猎人，真是大灾难。我同叶尔莫莱多次外出别廖夫县打猎野鸡，有一次就遇到了这样的灾难。雨从一天亮就下个不停。为了避雨，什么办法我们没有用过啊！几乎将橡胶雨衣穿戴到头上，还站到树下，为了少淋雨点……不透水的雨衣，不用说妨碍放枪，还毫不留情地让雨水流进来。在树下，固然开始时似乎淋不到雨点，但是以后，树叶上的湿度逐渐达到饱和，头顶上忽然漏水，每根树枝像水管似的将水流到我们身上，冷水直钻进领带里，顺着背脊往下流……正如叶尔莫莱常说的，这是最糟糕的事了！最后，他喊叫起来："不行，彼得·彼得洛维奇。这样不行！今天不能打猎了。狗被浇得嗅觉失灵了，枪也打不响……呸！真倒霉！"

"有什么办法呢？"我问。

"这么办吧。我们到阿列克谢村。您也许不知道有这个田庄，是属于您母亲的，离此地约八俄里。我们在那里住一宿，明天……"

"再回这里来？"

"不，不回这里……阿列克谢村的那边，有些地方我很熟悉……在那里猎野鸡比此地好得多。"

我也没有细问我忠实的旅伴，为什么不直接领我到那些地方。当天我们好不容易到了我母亲的田庄，说老实话，我当时从未料想有这个田庄的存在。田庄里有一所很旧的厢房，不住人，所以还清洁。我在里面过了相当安静的一夜。

第二天，我醒得很早。太阳刚升起来。天空没有一片云彩。雨后放晴，朝霞初照，四周闪烁，大地分外明亮。

在叶尔莫莱套车的时候，我到一个荒废的小果园里随便走走。厢房就掩隐在这个果园芬香的、葱翠欲滴的浓荫之中。在自由的空气里，在晴朗的天空下，看云雀展翅飞翔，听鸟鸣如银珠落地，那是何等的舒适！那些鸟大概在翅膀上带走些露珠，因此它们的歌声好像被露水滋润着。我甚至脱下帽子，欣喜地用全胸呼吸着……就在篱笆附近，在不深的一条山谷的斜坡上，看得见一个养蜂场。一条小径通向那里，像一条小蛇蜿蜒逶迤于密不透风的杂草与荨麻丛中。深绿色的大麻，天知道来自何处，尖尖的麻秆高耸在围墙似的杂草和荨麻之上。

我顺着小径走去，走到养蜂场。它旁边有一间叫作蜂房的篱笆小屋，蜂巢就放到那里过冬。我朝半开的门里望去，里面又黑，又静，又干燥，有薄荷和蜂蜜香草的气味。角落里搭着一个木台，上面躺着一个小小的人影，被子没有完全盖在身上……我正想离开……

"老爷，老爷呀！彼得·彼得洛维奇！"我听见一句微弱、缓慢、嘶哑的喊声，像沼泽地里苔草的沙沙声。

我停下来。

"彼得·彼得洛维奇！请到跟前来。"那个声音重复了一遍。声音是从角落里我发现的那个床铺上发出来的。

我走到跟前，惊得目瞪口呆。我面前躺着一个活人，但那是怎样的一个活人啊？！

头已干瘪，只有一样颜色，就是青铜色，不折不扣，像一尊古老的圣像；鼻子窄得似刀锋；嘴唇几乎看不见；只见牙齿在发白，眼睛也是；稀稀的几绺黄发从头巾下伸到额头上。下巴旁边，在被子的折叠处，露出来两只小手，也是古铜色的，缓慢地拨动着小棍子般的手指。我仔细一看，脸不仅不丑，甚至是美丽的，但是很可怕，异乎寻常。而我觉得这张脸更可怕的是从脸上金属般的面颊上我看见她在用力……用力却不能挤出一丝的微笑。

"您不认识我了吗，老爷？"又听见那微弱的嘶哑声，这个声音仿佛是从几乎不动的嘴唇里飘出来的，"怎么会认识呢！我是露克丽雅……您记得吗，在斯巴斯克村您老太太府上我领头跳环舞来着……我还做领唱哩，记得吗？"

"露克丽雅！"我叫了一声，"是你吗？这可能吗？"

"是我，老爷，是我，我就是露克丽雅。"

我不知说什么好，呆呆地望着那张阴暗、呆板的脸和注视着我的那双浅色的、死人般的眼睛。这可能是她的吗？这个木乃伊竟是露克丽雅，我家仆人里那个第一美女，那个高挑、丰满、白肤、红颜、爱笑、善歌、善舞的露克丽雅！那个聪明的露克丽雅，那个被我们小伙子们追求的露克丽雅！我当时是个十六岁的少年，还暗中对她朝思暮想哩……

"对不起，露克丽雅，"我终于说话了，"你这是怎么回事？"

"我遭了大灾呀！请您不要怕脏，老爷，不要讨厌我啰唆自己的不幸，请坐在那小木桶上，靠近一些，要不然，您听不见我……瞧，我以前响亮的嗓门变成什么样了……我真高兴见到您！您怎么会来到阿列克谢村？"

露克丽雅说话的声音很轻、很弱，可是没有停顿。

"猎人叶尔莫莱领我来的。你对我说吧……"

"说我的灾难吗？恕我讲了，老爷。这件事已发生了很久，有六年或者七年了。那时候，我刚和瓦西里·波略可夫订婚，您记得吗？他长得好英俊呀，鬈发，还在您老太太那里当过饭厅侍役。对了，那时候您已经不在乡下，到莫斯科念书去了。我同瓦西里彼此相爱，我脑子里总有他。那时候是春天。一天夜里……离天亮不远了……我睡不着，一只夜莺在花园里唱得太甜美了……我躺不住了，就起床走到门口的台阶上听它唱。那夜莺放开歌喉，唱个不停……忽然我似乎觉得有人用瓦西里的声音召唤我，那个声音是那么轻：露莎^①……我朝旁边一看，也许是睡眼蒙眬，一侧身子就从木栏杆上飞了下去，啪嗒一声摔倒在地上！好像摔得并不厉害，因为我很快就爬起来了，还回到自己的房间，只是觉得里边，身子里边有什么脱掉了……让我喘一口气……等一会儿……老爷。"

露克丽雅停下了，我惊讶地望着她。使我惊讶的正是她叙述时几乎带着快乐的神气，并不连连叹气，也一点儿不抱怨，不强求别人的同情。

"自从这个事故起，"露克丽雅继续说，"我开始消瘦，萎靡不振。我中邪了，走路困难，脚也不听使唤了，无法坐立，老是想躺着，不想吃喝。情况越来越坏。您老太太心善，几次送我去看医生，还送我进医院。但是我的病一点儿也没有减轻，甚至没有一个医生能说出我是得了什么病。无论他们用什么方法为我治病，比如用烧红的铁烤我的背，或者把我放在碎冰上，都不顶用。后来我完全瘫痪了……主人们决定，既然再也无法把我治好，主人家又不能留残废的人……于是把我送到这里，因为我有亲戚在这里。您看，现在我就住在这里。"

露克丽雅又停下来，又在用力挤出一丝微笑来。

"可是你的情况太糟糕了！"我惊叫起来……又不知道往下说什么话好，我问："波略可夫怎么样呢？"这个问题是很愚蠢的。

露克丽雅将眼睛稍微移到一旁。

"波略可夫怎么样？他伤心了好一阵，后来娶了别人，就是格林村的一个姑娘。您知道格林村吗？离这里不远。她名叫阿格拉费娜。他很爱我，可是年纪还轻，不能老是做光棍啊。并且我还能做他什么样的伴侣

━━━━━━━━━

① "露莎"是"露克丽雅"的小名兼爱称。

呢？他找到了一个好的、善良的妻子——他们已经有了娃娃。您老太太发给他身份证，放了他。现在他在邻村的地主家当总管，托上帝的福！他过得很好。"

"那么你就老是这样躺着吗？"我又问。

"我就这样躺着，老爷，已经是第七年了。夏天我在这里躺着，在这篱笆小屋里。天一冷，我就被人挪到浴堂的前屋，在那里躺着。"

"谁来管你？谁来照看你呢？"

"这里也有好人，不会不管我的，并且也不用多管。吃得又很少，几乎一点儿也不吃，而水——就在那个大水杯里，永远预备好的清洁的泉水。大水杯我自己够得着，我还有一只手能活动。这里还有一个小姑娘，是个孤儿。她常来看我，真谢谢她。她刚才就在这里……您没有碰见她吗？很好的一个小姑娘，皮肤白白的。她给我送花，我生平最爱花。此地没有种在花园里的花，以前有，后来移种到别处了。就是野花也挺好，比花园里的花还好。就说铃兰吧……比花园里的花好多了，怪招人喜欢的！"

"你不苦闷吗？不害怕吗？我可怜的露克丽雅啊！"

"有什么法子呢？我不愿意说谎，起初很难过，以后习惯了，忍过来了，也没有什么。有些人还更糟糕呢！"

"这怎么说？"

"有的人连栖身之处都没有哩！有的人——眼盲或者耳聋，我呢，谢天谢地，看得还清楚，什么都能听见。田鼠在地下挖土，我都能听见。我能闻到一切的气味，即使是最微弱的气味都闻得到！荞麦在田里，或者菩提树在园里开花——用不着对我讲，因为我第一个就闻着了，只要有微风从那边飘过来。真的，何必埋怨上帝呢？许多人比我还糟糕哩。就拿这一点说吧：有的健康人就很容易造孽，可是我呢，罪孽自动就远离我。前些日子，阿列克谢神父给我授圣餐，他就说：'你没有什么可忏悔的，你处于这种状况难道还能造孽吗？'但我回答他：'神父，思想上的罪孽呢？''是啊，'他笑着说，'这种罪孽不大。'"

"大概我也不容易犯这种思想上的罪孽，"露克丽雅继续说，"因为我教会自己：不去思想，尤其是不去回忆。这样，时间过得快一些。"

说实在的，我惊讶极了："你老是孤独一人，露克丽雅，你怎么能阻止思想钻到你头脑里去呢？也许你老在睡？"

"不是的，老爷！我不能老是睡觉呀。虽然我没有大的病痛，可是身体内部总隐隐作疼，骨头也是，所以不让你正常地睡觉……不是的，老爷，我一个人躺在这里，躺着或半躺着，不去思想，只觉得自己还活着，还呼吸——我的身心全在这里了。我用眼睛看，用耳朵听。蜂在蜂房里嗡嗡地叫甚至嗡嗡地飞；鸽子落到屋顶上，咕咕地叫；母鸡带着一群小鸡啄食；一只麻雀飞过，或者一群蝴蝶飞来——我见了开心。前年，有几只燕子在角落里筑巢，生儿育女。那真是有趣呢！一只燕子飞进来，落在巢跟前，喂完那些小燕子，就飞走了。看，另一只燕子来接它的班。有时它不飞进来，只在敞开的门那里飞过，那些小燕子就立刻叽叽喳喳地叫起来，还张大着嘴……我等它们第二年再来，可是听说此地一个猎人用猎枪把它们打死了。何必这样自私贪心啊？燕子并不比甲虫大多少……你们这些打猎的老爷，心真狠！"

"我不打燕子。"我赶紧说。

"有一次，"露克丽雅又开始说，"那才可笑呢！一只兔子撒腿就跑，真是的！大概是狗在追它。兔子一直跑到了门口附近……蹲在那里，就这样蹲了许久，鼻翼不住地翕动，抓着胡须，真像一个军官。它还对着我看。也就是说，它知道我并不可怕。后来它站起来，三跳两跳，到了门口，在门槛上还环视了一下，的确是这样的！那样子真可笑！"

露克丽雅望了我一眼……意思是问，是不是真有趣？我为了奉承她，笑了一下。她咬着干枯的嘴唇。

"冬天我的情况自然更差一些，因为天黑得早。点蜡烛太可惜，而且又有什么必要呢？我虽然识字，也永远喜欢读书，但是读什么呢？这儿什么书也没有，即使有书，我又怎么能拿得住书呢？阿列克谢神父为了让我分心，送来一本历书，后来看见没有用，就又拿走了。虽然这里黑，我总还听得见什么：蟋蟀吱吱地叫，或者老鼠在什么地方嚼牙齿。这样最好：什么也不想！"

"有时我还祷告，"她休息了一下，又继续说，"不过我知道的祷词不多。我又何必让上帝感到枯燥呢？上帝比我更知道我需要什么。他既然送给我一个十字架，那就是说，他爱我。我们就应该这样明白他的意思。念完了'天父''圣母''献给一切悲哀者的颂词'，我就又半躺在这里，什么也不去想，也没有什么可想的！"

过了两三分钟。我不去打破沉默，一动不动地坐在那只当座位的窄木桶上。我面前躺着的这个活着的、不幸的人将那残酷的石头似的僵硬也传递给了我，我也似乎因此僵硬了。

"听我说，露克丽雅，"我终于开口了，"我对你有一个提议。你愿意不愿意，我叫人把你送到医院去，送到城里好的医院？谁知道呢，也许你的病还可以治好？无论如何，你不要一个人躺在这里了……"

露克丽雅微动了动眉毛。"不呀，老爷，"她担心地轻声说，"不要送我去医院，不要动我。我在那里只会吃更多的苦。哪里还能治好我的病啊……有一次，一位大夫坐车来这里，想给我好好看看病。我求他：'看在上帝的分上，请不要动我。没有用！'他把我的身子翻来翻去，把我的手、脚揉了又揉，弯了又弯。他说：'我是为了科学才这样做。我必须这样做，因为我是为人们服务的科学家！'他还说，'你不能违抗我，因为我用劳动获得一枚勋章，挂在脖子上，我是努力为你们这些傻子服务的。'他把我翻弄了半天，说出了我的病名——很巧妙的一个病名，就这样坐车走了。此后有一个星期，我全身的骨头都在痛。你说，我孤独一个人，永远一个人。不，不是永远。常有人来看我。我很安静，不妨碍别人。农家姑娘常来和我唠唠，朝圣的女人也来讲讲耶路撒冷，讲讲基督，讲讲一些圣城的事。而且我一人躺着，并不害怕，还觉得好哩，真的……老爷，请别动我，不要送我去医院……谢谢您，您是好人，就是不要动我，亲爱的！"

"那就依你吧，那就依你吧，露克丽雅。我是为你着想啊……"

"老爷，我知道是为我好。老爷，亲爱的，谁能帮助他人呢？谁能进入他人的心灵？人应当自己帮助自己！您是不会相信的，我有时一人就这样躺着……仿佛整个世界除我以外没有一个人。只有我一个人是活的！我觉得，好像我悟到了什么……我思索到了什么——这真是奇怪！"

"你那时在思索什么呢？"

"这思想也是绝对不可能讲明白的，而且我以后就忘掉它了。仿佛来了一片乌云，下了点雨，你感到清凉、舒适，但究竟是什么，你是弄不明白的！我只是想：假使我身旁有人，我就决不会有这种思想，除了自己的不幸以外，我什么也不会感觉到。"

露克丽雅艰难地叹了一口气。胸部也和身体其他部位一样，不听她使唤了。

"老爷，我一看到您的脸，"她又开始说，"就知道您很可怜我。但是您不必太可怜我！我对您说吧！我现在有时还……您记得我那时是多么快活的人吗？一个泼辣的姑娘……您知道吗？我现在还唱歌哩。"

"唱歌……你？"

"是的，唱些老歌，环舞歌、占卜歌、圣诞歌，各种各样的歌！当时我知道许多歌，至今没有忘记，只是现在不唱舞蹈歌。以我现在的身份，舞蹈歌是不合适的。"

"你怎么唱的……是默唱吗？"

"也默唱，也唱出声来。我不能大声唱，但都能听明白。我对您说过，一个小姑娘常到这里来。一个孤儿，也就是说，她很懂事。我教她唱歌，她学会四支歌了。您不信吗？等一等，我现在就唱给您听……"

露克丽雅聚了聚神……一想到这半死的生物准备唱歌，我不由得毛骨悚然。但是还没等我说出话来，我的耳朵里就震颤着第一个悠长的、几乎听不清的却极纯粹、极准确的音……随后是第二个、第三个音。露克丽雅唱的是《在草地上》那支歌。她唱时，没有改变呆板的面容，甚至死盯着眼睛。但是她那可怜的、费力的、像一缕炊烟似的、颤动的细微声音，异常动人，她简直是想将全部心灵倾注出来……这时我感到的已不是恐怖，一种说不出的怜悯感在紧揪我的心。

"唉，不能唱啦！"她忽然说，"气力不够了……我太高兴见到您了。"

她闭上了眼睛。

我把手放到她冰凉的、瘦小的手指上面……她望了我一眼，她那像古代雕像似的、垂着金色睫毛的黑眼睑又合上了。刹那间，那双眼睛又在黑暗中发光……浸泡在眼泪里。

我依旧坐着，一动也不动。

"我这是怎么啦？"露克丽雅忽然使出出人意料的力量说话，睁大了眼睛，竭力想眨巴掉眼泪，"我是怎么啦？不害臊吗？打从去年春天瓦西里·波略叮夫来过的那天起，我好久没有发生过这种事了……他同我坐着谈话的时候，我还没有什么。他刚走，我就一个人哭开了！从什么地方出来的眼泪……我们女人的眼泪是用钱买不到的。老爷，"露克丽雅又加了一句，"您大概有手绢……不要嫌脏，替我擦去眼泪吧。"

我赶忙满足了她的愿望，还把手绢留给了她。她起初拒绝，她说："这礼物对我有什么用呢？"手绢很普通，却是洁白的。后来，她用软弱的手指抓住了手绢，再也不松手了。我同她久久地坐在黑暗中，由于眼睛已习惯了黑暗，我能够清楚地看到她的脸庞，还能够发觉她脸上从青铜色中透出来的一丝红晕，还能从脸上发现（至少我这样感觉）她从前的美貌所留下的痕迹。

"老爷，您刚才问我能睡不？"露克丽雅又说了，"我的确很少睡，但每次总要做梦，做好梦！我从来没有梦见自己生病，我在梦中永远是健康的、年轻的……但醒来后，想好好伸伸腰，可是全身像被捆绑住似的，这才痛苦哩！有一次，我做了一个多么奇妙的梦！要不要讲给您听？那好，您听吧。我梦见自己似乎站在田里，四周全是黑麦，高高的，熟透的，像黄金一般……一条棕色的恶狗，很凶的恶狗，好像在我身边，总想咬我。我手里好像拿着一把镰刀，并不是普通的镰刀，也就是像镰刀形状的月亮。我要用这弯弯的月亮把这么多这么好的黑麦割干净。只是我身上热得难受，月亮照得我眼花，浑身发懒。四周长了许多'瓦西里花'，即勿忘我花，全是大朵的，花冠全朝着我。我心想，把那些花全摘下来，瓦西里答应要来的。我先给自己编一个花圈。割黑麦还来得及。我开始采这些花，但是手指一触，它们就蔫巴了，因此我没法编花圈。而那时我听见有个人向我走来，走得很近，叫着：'露莎！露莎！'……我想，糟啦，来不及了！反正都一样，我把这月亮戴在头上，代替'瓦西里花'，即勿忘我花。我戴着月亮，当作一顶冠冕，全身顿时发光，把四周的田地都照亮了。看，有一个人沿着麦穗梢飞奔过来，但不是瓦西里，而是基督。我怎么知道他是基督，我说不出来，平常画的不是那个样子，可就是他！没有胡子，高个子，年纪轻，全身穿着白衣，只有腰带是金色的。他伸手给我，说道：'你别害怕，我的未婚妻，你打扮好了，跟我走吧。你在天国将领导环舞，唱天堂的歌。'我刚俯身吻他的手，那只狗就抓我的腿……我们已经升天！他在前面飞……他那海鸥般的翅膀很长，遮盖了整个天空，我跟在他后面。小狗当然跟不上，只好放了我。这时我才明白，这只小狗就是我的病，天国里不会有它的位置。"

露克丽雅沉默了一会儿。

"我还做了一个梦，"她又开始说，"也许那是一次显灵，我现在也弄不明白。我仿佛觉得，我躺在这间篱笆屋里，我故去的双亲（爸爸和妈妈）走进来，朝我低低地鞠躬，他们什么也不说。我问他们：'爸爸，妈妈，你们为什么对我鞠躬？'他们才说：'因为你在这个世界上受了许多苦，不但把自己的灵魂拯救了，而且还替我们解除了很大的负担。我们在那个世界觉得轻松和能耐多了。你已经结束了自己的罪孽，现在你在战胜我们的罪孽。'我爸爸妈妈说完后，又对我鞠躬，后来就不见了。我只看见墙壁。后来我对这件事疑惑不解。祷告时我对神父说过。不过他认为，这不是显灵，因为只有神职人员才能看见圣灵。"

"我还做过这样一个梦。"露克丽雅继续说，"我梦见，我好像坐在大道上一棵爆竹柳下面，拿着一根刨光的棍子，双肩背着行囊，头上扎着包巾，真像云游四方的女香客！我要到很远很远的地方去朝圣。许多男香客从我面前经过。他们默默地、慢慢地走着，好像不愿意似的，总是朝着一个方向走去。他们没精打采，垂头丧气，外貌上彼此很相似。我看见有一个女人像蛇一样在他们当中穿行、乱窜，她比别人高出一头，身上的衣装特别，不像我们俄国的式样；脸也特别，一张吃斋的、严厉的脸。好像大家全都躲开她，她忽然一转身，径直朝我走来。她停下来望着我，一双鹰一样的眼睛又黄又大，闪闪发光。我问她：'你是谁？'她对我说：'我就是你的死神。'她想吓唬我，我反而非常高兴，画着十字！那个女人，我的死神，对我说：'露克丽雅，我很可怜你，但我不能把你带走。再见了！'老天爷！我顿时发愁起来，说道：'带走我吧！亲爱的妈妈，带走我吧！'我的死神回转身来，对我说话……我明白她是与我约定时间，可是说得不明不白，含含糊糊……她说'彼得节①以后'……我忽然醒了……我常做这样奇怪的梦！"

露克丽雅举目向上望……沉思起来……

"不过这也叫人头疼，有时候整整一星期，我也没有睡着过一次。去年一位太太坐车路过这里，看见我这种样子，送给我一瓶安眠药水，吩咐我每次服十滴。这药水很管用，我居然睡着了。不过现在那瓶药水早就喝完了……您知道这是什么药水吗？怎么弄到？"

那位过路的女太太送给露克丽雅的显然是鸦片水。我答应给她送一瓶一样的来，同时又不能不对她的忍耐精神表示惊讶。

"老爷呀，"她对我的惊讶不以为然，"您是怎么啦？我的忍耐精神算

---

① 俄历六月二十九日是纪念圣彼得的节日。

什么呢？'柱子苦行僧'①西缅的忍耐精神才真伟大，他站在柱子上修行三十载！还有一位圣徒，叫人把自己埋进土里直到齐胸，让蚂蚁吃他的脸……一个经学家还对我说过这样的事：从前有一个国家，阿拉伯人侵占了它，折磨和杀害人民。人民无论怎样反抗，都不能得到解放。这时一位圣女挺身而出，拿起大刀，身披两普特重的盔甲，冲进阿拉伯人中，把这些游牧部族全都赶出海外，然后对他们说：'现在你们可以把我烧死，因为我许下过诺言：为了人民，我宁愿葬身火海。'于是，阿拉伯人把她抓住，烧死了她。那个民族从此永远解放。这才是功德无量！我算什么呢？"

我暗自惊讶，这可是冉·达克的神话故事演绎出来的啊！我沉默了一会儿，然后问露克丽雅今年多大了。

"二十八岁……或者二十九……但不会是三十岁。干吗要算年龄呢？我还要向您禀报……"

露克丽雅忽然低沉地咳了一下，长叹了一声。

"你说得太多了，"我对她说，"这会对你的身体有害。"

"是的，"她的话几乎听不见，"我们的谈话只好结束了！现在，您一走，我又要长时间沉默了，我也将尽量不说话。至少，心被带走了。"

我同她告别，重复了一遍送药水给她的诺言，请她再好好想一想，告诉我她需要些什么。

"我什么也不需要，对一切都感到满足，感谢上帝，"说时，她很费力，带着感情，"愿大家健康！老爷，求您劝说老太太：此地的农民很穷，哪怕稍微减轻一点儿租税也好。他们的地不够，还没有好地……他们会为你们祷告上帝的……而我什么也不需要，对一切都感到满足。"

我答应了露克丽雅的请求，已经走到门口了……她又招呼我到跟前。

"老爷，"她说，一种奇异的光彩在她的眼睛里和嘴唇上闪了一下，

---

① 终日幽居在柱形塔的教堂里修行的僧侣。

"您记得我过去的辫子吗？您记得，很长，一直到膝盖！我把它剪掉了……我长时间下不了决心……多好的头发啊……但是我哪有条件梳头发啊？在我这种情况下……我只好把它全剪掉了……好啦……老爷，对不起！我再也不能……"

当天，在动身打猎以前，我同田庄甲长谈起了露克丽雅。我从他那里知道，村里人叫她"女圣徒的活骸"，但是她并不使人不安，人们也从未听见她一句怨言。"她自己从不要求什么，反而对一切都感恩称谢。一个安静的女子，真是一个安静的女子，应该这样说。她是被上帝杀死的，可见是作了孽，"村甲长做了这样的结论，"可是这方面我们不深说了，但要责备她，不，我们是不会责备她的。由她去吧。"

几个星期后，我听说露克丽雅死了。死神真的把她带走了……恰巧是在"彼得节以后"。有人说，死的那天她老是听见钟声，可是阿列克谢村离教堂有五俄里多路，那天又是平常日子。不过露克丽雅说，钟声不是从教堂来的，是"从上面来的"。大概她不敢说是从天上来的吧。

车轮嘎吱响

一

“我禀告一件事……”叶尔莫莱走进我住的农舍，对我说。这时我刚吃了午饭，躺在旅行床上，想稍微休息一下，因为打猎野鸡回来，成绩虽然颇佳，但也筋疲力尽。加上是七月中旬，天气炎热异常。“我禀告一件事：我们的霰弹用完了。”

我从床上蹦起来。

“霰弹用完了！这怎么会！我们从村庄带来足足三十俄磅 [①] ！整整一布袋哩！”

“正是！布袋还很大，够用两星期哩。谁知道怎么回事！布袋长窟窿了不成？不过现在的确没有了霰弹……只剩下几十颗了。”

“我们现在怎么办呢？前面是最好的地方，明天准能猎到六窝……”

“那么您派我去图拉吧。离这里不远，只有四十五俄里路。我一口气跑去，把霰弹背回来，只要您吩咐，哪怕背它整整一普特！”

“那么你什么时候走呢？”

“现在就走。干吗拖延？不过需要雇几匹马。”

“怎么要雇马？自己的马干什么用？”

“自己的马不能用了！辕马的腿瘸了，瘸得很厉害！”

---

① 一俄磅等于 409.5 克。

"什么时候开始瘸的？"

"就是两天前，车夫牵着它去钉马掌。当时钉好了。那个铁匠的技术一定不怎么样。现在马甚至不能迈步。就是那个前腿，就这么把腿提着……像狗一样。"

"他卸去马掌了吗？至少应该这样啊！"

"没有，还没有卸去，可是必须卸去。一只钉子大概钉进它肉里了。"

我吩咐叫车夫来。原来叶尔莫莱并没有说谎：辕马真的不能迈步。我立刻吩咐给它卸去马掌，让马站在湿泥里。

"怎么样？您吩咐雇马到图拉去吗？"叶尔莫莱又开始纠缠我。

"这个偏僻地方难道能找到马吗？"我不由得懊恼地大叫了一声……

我们所在的这个村子不显眼，又荒凉。所有的居民都很穷。我们好不容易才找到这间稍微宽敞一点儿的农舍，当然它谈不上什么洁白的了。

"能找到的，"叶尔莫莱像平常那样不动声色地答道，"您说得对，这里的村子是这样。不过此地住着一个农民。人明白，也有钱，家里有九匹马。他本人死了，现在大儿子当家。此人是傻子里的傻子，不过他还没有来得及挥霍掉父亲的财产。我们可以从他那里弄到马。只要您吩咐，我把他领来。听说他几个兄弟很机灵……不过他还是他们的头儿。"

"这是为什么呢？"

"因为他是哥哥！弟弟就得服从哥哥。"这时叶尔莫莱狠骂了世上的弟弟们，骂得很难听，"我把他领来。他是个普通人。跟他还谈不成吗？"

就在叶尔莫莱出去找"普通人"的时候，我有了一个新的想法：我自己去一趟图拉不更好吗？第一，我有过经验教训，很不相信叶尔莫莱。有一天我派他去城里买东西。他答应一天之内办完我委托的所有事情，可是竟失踪了整整一星期，把所有的钱都喝尽了，还是徒步走回来的，可他是坐着轻便马车去的哩。第二，在图拉我有一个认识的马贩子，我可以在他那里买马来代替瘸腿的辕马。

"事情就这么决定！"我想，"我自己去，路上还可以睡觉，好在四轮马车很安稳。"

<h2 style="text-align:center">二</h2>

"领来了！"过了一刻钟，叶尔莫莱一声喊叫，闯了进来。跟他进来的是一个高大的农民，穿着白汗衫、蓝裤子和草鞋，长着一头浅色的头发，眼睛不大好使，黑褐色的髯须呈楔子形，丰满的鼻子长长的，嘴巴大张着。他看起来确实是个"普通人"。

"老爷，这就是。"叶尔莫莱说，"他那里有马，他也同意了。"

"就是说，我……"农民口吃地说，声音有点儿嘶哑，同时摇晃着自己稀疏的头发，两只手拿着帽子，手指摸着帽檐，"我，就是说……"

"你叫什么名字？"我问。

农民低下头，仿佛沉思似的："问我叫什么名字？"

"是的。你的名字是什么？"

"我的名字是飞洛费。"

"嗯，飞洛费老弟，事情是这样：我听说你家有马。你牵三匹来，我们把马套在我的四轮马车上，那是一辆轻便马车，你送我到图拉。这些天晚上有月亮，路上不黑，坐车还凉快。你们那里道路怎么样？"

"道路吗？道路还可以。这里离大道二十来俄里。只有一个小地方……不好走，其余还不错。"

"那个地方怎么个不好走呢？"

"马车需要涉水渡过一条小河。"

"难道您亲自去图拉？"叶尔莫莱问。

"是的，亲自去。"

"哦！"我那忠实的仆人说，甩了一下脑袋，"哦，哦！"他重复了一句，啐了一口，便出去了。

图拉之行显然对他已没有任何吸引力，已成为一件枯燥无味的事情了。

"你熟悉路吗？"我转身对飞洛费说。

"我们怎么不熟悉路呢？只是，我，就是说，不能够……您的意思并且怎么忽然就这样……"原来叶尔莫莱雇飞洛费的时候，只对他明白地表示：一定会付钱给他，叫他不要怀疑……如此罢了！虽然飞洛费，用叶尔莫莱的话说，是傻子，但并不满意这一表示。他要价很高——竟是五十卢布纸币！我也还了十个卢布的低价。我们开始讨价还价了。飞洛费起初很固执，后来开始让步，但还是十分勉强。不一会儿，叶尔莫莱走进来，对我说："这傻子（飞洛费发觉了，轻声说：'你看，他爱上这个词了！'），这傻子完全不知道算钱。"并且叶尔莫莱还顺便给我提起一件事：二十年以前，我母亲在热闹的十字路口开了一个客店，后来客店倒闭了，就是因为派去经管的那位老仆人真是不知道钱数，只知道数硬币，那就是说，譬如他用一个二十五戈比的银币换六个五戈比的铜币，不过因此挨了一顿痛骂。

"唉，你呀，飞洛费，不转弯的飞洛费！"叶尔莫莱最后对他叫喊起来，出去时啪的一声，生气地关了门。

飞洛费一点儿也没有反驳，仿佛承认自己名叫飞洛费实在不十分合适。由于取这样一个名字，甚至可以责备为他洗礼的那个神父，他那时没有得到应有的酬谢，尽管他本人也有过错。

不过我们终于以二十卢布成交了。他回去取马，一小时后带来了五匹马供挑选。看来马都合格，虽然鬃毛和马尾乱七八糟，大肚子胀得像鼓一样。同飞洛费一块儿来的还有他两个兄弟，一点儿也不像他。他们小矮个儿，黑眼睛，尖鼻子，的确能给人"小机灵鬼"的印象。他们说话又多又快，像叶尔莫莱形容的，"叨唠没完没了"，但是他们对老大百依百顺。

他们把马车从车棚下拉出来，套着马，一会儿把绳索放松，一会儿又把它勒紧，这样忙活了一个半小时！两个弟弟坚持要让"灰杂毛"驾辕，因为认为"它能够跑下坡"。但是飞洛费决定用"乱鬃毛",于是把鬃毛蓬乱的"乱鬃毛"套上了辕。

他们给马车堆满干草,从瘸腿的辕马上取下马轭,塞到车的座位底下,以便在图拉需要用它试新买的马……飞洛费还跑回家一趟,回来时身穿父亲那件白色的长褂,头戴高高的毡帽,脚蹬黑脂油的皮靴,得意扬扬地爬上驾驶座。我坐下了,看了看表,十点一刻。叶尔莫莱甚至不和我告别,他动手打自己的狗。飞洛费拽动缰绳,用细细的声音吆喝:"唉,你们这些小家伙呀!"他的兄弟们从两旁跳过来,用鞭子抽了一下两匹副马的肚子,马车开动了,出了大门,拐弯到了街上。"乱鬃毛"想冲回自己院子里,但是飞洛费抽了它几鞭,使它清醒过来,我们就驶出了村子,在相当平整的道路上跑开了,两边是浓密的核桃树。

月明风清,最便于马车行驶。风儿一会儿在树丛里轻轻絮语,摇曳着树枝,一会儿树林完全静下了。天上有些地方看得见几片不动的银白色的云彩。月亮高悬,照耀着四周。我躺在干草上,摊开四肢,几乎已经打盹了……忽然想起那个不大好走的地方,便哆嗦了一下。

"飞洛费,怎么样?离涉水处远吗?"

"离涉水处?还有八俄里。"

"八俄里,"我想。"一小时内我们是走不到的。暂且可以睡一觉。飞洛费,你熟悉路吗?"我又问。

"怎么会不熟悉路呢?不是第一次走了……"

他还补充了几句什么话,但是我已经听不清楚了……我睡着了。

三

像往常那样,唤醒我的不是只睡一小时就醒来的这种主观意愿,而是耳旁一种奇怪的、微弱的声音:扑哧扑哧和咕嘟咕嘟。我抬起了头……

多么奇妙呀!我照原来那样躺在马车里,而离马车周围最多半俄尺远的平静的水面上，月光闪烁，涟漪荡漾，清晰可见。我往前看，飞洛费低着头，驼着背，像木偶似的坐在驾驶座上；再往前，虫鸣般的流水之上，是马头、马背和弯曲的马轭。一切都静止不动，无声无息，仿佛在神奇的王国里，在梦里，在童话般的梦里……多么神奇呀！我从车篷里往后看……马车正处在河的中央……我们离河岸已经三十来步了！

"飞洛费！"我喊起来。

"什么？"他应声说。

"什么什么？你得啦！我们在哪里呢？"

"在河里。"

"我看见是在河里。我们马上就要淹死了。你怎么不在涉水处渡过呢？啊？飞洛费，你睡着了？你回答呀！"

"我出了一点儿错，"我的车夫说，"往旁边走了，看来走错了，现在应该等一会儿。"

"怎么？应该等？我们要等什么呢？"

"这不就是让'乱鬃毛'四面看看，它要往哪儿转，那就是该往哪儿走。"

我在干草上欠起身来。辕马的脑袋在水面上一动也不动。不过在明亮的月光下，可以看见它的一只耳朵在微微地动——一会儿向后，一会儿向前。

"你那匹'乱鬃毛'也睡着呢！"

"不，"飞洛费回答，"它现在嗅着水哩。"

一切又都静下来，我也目瞪口呆了。

万籁俱寂——月光，夜色，河流，还有河里的我们……只有河水依旧微微地流动着。

"这是什么响声？"我问飞洛费。

"这个嘛，是芦苇里的野鸭……要不，就是蛇。"

忽然辕马摇晃起头来，竖起耳朵，打起响鼻，开始活动了。"喏！

喏！驾！驾！"飞洛费忽然扯大嗓子吆喝，他欠起身来，挥着鞭子。马车立刻使劲抖了一下，往前一冲，劈波斩浪，颠簸着、摇摆着走了……起初我觉得我们往深水里走，车子越陷越深，但是经过了两三次的冲击河水和潜入水中，水面仿佛忽然降低了……水面越来越低，马车从水里出来了，那不是车轮和马尾露出来了吗？看！那匹马掀起的巨大浪花和水珠四处飞溅，像无数的金刚石，不，不像金刚石，而像蓝宝石，在银色的月光里闪烁。看！三匹马高兴地、和谐地把我们从水里拉上了沙岸，又顺着大道，争先恐后地迈着银光闪闪的湿腿，往山上走去。

我心里想，现在飞洛费一定要说诸如此类的话："怎么样，我是对的呀！"可是他什么也没有说。因此我也就认为没有必要责备他的不谨慎，我放心地躺在干草上，又想睡个好觉。

四

但是我睡不着，并不是因为打猎还没有累倒我，也不是因为我感到的不安赶走了我的睡意，而是因为我们正行驶在很美丽的地方。这是辽阔广袤的草地，春汛时被水淹没，如今野草茂盛，有许多不大的水洼、小湖、小河、水湾，四周是柳林和灌木丛。这是地道的俄罗斯土地，是俄罗斯人喜爱的地方，类似俄国古时传说中的大力士们骑马射箭、猎取白天鹅和灰野鸭的场所。车马轧成的道路蜿蜒曲折，宛如一条淡黄色的飘带，马儿跑得轻松，我也只顾欣赏，再也不愿意合眼了！在亲爱友好的月光下，眼前闪过的一切是那么温柔、和谐，连飞洛费也深有感触。

"我们这片草地叫圣耶郭尔草原，"他回头对我说，"再过去，就是大公草原。这样的草原在全俄罗斯都再也找不到了……多美呀！"辕马打了一声响鼻，哆嗦了一下……"上帝保佑你……"飞洛费庄重地轻声说。"多美呀！"他重复了一遍，叹了一口气，又长咳了一声。"快开始割草了，这里要割多少干草啊，真是了不得！水湾里鱼也多。多好的鳊鱼呀！"他唱歌似的补充了一句说，"一句话：不应该死。"

他忽然举起一只手。

"喂！看呀！湖边上……也许是鹭鸶站着呢！难道它晚上也捕鱼？啊，啊！那是树枝，不是鹭鸶。眼睛看走样了！都是月亮骗的呀。"

我们的马车就这样走呀走……已经到草原尽头了，露出来小树林和耕过的田地。小村庄在一旁闪过两三点灯火，离大道只有五俄里了。我睡着了。

我又不是自己醒来的。这一次叫醒我的是飞洛费的声音。

"老爷……喂，老爷！"

我欠起身来。马车停在大道正中的平坦地方。飞洛费在驾驶座上把脸转向我，大睁着眼睛（我甚至惊讶了，想不到他有这么一双大眼睛），他若有所思，神秘兮兮地压低声音说：

"响声……车轮嘎吱响……"

"你说什么？"

"我说：车轮嘎吱响！您弯下身子，听一听。听见没有？"

我从马车伸出头来，屏住呼吸，的确听见了一种微弱的、断断续续的撞击声，在我们后面很远的地方，仿佛是车轮滚动的声音。

"听见没有？"飞洛费重复说。

"嗯，听见了，"我回答，"是一辆车在走。"

"没有听见吗……听！啊……铃铛声……还有哨声……听见没有？脱下帽儿……会听得清楚些。"

我没有脱帽，而是侧起耳朵："嗯，是的……也许。这会有什么情况？"

飞洛费回过身去，把脸对着马。

"一辆大车在走……是空车，车轮是锻过的，"他说着，拿起了缰绳，"老爷，是坏人来了。在图拉这一带闹事……多着哩。"

"胡说八道！你凭什么认为这一定是坏人呢？"

"我不是胡说。有铃铛响……并且在空车里……那还会是谁呢？"

"那怎么办？离图拉还远吗？"

"还有十五俄里，而且这里还没有任何人家。"

"哦，那么快走呀，不用再耽误了。"

飞洛费挥着鞭子，马车又开动了。

五

虽然我并不相信飞洛费的话，但是已经睡不着了。"果真如此，那怎么办呢？"不快之感在我心中掠过。我坐在马车上（此前我一直躺着），开始打量四周。在我睡觉的时候，薄雾弥漫，从大地向天空移动。薄雾停在高空，月亮悬挂在那里，仿佛烟雾里的一个微微发白的斑点。四周黑下来了，万物混沌一片，不过地面上还看得清楚些。四周是荒凉的平地：田地，全是田地，有些地方是树丛和沟壑，然后又是田地，大半是闲地，长着稀疏的莠草。空荡荡……死气沉沉的！哪怕有一只鹌鹑在哪里叫一声也好啊！

我们又行驶了半小时。飞洛费不时地挥动着鞭子，吧嗒着嘴，但是我们——我和他都不说话。后来，我们上了一座山坡……飞洛费停住了马车，立刻说："是车轮嘎吱响……是车轮嘎吱响！老爷！"

我又从马车里伸出头，我本可以把头留在车篷里，虽然离得很远，我现在已经能清楚听见大车轮子的嘎吱声、人们的口哨声、铃铛的响声，甚至马蹄声，连歌声和笑语我似乎都听见了。固然风是从那里吹来的，但是毫无疑问，那些不相识的过路人离我们更近了，至少近了整整一俄里，也许是两俄里。

我同飞洛费互相递了个眼色。他只是把礼帽儿从后脑上推到前额，立刻俯身勒紧缰绳，并且抽起马来。三匹马就快跑起来，但是不能长久地快跑，又开始小跑。飞洛费继续抽马。应该甩开他们呀！

我自己也弄不明白，为什么起初我并不赞同飞洛费的猜疑，而这一

346

次忽然又相信跟踪着我们的真是坏人……我一点儿也没有听出什么新的声音啊！还是那同样的铃铛声，那同样的空车的嘎吱声，那同样的口哨声，那同样模糊的喧哗声……但是我现在已经不再怀疑了。飞洛费是不可能错的。

于是二十分钟过去了……又几个二十分钟过去了，在最后一个二十分钟里，我们透过自己的嘎吱声和隆隆声，听见了别的嘎吱声和隆隆声……

"停下吧，飞洛费，"我说，"反正结局都一样。"

飞洛费很胆怯地"吁"了一声。马儿一下子站住了，仿佛高兴可以休息一下了。

老天爷呀！铃铛简直就在我们的背后，响声震耳，大车发出叮当的声音，人们打着口哨，叫喊着，唱着，马儿打着响鼻，用蹄子击着地……

他们追上了！

"糟糕。"飞洛费慢吞吞地轻声说，他犹豫地吧嗒了一下嘴，开始催赶起马来。但就在这一刹那，仿佛有什么突然冲来，只听见一声吆喝，又一声哎哟，一辆东摇西晃的巨大板车套着三匹结实的瘦马猛然启动，如同一阵旋风，赶上了我们，往前跑了一段，然后慢行起来，以阻挡我们的去路。

"这正是强盗惯用的伎俩。"飞洛费轻轻说。

老实说，刹那间我的心脏都停止跳动了……我开始紧张地注视：在昏暗的朦胧月色里，我们前面的大车上好像躺着或坐着六个人，里面穿着衬衫，外面的上衣敞开着。有两个人没有戴帽子，那些穿着靴子的大脚挂在大车一侧，动来动去，那些手无缘无故地抬起又放下……那些身体摇晃着……显然是喝醉的人。有几个人乱喊乱叫，有一个人吹着口哨，声音尖又脆，还有一个人在漫骂。驾驶座上坐着一个彪形大汉，穿着短皮袄，驾着马。他们一步步地走着，仿佛不注意我们似的。

有什么办法呢？我们也只好一步步走了……身不由己呀！

我们这样走了四分之一俄里。坐以待毙，苦不堪言……自救自卫……

何从谈起！他们是六个，我哪怕有一根棍子也好啊！掉转车辕吗？但是他们会立即追上来。我想起茹科夫斯基[1]的诗句（就是写卡缅斯基元帅被杀的那句）：

强盗卑鄙的斧头……

要不，他们会用脏的绳子勒住喉管……把你扔进沟里……让你在那里哼哼，在那里挣扎，像一只被套着的兔子……

唉，情况糟透了！

但是他们依旧一步步走着，不注意我们。

"飞洛费！"我轻声说，"试一试把车往右边靠，好像可以过去。"

飞洛费试了一下，车往右边……但他们也立刻车往右边……不可能过去了。

飞洛费又试了一下，车往左边……但人家还是不让我们的大车过去。他们甚至笑了起来。就是说，他们不放过我们。

"真的是强盗。"飞洛费掉转头越过肩膀对我轻轻说。

"他们究竟等什么呢？"我也轻轻问他。

"就在前面那个洼地，小河上面有一座小桥……他们就在那里对付我们！他们经常是这样……在桥的附近。老爷，我们的事情明摆着！"他长叹了一声，接着说，"他们未必会让我们活着回去，因为他们要的就是消灭罪证。老爷，我就可怜一点儿：我的三匹马完了，回不到兄弟们那里了。"

我当时很奇怪，飞洛费怎么在这样的时刻还能牵挂自己的马，而且老实说，我本人并没有想得那么坏……"难道他们会杀人？"我心里反复想，"为什么要杀人呢？我可以把所有的一切给他们呀！"

小桥越来越近了，越来越清晰了。

忽然传来了斩钉截铁的喊叫声，他们的那三匹马仿佛腾空而起，飞跑到小桥跟前，一下子站住了，仿佛钉在稍微靠大路的一侧。我的心简直掉

---

[1] 茹科夫斯基（1783—1852）是俄国诗人。

下去了。

"唉，飞洛费老弟，"我说，"我同你走上了死路。请原谅我，如果我害了你。"

"老爷，你有什么错？自己的命运是逃不掉的！啊，'乱鬃毛'，我忠实的马呀。"飞洛费转身对辕马说，"兄弟，往前走呀！最后一次履行职责吧！反正都一样……上帝保佑！"

于是他放手让自己的三匹马小步跑起来。

我们开始向小桥，向那辆不动、威严的大车驶去……车上仿佛故意沉静下来。狗鱼、老鹰、一切凶猛的野兽，在猎物走近的时候就是这样沉静。我们已经和那辆车并排了……忽然那个穿短皮袄的彪形大汉跳下车，直向我们奔来！

他什么也没对飞洛费说，但是飞洛费立刻勒住缰绳……带篷的四轮马车停下了。

大汉把两手放在车门上，往前俯着自己蓬头垢面的脑袋，微微笑着，用轻而平静的声音和工厂里的语言，说了如下的话：

"尊敬的先生，我们参加婚礼宴会回来，就是说，给我们一个伙计办了婚事，实际上就是摆平了他。我们弟兄们都年轻，为人勇猛，莽撞，喝多了，但还没有醉，想一醉方休。您可不可以恩赐我们几个钱，让他们每人再喝半瓶呢？我们要为您的健康干杯，我们会记得先生您。要是您不肯赏脸，那么请您别生气！"

"这是什么话？"我心里想，"嘲笑……挖苦？"

大汉低下了头，继续站在那里。就在那时月亮从雾里闯出来了，照耀着他的脸。这张脸笑着，脸、眼睛和嘴唇都在笑。从脸上看不出威吓的样子……不过整张脸好像很紧张……牙齿很白，也很大……

"我很愿意……您拿去吧……"我赶忙说，便从口袋里取出钱包，从里边拿出两卢布银币。那时候银币还能在俄国行使呢。"这够不够？"

"多谢！"大汉按士兵的方式叫喊了一声，他粗壮的手指当即一下子就夹住了那两个卢布，而不是整个钱包！"多谢！"他摇晃着头发，跑回车跟前。

"弟兄们！"他喊着，"过路的先生赏给我们两卢布银币！"那些人忽然全都哈哈大笑……大汉坐上了驾驶座……

"再见，祝你们幸福！"

我们总算亲眼见到了他们！马儿走了，那辆大车叮当叮当地上山了，它再一次在黑暗的地平线上闪了一下就下山了，消失了。

于是车轮声、叫喊声、铃铛声都听不见了。

开始了死一般的沉寂。

六

我同飞洛费并没有一下子就清醒过来。

"唉，你多滑稽呀！"最后他说，还脱下礼帽，开始画十字，"真的是个滑稽人物。"他加了这句后，回转身来，满心欢喜地对我说，"他一定是个好人，真的。喏，驾，喏，小家伙们！掉过头去！你们可以保全了！我们大家都保全了！原来就是他不让通过哩，他还驾着马哩。多么滑稽的年轻人！喏，驾，喏，驾！马儿，上帝保佑！"

我没有说话，但心里觉得舒服了。我们都可以保全了！我心里重复了几遍，躺在干草上，摊开了四肢。事情办得很轻松呀！

我甚至良心上有点儿不安，为什么我要想起茹科夫斯基那句诗呢？

忽然我头脑中闪出一个念头：

"飞洛费！"

"什么事？"

"你娶妻子没有？"

"娶过了。"

"有孩子吗？"

"也有孩子。"

"你怎么没有想起他们？你怜惜马，却不怜惜妻子和孩子？"

"为什么要怜惜他们？他们又不会落到贼人们手里。而我在心里时刻记着他们，现在还记着哩……这是真的呀！"飞洛费沉默了一会儿，"也许……正因为他们，上帝才救免了我们。"

"那是因为他们不是强盗吧？"

"这怎么能知道呢？难道你能够钻进别人的心里？别人的心一定是黑暗一片，是无法看清楚的。可是跟上帝一起总要好些。不……我把自己的家时刻记在心里……驾，喏，驾，小家伙们！上帝保佑！"

我们走到图拉郊区的时候，天几乎亮了。我处于半睡眠状态之中……

"老爷，"飞洛费忽然对我说，"您看，他们在酒店里……旁边是他们的大车。"

我抬起头来……果真是他们！马呀，车呀，都在那里。在酒店门口忽然出现那个我认识的、穿短皮袄的彪形大汉。"先生！"他挥着帽子叫喊起来，"您的钱我们正用来喝酒哩！怎么样，车夫，"他对着飞洛费摇了摇脑袋，补充了一句，"大概是害怕了吧？"

"真是快乐的人。"飞洛费把车赶到离酒店二十俄丈时这样说。

最后我们进了图拉。我买了些霰弹，又顺便买了茶叶和酒，还在那个马贩子那里买了一匹马。正午的时候我们往回走。飞洛费在图拉喝了酒，成为一个健谈的人了，甚至还给我讲起了童话。马车经过那个地方时，也就是我们第一次听见后面大车响的地方时，飞洛费忽然笑起来了。

"老爷，你记得我当时总对你说：车轮嘎吱响……"车轮嘎吱响！他的确这样说的。

他几次挥舞着手……他觉得"嘎吱响"这话挺有趣。

当晚我们回到了他的村子。

我把我们遇到的事情告诉了叶尔莫莱。他正清醒着，但没有表示出任何的同情，只是哼了一声。是鼓励还是责备，看来连他自己都不知道。但是过了两天，他高兴地告诉我，就在我同飞洛费两人进图拉的那天夜里，还是在那条路上，一个商人遭了抢并被杀了。我起初不相信这个消息，但是后来不得不相信了。驱车赶去调查的警察局长证实了这个消息。我们那些莽撞的勇士是不是从那个"婚礼上"返回来，他们是不是，用滑稽人物或者彪形大汉的说法，摆平了这个"伙计"呢？我在飞洛费的村子里又住了五天。每一天遇见他，我总要对他说："啊？车轮嘎吱响吗？"

"真是个快乐的人。"他每次总是这样回答我，他自己也笑了。

树林与草原

……他渐渐地开始向往过去，

向往村庄和幽静的花园：

巨大的菩提树浓荫蔽日，

纯洁的铃兰花清香扑鼻；

堤坝上爆竹柳排成一行，

水面上垂挂着柳枝千条，

高大的橡树长在沃土里，

大麻和荨麻散发着芳香……

他向往自由宽敞的田野：

黑土地像天鹅绒的地毯，

眺望四周，黑麦随处可见，

温柔的麦浪轻轻地摇曳，

太阳从透明的白云朵里

射下来那沉甸甸的黄光。

这是我日思夜想的地方……

——摘自一部待烧的长诗

　　我的《随笔》也许已经使读者感到厌烦了。为了让读者放心，还是早一点儿答应读者：《随笔》只限于已经刊登过的那些片段，不再写新的东西了。但是，在与读者告别的时候，我不能不说几句关于打猎的话。

带着枪和狗狩猎，正如古人说的，这事情本身就很美妙。即使你并不生来就是猎人，你还是喜爱大自然和自由，因而就不能不羡慕我们这帮兄弟……请听我说下去。

譬如说，你知道不知道，春天，在朝霞出来前坐车出门是何等的愉快呀？你走到门前的台阶……深灰色的天空还有星星闪烁；潮湿的空气里偶尔有清风徐徐吹来；能隐约听见夜的轻言细语；影影绰绰的树木在那里絮语。于是你把皮毡铺在车上，把箱子和茶炊放在脚下。两匹拉套的马哆哆嗦嗦，打着响鼻，颇有气派地换着腿儿；一对刚醒来的白鹅默默地、慢慢地横穿马路。篱笆那边，守夜人在花园里平和地打着鼾声，每个声音仿佛在凝冻的空气里停留不走。于是你坐上了车，马儿一下子起步了，车大声地嘎吱起来……你坐着车走过教堂，下了山，往右经过水坝……湖面上似乎开始出现雾气。你觉得有点儿冷，就用大衣领遮住脸，不由得打起盹来。马蹄响亮地拍打着水洼，马夫吹着口哨。你已经走了四俄里多路了……天边正在变红；桦树林里寒鸦醒来了，勉强地从这棵树飞到那棵树；麻雀在黑暗的草堆附近啾啾儿叫着。空气放亮了，道路更看得见了，天空明亮了，云儿变白了，田野变绿了。在农舍里，松明燃起红火；大门后面，传来鼾睡的声音。这时候，朝霞满天，金光万道，山谷里升腾起一股股雾气。云雀响亮地唱着，晨风吹起，红日东升，阳光如山洪暴发。你的心激动得颤抖，仿佛一只小鸟儿在胸中扑腾。一切都新鲜、欢快、可爱！可以看见远处了。瞧！小树林后面是村庄。瞧！再远一点儿是另一个村庄，那里有一个白色的教堂。瞧！山上有一片白桦林，小树林后面是沼泽地，就是你所要去的地方……快点儿，马儿，再快点儿！大步小跑向前走……只剩下三俄里了，不会再多了。太阳冉冉升起，天朗气清……会是一个很好的天气。一群牲口拉着长队，从村子里向我们迎面走来。你来到山上……多好的景致呀！一条河蜿蜒十俄里，在雾的笼罩下若明若暗，泛着蓝光；河对岸是葱绿的水草地；草地后面是平缓的丘陵；远处涉水鸟鸣叫着在沼泽地上空盘旋；潮湿的空气里阳光闪烁，远处的景物清晰可见……夏天就不是这样！这时你觉得心胸呼吸畅快，四肢轻松，全身充满春天的气息和活力……

而夏天，比如那七月的早晨，除了猎人，谁曾享受过迎着朝霞穿梭于灌木丛里的快乐？你的脚印留在沾满露珠、略显苍白的绿草上。你拨开潮湿的灌木丛，夜间聚集的清凉与芳香会扑面而来，空气里充满艾草新鲜的苦味，荞麦和车轱辘草的甜味。远处，橡树林像一堵墙似的，在太阳下闪烁着红光。空气还是新鲜的，可是你已经感觉出炎热的临近。过多的芳香使得你昏昏欲睡。灌木丛望不到尽头……远处似乎有些地方，成熟的黑麦变成黄色，一片片狭窄的荞麦地变成红色。听！一辆大车儿嘎吱一声停住了，一个农民一步步走来，他先把那匹马放在阴凉处……你同他打了招呼，就离开了。接着你身后就响起了镰刀铿锵的声音。太阳越来越高，草迅速地变干。炎热开始了。一小时又一小时过去了……天边正在变黑，停滞不动的空气发出烤人的暑热。"老兄，哪里可以喝水？"你问那个割草的人。他回答："这山沟里就有井。"你穿过浓密的核桃树丛和周围纠缠不清的野草，下到沟底。就在悬崖绝壁下隐藏着一泓泉水，一丛橡树贪婪地把自己掌状的干枝伸展在水面上，银珠般的水泡从覆盖着细绒般的青苔的泉底升起来，漂浮在水面上。你扑倒在地，喝够了泉水，但是你懒得动一动身子。你在阴凉处呼吸着潮湿的芳香，感觉很好，可是树丛在你对面被太阳烧烤，仿佛变成黄色。但是这是怎么啦？风儿忽然吹来，又急速地从身边吹过，周围的空气颤抖了一下。这不是雷？你从沟里走出来……那一片铅色的天空是怎么回事呀？是暑热在强化？是乌云在聚集……但马上闪现了一道微弱的电光……啊，是雷雨要来呀！太阳还照耀着四周，还可以打猎呢。但乌云扩大了：它的前沿不断拉长，呈袖子的形状；它俯向大地，像一个大拱顶。草，树丛，一切，突然变黑了……快！那边好像看得见一间草棚……快……你跑到了，走了进去……多大的雨呀！多亮的闪电呀！水从麦秸搭的棚顶上滴落到芳香的干草上……但太阳马上又游戏起来了。雷雨过去了，你走出草棚。我的上帝！周围一切阳光闪烁，喜气洋洋，空气格外的新鲜和湿润，草莓和蘑菇也更加芳香扑鼻……

现在又到了傍晚。火似的晚霞染红了半边天空。太阳在那里落下了。夕阳西下，近处的空气仿佛特别的透明，如玻璃一般；远处，仿佛有一团柔和温暖的蒸汽；夕阳的余晖随同露水降落到刚才还金光闪烁的林间空地上，树木、灌木、高高的干草堆出现了长长的阴影……太阳落下去了，星星儿点燃了，在落日的火海里颤抖……一会儿火海变得苍白了，天空变蓝了，一条条阴影儿消失了，夜幕降临了。该回家了，也就是该回你过夜的村子农舍。你背上猎枪，快步往村子走，虽然累了……这时夜来临了，已经看不见二十步以外的地方了，狗儿在黑暗里隐隐约约露出白色。那边，在黑色的灌木丛上空，天边微微发亮了……那是什么？火灾吗？……不，是月亮出来了。月亮下，在右面，村子里的灯火在闪烁……你终于到住的农舍了。透过小窗户你看得见铺着白布的桌子，正在燃烧的蜡烛，晚饭……

夏天还有另外一种情况。你吩咐套好轻便马车，到树林里去打松鸡。车缓慢地走在狭窄的小路上，两边是高墙似的黑麦，你感到快乐极了。麦穗儿轻轻地打你的脸，勿忘我草缠你的腿，鹌鹑在四周叫，马儿懒洋洋地小跑。到树林了。阴凉而幽静。挺拔的白杨树高耸在你头上唠叨；桦树垂挂的长枝条几乎纹丝不动；强壮的橡树像战士一样在美丽的菩提树附近站岗。你走在绿草成茵、树影婆娑的小路上。黄色的大苍蝇停留在金色的空气里，忽然又飞走了；小蚊子成群地飞，如同上升的烟柱，在阴凉里发亮，在太阳里发黑；鸟儿平和地唱着。知更鸟的金嗓音像一个多嘴的儿童唱出了天真无邪的快乐。这歌声和铃兰花的芳香很和谐。往前，再往前，往树林深处……树林变得沉寂和荒凉……一种无法解释的静穆潜入你的心灵。四周仿佛也在瞌睡，昏沉沉的，静悄悄的。但是起风了，树梢喧哗起来，仿佛阵阵波涛声。有的地方从去年栗色的落叶里长出高高的野草来。蘑菇各自站在自己的帽子底下，一只雪兔忽然跳了出来，狗带着响亮的吠叫声追跑过去……

晚秋，当黄鹤飞来的时候，这片树林是多么美好呀！黄鹤并不栖息在树林深处，所以应该到林边附近去找。没有风，也没有太阳、光亮、阴影、响动、喧哗，柔和的空气里洋溢着秋天那美酒一样的气息。远处，薄雾笼罩着黄色的田野。透过光秃秃的栗色树枝，能看见平静的白色天空，菩提树上还挂着最后几片金黄色的叶儿。脚下的湿土地具有弹性，高高的干草茎纹丝不动，长长的蜘蛛丝在发白的草上发亮。胸脯呼吸平和，心里却产生奇怪的不安。沿林边走着，望着狗，同时，心爱的形象、心爱的人——故去的和活着的，都记起来了，早已沉睡的各种印象意外地苏醒过来，想象插上了翅膀，像鸟儿一样飞翔，一切都清楚地出现在眼前。心一会儿忽然颤抖，怦怦地跳动，热烈地向往未来，一会儿又无可挽回地沉浸在回忆里了。全部生活像一本稿卷似的，轻快地展开，你拥有与掌握着自己全部的过去，全部的情感和力量，自己全部的心灵。周围的一切都不能阻碍你——无论太阳，风，喧声……

秋高气爽，但早晨很冷，结着寒霜。在这样的日子里，桦树如童话里描写的那样全是金黄色，美丽地画在蓝天的背景上；低矮的太阳已不暖和，可是比夏天的太阳还亮；一片不大的白杨林亮得透明了，光秃秃地露在那里，仿佛既轻松又愉快；谷底还有白霜，新鲜的风轻轻地吹，追赶着落在地上的黄叶。在这样的日子里，河水欢腾，碧波荡漾，受惊的大雁和野鸭纷纷飞向天空。远处，一座被柳枝半掩盖的磨坊在嘎吱嘎吱作响；一群飞鸽迅速地在磨坊上空盘旋，在透明的天空里，它们五彩缤纷……

有雾的夏天也很好，虽然猎人并不喜欢。在这样的日子不能放枪：鸟儿从你脚下飞出来，立刻就隐没在白茫茫的、凝滞不散的雾霭里。但是四周多么安静呀，一种无法形容的安静！万物都睡醒了，万物又都沉默不语。你从树旁边经过，树纹丝不动，一声不响，但含情脉脉。透过均匀散布在空气里的薄薄的蒸汽，你可以看见前面有一条发黑的长带。你会认为是附近的树林。你走过去，树林变成了一片苦艾，高耸在田地上。在你头上，在你周围，到处都是雾……但现在微微地起风了，一小块浅蓝色的天空从稀薄的仿佛冒烟似的蒸汽里露出来，金黄色的光线忽然闯出来，射出一条长带，直抵田地，进入树林，但后来一切又全都被雾笼罩了。这种战斗持续很久，但光明最后获胜，薄雾被热气融化，最后几片薄雾像一块桌布一会儿卷起，一会儿展开，一会儿又蜿蜒曲折地消失在湛蓝的万里晴空……

于是你准备坐车去远处的田野和草原。你在乡村小道上走了十多俄里路，终于来到了大道上。你坐车经过看不到尽头的货车，经过旅店，旅店敞开着大门，棚子下茶炊正在沸腾，旅店还有井。马车从一村到另一村，经过一望无际的田野，顺着绿油油的大麻地，走了很久很久。喜鹊在爆竹柳之间飞来飞去；村妇手里拿着长长的耙子在田里走；行人穿着南京土布做的旧长袍，肩背行囊，拖着疲倦的脚步；地主的马车满载着东西，由六匹疲惫不堪的大马迎拉着，向你走来。车窗里露出坐垫的一角，一个仆人侧身坐在马车后面脚蹬的草包上，抓着绳子，穿着大衣，泥水溅到了眉毛上。县城到了，这里有歪斜的小木房，有望不到头的围墙，有荒凉的商店——不住人的石头建筑物，深谷上架着老式的桥梁……往远走，再往远走……到了草原地带。从山上一望，多好的景色呀！又圆又低的丘陵全都已经耕种，宛如巨浪翻滚，波涛起伏；山谷蜿蜒其中，杂草丛生，林木繁茂；小树林星罗棋布，仿佛一个个长方形的岛屿；从此村到彼村有狭窄的小道；教堂露出白色的轮廓；小河在小柳树中间流过，波光闪烁，四处都挡着堤坝；远处的田野里，鹭鸶站立，大雁成行；一所贵族的旧宅第连同它的服务设施、果园和打谷场，建在小湖旁边。但是你车子往前走，再往前走，丘陵越来越小，树木几乎看不见了，最后才到了一望无边的草原……

到了冬天就可以沿着冰雪覆盖的丘陵去猎兔，呼吸着严寒刺骨的空气。由于柔软的雪地发出刺眼的光芒，你不由得要眯起眼睛，欣赏着淡红色树林上面的绿色天空……到了早春时节，万物放光，冰消雪化，透过融雪沉重的蒸汽能闻到大地温暖的气息。在雪融化了的地方，夕阳斜照里，云雀无忧无虑地唱着，山洪带着喧嚣和吼叫从这座山谷流向另一座山谷……

但是，现在该结束了。我顺便谈到了春天：春天是人们容易分别的季节，幸福的人们在春天也愿意出门远行……别了，读者！愿你们永远幸福。